Fred Vargas

NEPTÜN
RÜZGÂRLARI
ALTINDA

D1694259

Neptün Rüzgârları Altında
Sous Les Vents de Neptune

© 2004, **Editions Viviane Hamy**
© 2005, İnkılâp Kitabevi
Yayın Sanayi ve Ticaret A.Ş.

Bu kitabın her türlü yayın hakları Fikir ve Sanat Eserleri Yasası gereğince İnkılâp Kitabevi Yayın Sanayi ve Ticaret A.Ş.'ye aittir.

Editör **Hasan Öztoprak**
Düzelti **Erdal Doğan**
Sayfa Tasarımı **Beste Miray Doğan**

Baskı :
İnkılâp Kitabevi
Sanayi ve Ticaret. A.Ş.
100.Yıl Matbaacılar Sitesi
4.Cad. No: 38
Bağcılar / İstanbul

ISBN 975-10-2283-5
05 06 07 08   7 6 5 4 3 2 1

iï İNKILÂP
Ankara Caddesi, No:95
Sirkeci 34410 İSTANBUL
Tel: (0212) 514 06 10-11 (Pbx)
Fax: (0212) 514 06 12
posta@inkilap.com

www.inkilap.com

Fred Vargas

NEPTÜN
RÜZGÂRLARI
ALTINDA

POLISIYE

Çeviren:
Deniz Öztürk

İNKILÂP

Fred Vargas 1957 yılında Paris'te doğdu. Tarih ve arkeoloji eğitimi gördükten sonra arkeozooloji dalında uzmanlaştı. Polisiye roman yazmaya 1986 yılında 'Les Jeux de l'amour et de la mort'la başladı, bu roman aynı yıl Cognac Polisiye Roman Ödülü'ne layık görüldü. Bilimsel çalışmalarını ortaçağ hayvan kemikleri üzerine sürdüren Fred Vargas, CNRS'de (Fransa Bilimsel Araştırma Merkezi) araştırmacı olarak çalışıyor.

Deniz Öztürk 1977 yılında Sivas'ta doğdu. İzmir Saint Joseph Lisesi'nden 1994'te mezun oldu. Üniversite eğitimini Fransa'daki Rennes Üniversitesi'nde yaptı. Daha önce çeşitli dergilere makaleler çevirmiş olan Deniz Öztürk'ün ilk edebiyat çevirisi Mavi Çemberli Adam.

İkiz kız kardeşim Jo Vargas'a

I

Jean Baptiste Adamsberg sırtını bodrum katının siyah duvarına yaslamış, önceki gün her türlü etkinliğine son vermiş olan koca kalorifer kazanına bakıyordu. Günlerden 4 Ekim Cumartesi'ydi ve hava sıcaklığı doğruca kuzeyden gelen rüzgârın etkisiyle bir dereceye düşmüştü. Kalorifer kazanlarından pek anlamayan Komiser, silindirleri ve sessiz boruları inceliyor, uğurlu bakışlarının aleti tekrar harekete geçireceğini, ya da beklenip de gelmeyen tamirci ustasını birden ortaya çıkaracağını umuyordu.

Soğuğa dayanamadığından ya da bu durum hoşuna gitmediğinden değil, aksine, kuzey rüzgârlarının buzullardan Paris'in on üçüncü ilçesine dur durak bilmeden, doğruca esivermesi, Komiser'e bu uzak buzullara bir adımda kavuşabileceği izlenimini verirdi; sanki böylece buzların üzerlerinde yürüyebilir, fok avlamak için üzerlerinde birkaç delik açabilirdi. Siyah ceketinin altına bir de hırka geçirmişti ve ona kalsa tamircinin gelişini burada sakince, bir fok burnu görene kadar beklerdi.

Aslına bakılırsa bodrum katına gömülü duran bu alet, karakoldaki otuz dört radyatörün ve yirmi

7

sekiz polisin gövdesini ısıtarak, Suç Masası'na her gün yağan olayların aydınlatılmasında önemli bir rol oynuyordu. Polislerin gövdeleri şu anda anoraklara gömülmüş ve soğuktan uyuşmuştu. Kahve makinesinin etrafında toplaşmış, eldivenli elleriyle beyaz plastik bardaklarını sıkı sıkı tutuyorlardı. Hatta içlerinden karakolu terk edip civar kafelere gitmiş olanlar bile vardı. Dosyalar ardı ardına yığılıyordu. Bunlar önemli dosyalardı, kalorifer kazanının umurunda olmayan kanlı suç dosyaları. Kazan zorba bir prens gibi, tamirden anlayan bir adamın gelip ayaklarına kapanmasını bekliyordu. Adamsberg de buraya, kazana olan saygısını ve iyi niyetini göstermek için gelmişti, ama bodrum katına inmesinin asıl nedeni, burada bir parça dinginlik ve sessizlik bulmak, adamlarının şikâyetlerinden uzaklaşmak istemesiydi.

Binadaki ısı zar zor on dereceyi bulurken, bu şikâyetler Quebec'te -orada sonbahar kötü başlamıştı, önceki gün ısı eksi dört dereceydi ve yer yer kar görünüyordu- başlayacak olan DNA stajını pek de cazip kılmıyordu. İki hafta boyunca tükürük, kan, ter, idrar gibi, şu anda elektrik devrelerine kaydedilmiş olan, ayıklanmış ve ufalanmış vücut salgılarının genetik izleriyle, artık kriminolojide gerçek savaş aletleri olarak kabul gören beden sıvılarıyla ilgilenilecekti. Gidiş tarihine sekiz gün kala, Adamsberg'in düşünceleri şimdiden Kanada'nın uçsuz bucaksız oldukları söylenen, milyonlarca gölün bulunduğu ormanlarına doğru kaymıştı bile. Yardımcısı Danglard homurdanarak Komiser'e göllerin yüzeylerine değil, bilgisayar ekranlarına bakılması gerektiğini hatırlatmıştı. Yüzbaşı Danglard bir yıldır homurdanıyordu. Adamsberg bunun nedenini biliyor ve bu yakınmaların sona ermesini sabırla bekliyordu.

Danglard göller hayal etmiyor, olağanüstü bir dosyanın ortaya çıkıp karakol çalışanlarını Paris'te kalmaya mecbur bırakması için her gün dua ediyordu. Bir aydır, uçağın Atlantik Okyanusu üzerinde infilak etmesi sonucu ölecek oluşuna üzülüyordu. Ama gelmesi beklenen tamircinin henüz ortalarda görülmemesi moralini düzeltiyordu. Kalorifer kazanının bu beklenmedik arızasına güveniyor, karakoldaki soğuk havanın, Kanada'nın buzlu yalnızlıklarının doğurduğu anlamsız fantezilere engel olacağını umuyordu.

Adamsberg elini makinenin kafesine dayayıp gülümsedi. Acaba Danglard bir kalorifer kazanı arızasının yolculuğu geciktireceğini düşünüp makineyi kendisi bozmuş olabilir miydi? Tamircinin gelmesini o mu geciktiriyordu? Evet, Danglard bunu yapabilecek biriydi. Akıcı zekâsıyla, insan zihninin en dar mekanizmalarına bile girebilirdi. Ama bu mekanizmaların mantık ve akıl temeline dayanmaları şartıyla. Zaten Adamsberg ve yardımcısının yıllardır üzerinde anlaşamadıkları şey de akılla içgüdü arasındaki bu noktaydı.

Komiser merdivenleri çıkıp zemin katta bulunan, adamlarının -kat kat kazaklar ve atkılar içindeki ağır siluetler- yavaşça hareket ettikleri geniş holü geçti. Neden bilinmez, bu hole *Kurul Salonu* denirdi; herhalde burada yapılan ve zaman zaman ara bulmalara, zaman zaman da fısıltılara sahne olan toplantılar yüzünden olsa gerek, diye düşündü Adamsberg. Bitişikteki, daha ufak çapta toplantıların yapıldığı küçük odaya da *Meclis Salonu* deniyordu. Bu isimlerin nereden çıktığını Adamsberg bilmiyordu, ama isimlerin kaynağının, sınırsız ve neredeyse zehirli bir kültürü olduğuna inandığı Danglard olduğu muhtemeldi. Yüzbaşı, bir atın birdenbire ürperip gürültüyle kişnemesini andıran, sık olduğu kadar kontrol edilemez de olan ani bilgi patlamalarına maruz kalıyordu. Engin bir bilgenin ortaya çıkıvermesi için ufacık bir uyartı -az kullanılan ve anlamı az bilinen bir sözcüktür- yetiyordu ki bu bilgeyi bir el hareketiyle durdurmak mümkündü.

Adamsberg kendisine doğru çevrilen yüzlere, olumsuzluk bildiren bir işaretle kalorifer kazanının hayat belirtisi göstermediğini belli etti. Gecikmiş dosyalar üzerinde karamsar bir ifadeyle çalışan Danglard'ın bürosuna geldi. Yüzbaşı'nın karamsarlığı, Labrador'a gitmesi ve oraya varamadan, uçağın, sol reaktöre giren sığırcık kuşları yüzünden yanması sonucunda meydana gelen patlamada Atlantik Okyanusu'na düşmesi olasılığından ileri geliyordu. Böyle bir düşünce, ona akşamüstü altıdan önce bir şişe beyaz şarap açma hakkını tamamen veriyordu.

Adamsberg masanın kenarına oturdu.

"Hernoncourt dosyasında durum nedir, Danglard?" diye sordu.

"Bitirmek üzereyiz. Yaşlı Baron itiraflara geçti. Tastamam, duru itiraflar."

"Fazla duru," dedi Adamsberg, raporu itip masanın üzerinde düzgünce katlanmış bir halde duran gazeteyi eline aldı. "Bir aile yemeği katliama dönüşüyor, ihtiyar, tereddütlü bir adam laflarının içinde kayboluyor. Sonra aynı adam birden, alacakaranlık olmadan, dupduru oluveriyor. Hayır Danglard, bunun altına imza atılmaz."

Adamsberg gazetenin sayfasını gürültüyle çevirdi.

"Yani?" dedi Danglard.

"Yani baştan başlıyoruz. Bu Baron bizi kandırıyor. Birini koruyor, muhtemelen kızını."

"Kızı da babasını gözü kapalı hapse gönderiyor, öyle mi?"

Adamsberg gazetenin bir sayfasını daha çevirdi. Danglard Komiser'in gazetesini okumasından hoşlanmıyordu. O okuyunca gazetesini fena kırıştırıyor, sonra da kâğıdı tekrar eski çizgilerine göre katlamak mümkün olmuyordu.

"Aristokrat gelenekler ve yaşlı, güçsüz bir adamın daha az ceza alacağı fikri," dedi Adamsberg. "Bununla daha önce de karşılaştık. Tekrar ediyorum, alacakaranlık yok ve bu çok garip. Tavır değişikliği çok net oldu, hayat asla bu kadar kesin çizgilerle ayrılmış değildir. Bu demektir ki bir yerlerde bir sahtekârlık var."

Danglard yorgundu, birden raporu eline alıp havaya fırlatma isteği duydu. Adamsberg'in özensizlikle paçavraya çevirdiği şu gazeteyi de elinden çekip almak istedi. Yanlış ya da doğru, sırf Komiser'in yumuşak sezgileri yüzünden Baron'un kahrolası itiraflarını tekrar gözden geçirmek zorundaydı. Danglard'a göre bu sezgiler, ayaksız yumuşakçagillerin ilkel bir ırkına ait olan, ne kolları, ne bacakları, ne alt ne üst tarafları olan, su yüzeyinin hemen altında gezinen, Yüzbaşı'nın keskin ve sert zekâsını yoran, hatta usandıran şeffaf gövdelerdi. Her şeyi, bütün itirafları tekrar gözden geçirmek zorundaydı. Çünkü bu ayaksız sezgiler, en arınmış mantığa bile meydan okuyan hangi önbilimin lütfundan sebepleniyorlar bilinmez, çoğunlukla doğru çıkıyorlardı. O önbilim ki Adamsberg'i buraya, bu masanın üzerine, bu mevkiye, on üçüncü ilçenin nezaket kurallarını takmayan, hayalci komiseri olmaya kadar getirmişti. Adamsberg sezgilerin varlığını reddediyor, buna sadece insanlar, hayat diyordu.

"Bunu daha önce söyleyemez miydiniz?" diye sordu Danglard. "Ben tüm bu raporu yazmadan önce?"

"Bu daha dün gece aklıma geldi," dedi Adamsberg gazeteyi hışımla kapatarak. "Rembrandt'ı düşünürken."

Sonra çabucak gazeteyi katladı. O anda birden, insanın sırtına pençeleri dışarıda bir kedi gibi atlayan bir can sıkıntısı tüm yüreğini şiddetle kaplayarak Komiser'i alt üst etti. Büyük bir sarsıntı, baskı altında olma duygusu, bürodaki soğuğa rağmen ensesinde biriken ter. Geçecekti elbet, hatta geçiyordu bile.

"O zaman," diye devam etti Danglard raporunu toplayarak, "bu dosyayla ilgilenmek için burada kalmamız gerekecek. Başka yolu var mı?"

"Biz gittiğimizde olayı Mordent takip eder, üstesinden kolayca gelecektir. Québec işi ne durumda?"

"Vali yarın saat ikide cevabımızı bekliyor," diye yanıtladı Danglard, alnı endişeyle kırışmıştı.

"Çok güzel. Yarın saat on buçukta Meclis Salonu'nda staja katılan sekiz kişiyle bir toplantı yapalım," dedi Komiser. Sonra biraz durdu ve "Danglard, bizimle gelmek zorunda değilsiniz," dedi.

"Öyle mi? Vali staja katılanların listesini kendi elleriyle hazırladı. Ve ben liste başıyım."

O anda Danglard hiç de karakolun vazgeçilmez çalışanlarından biri gibi görünmüyordu. Endişe ve soğuk, Yüzbaşı'nın her zamanki saygın görünümünü yitirmesine neden olmuştu. Kendi deyimiyle çirkin ve Tanrı tarafından ödüllendirilmemiş biri olan Danglard, düşük omuzlarını ve düzensiz yüz hatlarını dengelemek ve gevşek vücuduna bir parça İngiliz cazibesi ekleyebilmek için, kusursuz bir zarafet sergilerdi. Ama bugün ufalmış yüzü, kürklü bir ceketin içine gömülmüş göğsü, denizci beresine sarılı başıyla, kendisine bir stil vermek için girişeceği tüm çabalar başarısızlığa mahkûmdu. Üstelik, beş çocuğundan birine ait olan beresinin bir de ponponu vardı. Danglard ponponu kesebildiği kadar dibinden kesmişse de, kırmızı ucu gülünççe sırıtıyordu.

13

"Kalorifer arızası yüzünden grip olduğunuzu söyleyebiliriz," dedi Adamsberg.

Danglard eldivenli ellerine hohlayarak, "İki aydan az bir süre sonra Komutan olacağım," diye homurdandı, "ve bu rütbeyi kaçırma riskini göze alamam. Bakmam gereken beş çocuğum var."

"Bana şu Québec haritasını çıkarın. Nereye gittiğimizi gösterin."

"Daha önce gösterdim," dedi Danglard masaya bir harita yayarak, "buraya." Parmağını Ottawa'nın iki mil uzağında bir yere bastırdı. "Hull Gatineau adında, KKJ'nin Genetik Veriler Milli Bankası binalarından birinin bulunduğu, kuş uçmaz kervan geçmez bir yere."

"KKJ mi?"

"Daha önce de söyledim," dedi Danglard. "Kanada Kraliyet Jandarması. Kızılderililerin Saint Laurent kıyılarına hâkim oldukları eski zamanlardaki gibi, botlar ve kırmızı kıyafetler giyen polisler."

"Kırmızı kıyafetler mi? Hâlâ öyle mi giyiniyorlar?"

"Sadece turistler için. Madem ki gitmek için bu kadar sabırsızsınız, ayaklarınızı basacağınız yer hakkında bilgi edinmenizin zamanı geldi de geçiyor."

Adamsberg genişçe gülümsedi, Danglard başını öne eğdi. Homurdanmaya kararlı olduğu zamanlarda, Komiser'in genişçe gülümsemesinden hoşlanmıyordu. Çünkü, Dedikodu Salonu'nda, yani kahve ve abur cubur makineleriyle dolu ufak odada anlatılanlara göre, Adamsberg'in gülümseyişi direnişlere boyun eğdirir, kuzey buzullarını bile eritirdi. Ve Danglard da bu gülüşün karşısında tıpkı küçük bir kız gibi, buzulların verdikleri tepkiyi veriyordu; elli yaşından fazla olduğundan, bu durum hayli canını sıkıyordu.

"KKJ'nin Ottawa Nehri kıyısında olduğunu biliyorum, orada vahşi kaz sürülerinin uçtuğunu da."

Danglard beyaz şaraptan bir yudum aldı ve biraz gönülsüzce gülümsedi.

"Denizkazları," diye belirtti, "hem Ottawa nehir değil ırmak, Seine Nehri'nin on iki katı ama yine de sadece Saint Laurent Nehri'ne akan bir ırmak."

"Tamam, ırmak olsun. Karar değiştiremezsiniz Danglard, bölge hakkında çok fazla şey biliyorsunuz. Artık olaylar zincirinin içindesiniz ve geleceksiniz. Rahatlatın beni, söyleyin bana, kalorifer kazanını geceleyin siz bozmadınız, ya da buraya gelmekte olan tamirciyi siz öldürmediniz, değil mi?"

Danglard alınmış bir ifadeyle baktı.

"Bunu neden yapayım?"

"Herkesin ateşini söndürmek, macera isteklerini dondurmak için."

"Sabotaj yani? Söylediklerinizi gerçekten düşünmüyorsunuz ya?"

"Ufak, zararsız bir sabotaj. Bozuk bir kalorifer kazanı patlayan bir boeingden iyidir. Gelmek istememenizin gerçek nedeni bu olduğuna göre, değil mi Yüzbaşı?"

Danglard masanın üzerine yumruğuyla sertçe vurdu ve beyaz şarap damlaları raporun üzerine sıçradı. Adamsberg irkildi. Danglard homurdanabilir, sessizce surat asabilir, bir görüşe katılmadığını ölçülü bir biçimde belli edebilirdi, ancak o her şeyden önce uygar, kibar ve biri hariç her konuda ağırbaşlı, geniş yürekli bir adamdı.

"Gerçek neden mi?" dedi soğukça Danglard, yumruğu hâlâ masanın üzerinde sıkılı duruyordu. "Benim gerçek nedenimden size ne? Bu karakolu ben yönetmiyorum ve herkesi aptallar gibi kartopu oynamaya da ben götürmüyorum. Kahretsin!"

Adamsberg başını salladı. Danglard yıllardan beri ilk defa yüzüne karşı böyle sinirli konuşuyordu. Olsun. Komiser eşsiz bıkkınlık ve yumuşaklık yetilerini kullanarak bundan etkilenmemeyi başardı. Komiser'in bezginlik bulutunu delmek isteyenlerin sinirlerini yıpratan bu yetilere bazıları umarsızlık ya da ilgisizlik derdi.

"Bunun sıra dışı bir ortaklık teklifi ve aynı zamanda kullanılan sistemlerin içinde en yetkini olduğunu size hatırlatırım, Danglard. Kanadalılar bu konuda bizden bir gömlek üstünler. Asıl tekliflerini reddedersek aptallara benzeriz."

"Palavra! Bizi buzların üzerinde koşmaya götürmenizin nedeninin meslek ahlakınız olduğunu söylemeyin bana!"

"Tam da öyle."

Danglard bardağını tepesine dikip bitirdi, çenesi önde, Adamsberg'in yüzüne dik dik baktı.

"Başka ne olabilir Danglard?" diye sordu Komiser yavaşça.

"Sizin nedeniniz," diye homurdandı, "sizin

gerçek nedeniniz. Beni sabotaj yapmakla suçlayacağınıza gerçek nedeninizi söylesenize? Kendi sabotajınızı bana anlatsanıza?"

Hadi bakalım, diye düşündü Adamsberg, yine başlıyoruz.

Danglard birden ayağa kalktı, çekmecesini açtı, beyaz şarap şişesini çıkarıp bardağını ağzına kadar doldurdu. Sonra odada dönmeye başladı. Adamsberg kollarını göğsünün üzerinde kavuşturmuş, fırtınaya hazır bekliyordu. Kızgınlığın ve kandaki şarap oranının bu düzeyde olduğu bir anda konuşmak yersizdi. Bir yıl gecikmeyle de olsa, sonunda patlayan öfke.

"Konuşun, Danglard, çok istiyorsanız,"

"Camille. Camille Montréal'de ve siz bunu biliyorsunuz. Bizi o cehennem boeingine doldurmanızın tek sebebi bu."

"Yine başladık,"

"Evet."

"Ve bu sizi ilgilendirmez, Yüzbaşı."

"Öyle mi?" diye bağırdı Danglard. "Bir yıl önce, sırrını sadece sizin bildiğiniz şeytani kendi kendini mahvetme yöntemlerinizden biri sayesinde, Camille hayatınızdan çıkmıştı. Ve onu tekrar görmek isteyen kimdi? Kim? Siz mi? Yoksa ben mi?"

"Ben."

"Peki izini kim sürdü? Nerede olduğunu kim tespit etti? Lizbon'daki adresini kim buldu? Siz mi? Yoksa ben mi?"

Adamsberg ayağa kalktı ve gidip büronun kapısını kapattı. Danglard Camille'e her zaman büyük saygı duymuştu. Ona yardımcı olur, onu bir sanat eseriymiş gibi korurdu. Buna engel olunmazdı. Ve bu koruma tutkusu Adamsberg'in patırtılı yaşamına zorlukla razı oluyordu.

"Siz," diye yanıtladı Komiser sakince.

"Doğru. O zaman bu beni ilgilendirir."

"Yavaş konuşun, Danglard. Sizi duyuyorum, bağırmanıza gerek yok."

Bu defa Adamsberg'in kendine has ses rengi etkisini göstermiş gibiydi. Komiser'in ses tonundaki değişiklikler rakibini etkin bir madde gibi sarıp, üzerinde dinginlik, keyif veya genel anestezi hissi uyandırırdı. Kimya eğitimi almış olan Teğmen Voisenet, bu esrarengiz olaydan Dedikodu Salonu'nda defalarca bahsetmiş, ancak Komiser'in sesindeki yatıştırıcı maddenin ne olduğunu kimse anlayamamıştı. Kekik mi? Arı sütü mü? Balmumu mu? Yoksa bir karışım mı? Danglard sesini alçalttı.

"Ya kim," dedi alçak sesle, "Lizbon'a koşup üç gün içinde bir çuval inciri berbat etti?"

"Ben."

"Siz. Boşuna bir çaba, ne eksik ne fazla."

"Sizi ilgilendirmeyen bir çaba."

Adamsberg ayağa kalktı ve parmaklarını aralayıp plastik bardağı çöp sepetinin tam ortasına bıraktı. Hedefe atış yapar gibi. Sonra bürodan düzenli adımlarla, arkasına bakmadan çıktı.

Danglard dudaklarını sıkıca kapadı. Çizgiyi aştığının, yasak bölgelere saldırdığının farkındaydı. Ama aylardır süren çekişme ve Québec yolculuğunun verdiği gerginlik yüzünden, geri çekilememişti. Eldivenlerinin sert yünüyle yanaklarını sıvazladı, kararsızdı, aylardır süren sessizliğini, yalanları, hatta belki de ihanetleri düşündü. Böylesi iyiydi, ya da kötü. Parmaklarının arasından masanın üzerindeki Québec haritasına baktı. Sinirlenmenin ne gereği vardı ki? On gün sonra kendisi de Adamsberg de ölmüş olacaktı. Sol reaktöre sıkışan sığırcık kuşları, alev alan reaktör, Atlantik Okyanusu üzerinde meydana gelen patlama. Şişeyi eline alıp tepesine dikti. Sonra telefonun ahizesini kaldırdı ve tamircinin numarasını çevirdi.

II

Adamsberg, kahve makinesinin yanında Violette Retancourt'a rastladı. Teğmenlerinden en sağlam olanının, kahvesini makinenin memelerinden –çünkü kahve makinesi Komiser'in zihninde besleyici bir inekti, onları dikkatle izleyen, sessiz bir anneydi, Komiser de onu bu yüzden seviyordu– çekmesi için geride durdu. Ama Retancourt Komiser'i görür görmez gidiverdi. Adamsberg plastik bardağını makinenin musluğunun altına yerleştirirken, bugün besbelli iyi bir gün değil, diye düşündü.

İyi gün, ya da kötü gün, Teğmen Retancourt ender rastlanan bir olguydu. Adamsberg'in bu görkemli kadını eleştirmesini gerektirecek bir şey yoktu; otuz beş yaşında, bir yetmiş dokuz boyunda ve yüz on kiloydu, güçlü olduğu kadar zekiydi de ve kendisinin de söylediği gibi, enerjisini istediği şeye dönüştürme yetisi vardı. Retancourt, son bir yılda kullandığı yöntemlerin çeşitliliği ve darbelerinin oldukça korkutucu olan gücüyle, karakolun en önemli çalışanlarından biri haline gelmişti; suç masasının, zihinsel, taktik, idari işlerine, mücadele yada keskin vuruşlar gerektiren her alanına uygun, çok yönlü savaş makinesiydi o. Ama Adamsberg'i sevmiyordu. Aralarında düşmanlık olmaksızın, Komiser'le karşı karşıya gelmekten kaçınıyordu.

Adamsberg kahvesini sağmayı bitirdi, makineye teşekkür etmek için eliyle yanına vurdu ve Danglard'ın sinirlenmesi olayını neredeyse unutmuş bir halde, kendi bürosuna yöneldi. Yüzbaşı'nın uçakla yada Camille'le ilgili korkularını yatıştırmak için saatlerini harcamaya niyeti yoktu. Sadece, Camille'in Montréal'de olduğunu öğrenmemiş olmayı dilerdi, bunu bilmiyordu ve bu haber Québec kaçamağını hafiften alt üst ediyordu. Danglard'ın kendisine göz kenarlarına gizlediği hayalleri, unutulmuşluğun yumuşak bataklığında kaybolan çene kemiğinin hatlarını, bataklığın erittiği çocuksu dudakları, kuzey kızının beyaz tenini griye boyayan bataklık çamurunu hatırlatmamış olmasını isterdi. Yüzbaşı, başka kadınların kendisine sundukları uğruna sessiz sedasız parçaladığı bu aşkı zihninde yeniden canlandırmasın isterdi. Camille'de önüne geçilmez bir meyve hırsızlığı, arakçılık, gezginlik güdüsü vardı. Camille'in, gezilerinden sonra elleriyle kulaklarını tıkadığını çok görmüştü, sanki melodik sevgilisi tırnaklarını karatahtaya sürtüp gıcırdatmış, narin müziğine kötü bir ses eklemiş gibi. Camille müzisyendi, bunun nedeni bu olmalıydı.

Koltuğuna çaprazlama oturdu ve kahvesini üfledi; bakışları, üzerinde önemli raporların, acil vakaların iğnelendiği panoya kaydı; ortada Quebec misyonunun amaçlarının özeti vardı. Yan yana dizilmiş, üç kırmızı raptiyeyle tutturulmuş üç kağıt. Genetik izler, ter, idrar ve bilgisayarlar, akağaç yaprakları, ormanlar, göller, rengeyikleri. Yarın misyon emrini imzalayacaktı ve sekiz gün sonra uçacaktı. Gülümsedi, kahvesinden bir yudum aldı, içi rahattı, hatta mutlu bile sayılırdı.

Sonra birden, aynı soğuk terlerin ensesinden aktığını, aynı sıkıntının içini kapladığını, aynı kedinin pençeleriyle omzuna atladığını hissetti. Şokun etkisiyle öne eğildi ve kahve bardağını dikkatlice masanın üzerine koydu. Bir saat içinde bu ikinci kez oluyordu, beklenmedik bir misafir gibi gelip ortalığı telaşa veren bu rahatsızlığı tanımlayamıyordu. Kendini ayağa kalkıp yürümeye zorladı. Şok ve terleme dışında vücudu normal hareket ediyordu. Elini yüzüne götürdü, kaslarını gevşetip ensesini ovdu. Bir rahatsızlık, bir çeşit korunma çırpınışı. Bir acının ısırığı, bir tehdit algısı ve buna karşı koyan bir beden. Şimdi, yeniden rahatça hareket edebiliyorsa da, dalganın cezirden sonra bıraktığı solgun tortuyu andıran, anlatılmaz bir keder duyuyordu.

Kahvesini bitirdi, elini çenesine dayadı. Komiser, kendi kendini anlamamaya alışkındı, ama bu sefer ilk kez kendisinden tamamen firar ediyordu. İlk kez, birkaç saniye için de olsa, diğer tarafa geçiyordu, sanki tanımadığı biri bedenine girip kumandayı ele alıyordu. Bundan kesinlikle emindi: tanımadığı biri vardı içinde. Aklı başında bir insan, Komiser'e bu düşündüklerinin saçma olduğunu ve bunun gripten ileri gelen bir sersemlik hali olabileceğini söylerdi. Ama Adamsberg'in gördüğü, iyiliğini hiç mi hiç istemeyen bir yabancının kısa süreliğine bedenine girdiğiydi.

Dolabını açıp bir çift eski spor ayakkabı çıkardı. Bu kez yürümek ya da hayal kurmak yetmezdi. Koşması, gerekirse saatlerce koşması gerekiyordu, önce Seine Nehri'ne doğru, sonra nehir boyunca. Ve koşarken, peşinden gelen o yabancıyı yanıltmalı, nehrin sularına ya da, neden olmasın, başka birinin üzerine bırakmalıydı.

III

Adamsberg kirini pasını atmış, duşunu almıştı ve çok yorgundu. Akşam yemeğini, bazen yürüyüşlerine ara vermek için gittiği, asitli kokusu ve gürültülü ortamıyla tanıdığı *Dublin'in Siyah Suları* isimli barda yemeye karar verdi. Dillerini anlamadığı İrlandalılardan başka kimsenin olmadığı mekân, yeteri kadar gevezelik ve insanlıkla beraber, mükemmel bir yalnızlık da sunmak gibi eşsiz bir özelliğe sahipti. İçerde biradan yapış yapış olmuş masasını, Guinness[1] kokularıyla dolu havayı ve garson kız Enid'i buldu, domuz eti ve patates söyledi. Enid, servisi Adamsberg'in çok sevdiği, kalaydan yapılmış, uzun, antika bir çatalla yapıyordu; sapı tahtaydı, ucunda farklı boyda üç diş vardı. Adamsberg, Enid'in eti tabağa koymasını izlerken, o yabancı, bir tecavüzcünün hoyratlığıyla tekrar belirdi. Komiser bu kez saldırıyı bir saniye dilimi önceden kestirmişti sanki. Masanın üzerindeki yumruklarını sıkarak bedenine girmek isteyene karşı koymaya çalışıyordu. Vücudunu esnetiyor, başka şeyler düşünüyor, kırmızı akağaç yaprakları hayal ediyordu.

---

[1] Koyu renkli İrlanda birası (ç.n.)

Hiçbiri işe yaramadı ve rahatsızlık üzerinden, tarlaları yıkıp geçen, sonra da kurbanını özensizce bir kenara bırakıp başka yerlerde işini görmeye giden süratli, engel olunamaz, şiddetli bir kasırga gibi geçti.

Ellerini kımıldatacak duruma geldiğinde, çatalı bıçağı aldı, ama yemeğine dokunamadı bile. Kasırganın ardında bıraktığı keder iştahını kesiyordu. Enid'den af dileyip sokağa çıktı, rasgele, nereye gittiğini bilmeden yürüdü. Çabucak aklından geçen bir düşünceyle, hasta olduğunda Pireneler'in kayalıklarında bir oyuğa top gibi yerleşen ve rahatsızlığının geçmesini bekleyen büyük amcasını hatırladı. Sonra amcası ayağa kalkıp hayata geri dönerdi, ateşi düşmüş, kaya tarafından emilmiş olurdu. Adamsberg gülümsedi. Bu koca şehirde bir ayı gibi içine sığınacağı bir in, ateşini emebilecek, yabancıyı çiğ çiğ yutabilecek bir oyuk bulamadı. Yabancı, şu saatte belki de İrlandalı masa komşusunun omzuna atlamıştı bile.

Psikiyatr arkadaşı Ferez, muhtemelen olayın ortaya çıkış mekanizmasını tespit etmeye çalışırdı. Saklı kalmış sıkıntıyı, bir tutuklu gibi aniden zincirlerini şangırdatan, dillendirilmemiş acıyı. Belini büken kasılmalar, soğuk terler, uğultular yaratan da bu zincirlerin gürültüsüydü. İşte, alışılmadık durumlara olan takıntılı açlığını bildiği Ferez, bunları söylerdi. Kedinin, pençeleriyle sırtına ilk saldırdığında neden söz ettiğini sorardı. Camille'den, belki de? Yoksa Québec'ten mi?

Kaldırımda durdu, terlerin ensesinde biriktiği o ilk anda, Danglard'a ne demekte olduğunu düşündü. Evet, Rembrandt. Rembrandt'tan, Hernoncourt davasında alacakaranlık olmadığından söz ediyordu. İlk o zaman olmuştu. Demek ki Camille ya da Kanada'yla ilgili laflardan önce. Hem, Ferez'in daha önce hiçbir kaygı yüzünden sırtına kinli bir kedinin atlamadığını da bilmesi gerekirdi. Bunun daha önce hiç başına gelmemiş, yeni, görülmemiş bir şey olduğunu. Bu şokların, aralarında bağlantı kuracak bir öğe olmadan, ayrı ayrı yerlerde ve hallerde meydana geldiğini. Yürekli Enid'le yardımcısı Danglard arasında, *Dublin'in Siyah Suları*'ndaki masasıyla pano arasında ne gibi bir ilişki olabilirdi ki? Hiç. Ferez kadar zeki biri bile bunun altından kalkamazdı. Ve içine bir yabancının girdiğini fikrini reddederdi. Saçlarını, bacaklarını, kollarını sıvazladı, bedenini yeniden canlandırdı. Sonra yürüyüşüne devam etti, kendini bildik güçlerine, sakince gezinmeye, su üzerinde yüzen tahta gibi dalgalanan zihniyle, yoldan geçenleri uzaktan gözlemlemeye bıraktı.

Dördüncü nöbet, hemen hemen bir saat sonra, Saint Paul Bulvarı'nda yürürken, evinin iki adım ötesinde ortaya çıktı. Adamsberg, saldırının şiddetiyle eğilip sokak lambasına tutundu, tehlike rüzgârının altında hareketsiz kaldı. Gözlerini kapayıp bekledi. Bir dakikadan az bir süre sonra, başını yavaşça kaldırıp omuzlarını gevşetiyor, pantolon cebindeki parmaklarını oynatıyordu; kasırganın ardında bıraktığı hüzne dördüncü kez maruz kalıyordu. Gözlerini yaşla dolduran bir üzüntü, isimsiz bir keder.

Ve bu isim ona lazımdı. Bu sınamanın, bu korkunun ismi. Suç Masası odalarına girmesiyle son derece sıradan başlayan bu gün, Adamsberg'i değiştirmiş, saptırmış, ertesi gün gündelik hayatına devam edemez hale getirmişti. Sabahki sıradan adam, akşama allak bullak olmuş, adımlarının önünde biten, ateşli ağzı çözümsüz bir bilmeceye doğru yönelen bir volkan tarafından durdurulmuştu.

Sokak lambasını bırakıp etrafı incelemeye başladı, kendisini sırtından vuran katilin adını işaret edecek bir şey bulmak için, kurbanın kendisi olduğu cinayetin mahallini inceleyeceği gibi. Bir metre geriledi ve nöbetin başladığı anki durumuna geri döndü. Bakışlarını boş kaldırıma, sağındaki mağazanın karanlık vitrinine, solundaki reklam panosuna götürdü. Başka bir şey yoktu burada. Gecenin içinde, sadece cam çerçevesiyle aydınlanan bu afiş rahatça görülüyordu. İşte kasırgadan önce gördüğü son şey buydu. Afişi inceledi. Bir klasik dönem tablosunun röprodüksiyonu, üzerinde de bir yazı: *On dokuzuncu yüzyılın gösterişli ressamları. Geçici sergi. Grand Palais. 18 Ekim – 17 Aralık.*

Tabloda beyaz tenli, kaslı, kara sakallı bir erkek, etrafında su perileri olduğu halde okyanusun üzerine rahatça yerleşmiş, geniş bir deniz kabuğundan oluşan tahtında oturuyordu. Adamsberg bir süre, niçin nöbete yol açtığını anlamadığı bu resme yoğunlaştı, Danglard'la olan konuşmasının, Dublinlilerin duman altı barının etkilerini anlamadığı gibi. Oysa insan parmak şaklatırcasına normallikten kargaşaya atlayamaz. Bir geçiş olması gerekir, bir bağlantı. Hernoncourt davasında olduğu gibi, bu olayda da gölgelerin ve ışıkların kıyıları arasındaki köprü, alacakaranlık eksikti. Çaresizlikle iç geçirip dudaklarını ısırdı, boş taksilerin gezindiği geceyi dikkatle süzdü. Kolunu kaldırıp bir taksi durdurdu, arabaya bindi, şoföre Adrien Danglard'ın adresini söyledi.

IV

Danglard'ın uyku sersemi bir halde kapıyı açması için, zili üç kez çalması gerekti. Adamsberg'i gören Yüzbaşı gerildi, Komiser'in yüz hatları belirginleşmiş, burnu daha da eğrilmiş, kalkık elmacık kemikleri altında sağır bir iz kalmıştı. Demek Komiser her zamanki gibi sinirlenir sinirlenmez sakinleşmemişti. Danglard çizgiyi aşmıştı, biliyordu. O andan beri de bir karşılaşma olacağını, belki de azar işiteceğini düşünüp duruyordu. Hatta bir ceza? Ya da daha kötüsü? Kötümserliğinin keskin bıçaklarını dizginlemekten aciz, içindeki korkuları akşam yemeği boyunca kafasında evirip çevirmiş, çocuklara ne bununla, ne de sol reaktörle ilgili hiçbir şey belli etmemeye çabalamıştı. Bunun da en iyi yolu onlara Müfettiş Retancourt'la ilgili bir hikâye anlatmaktı, bu çocukları kesinlikle eğlendiriyordu, özellikle de bu iri yarı kadının -bir dahi olmasına rağmen, kadın vücudunun esnek belirsizliklerini yansıtmakta pek de usta olmayan Michelangelo tarafından çizildiği sanılabilirdi- narin, yaban bir çiçek olan Violette[2] adını taşıyor olması. Bugün Vi-

2 Violette: Menekşe (ç.n.)

olette, zor bir dönem geçirmekte olan Hélène Froissy'yle fısır fısır konuşuyordu. Violette, bildik cümlelerinden birini söyleyip avucunun içiyle fotokopi makinesine vurmuş ve beş gündür bozuk olan aletin aniden çalışmasını sağlamıştı.

Danglard'ın ikizlerinden biri, eğer Retancourt fotokopi makinesine değil de Hélène Froissy'nin kafasına vurmuş olsaydı ne olacağını sordu. Böylece kederli kadının düşünceleri de tamir olur muydu? Violette bir dokunuşuyla eşyaları ve insanları değiştirebilir miydi? Sonra her biri, bozuk televizyonu elleyip güçlerini denediler -Danglard çocuk başına bir dokunuşa izin vermişti- ama ekranda bir değişiklik olmadı ve en küçüğü parmağını acıttı. Çocuklar yattığında, Yüzbaşı'nın endişe dolu düşünceleri onu tekrar karamsar kehanetlere sürükledi.

Danglard, şefinin karşısında yararsız bir kendini savunma hareketiyle göğsünü kaşıdı.

"Çabuk olun, Danglard," diye fısıldadı Adamsberg, "Size ihtiyacım var. Taksi aşağıda bekliyor."

Komiser'in beklediği gibi kızgın olmadığını görünce aklı başına gelen Yüzbaşı, hemen pantolonunu ve ceketini üzerine geçirdi. Adamsberg dediklerine kızmamıştı, o konuşmayı unutmuş, hoşgörüsünün ve bildik tasasızlığının aylasına gömmüştü. Komiser, gecenin bir yarısı evine kadar geldiğine göre, bir cinayet işlenmişti.

"Nerede?" dedi Adamsberg'in yanına geldiğinde.

"Saint-Paul'de."

İki adam merdivenlerden indiler, Danglard, kravatını takmaya ve üzerine koca bir atkı sarmaya çalışıyordu.

"Kurban kim?"

"Çabuk olun dostum, olay acil."

Taksi onları reklam panosunun yanında bıraktı. Adamsberg şoföre para verirken, Danglard şaşkınlıkla boş sokağa bakıyordu. Arabalar yok, polis farları yok, teknik çalışanlar yok, ıssız bir kaldırım ve uyuklayan apartmanlar. Adamsberg, Danglard'ı kolundan yakaladı ve hızlı adımlarla reklam panosuna doğru çekti.

"Bu ne, Danglard?"

"Efendim?" dedi Danglard, son derece şaşkındı.

"Bu tablo, diyorum. Ne olduğunu soruyorum. Ne ifade ediyor?"

"Peki ya kurban?" dedi Danglard kafasını çevirerek. "Kurban nerede?"

"Burada," dedi Adamsberg parmağını göğsüne bastırarak. "Cevap verin. Bu ne?"

Danglard başını salladı, hem kafası karışmış, hem de şaşırmıştı. Sonra, durumun düşsel anlamsızlığı ona öyle hoş göründü ki, saf bir neşe, kızgınlığını silip süpürdü. İçi birden Adamsberg'e karşı minnetle doldu, Komiser, hakarete varan sözlerinden alınmadığı gibi, bu akşam ona istemeden de olsa sıra dışı bir çılgınlık anı sunuyordu. Ve sıradan hayatı eğip bükmeyi, içinden bu sapmaları, bu kısa ve tuhaf güzellik parıltılarını çıkarmayı ancak Adamsberg becerebilirdi. Öyleyse, onu uykusundan uyandırıp ısırgan bir soğukta, gece yarısını geçkin bir saatte Neptün'ün önüne getirmiş olmasının ne önemi vardı?

"Bu adam kim?" diye yineledi Adamsberg, hâlâ kolunu tutuyordu.

"Sulardan çıkan Neptün," dedi Danglard gülümseyerek.

"Emin misiniz?"

"Neptün ya da Poseidon, tercihinize bağlı."

"Deniz tanrısı mı, yoksa cehennem tanrısı mı?"

"İkisi kardeştir," dedi Danglard, gecenin bir yarısı mitoloji dersi vermekten memnundu. "Üç kardeşler: Hades, Zeus ve Poseidon. Poseidon denizin maviliklerine ve fırtınalarına hükmeder, ama aynı zamanda derinliklerine ve diplerdeki tehditlerine de."

Adamsberg şimdi kolunu bırakmıştı, ellerini sırtında kavuşturmuş dinliyordu.

"Bakın," dedi Danglard parmağını afişin üzerinde gezdirerek, "saray erkânı ve şeytanları tarafından sarılmış. İşte Neptün'ün yaptıkları, yabayla ifade edilen işkenceci gücü ve insanları diplere çeken uğursuz yılan. Resim oldukça akademik, stili yumuşak ve duygusal. Ressamın kim olduğunu bilemem. Burjuva salonlarında hizmet eden ünsüz biri olsa gerek ve muhtemelen..."

"Neptün," diye sözünü kesti Adamsberg, sesi düşünceliydi. "Peki Danglard, çok teşekkür ederim. Şimdi evinize dönün, uyuyun. Uyandırdığım için özür dilerim."

Danglard bir açıklama talep edemeden,

Adamsberg bir taksi durdurup yardımcısını içine oturtmuştu bile. Danglard, arabanın camından ağır adımlarla ilerleyen Komiser'e baktı, siyah, ince ve kambur, gecenin içinde hafifçe sallanan bir siluet. Gülümsedi, el alışkanlığıyla başını sıvazladı, eli beresinin kesilmiş ponponuna denk geldi. İçini birden bir endişe kaplamıştı, şans getirsin diye üç kere bu ponpon embriyonuna dokundu.

V

Adamsberg evine vardığında çeşitli türlerden kitapların bulunduğu kütüphanesinde, ona Neptün-Poseidon hakkında bilgi verebilecek bir kitap aradı. Bulduğu eski tarih ders kitabının altmış yedinci sayfasında, Deniz Tanrısı elinde kutsal silahı olduğu halde, bütün ihtişamıyla karşısındaydı. Bir an resmi inceledi, altındaki kısa yazıyı okudu, sonra kitabı bırakmadan, giysilerini bile çıkarmadan yatağına uzandı, yorgunluk ve kederden sırılsıklam olmuştu.

Saat dörtte, çatıda dövüşen bir kedinin çığlığıyla uyandı. Karanlığın içinde gözlerini açtı, yatağının karşısındaki pencerenin açık renkli çerçevesine bakakaldı. Pencerenin kulpuna asılı duran ceketi, hareketsiz duran geniş bir siluet gibiydi, odasına girip uykusunda onu izleyen davetsiz misafirin silueti. İnine giren ve peşini bırakmayan yabancı. Adamsberg kısa bir süre gözlerini kapadı, sonra yeniden açtı. Neptün ve yabası.

Bu kez kolları titremeye başladı, bu kez kalbi hızla çarptı. Bugün geçirdiği dört nöbetle alakası olmayan, büyük bir hayret ve dehşetti bu.

Mutfak musluğundan kana kana içti, yüzüne ve

saçlarına su serpti. Sonra tek tek bütün dolapları açıp alkollü bir şeyler aradı; sert bir içki, acı, baharatlı, ne olursa. Bir yerlerde böyle bir şey olmalıydı, en azından bir akşam Danglard'dan kalan bir içki. Sonunda pişmiş topraktan yapılmış bir şişe buldu, kapağını çabucak açtı. Burnunu şişenin ağzına dayadı, üzerindeki etiketi inceledi. Yüzde kırk dört alkollü ardıç içkisi. Elleri koca şişeyi titretiyordu. Bir bardağı doldurup bir dikişte bitirdi. Sonra bir daha. Adamsberg, bedeninin parçalara ayrıldığını hissetti, eski koltuğuna yayıldı, sadece ufak bir gece lambası yanıktı.

Şimdi, kasları alkolün etkisiyle uyuştuğuna göre, düşünmeye başlamayı deneyebilirdi. Neptün'ün, içindeki mağaralardan çıkarıp ortaya serdiği canavarla yüzleşebilirdi. Yabancı, korkunç davetsiz misafir. Yaba diye adlandırdığı yenilmez ve kibirli katil. Otuz yıl önce hayatının akışını değiştiren ele geçmez katil. On dört yıl boyunca peşine düştüğü, izini sürdüğü, her seferinde yakalamayı umup elinden kaçırdığı, sürekli yer değiştiren av. O ise koşmuş, düşmüş, yine koşmuştu.

Ve düşmüştü. Bu yolda umutlarını bırakmış, en önemlisi de kardeşini kaybetmişti. Yaba elinden kaçmıştı, hep kaçmıştı. Bir dev, bir şeytan, cehennem Poseidon'u. Üç dişli silahını kaldırıp bir darbede, karnında üç delik açarak öldüren; arkasında, düz çizgi üzerindeki üç kırmızı noktayla mimlenmiş kurbanını bırakan katil.

Adamsberg koltuğunda doğruldu. Bürosunun duvarındaki panoda gördüğü üç kırmızı raptiye, üç kanlı delik. Enid'in kullandığı üç dişli uzun çatal, Yaba'nın yansıması. Ve elinde silahıyla Neptün. Ona büyük acılar çektiren, ruhunda kasırgalar koparan, içini kederlere boğan ve sıkıntısını bir çamur gibi akıtan görüntüler.

Tahmin etmeliydim, diye düşünüyordu şimdi. Bu nöbetlerin şiddetini Yaba'yla yaptığım yolculuğun acı dolu yoğunluğuna bağlamalıydım. Çünkü hiç kimse içinde bu adam kadar keder ve korku, sıkıntı ve öfke doğurmamıştı. On altı yıl önce, katilin hayatında açtığı yarığı kapatması, etrafına duvarlar örmesi ve unutması gerekmişti. Ve bu yarık bugün aniden, sebepsiz yere ayaklarının altında açılıvermişti.

Adamsberg ayağa kalkıp kollarını karnının üzerinde kavuşturdu, odada gezinmeye başladı. Bir taraftan, kasırganın çıkış noktasını belirlemiş olmaktan dolayı kendini kurtulmuş ve dinlenmiş hissediyordu. Artık kasırgalar olmayacaktı. Ama Yaba'nın aniden ortaya çıkmış olması onu korkutuyordu. Bu 6 Ekim Pazartesi günü, duvarlardan geçen bir hayalet gibi yeniden belirivermişti katil. Kaygı verici bir uyanış, anlaşılması güç bir geri dönüştü bu. Ardıç içkisi şişesini dolaba kaldırıp bardağını özenle yıkadı. Yaşlı adamın neden, hangi sebepten dirildiğini anlayabilse... Sakin sakin karakola gitmesiyle Yaba'nın ortaya çıkması arasında yine bir bağlantı eksikti.

Yere oturup sırtını radyatöre dayadı, kollarıyla dizlerini sarıp kayanın oyuğunda böylece oturan amcasını düşündü. Konsantre olması, gözlerini bir noktaya dikip en derinlere dalana kadar kıpırdatmaması gerekiyordu.Yaba'nın ilk göründüğü ana geri gel, ilk kasırgaya. Rembrandt'tan söz ettiği ana yani, Danglard'a Hernoncourt davasındaki garipliği anlattığı ana. O sahneyi zihninde canlandırdı. Kelimeleri ezberlemek ne kadar canhıraş bir çaba gerektiriyorsa, görüntüler de hafızasına, yumuşak toprağa gömülen ufak taşlar gibi, o kadar kolayca yerleşiyorlardı. Kendisi Danglard'ın masasının kenarına oturuyordu, Danglard'ın mutsuz yüzünü, başındaki ponponu kesilmiş beresini, beyaz şarap dolu plastik bardağı, solundan gelen ışığı gördü. Ve o, alacakaranlıktan söz ediyordu. Nasıl duruyordu? Kollarını kavuşturmuş muydu? Elleri dizlerinin üzerinde miydi? Masanın üzerinde miydi? Ceplerinde miydi? Elleri neredeydi?

Elinde bir gazete vardı. Masanın üzerinden aldığı, açtığı, konuşurken görmeden baktığı gazete. Görmeden mi? Yoksa görerek mi? Öyle dikkatli bakmıştı ki, hafızasından bir bıçak fırlayıvermişti.

Adamsberg saatine baktı. Beşi yirmi geçiyor. Hızla ayağa kalktı, buruşmuş ceketini düzeltip evden çıktı. Yedi dakika sonra, kapıdaki alarmı etkisiz hale getiriyor ve karakol binasına giriyordu. Hol buz gibiydi, önceki gün akşam yedide gelmesi beklenen tamirci gelmemişti.

Nöbetçi grubunu selamlayıp, sessizce yardımcısının odasına süzüldü, varlığıyla gece ekibini telaşlandırmak istemedi. Sadece masa lambasını yaktı ve gazeteyi aramaya başladı. Danglard gazeteyi masanın üzerinde bırakacak bir adam değildi, klasör dolabındaydı gazete. Neptün'e dair bir işaret görürüm umuduyla, oturmadan sayfaları çevirmeye başladı. Daha da kötüsünü gördü. Yedinci sayfada, *Schiltigheim'da bir genç kız üç bıçak darbesiyle öldürüldü* başlığının altındaki kötü fotoğrafta, sedyenin üzerinde bir ceset görülüyordu. Fotoğrafın kalitesiz renklerine rağmen, genç kızın açık mavi kazağı ve karnının üst kısmında, sıralı üç kırmızı delik açıkça seçiliyordu.

Adamsberg masanın etrafını dolaşıp Danglard'ın koltuğuna oturdu. Şöyle bir görüverdiği üç yarayı, alacakaranlığın son parçasını elinde tutuyordu. Geçmişinde defalarca gördüğü bu iz, on altı yıldır hafızasının derinliklerinde cansız yatan katilin işaretiydi. Bu fotoğrafın irkintiyle uyandırdığı katil, korkunç nöbetlere ve Yaba'nın dönüşüne yol açan katil.

Şimdi artık sakinleşmişti. Gazetenin o sayfasını katlayıp iç cebine koydu. Her şey yerli yerindeydi ve artık kasırgalar geri gelmeyecekti. Birkaç görüntünün kesişmesiyle mezarından çıkan Yaba'nın da geri gelmeyeceği, bu kısa anlaşmazlıktan sonra unutulmuşların mağarasına döneceği gibi.

VI

Québec yolcuğuna katılan sekiz kişinin toplantısı soğuktan ağırlaşmış, iç karartıcı bir ortamda sürüyordu. Teğmen Violette Retancourt'un önemli katılımı olmasa, buluşma tam bir zaman kaybı olabilirdi. Teğmen ne eldiven ne bere takmıştı, soğuktan etkilenmişe benzemiyordu. Kasılmış çene kemikleriyle ve gergin bir sesle konuşan iş arkadaşlarının aksine, Québec yolculuğunun direnç verdiği, görmüş geçirmiş ses tonunu koruyordu. Yanında, burnunu atkısına sokmuş olan Voisenet ve çok yönlü Teğmen'i eşsiz güçleri olan bir Tanrıça gibi, avcı Diane ile on iki kollu Shiva'nın karışımı, yapılı bir Junon gibi gören genç Estalère vardı. Retancourt yüreklendiriyor, ispat ediyor, sonuca bağlıyordu. Görünene göre bugün enerjisini ikna etme gücüne dönüştürmüştü. Adamsberg gülümsüyor, toplantıyı yönetmesine izin veriyordu. Hareketli geçen geceye rağmen, şu anda kendisini rahatlamış, normal haline kavuşmuş hissediyordu. Ardıç içkisi ardında bir baş ağrısı bile bırakmamıştı.

Danglard, koltuğunda sallanan Komiser'e baktı, eski umarsızlığı geri gelmişti, önceki günkü durumunu, hatta Deniz Tanrısı'yla yaptıkları gece

sohbetini bile unutmuş gibiydi. Retancourt konuş-
maya devam ediyor, olumsuz yorumlara cevap ve-
riyordu, ve Danglard yenildiğini, karşı koyulmaz
bir güç tarafından, reaktörü sığırcık kuşlarıyla dolu
boeing'in kapılarına itildiğini hissediyordu.

Retancourt kazandı. On ikiyi on geçe, Gatine-
au'daki KKJ'ye gidilmesi kararı bire karşı yedi oyla
kabul edildi. Adamsberg oturumu bitirdi ve kararı
valiye bildirmek için yola çıktı. Koridorda Dang-
lard'ı yakaladı.

"Üzülmeyin," dedi, "ipi ben tutarım. Bunu iyi
beceririm."

"Hangi ipi?"

Adamsberg, baş parmağıyla işaret parmağını
birleştirerek, "Uçağı tutan ipi," diye karşılık verdi.

Sonra sözünü tutacağını bildirircesine başını
eğip uzaklaştı. Danglard, Komiser'in kendisiyle
dalga geçip geçmediğini düşündü. Ama ciddi görü-
nüyordu, uçakların ipini tutarak düşmelerine engel
olabildiğine gerçekten inanır gibiydi. Danglard eli-
ni, önceki geceden beri yatıştırıcı bir nokta olan
ponponuna götürdü. Ve garip ama şu Adams-
berg'in tutacağı ip fikri onu biraz rahatlattı. Soka-
ğın köşesinde ortamı güzel, yemekleri kötü bir bar,
karşısında da yemekleri güzel, ortamı kötü bir bar
vardı. Karakol çalışanları, hemen hemen her gün
bu mühim ve varoluşsal seçimi yapmak zorunda ka-
lıyorlar, karanlık ve soğuk bir yerde damak tatları-
nı mı tatmin etsinler, yoksa otuzlu yıllardan kalan
rahat koltuklarıyla beraber korkunç bir aşçısı olan
mekânı mı tercih etsinler, karar veremiyorlardı.

Bugünlük, ısınma sorunu her tür gerekçenin önüne geçti ve yirmi kadar polis memuru kötü aşçılı bara doluştu. Barın adı *Filozoflar Barı*'ydı ve mekânın her gün, genelde kavramları kullanmakla pek de ilgilenmeyen altmış polisle dolduğu düşünülürse, bu isim biraz yersiz kaçıyordu. Adamsberg adamlarının restorana gidişlerini izledi ve kötü ısıtılan bara, *Çalı*'ya yöneldi. Yirmi dört saattir yemek yemiş sayılmazdı, son İrlanda yemeğini de kasırganın esintilerine bırakmıştı.

Günün mönüsünü bitirirken, iç cebinde buruşmuş duran gazete sayfasını çıkarıp masanın üzerine yaydı, başını belaya sokan Schiltigheim cinayetine karşı koyamıyordu. Yirmi iki yaşındaki kurban Elisabeth Wind, gece on iki sularında, bisikletle Schiltigheim'dan köyüne dönerken öldürülmüştü. Cinayet köyden üç kilometre uzakta, genç kızın her cumartesi geçtiği güzergah üzerinde işlenmişti. Ceset yolun on metre kadar ötesinde, çalılıkların arasında bulunmuştu. İlk incelemelere göre kafasında bir bere, karnında da ölümüne sebep olan, kesici bir aletle açılmış üç delik vardı. Genç kız tecavüze uğramamış, hatta elbiseleri bile çıkarılmamıştı. Bir şüpheli hemen gözaltına alınmıştı; otuz sekiz yaşında, bekar bir evsiz olan Bernard Vétilleux olay mahallinin beş metre ötesinde, zil zurna sarhoş, uyurken bulunmuştu. Jandarma, Vétilleux aleyhinde ağır bir kanıt bulduklarını iddia ederken, adam cinayet gecesiyle ilgili hiçbir şey hatırlamadığını söylüyordu.

Adamsberg haberi iki kez okudu. Yavaşça başını sallayarak üzerinde üç delik bulunan açık mavi kazağa baktı. İmkânsızdı elbette. Bunu ondan iyi kimse bilemezdi. Eliyle gazete kâğıdına dokundu, bir an tereddüt ettikten sonra cep telefonunu aldı.

"Danglard?"

Yardımcısı *Filozoflar Barı*'nda yemek yiyordu, ağzı dolu cevap verdi.

"Bas-Rhin bölgesinde, Schiltigheim jandarma komutanını bana bulabilir misiniz?"

Danglard, Fransa'nın tüm şehirlerindeki komiserlerin adlarını ezbere biliyordu, ama jandarma konusunda daha az yetkindi.

"Neptün'ün kim olduğu kadar acil bir durum mu?"

"Tam değil, ama aynı konu diyelim."

"Sizi on beş dakika sonra ararım."

"Bu arada, kalorifer tamircisini de unutmayın."

Danglard, aradığında Adamsberg duble kahvesini -karakolun besleyici ineğininkinden çok daha kötüydü- bitiriyordu.

"Komutan Thierry Trabelmann. Kalem kâğıdınız var mı?"

Adamsberg komutanın adını kâğıttan masa örtüsüne yazdı. Schiltigheim jandarmasını aramak için *Çalı*'nın eski duvar saatinin ikiyi vurmasını bekledi. Komutan Trabelmann biraz mesafeliydi. Adamsberg hakkında hem iyi, hem kötü şeyler duymuştu ve nasıl davranması gerektiği konusunda kararsız gibiydi.

"İşinizi elinizden almak niyetinde değilim, Komutan Trabelmann," dedi Adamsberg ilk olarak.

"Böyle söylerler, sonra ne olur bilirsiniz. Jandarmalar pis işlerle uğraşır dururlar, ilginç bir olay olduğunda da onu polislere kaptırırlar."

"Tek istediğim bir doğrulama, bana gereken sadece bu."

"Aklınızdan ne geçiyor bilmiyorum Komiser, ama adam elimizde, hem de kıskıvrak."

"Bernard Vétilleux mü?"

"Evet, katilin o olduğundan eminiz. Cinayet silahını adamın beş metre ötesinde bulduk, otların arasına öylece bırakılmıştı. Yaralara tıpa tıp uyuyor. Sapında da Vétilleux'nün parmak izleri vardı, öylece."

Öylece. Bu kadar basit. Adamsberg bir an, devam etmekle geri çekilmek arasında tereddüt etti.

"Ama Vétilleux inkâr ediyor?"

"Adamlarım onu bulduklarında, hâlâ domuz gibi sarhoştu. Ayakta zor duruyordu. İnkârları beş para etmez: sünger gibi içtiği dışında hiçbir şey hatırlamıyor."

"Sabıkası var mı? Başka vukuatları?"

"Hayır. Her şeyin bir başlangıcı vardır."

"Haberde kesici bir aletten söz ediliyor. Bu bir bıçak mı?"

"Bir biz."

Adamsberg bir an sessiz kaldı.

"Alışıldık bir cinayet aleti değil," dedi sonra.

"O kadar da tuhaf değil. Bu evsizler bir sürü ıvır zıvırla gezerler. Bizle konserve kutularını açar, kilitleri zorlarsınız. Kafanızı yormayın Komiser, adamımızın o olduğunu temin ederim."

"Son bir şey, Komutan," dedi Adamsberg hızla, Trabelmann'ın sabrının taşmak üzere olduğunu hissetmişti. "Bu biz, yeni mi?"

Bir sessizlik oldu.

"Bunu nereden biliyorsunuz?" diye sordu Trabelmann şüphe dolu bir ses tonuyla.

"Yeni, değil mi?"

"Doğru. Ne fark eder?"

Adamsberg alnını eline yasladı, gazetedeki fotoğrafa baktı.

"Bir iyilik yapın, Trabelmann. Bana cesedin fotoğraflarını gönderin, yaraların yakın plan resimlerini."

"Bunu niye yapayım?"

"Çünkü sizden kibarca rica ediyorum."

"Öylelikle, yani?"

"İşinizi elinizden aldığım yok," diye yineledi Adamsberg. "Söz verdim."

"Sizi rahatsız eden nedir?"

"Bir çocukluk anısı."

"Öyleyse," dedi Trabelmann, çocukluk anıları kutsal bir nedenmiş, tartışılmaz bir konuymuş gibi, birden gardını indirmiş, pek saygılı oluvermişti.

VII

Beklenen tamirci de, Komutan Trabelmann'ın gönderdiği dört fotoğraf da karakola ulaşmıştı. Resimlerden biri, yukardan çekilmiş olanı, genç kurbanın yaralarını açıkça gösteriyordu. Artık Adamsberg elektronik posta kutusunu iyi kullanıyordu, ama bu fotoğrafları Danglard'ın yardımı olmadan büyütmeyi beceremiyordu.

"Bu ne?" diye mırıldandı Yüzbaşı, Adamsberg'in yerine oturup aletin kumandasını ele alırken.

"Neptün," diye yanıtladı Adamsberg yarım bir gülümsemeyle. "Suların mavi yüzeyine damgasını vuran Neptün."

"Ama bu ne?" diye tekrar etti Danglard.

"Bana soru soruyorsunuz, sonra da cevaplarımı beğenmiyorsunuz."

"Üzerinde çalışacağım şeyin ne olduğunu bilmek isterim," dedi Danglard.

"Schiltigheim'ın üç deliği, yabanın üç darbesi."

"Neptün'ün yabası mı? Bu sizde sabit fikir mi?"

"Bir cinayet. Üç biz darbesiyle öldürülmüş bir genç kız."

"Bunu bize gönderen Trabelmann mı? İşi elin-

45

den mi alındı?"

"Hayır, sakın ha."

"O zaman?"

"O zaman, bilmiyorum. Şu resmin büyütülmüş halini görmeden hiçbir şey bilmiyorum."

Danglard pes edip resmi bilgisayarın belleğine aktarmaya başladı. Adamsberg'in en çok tekrar ettiği bu "bilmiyorum" lafından nefret ediyordu. Komiser bu söz yüzünden çoğu kez belirsiz, çamurlu yollarda bulmuştu kendini. Danglard için "bilmiyorum" lafı, düşünce bataklıklarından önceki etaptı; Yüzbaşı, Komiser'in bir gün tamamen bu bataklıklara gömüleceğinden korkuyordu.

"Adamı yakaladıklarını okumuştum," dedi Danglard.

"Evet. Cinayet aleti ve üzerinde parmak izleriyle."

"Öyleyse sorun nedir?"

"Bir çocukluk anısı."

Trabelmann'ı bir anda yumuşatan bu yanıt, Danglard üzerinde aynı etkiyi göstermedi. Aksine, Yüzbaşı endişesinin arttığını hissetti. Fotoğrafı maksimum düzeyde büyütüp yazıcının düğmesine bastı. Adamsberg makineden hıçkırıklarla çıkan kâğıda bakıyordu. Kâğıdı kenarından tutup havada kuruttuktan sonra, resmi yakından inceleyebilmek için bir lamba yaktı. Danglard anlamaz gözlerle Komiser'in eline bir cetvel alışını, önce bir tarafı, sonra diğerini ölçüşünü, bir çizgi çekişini, kanlı deliklerin ortasına bir nokta konduruşunu, bir paralel çizgi daha çizip tekrar ölçüşünü izledi. Sonunda Adamsberg cetveli bir kenara atıp, elinden sarkan fotoğrafla büroda dolaşmaya başladı. Komiser kafasını çevirdiğinde, Danglard yüzünde şaşkınlık dolu bir keder gördü. Yüzbaşı bu ifadeye binlerce kez rastlamışsa da, bunu Adamsberg'in üşengeç yüzünde ilk kez görüyordu.

Komiser dolaptan yeni bir dosya çıkardı, içine fotoğrafları koydu ve üzerine temiz yazısıyla *Yaba-9* yazıp bir de soru işareti ekledi. Strasbourg'a gidip cesedi görmeliydi. Bu, Québec yolculuğunun gerektirdiği acil işleri yavaşlatacaktı. Bunları Retancourt'a devretmeyi düşündü, nasılsa Teğmen bu dosyada hepsinden bir adım öndeydi.

"Benimle eve gelin, Danglard. Görmezseniz anlayamazsınız."

Danglard odasına gidip, kendisini bir İngiliz üniversite hocasına, ya da sivil giyimli bir papaza benzeten koca, siyah deri çantasını aldı. Sonra Adamsberg'in peşinden Kurul Salonu'nu geçti. Adamsberg, Retancourt'un yanında duraladı.

"Akşama doğru sizinle görüşmek isterim," dedi, "yükümü hafifletirseniz sevinirim."

"Hiç sorun değil," dedi Retancourt gözlerini işinden kaldırmadan. "Gece yarısına kadar çalışıyorum."

"Çok iyi. O zaman akşama görüşürüz."

Adamsberg, memur Favre'ın sıradan gülüşünü, sonra da sesini duyduğunda, salondan çıkmıştı.

"Yükünü hafifletmek için Retancourt'a ihtiyacı

var," diye kikirdiyordu Favre. "Bu gece önemli bir gece, menekşenin kızlığı bozulacak. Komiser Pireneler'den geliyor, dağlara tırmanmakta üstüne yoktur. Ulaşılması imkânsız zirveler konusunda uzmandır."

"Bir dakika, Danglard," dedi Adamsberg yardımcısını durdurarak.

Peşinde Danglard'la salona geri döndü ve doğruca Favre'ın odasına yöneldi. Birden bir sessizlik olmuştu. Adamsberg demirden masayı tutup şiddetle itti. Masa gürültüyle yana devrildi, üzerindeki kâğıtlar, diyapozitifler, raporlar karmakarışık bir halde yere döküldü. Favre elinde plastik bardağıyla, tepkisiz kalakaldı. Adamsberg kenarını yakaladığı koltuğu, memur ve elindeki kahveyle birlikte arkaya itti, kahve Favre'ın gömleğine döküldü.

"Sözlerinizi geri alın, Favre, özür dileyin ve pişman olun. Bekliyorum."

Danglard parmaklarını gözlerine bastırarak, kahretsin, dedi içinden. Adamsberg'in gergin bedenine baktı. Son iki gündür, Komiser, yıllardır süren çalışma ortaklıkları boyunca görmediği kadar yeni tepkiler veriyordu.

"Bekliyorum," diye tekrar etti Adamsberg.

Favre dirseklerinin üzerinde doğruldu; şimdi kavganın merkezinde toplaşmış olan meslektaşları önündeki saygınlığını bir parça da olsa kurtarmak istiyordu. İçlerinden sadece Favre'ın laflarının hedefi olan Retancourt yerinden kalkmamıştı. Ama yaptığı işe ara vermişti.

"Neyi geri alayım?" diye bağırdı Favre. "Gerçekleri mi? Ne dedim ki? Tırmanmada uzmansınız dedim, yalan mı?"

"Bekliyorum, Favre," diye yineledi Adamsberg.

"Hassiktir," dedi Favre yerden kalkarak.

Adamsberg, Danglard'ın elindeki siyah havluya sarılı şişeyi alıp masanın demir ayağında kırdı. Şarap damlaları odanın içine saçıldı. Elinde kırık şişeyle Favre'a doğru bir adım attı. Danglard Komiser'i tutmak isterken, Favre bir hareketle silahını çekip Adamsberg'e doğrulttu. Karakol çalışanları şaşkınlıktan taş kesilmiş, baş komisere silah çeken memura bakıyorlardı. Aynı zamanda, bir yıl boyunca sadece iki kez, saman alevi gibi öfkelenip durulduğuna şahit oldukları Komiser'e de baktılar. Her biri hızla, çatışmayı yatıştıracak bir yöntem düşünüyordu, her biri Adamsberg'in her zamanki ilgisizliğine kavuşacağını, şişeyi yere atıp omuz silkerek uzaklaşacağını umuyordu.

"O aptal polis silahını bırak," dedi Adamsberg.

Favre silahını küçümseyen bir ifadeyle attı ve Adamsberg şişeyi biraz indirdi. Aşırıya kaçtığını, durumun çirkinliğinden gizliden gizliye emin olduğunu hissetti, çirkinlik konusunda Favre'ın mı kendisinin mi başı çektiğini bilemedi. Parmaklarını gevşetti. Memur ayağa kalktı ve öfkeli bir rahatlamayla şişenin sivri uçlu dibini fırlatarak Komiser'in sol kolunu bir bıçak gibi kesti.

Favre koltuğuna oturtulup etkisiz hale getirildi. Sonra yüzler, bu yeni durumla ilgili kararını öğrenmek için Komiser'e döndü. Adamsberg telefona koşan Estalère'i bir hareketle durdurdu.

"Yara derin değil, Estalère," dedi eski sakin tonuna kavuşmuş sesiyle. Kolunu göğsüne bastırmıştı. "Adli hekime haber verin, o beni tedavi eder."

Sonra Mordent'a işaret edip kırık şişeyi uzattı.

"Bunu plastik bir torbaya koyun, şiddet gösterdiğime dair kanıt. Emrimde çalışanlardan biri üzerinde tehdit. Favre'ın silahını ve şişenin dibini de alın, onun saldırısına dair kanıt, ama niyeti..."

Adamsberg ellerini saçlarına götürdü, ne diyeceğini düşünüyordu.

"Niyetim oydu!" diye haykırdı Favre.

"Kapa çeneni," dedi Noël bağırarak, "durumunu daha da zora sokma, zaten yeterince battın."

Adamsberg, Noël'e şaşkın bir bakış attı. Genelde bu memur, arkadaşının pis şakalarına gülümseyerek destek olurdu. Ama artık, Favre'ın hoyratlığıyla Noël'in inceliği arasında bir yarık oluşmuştu.

Adamsberg, Justin'e not almasını işaret ederek, "Niyeti fazla zarar vermek değildi," diye devam etti. "Anlaşmazlık nedeni, memur Joseph Favre'ın Teğmen Violette Retancourt'a hakaret ve iftirada bulunması."

Adamsberg kafasını kaldırıp odadaki memurları saydı.

"On iki şahit," diye ekledi.

Voisenet Komiser'i oturtmuş, gömleğinin kolunu sıyırmış, ilk yardım tedavisini uygulamaktaydı.

Adamsberg bıkkın bir ses tonuyla, "Çatışmanın devam etme nedeni: üstün memura uyguladığı yaptırımlar, memur Favre'a dokunmadan ve bedensel bütünlüğüne tecavüz etmeden uyguladığı şiddet ve tehdit."

Voisenet koluna pansuman yaparken, Adamsberg dişlerini sıktı.

"Memur, polis silahını ve kesici alet kullandı. Cam kırıklarıyla oluşmuş hafif bir yara. Gerisini bilirsiniz, raporu bensiz tamamlayın ve polisler polisine gönderin. Odanın bu halinin fotoğrafını çekmeyi de unutmayın."

Justin ayağa kalkıp Komiser'e yaklaştı.

"Şarap şişesi için ne yazalım? Danglard'ın çantasında bulduğunuzu mu?"

"Bu masanın üzerinden aldığımı yazın."

"Karakolda öğleden sonra üç buçukta bir şarap şişesi bulunmasının sebebi?"

"Öğle tatilinde Québec yolculuğunu kutlamış olmamız."

"Peki, oldu," dedi Justin, rahatlamıştı. "İyi fikir."

"Ya Favre? Ona ne olacak?" diye sordu Noël.

"Bir süre için görevden alınacak, silahına da el koyun. Nefsi müdafaa mı, saldırı mı olduğuna yargıç karar versin. Bunlara döndüğümde bakarız."

Adamsberg, Voisenet'nin koluna tutunarak kalktı.

"Dikkat edin," dedi Voisenet. "Çok kan kaybettiniz."

"Merak etmeyin, Voisenet, hemen adli hekime gidiyorum."

Komiser, Danglard'a yaslanarak karakolu terk etti. Memurlar şaşkındı, düşüncelerini toparlamaktan ve şimdilik olayı yargılamaktan acizdiler.

VIII

Adamsberg kolu askıda, midesi adli hekim Romain'in kendisine zorla içirdiği antibiyotikler ve ağrı kesicilerle dolu bir halde evine gelmişti. Yaraya altı dikiş atmak gerekmişti.

Sol kolu lokal anesteziyle uyuşmuş olduğundan, dolabının kapağını beceriksizce açtı. Sonra, en altta, eski ayakkabıların yanında duran arşiv kolisini alması için Danglard'ı yardıma çağırdı. Danglard koliyi sehpanın üzerine koydu ve iki adam oturdu.

"Koliyi boşaltın, Danglard. Ben yapamıyorum, bağışlayın."

"Ne halt etmeye o şişeyi kırdınız?"

"O herifi mi savunuyorsunuz?"

"Favre boktan bir adam. Ama şişeyi kırarak onu şiddete sevk ettiniz. Bu onun tarzı, ama genelde sizin pek tarzınız değil."

"Herhalde bu cins adamlar karşısında alışkanlıklarımı değiştiriyorum."

"Neden geçen seferki gibi sadece işten uzaklaştırmakla yetinmediniz?"

Adamsberg çaresizlik belirten bir hareket yaptı.

"Gergin misiniz? Neptün yüzünden mi?" diye

sordu Danglard çekinerek.

"Belki de."

Bu arada Danglard koliden, üzerlerindeki etiketlerde *Yaba-1*, *Yaba-2*... yazan sekiz dosya çıkarmıştı.

"Çantanızdaki şarap şişesinden daha sonra bahsetmemiz gerek. Fazla ileri gidiyorsunuz."

"Ve bu sizi ilgilendirmez," dedi Danglard Komiser'in sözlerini kullanarak.

Adamsberg başıyla onayladı.

"Hem ben bir dilek tuttum," diye ekledi Danglard. Dileğini beresinin ponponuna dokunarak tutmuştu, ama bunu belirtmeyi gereksiz buldu.

"Eğer Québec'ten sağ salim dönebilirsem, her seferinde bir bardak içki içeceğim."

"Sağ salim döneceksiniz, çünkü ben ipi tutacağım. Bu durumda kararınızı şimdiden uygulamaya başlayabilirsiniz."

Danglard, Komiser'i uyuşuk bir tavırla onayladı. Şiddet dolu geçen son saatlerde, Adamsberg'in ipi tutacağını unutmuştu. Ama şu anda Danglard, Komiser'den çok ponponuna güveniyordu. Acaba dibinden kesilmiş bir ponpon bütün bir ponpon kadar etkili olabilir miydi? Bir hadımın iktidar sorunu gibi.

"Hikâyeyi size anlatayım, Danglard. Dikkatle dinleyin, uzun bir hikâye, on dört yıl sürdü. Ben on yaşındayken başladı, on sekiz yaşındayken patladı ve otuz iki yaşıma gelene kadar yandı durdu. Konuşurken insanları uyuttuğumu unutmayın, Danglard."

"Bugün uyumam söz konusu olamaz," dedi Danglard. "İçecek bir şeyiniz yok mu? Tüm bu olanlar beni sarstı."

"Mutfak dolabının üst gözünde, zeytin yağı şişesinin arkasında ardıç içkisi var."

Danglard elinde bir bardak ve ağır toprak şişeyle, tatmin olmuş bir halde mutfaktan geri geldi. Bardağını doldurup şişeyi dolaba kaldırmaya gitti.

"Başlıyorum," dedi, "her seferinde bir bardak."

"Yine de yüzde kırk dörtlük alkol."

"Önemli olan niyet."

"O zaman her şey farklı, elbette."

"Elbette. Hem ne karışıyorsunuz?"

"Beni ilgilendirmeyen şeylere karışıyorum, sizin gibi. Aynı şey, kazalar iz bırakır."

"Doğru," dedi Danglard.

Adamsberg yardımcısının içkiden birkaç yudum almasını bekledi.

"Pireneler'deki köyümde biz çocukların 'Derebeyi' diye adlandırdığı bir adam vardı," diye başladı sözlerine. "Büyükler adamı adıyla ve mesleğiyle çağırırlardı: Hâkim Fulgence. *Konak* denen, herkesten uzakta, ağaçlar ve duvarlarla çevrili koca bir evde yalnız yaşardı. Kimseye ilişmez, kimseyle konuşmazdı, çocuklardan nefret ederdi, bizim de bu adamdan ödümüz kopardı. Akşamları kurt köpeklerini işemeye götürmek için ormana giderdi, biz de gölgesini takip ederdik. On yaşında bir çocuktum Danglard, ne diyebilirim ki? Adam yaşlı, hayli uzun boyluydu, beyaz saçları arkaya doğru taranmıştı, elleri köyde gördüğümüz en bakımlı ellerdi, kıyafetleri en özenli kıyafetler... Mesleğinden dolayı hoşgörülü olması gereken papaz bile, adamın her gece operadan döner gibi giyindiğini söylerdi. Hâkim Fulgence, beyaz bir gömleğin üzerine ince bir kravat takardı, takım elbisesi koyu renk olurdu ve mevsimine göre üzerine uzun ya da kısa, gri ya da siyah bir üstlük geçirirdi."

"Bir düzenbaz mıydı? Gösterişçi bir üçkâğıtçı?"

"Hayır Danglard, yılanbalığı kadar soğuk bir adamdı. Köye geldiğinde, banklarda oturan yaşlılar adamı saygıyla selamlarlardı, mırıltıları meydanın bir ucundan diğerine yayılır, sohbetlere ara verilirdi. Saygıdan da fazla bir şeydi bu, büyü gibi, hatta güçsüzlük. Hâkim Fulgence ardında, dönüp de bakmaya tenezzül etmediği, bir sıra köle bırakırdı, arkasında bıraktığı köpüğe rağmen yoluna devam eden bir gemi gibi. Sanki Pireneli adamlar ayaklarına kapanırken, taştan bir koltuğa oturmuş da adalet dağıtıyormuş gibiydi. Korkuyorduk. Hepimiz. Büyükler, küçükler, yaşlılar. Ve bunun nedenini kimse bilmezdi. Annem konağa gitmemize izin vermezdi, biz de tabii ki akşamları 'kim konağa daha çok yaklaşacak' oyunu oynardık. Sinirlerimizi ve cesaretimizi sınamak için, her hafta yeni bir maceraya atılırdık. Ve en kötüsü de, Hâkim Fulgence yaşına rağmen son derece yakışıklı bir adamdı. Yaşlı kadınlar, Tanrı'nın kendilerini duymasından çekinerek, fısıltıyla, Şeytan kadar güzel olduğunu söylerlerdi."

"Bu on iki yaşında bir çocuğun hayal gücü olmasın?"

Adamsberg sağlam eliyle dosyalardan birinden siyah beyaz iki fotoğraf çıkardı. Sonra öne eğilip resimleri Danglard'ın dizlerine doğru fırlattı.

"Adama bir bakın dostum, bir çocuğun zihin oyunları mı, değil mi söyleyin."

Danglard, Hâkim'in fotoğraflarını dikkatle inceledi, biri neredeyse karşıdan, öbürü üç çeyrek profilden çekilmişti. Sessizce iç geçirdi.

"Yakışıklı mı? Etkileyici mi?" diye sordu Adamsberg.

"Çok," dedi Danglard fotoğrafları toplarken.

"Buna rağmen bekâr. Yalnız bir karga. Adam böyleydi. Ve biz çocuklar senelerce adamı taciz etmeyi sürdürdük. Cumartesi akşamının en sevilen oyunuydu bu. Kim duvarından taş koparacak, kim kapısına yazı yazacak, kim bahçesine konserve kutusu, kurbağa leşi, karnı deşilmiş kuzgun atacak diye yarışırdık. Küçük köylerde çocuklar böyledir Danglard, ben de böyleydim. Bizim grupta bazı çocuklar vardı, karakurbağasının ağzına yanan bir sigara koyarlardı, üç dört nefesten sonra hayvan havai fişek gibi patlar, bağırsakları sağa sola saçılırdı. Ben de bunu izlerdim. Uykunuz geldi mi?"

"Hayır," dedi Danglard içkisinden küçük bir yudum alarak; üzgün bir tavırla, yoksullar gibi, tutumlu içiyordu.

Adamsberg'in bunu umursadığı yoktu, çünkü yardımcısı bardağı ağzına kadar doldurmuştu.

"Hayır," diye yineledi Danglard, "devam edin."

"Adamın geçmişinden, ailesinden habersizdik. Tek bildiğimiz, bir gong gibi yankılanan şey, eskiden hâkim olduğuydu. Öyle güçlü bir hâkimdi ki, etkisi azalmamıştı bile. Grubun en dik kafalılarından Jeannot..."

"Pardon," diye araya girdi Danglard, bir şey aklına yatmamıştı. "Karakurbağası gerçekten patlıyor muydu, yoksa bunu mecazi olarak mı söylediniz?"

"Gerçekten patlıyordu. Şişiyor, ufak bir kavun kadar oluyor ve aniden patlıyordu. Nerede kalmıştım, Danglard?"

"Jeannot'da."

"Hepimizin kayıtsız şartsız hayran olduğu dik kafalı Jeannot, bir gün evin yüksek duvarının üzerinden atladı, ağaçların arasına gizlenip Derebeyi'nin camına bir taş attı. Jeannot, Tarbes Adliyesi'ne çıkarıldı. Mahkeme günü hâlâ kurt köpeklerinin saldırısının izlerini taşıyordu, köpekler çocuğu paramparça edeceklerdi neredeyse. Altı ay ıslah evine mahkûm edildi. Bir taş yüzünden, on bir yaşında bir çocuk. Hâkim Fulgence olaya el koymuştu çünkü. Adamın öyle bir gücü vardı ki, bütün ülkeyi elinin tersiyle süpürüp adaleti istediği yerde, istediği gibi uygulatabiliyordu."

"Ama nasıl olur da bir karakurbağası sigara içebilir?"

"Danglard, beni dinliyor musunuz? Size burada şeytani bir adamdan bahsediyorum, sizse şu Allahın cezası karakurbağasına takıldınız."

"Dinliyorum elbette, ama yine de, nasıl olur da

bir karakurbağası sigara içer?"

"İçiyordu işte. Ağzına yanan bir sigara koyduğumuzda nefes çekmeye başlıyordu. Barda oturup sigara içen bir adam gibi değil, tabii. Salakça, durmadan nefes çeken bir karakurbağası gibi. Pof pof pof. Sonra birden patlıyordu."

Adamsberg, etrafa yayılan bağırsakları göstermek için havada sağ koluyla geniş bir eğri çizdi. Danglard eğriyi gözleriyle takip edip sanki son derece önemli bir olayı zihnine kaydedermişçesine, başını salladı. Sonra kısaca özür diledi.

"Devam edin," dedi ardıç içkisinden bir yudum alarak. "Hâkim Fulgence'ın gücü. Fulgence soyadı mıydı?"

"Evet. Honoré Guillaume Fulgence."

"İlginç bir soyadı, Fulgence. Latincede yıldırım, şimşek anlamına gelen *fulgur*'dan geliyor. Bu ad ona tıpa tıp uyuyormuş."

"Galiba Papaz da aynı şeyi söylüyordu. Bizim evde dine inanılmazdı, ama ben sürekli Papaz'ın evinde olurdum. O evde hep keçi peyniri ve bal vardı, ikisini beraber yerseniz enfes olur. Hem sonra bir sürü deri kaplı kitap vardı. Çoğu din kitabıydı elbette, kırmızılı, altın renkli, aydınlık resimlerle doluydular. O resimlere bayılırdım. Onlarcasını kopyalardım. Köyde kopya edecek başka bir şey yoktu."

"Canlı."

"Efendim?"

"Dini resimlere canlı denir."

"Öyle mi? Ben hep aydınlık demişimdir."

"Canlı."

"Tamam, nasıl isterseniz."

"Köyünüzde herkes yaşlı mıydı?"

"Çocukken insana öyle geliyor."

"Ama şu karakurbağası, ağzına sigara konunca neden nefes çekmeye başlıyor? Pof pof pof, patlayana kadar?"

"Ben ne bileyim Danglard!" dedi Adamsberg kollarını kaldırarak.

Bir refleks olarak yaptığı bu hareket canını yaktı. Sol kolunu hızla geri indirdi, elini pansumanının üzerine koydu.

"Ağrı kesicinizi içmeniz lazım," dedi Danglard saatine bakıp. "Durun ben getireyim."

Adamsberg onayladı, bir yandan da alnında biriken teri sildi. Şu uğursuz, beyinsiz Favre. Danglard mutfağa doğru gitti, dolap kapaklarıyla, muslukla bir hayli gürültü yaptıktan sonra, elinde bir bardak su ve iki hapla geri geldi. Adamsberg ilacı içerken, bardaktaki ardıç içkisinin her ne hikmetse artmış olduğunu fark etti.

"Nerede kalmıştık?" diye sordu Komiser.

"Papaz'ın canlı resimlerinde."

"Tamam. Papaz'ın başka kitapları da vardı, cilt cilt resimli şiir kitapları. Hem resimleri kopyalar, hem de bazen okurdum. On sekiz yaşına kadar bunu yapmaya devam ettim. Olay olduğunda, Papaz'ın evindeydim, kekrelik yağ kokan masada resim çiziyordum. O zaman okumakta olduğum şiiri bu yüzden dizesi dizesine hatırlıyorum, kafamda sıkışıp kalmış bir kurşun gibi. Akşam ona doğru, kitabı kaldırıp dağlarda gezinmeye çıktım. Sauzec'teki Conche'a kadar tırmanmıştım."

"Tabii, oraları iyi bilirim," dedi Danglard.

"Pardon, köye yukardan bakan bir tepedir. Kayalardan birinin üzerine oturmuş, az önce okuduğum dizeyi tekrar ediyordum, her zamanki gibi bunu da ertesi gün unutacağımı sanıyordum."

"Neymiş şu dize?"

"*Hangi Tanrı, sonsuz yazın hangi hasatçısı, giderken, şu altın orağı yıldızlar tarlasına özensizce fırlattı?*"

"Victor Hugo."

"Öyle mi? Peki soruyu soran kim?"

"Göğüsleri çıplak bir kadın, Ruth."

"Ruth mu? Ben de hep bu soruyu kendi kendime soruyorum sanırdım."

"Hayır, Ruth. Hem unutmayın, Victor Hugo sizi tanımıyordu. *Uyuyan Booz* isimli, uzun bir şiirin sonu. Ama bir şey sormak istiyorum. Su kurbağalarına da aynı şey oluyor muydu? Yani onlar da pof pof pof sigara içip sonra patlıyorlar mıydı? Yoksa bu sadece karakurbağaları için mi geçerliydi?"

Adamsberg Danglard'a bıkkın bir bakış attı.

"Özür dilerim," dedi Danglard içkisinden bir yudum alarak.

"Bu dizeleri okumak hoşuma gidiyordu. Tarbes Karakolu'nda soruşturma memuru olarak ilk yılımı tamamlamıştım. İki haftalık iznimi kullanmak için köye dönmüştüm. Ağustos ayıydı, geceleyin hava serin oluyordu, eve döndüm. Ben gürültü yapmadan yıkanırken -iki buçuk odalı bir evde dokuz kişi yaşıyorduk- Raphaël çıkageldi, sanrıya düşmüş gibiydi, elleri kanlıydı."

"Raphaël mi?"

"Erkek kardeşim. On altı yaşındaydı."

Danglard bardağını sehpanın üzerine koydu,
şaşırıp kalmıştı.

"Erkek kardeşiniz mi? Sadece beş kız kardeşiniz olduğunu sanıyordum."

"Bir de erkek kardeşim vardı, Danglard. İkiz
gibiydik, aramızdan su sızmazdı. Onu kaybedeli
neredeyse otuz yıl oluyor."

Danglard şaşkınlıktan donakalmıştı, saygı dolu
bir sessizlik içindeydi.

"Yukarıda, su deposunun üzerinde bir kızla buluşuyordu her akşam. Öylesine bir ilişki değildi,
gerçek aşktı onlarınki. Lise, genç kız, reşit olduklarında evlenmek istiyordu. Bu da annemi sinirden
çatlatıyor, Lise'in ailesini deli ediyordu, belediye
başkanının kızıydı çünkü, ailesi Raphaël gibi bir
köylüyle evlenmesi taraftarı değildi."

Adamsberg hikâyenin devamını anlatabilmek
için bir an sessiz kaldı.

"Raphaël kolumdan tuttu ve 'Lise öldü, Jean
Baptiste, öldü, öldürüldü,' dedi. Elimle ağzını kapadım, ellerini yıkadım ve onu dışarı çektim. Ağlıyordu. Bir sürü soru sordum. Ne oldu, Raphaël?
Anlatsana. 'Bilmiyorum,' dedi. 'Su deposunun üzerinde, dizlerimin üzerinde duruyordum, elimde bir
biz ve kan vardı ve o, Jean Baptiste, karnında üç delikle ölmüştü.' Bağırmaması, ağlamaması için yalvardım, evdekilerin duymasını istemiyordum. Bizin

nereden geldiğini, onun olup olmadığını sordum. 'Bilmiyorum, biz elimdeydi.'

'Ya önce, Raphaël, önce ne yaptın?'

'Hatırlamıyorum, Jean Baptiste, yemin ederim. Arkadaşlarla çok içmiştik.'

'Neden?'

'Çünkü Lise hamileydi. Çok korkmuştum. Ama ona bir zarar gelsin istemezdim.'

'Ya önce, Raphaël? Arkadaşlarından ayrılıp su deposuna giderken ne oldu?'

'Lise'le buluşmak için her zamanki gibi ağaçların arasından geçtim. Ya korktuğumdan, ya da sarhoş olduğumdan koşuyordum, sonra başımı panoya çarptım, düştüm.'

'Hangi panoya?'

'Emeriac'ın panosuna. Şu fırtınadan beri yamuk duran panoya. Sonra da su deposunu ve üç deliği hatırlıyorum.'

'İkisinin arasında hiçbir şey hatırlamıyorsun yani?'

'Hiçbir şey, Jean Baptiste, hiçbir şey. Belki de kafamı çarptıktan sonra delirmişimdir, belki de zaten deliyimdir, belki bir canavarımdır. Ama şeyi... Lise'e bizle vurduğumu hatırlamıyorum.'

Bizin nerede olduğunu sordum. Yukarda, Lise'in yanında bırakmıştı. Gökyüzüne baktım ve şans bu ya, yağmur yağacak, dedim. Sonra Raphaël'e iyice yıkanıp yatmasını ve bir soru soran olursa gece on çeyrekten beri küçük bahçede kart oynadığımızı söylemesini tembih ettim. Akşam on çeyrekten beri pişti oynadık, tamam mı Raphaël? Beş kere o kazanmıştı, dört kere de ben."

"Suçun işlendiği anda bulunulan yere dair söylenen yalan," dedi Danglard.

"Tamamen öyle ve bunu bir tek siz biliyorsunuz. Sonra yukarı koştum, Lise gerçekten de oradaydı, Raphaël'in dediği gibi karnında üç delik vardı. Sapına kadar kana bulanmış, parmak izleriyle dolu bizi elime aldım, uzunluğunun ve şeklinin bir örneği olsun diye gömleğime bastırdım, sonra ceketimin cebine koydum. Hafiften çiseleyen yağmur cesedin yanındaki ayak izlerini yavaş yavaş siliyordu. Sonra bizi Torque'un göletlerinden birine attım."

"Nereye?"

"Torque, ormandan geçen, göletler oluşturan bir ırmak. Bizi altı metre derinlikte bir gölete attım, üzerine bir de yirmi kadar taş fırlattım. Su yüzeyine birkaç zaman sonra anca çıkardı."

"Suçun işlendiği anda bulunulan yere dair yalan söyleme ve kanıtları yok etme."

"Aynen öyle. Ve asla pişman değilim. Kesinlikle en ufak vicdan azabı bile duymadım. Kardeşimi kendimden bile çok seviyordum. Başının belaya girmesine izin verir miydim sanıyorsunuz?"

"Bu sizin sorununuz."

"Bir başka sorunum da Hâkim Fulgence'dı. Çünkü Sauzec tepesinde otururken ormanı ve vadiyi rahatça görebiliyordum ve onu gördüm. Onu. Bunu geceleyin, uykuya dalmasına yardımcı olmak için kardeşimin elini tutarken hatırladım."

"Yukardan her şey o kadar açıkça görülüyor

muydu?"

"Taşlı patikanın bir tarafı rahatça seçiliyordu. Oradan geçen siluetleri görmek kolaydı."

"Köpekleri yanında mıydı? Oradan mı tanıdınız?"

"Hayır, yazları giydiği üstlüğünden tanıdım. Vücudunun üstü üçgen şeklindeydi. Köyün bütün erkekleri, zayıf olsun, şişman olsun, aynı vücut yapısına sahipti, hem hepsi de ondan çok daha kısaydı. Oydu, Danglard, patikadan su deposuna doğru yürüyordu."

"Raphaël de dışarıdaydı, arkadaşları sarhoştu, hem siz de dışarıdaydınız."

"Umurumda değil. Ertesi gün Hâkim'in konağına daldım. Ambarda, küreklerle kazmaların arasında bir de yaba vardı. Yaba, Danglard."

Adamsberg sağlam kolunu kaldırıp üç parmağını uzattı.

"Üç diş, tek çizgi üzerinde üç delik." Sonra dosyanın birinden bir fotoğraf çıkarıp, "Lise'in fotoğrafına bir bakın," dedi. "Üç yaranın da mükemmel olarak aynı hizada olduğuna bir bakın. Sarhoş ve heyecanlı kardeşim, nasıl bizle aynı hizada üç darbe vurabilirdi ki?"

Danglard resmi inceledi. Sahiden üç delik de düz bir çizgi üzerindeydi. Adamsberg'in Schiltigheim'dan gelen resimleri neden ölçtüğünü şimdi anlıyordu.

"O zamanlar mesleğin başındaydınız, acemi çaylaktınız. Bu fotoğrafı nasıl ele geçirdiniz?"

"Çaldım," dedi Adamsberg sakin bir sesle.

"Gördüğüm yaba, Danglard, eski bir aletti, sapı cilalı ve kabartmalıydı, çıtası pas tutmuştu. Ama dişleri pırıl pırıl ovulmuştu, en ufak bir toprak izi bile yoktu. Temizlenmiş, el değmemiş, seher vakti gibi bakir dişlerdi. Sizce bu ne anlama geliyor?"

"Bence bu rahatsız edici, ama suçlayıcı değil."

"Su gibi berrak bence. Aleti görür görmez gerçek suratımda patladı."

"Karakurbağası gibi."

"Hemen hemen. Pislik ve kötülüklerden oluşan bir bulut, Derebeyi'nin içyüzü. Ama Derebeyi oradaydı işte, ambarın kapısında, elinde Jeannot'yu yiyen cehennem köpeklerinin tasmasıyla duruyordu. Bana bakıyordu. Ve Hâkim Fulgence birine baktığında, Danglard, o kişi on sekiz yaşında da olsa, eli ayağı birbirine dolanır. Sesinin özelliği olan, kuru bir öfke yansıtan tonuyla, evinde ne halt ettiğimi sordu. Ona oyun oynamaya geldiğimi, tezgâhının cıvatalarını sökmeye çalıştığımı söyledim. Oyunlarımıza yıllardır alışkın olduğundan, bana inandı. Sonra eşsiz bir el hareketiyle kapıyı gösterdi ve sadece, 'Önden git, genç adam. Dörde kadar sayıyorum,' dedi. Duvara doğru deli gibi koştum. Dörde gelince köpekleri salacağını biliyordum. Köpeklerden biri pantolonumun paçasını ısırdı ama kurtuldum, duvarın öbür tarafına geçmeyi başardım."

Adamsberg paçasını sıyırdı, parmağıyla bacağındaki uzun yara izini gösterdi.

"Hâkim Fulgence'ın ısırığı hâlâ burada."

"Köpeğinin ısırığı," diye düzeltti Danglard.

"Aynı şey."

Adamsberg, Danglard'ın bardağından bir yudum ardıç içkisi aldı.

"Mahkemede Fulgence'ı patikada görmüş olmam dikkate alınmadı. Nesnel bir şahittim çünkü. En önemlisi de, yabayı kanıt olarak kabul etmediler. Oysa, Danglard, yaraların arasındaki mesafe aynı yabanın dişlerinin arasındaki mesafe kadardı. Bu rastlantı herkesi bir zaman rahatsız ettiyse de, tehditler savuran Hâkim'in korkusundan yeni bilirkişilere başvuruldu. Yeni incelemeler sıkıntılarını giderdi: deliklerin derinliği tutmuyordu. Yarım santimetre daha uzundular. Hepsi aptal, Danglard. Hâkimin yabayla vurduktan sonra bizi tek tek deliklere sokup çıkarması, sonra da kardeşimin eline tutuşturması zor değildi ki. Aptal bile değil, korkaktılar. Mahkemedeki yargıç da öyleydi, Fulgence'ın uşağı gibiydi. On altı yaşında bir çocukla karşı karşıya gelmek daha kolaydı tabii."

"Yaraların derinliği bizin uzunluğuna uyuyor muydu?"

"Tamı tamına. Ama bundan bahsedemezdim, çünkü silah garip bir şekilde yok olmuştu."

"Çok garip bir şekilde."

"Her şey Raphaël'e karşıydı: Lise sevgilisiydi, akşamları su deposunda buluşuyorlardı ve kız hamileydi. Yargıç, kızı korkudan öldürdüğüne inanıyordu. Ama Danglard, Raphaël'i mahkûm edebilmek için en önemli unsur eksikti, bir türlü bulunamayan silah ve olay anında su deposunda olduğuna dair kanıt. Oysa Raphaël orada değildi, çünkü beraber kart oynuyorduk. Küçük bahçede, hatırladınız mı? Bunun üzerine yemin ettim."

"Hem, polis olduğunuzdan, dedikleriniz de ciddiye alınıyordu."

"Evet ve ben bundan yararlandım. Evet ya, sonuna kadar yalan söyledim. Ama şimdi göletin dibindeki bizi bulup çıkarmak isterseniz, siz bilirsiniz."

Adamsberg gözlerini yarı yarıya kapayıp yardımcısına baktı ve konuşmaya başladığından beri ilk kez gülümsedi.

"Boşuna çaba sarf edersiniz," diye ekledi. "Bizi uzun zaman önce bulup çıkardım, sonra da Nîmes'de bir çöp kutusuna attım. Çünkü suya güven olmaz, tanrısına da."

"Kardeşiniz beraat mı etti?"

"Evet. Ama dedikodular asla kesilmedi, aksine büyüdükçe büyüdü, tehditkâr bir hal aldı. Kimse onunla konuşmuyordu, herkes ondan korkar oldu. Kendisi de bu hafıza kaybı yüzünden lanetlenmiş gibiydi, kızı gerçekten öldürüp öldürmediğini asla öğrenemeyecekti, Danglard. Anlıyor musunuz? Katil olup olmadığını öğrenemeyecekti. Bu yüzden kimselerle yakınlık kuramıyordu. Art arda vurulan üç darbeyle, aynı hizada üç delik elde edilemeyeceğini göstermek için altı eski yastık deştim. İkna olsun diye bıçağı iki yüz dört kere sapladım, işe yaramadı. Yıkılmıştı, herkesten uzağa çekiliyordu. Tarbes'da çalışıyordum, her gün elini tutamazdım. Kardeşimi işte böyle kaybettim, Danglard."

Danglard bardağını Komiser'e uzattı, Adamsberg iki yudum içti.

"Sonrasında, aklımda tek bir fikir vardı: Hâkim'in peşine düşmek. Dedikodular yüzünden, o da köyü terk etmek zorunda kalmıştı. Peşine düşmek, mahkûm etmek, kardeşimi temize çıkarmak. Çünkü Fulgence'ın suçlu olduğunu ben, yalnızca ben biliyordum. Cinayet işlediği için ve Raphaël'in hayatını mahvettiği için suçluydu. On dört yıl boyunca dur durak bilmeden peşine düştüm, bütün ülkede, arşivlerde, basında onu takip ettim."

Adamsberg ellerini dosyanın üzerine koydu.

"Sekiz cinayet. Aynı hizada üç delikle öldürülmüş sekiz insan. 1949-1983 yılları arasında. Artık kapanmış sekiz dosya, ellerinde silahla, sinek gibi avlanmış sekiz suçlu: hapiste çürüyen sekiz zavallı ve kaybettiğim kardeşim. Fulgence hep kurtuldu, hep. Şeytan hep kurtulur. Bu dosyalara evinizde bir bakın, Danglard, dikkatlice okuyun. Ben karakola Retancourt'u görmeye gidiyorum. Gece geç vakit size gelirim. Olur mu?"

IX

Danglard evine dönerken, Komiser'in anlattıklarını düşünüyordu. Bir kardeş, bir cinayet ve bir intihar. Neredeyse ikizi olan kardeşi cinayetle suçlanmış, kendini dışlamış, sonra da ölmüştü. O kadar ağır bir dramdı ki, Adamsberg bundan daha önce hiç söz etmemişti. Bu koşullar altında, ambardaki yabadan ve Hâkim'in patikadaki siluetinden yola çıkarak oluşturulan bir suçlamaya ne kadar inanılabilirdi ki? Adamsberg'in yerinde kendisi olsaydı, o da umutsuzca kardeşinin yerine suçlayacak birini arardı. İçgüdüsel olarak da köyün düşmanını işaret ederdi.

Kardeşimi kendimden bile çok seviyordum. Bir bakıma Adamsberg cinayet gecesinden beri, herkese karşı tek başına, kardeşinin elini tutmaya devam ediyordu. Otuz yıldır başkalarının dünyasına girmekten kaçınıyordu, çünkü o zaman o eli bırakması, kardeşini suçluluk duygusuna ve ölüme terk etmesi gerekebilirdi. Bu durumda Adamsberg o eli bir tek Raphaël insanların arasına geri dönerse, masumiyeti kanıtlanırsa bırakacaktı. Ya da, diye düşündü Danglard çantasına sarılarak, kardeşinin suçluluğu ispat edilirse. Eğer Raphaël cinayet işlediyse, Komiser'in bunu bir gün kabul etmesi gere-kecekti. Adamsberg, hayatı boyunca bir hatayı kor-kunç bir ihtiyarın hatalarıyla şekillendirecek biri değildi. Eğer bu dosyalarda bu yönde bir fikre yat-kın olgulara rastlarsa, Danglard'ın Komiser'i dur-durması ve ne kadar hoyratça ve üzücü olursa ol-sun, gerçekleri görmesini sağlaması gerekirdi.

Akşam yemeğinden sonra, çocuklar odalarına çekildiklerinde, endişeli bir halde, üç bira ve sekiz dosyayla masasına yerleşti. Hepsi çok geç yatmış-lardı. Akşam yemeğinde onlara sigara içip pof pof pof patlayan karakurbağasının hikâyesini anlatmak gafletinde bulunmuş, sonra da soruların ardı arkası kesilmemişti. Karakurbağası neden patlıyordu? Karakurbağası neden sigara içiyordu? Hangi bü-yüklükte bir kavun kadar oluyordu? Bağırsaklar çok yükseklere mi sıçrıyordu? Yılanlara da aynı şey olur muydu? Sonunda Danglard hepsine her tür deneyi, yılanların, karakurbağalarının ya da semenderlerin, aynı zamanda kertenkelelerin, turnabalıklarının, yani herhangi bir hayvanın ağzına sigara koymayı yasakladı.

En sonunda, saat on birden sonra, beş okul çantası hazırlanmış, bulaşıklar yıkanmış ve ışıklar söndürülmüştü.

Danglard dosyaları tarih sırasına göre okudu, kurbanların adlarını, cinayet mahallerini, saatleri, suçluların kimliklerini ezberledi. Sekiz cinayetin de tek sayılı yıllarda işlendiğine dikkat etti. Ama iki yıldan biri tek sayılı bir yıldı, bu rastlantısal bir ipucu bile olamazdı. Birbirine uymayan bu olayları bağlayan tek şey Komiser'in inancıydı ve şimdilik hepsinin kaynağında aynı adamın olduğuna dair bir kanıt yoktu. Farklı bölgelerde işlenmiş sekiz cinayet: Loire-Atlantique, Touraine, Dordogne, Pireneler. Ancak, Hâkim'in tehlikeden kaçmak için devamlı taşındığı da düşünülebilirdi. Ama kurbanlar da farklı farklıydılar, yaşları, cinsiyetleri, dış görünüşleri: gençler, yaşlılar, yetişkinler, erkekler ve kadınlar, şişmanlar ve zayıflar, esmerler ve sarışınlar. Tüm bunlar bir seri katilin titiz takıntılarına uymuyordu. Cinayet silahları da farklıydı: biz, mutfak bıçağı, çakı, av bıçağı, ucu sivriltilmiş tornavida.

Danglard başını salladı, cesareti kırılmıştı. Adamsberg'le aynı fikirde olabileceğini ummuştu ama tüm bu farklılıklar önemli bir engel teşkil ediyordu.

Ancak, yaraların benzer tarafları olduğu da bir gerçekti: her seferinde önce kafaya bir darbe vurulmuş, sonra göğüste, kaburga kemiklerinin altında ya da karında üç delik açılmıştı. Peki, Fransa'da son elli yılda işlenen cinayetler arasında karında üç deliğe rastlanması olasılığı ne kadardı? Oldukça yüksek. Karın bölgesi geniş, basit ve kolay yara alabilecek bir hedefti. Üç darbe vurulmasının nedeni açık olamaz mıydı? Kurbanın öldüğünden emin olmak için vurulan üç darbe? İstatistiksel olarak üç sık rastlanılan bir rakamdı. Bunun bir işaret, bir imza olmadığı açıktı. Sadece üç darbe, aslında gayet sıradan bir şeydi.

Danglard ikinci birasını açtı ve yaraların üzerine dikkatle eğildi. İşini iyi yapması, ne olursa olsun kesin bir fikir edinmesi gerekiyordu. Yaralardaki üç darbe tartışmasız olarak düz bir çizgi üzerindeydiler. Ve üç vuruşta aynı hizada üç delik açmanın neredeyse imkânsız olduğu doğruydu. Tüm bunlar akla bir yabayı getiriyordu, aynı zamanda yaraların derinliği ve aletin gücünü de, çünkü bir bıçağın üç kere dibine kadar saplanması pek olası değildi. Ama raporlardaki ayrıntılar bu umudu yok ediyordu. Kesici aletlerin genişlikleri ve uzunlukları farklıydı. Üstelik, deliklerin arasındaki mesafe de, dizildikleri hiza da değişiyordu. Fark bazen birkaç milimetreydi, yaralardan biri hafifçe yanda, ya da daha ilerde olabiliyordu. Tüm bu göstergeler cinayetlerde aynı silahın kullanıldığı varsayımını saf dışı bırakıyordu. Birbirine oldukça benzeyen üç darbe, ama aynı eli ve aynı silahı suçlamak için yeteri kadar aynı değil.

Olayların arasındaki bir başka ortak nokta da, hepsinin sonuca bağlanmış olduğuydu. Suçlular tutuklanmış, hatta birkaçı cinayeti işlediğini itiraf etmişti. Ama Raphaël gibi kolay etki altında kalabilen, sersemlemiş bir genç dışında, suçluların hepsi olay esnasında kandaki alkol oranı bir hayli yüksek olan, ayyaş, serseri, evsiz insanlardı. Kendilerini tamamen bırakmaya hazır, yoldan çıkmış bu adamlara suçlarını itiraf ettirmek muhtemelen zor olmamıştı.

Danglard, ayaklarının üzerinde yatan koca beyaz kediyi itti. Kedi hem sıcak hem ağırdı. Lizbon'a gitmeden önce, Camille bırakmıştı bu kediyi, o günden beri de adını değiştirmemişlerdi. O zamanlar kedi ufak, mavi gözlü, beyaz bir yumaktı, adı da Yumak oldu. Sakin bir ortamda büyümüş, koltukları, duvarları tırmalamayı öğrenmemişti. Danglard ona her baktığında kendini savunmakta pek de usta olmayan Camille'i düşünüyordu. Kediyi karnından tutup kaldırdı, patilerinden birini eline alıp yastığa sürttü. Tırnakları çıkmadı. Yumak ilginç bir kediydi. Onu önce masanın üzerine bıraktı, ama sonunda tekrar ayaklarının üzerine koydu. Orada iyiysen orada kal.

Danglard suçlulardan hiç birinin olayla ilgili bir şey hatırlamadığını düşündü, ilginç bir hafıza kaybı serisiydi bu. Polislik kariyerinde cinayetten sonra gelen hafıza kaybıyla, dehşetle yüzleşmekten, suçlarını kendilerine itiraf etmekten kaçınan insanlarla iki kez karşılaşmıştı. İkisi de psikolojik amnezi vakalarıydı, elindeki dosyalarda görülen sekiz hafıza kaybı da bununla açıklanamazdı. Ama alkolle açıklanabilirdi, evet. Daha gençken, fazlasıyla içki içtiği zamanlarda, bazen bazı şeyleri hatırlamadığı, bunları sonradan arkadaşlarından dinlediği olurdu. Bir gece Avignon'da bir sürü seyircinin önünde, çırılçıplak Virgile okuduğundan beri -hem de Latince- içtiklerine dikkat etmeye başlamıştı. Daha o zamanlar bile göbekliydi, nasıl göründüğünü düşündükçe hâlâ ürperiyordu. Erkek arkadaşları oldukça neşeli göründüğünü, kız arkadaşları da çekici olduğunu söylemişlerdi. Evet, alkol amnezisinin ne olduğunu biliyordu, ne zaman ortaya çıkacağı kestirilemez bir şeydi bu. Bazen aşırı sarhoşken bile her şeyi hatırlardı insan, bazen hatırlamazdı.

Adamsberg kapıya hafifçe iki kez vurdu. Danglard, Yumak'ı koltuğunun altına alıp kapıyı açmaya gitti. Komiser kediye şöyle bir bakış attı.

"İyi mi?" diye sordu.

"Olabildiği kadar iyi," dedi Danglard.

Konu kapanmış, mesaj yerine gitmişti. İki adam masaya yerleştiler ve Danglard kediyi ayaklarının üzerine koydu. Sonra seri cinayetlerle ilgili kuşkularını anlatmaya başladı. Adamsberg sağ elini yanağına, yaralı sol kolunu gövdesine dayamış, dinliyordu.

"Biliyorum," diye sözünü kesti Danglard'ın. "Tüm bu yaraları incelemek, ölçülerini karşılaştırmak için bol bol vaktim oldu. Hepsini ezbere biliyorum. Farklılıklarını, derinliklerini, şekillerini, aralarındaki mesafeleri. Ama şunu aklınızdan çıkarmayın, Hâkim Fulgence hiç, hem de hiç sıradan bir adam değil. Hep aynı silahla öldürecek kadar ahmak olamaz. Hayır, Danglard, adamımız çok güçlü. Ama yabasıyla öldürüyor. Bu onun amblemi, iktidarının asası."

"Karar verin," diye karşı çıktı Danglard. "Tek bir silah mı, birçok silah mı? Yaralar çok farklı."

"İkisi de aynı kapıya çıkar. Ölçüler arasında dikkati çeken nokta, farkların az olması Danglard, çok çok az olması. Delikler arasındaki mesafeler aynı değil, ama fark çok az. Varyantlar ne olursa olsun, üç yaranın dizildiği doğrunun bir uçtan bir uca uzunluğu asla 16,9 santimi geçmiyor. Lise Autan'ın cinayetinde de bu böyleydi, ki Hâkim'in yabasını kullandığından eminim. 16,9 santim, birinci delikle ikincisi arasında 4,7 santim, ikinciyle üçüncü arasında ise 5 santim vardı. Öbür kurbanlara bakın. Dört numara mesela, Julien Toubise, bıçakla öldürülmüş: doğrunun uzunluğu 10,8 santim, birinci aralık 5,4 santim, ikinci aralık 4,8. Numara sekiz, Jeanne Lessard, bizle öldürülmüş: toplam uzunluk 16,2 santim, birinci aralık 4,5 santim, ikinci aralık 4,8. En uzun doğrular bizle ya da tornavidayla vurulduğunda elde edilenler, en kısalar ise bıçakla vurulduğunda görülenler, kesici aletin inceliğine göre değişiyor. Bunu nasıl açıklıyorsunuz, Danglard? Sekiz ayrı katil, her biri üç darbe vuruyor ve uzunlukları asla 16,9 santimi geçmiyor. Ne zamandan beri karnında açılan deliklerde matematiksel bir sınır var?"

Danglard sessizce kaşlarını çattı.

"Darbeler arasındaki diğer farklara gelince," dedi Adamsberg, "darbelerin düz çizgiden sapma değerleri daha da az. Bıçakla vurulduğunda fark sadece 4 milimetre, bizle vurulduğunda daha da kısa. Yaranın azami genişliği 0,9 santim. Asla daha fazla değil. Lise'in vücudundaki deliklerin genişliği de buydu. Bu sınırları neyle açıklıyorsunuz? Bir kuralla mı? Katillerin kanunuyla mı? Üstelik hepsi sarhoşken, elleri titrerken. Hepsi hafıza kaybına uğramış, hepsi umutsuz durumda, ama biri bile 16,9 santim uzunluktan, 0,9 santim genişlikten fazla vurmaya cesaret edememiş, öyle mi? Bunun nedeni bir mucize mi, Danglard?"

Danglard çabucak düşünüp Komiser'in öne sürdüğü fikirlere katıldı. Ama bu denli farklı yaraların tek bir silahla yapıldığına bir türlü aklı ermiyordu.

"Bir işçinin kullandığı yabayı gözünüzün önüne getirin, Danglard," dedi Adamsberg, aynı zamanda üstünkörü bir resim çizerek. "Sapı burada, dişleri tutan demir çubuk burada ve burada da üç diş var. Aletin sapı ve demir çubuk değişmiyor, ama dişler değişiyor, Danglard. Anlıyor musunuz? *Dişler değişiyor*. Ama elbette demir çubuğun ölçüleriyle, yani 16,9 santim uzunluk ve 0,9 santim genişlikle sınırlı olarak."

"Yani adamımız her seferinde üç dişi söküyor ve yerlerine üç ayrı kesici alet ucunu kaynak ediyor, öyle mi?"

"Aynen öyle, Yüzbaşı. Aletini değiştiremez. Ona ruhsal olarak bağlı ve bu sadakat de hastalığının kanıtı. Alet aynı kalmalı, bu onun için mutlak bir koşul. Sapı ve demir çubuğu aletin ruhu, özü. Ama Hâkim yine de temkinli davranıp her seferinde dişlerini bıçak, biz ya da çakı uçlarıyla değiştiriyor."

"Kaynak yapmak o kadar da kolay değildir."

"Hayır, Danglard, aslında oldukça basittir. Hem yaptığı kaynak sağlam olmasa bile, aleti tarlada çalışmak için değil, dikey bir darbe vurmak için ve sadece bir kez kullanıyor, unutmayın."

"Yani sizce katil her seferinde dört bıçak ya da dört biz satın alıyor, üçünü yabanın dişlerinin yerine kaynak ediyor, dördüncüyü de günah keçisinin eline tutuşturuyor."

"Evet ve bu zor bir şey değil. Bu yüzden de cinayet silahı her seferinde sıradan bir alet ve en önemlisi *yeni* bir alet. Evsiz bir ayyaşın elinde yepyeni bir aletin olması sizce normal mi?"

Danglard eliyle çenesini uzun uzun sıvazladı.

"Lise'i öldürmek için böyle yapmadı ama," dedi. "Önce yabayla vurdu, sonra bizi deliklere soktu."

"Dört numaralı cinayette de böyle yapmıştı, bir köyde yaşayan genç çocuğun suçlu bulunduğu olayda. Herhalde Hâkim bir gencin yepyeni bir alete sahip olmasının garip bulunacağını, bu yüzden soruşturmanın uzun süreceğini, foyasını açığa çıkarabileceğini düşündü. Ucu yabasının dişlerinden daha uzun olan eski bir biz buldu, yaranın şeklini sonradan değiştirdi."

"Mantıklı," dedi Danglard.

"Hem de nasıl mantıklı. Aynı adam, aynı silah. Hem bunu sonradan teyit ettim, Danglard. Hâkim taşınınca bütün konağı uçtan uca aradım. Yaba dışında ambardaki bütün aletler duruyordu. Değerli enstrümanını yanında götürmüştü."

"Bütün bağlar bu kadar sağlamsa, neden gerçekler adamın peşinde koştuğunuz on dört yıl içerisinde daha önce açığa çıkmadı?"

"Bunun dört nedeni var, Danglard. Birincisi, affedersiniz ama herkes sizin gibi akıl yürüttü ve ilerisini düşünmedi: silahlar ve yaralar arasında bir sürü fark var, öyleyse hepsi tek bir katilin işi olamaz. İkincisi, soruşturma alanları birbirlerinden habersiz çalıştılar, değişik bölge polisleri arasındaki iletişim sorunu, ki buna siz de şahitsiniz. Üçüncüsü, her seferinde polisin elinde kusursuz bir suçlu vardı. Dördüncüsü, Hâkim'in küçümsenemez gücü onu neredeyse dokunulmaz kılıyordu."

"Evet, ama neden bir iddianame hazırlayıp olayı herkese duyurmadınız?"

Adamsberg kederli bir edayla gülümseyiverdi.

"Çünkü dediklerimin elle tutulur bir yanı yoktu. Bütün yargıçlar olaya olan şahsi ilgimden haberdardı, iddianameyi nesnel ve sabit fikirli buluyorlardı. Raphaël'in masumiyetini kanıtlamak için elimden geleni yapacağıma herkes inanıyordu. Siz bile, değil mi Danglard? Üstelik varsayımlarımın karşısında güçlü Hâkim vardı. Araştırmalarımın fazla ileri gitmesine asla izin vermediler. 'Adamsberg, kardeşinizin şu genç kızı öldürdüğünü kabul edin artık. Ortadan kaybolması da bunun kanıtı.' Sonra beni hakaretten yargılamakla tehdit ettiler."

"Olay tıkandı yani," dedi Danglard.

"Siz bana inanıyor musunuz, Yüzbaşı? Hâkim'in Lise'den önce beş kişiyi, Lise'den sonra yine iki kişiyi öldürmüş olduğunu anlıyor musunuz? Otuz dört yıla yayılan sekiz cinayet. Bir cinayetler serisinden de beter, uğruna bir ömrün adandığı, sabırla planlanmış, dozunda ayarlanmış bir iş. İlk beş kurbanı arşivleri tararken buldum, birkaçı gözümden kaçmış da olabilir. Altıncı ve yedinci cinayetleri de Hâkim'i ve gazeteleri takip ederek öğrendim. Fulgence henüz teslim olmadığımı, sonsuza kadar peşinde olacağımı biliyordu. Ama hep elimden kaçtı. Ve şimdi bile, Danglard, olay kapanmış değil. Fulgence mezarından çıktı: Schiltigheim'da dokuzuncu cinayetini işledi. Bu onun işi, biliyorum. Aynı hizada üç darbe. Oraya gidip ölçüleri incelemem gerek, ama göreceksiniz Danglard, yaranın bir uçtan bir uca uzunluğu 16,9 santimden fazla olmayacak. Biz yepyeniydi. Tutuklanan adam evsiz bir alkolik, hafıza kaybına uğramış. Bütün göstergeler Hâkim'e işaret ediyor."

"Yine de," dedi Danglard yüzünü buruşturarak, "Schiltigheim'ı da sayarsak, elimizde elli dört yıla yayılan bir cinayetler serisi oluyor. Bu da suç tarihinde görülmemiş bir şey."

"Yaba da görülmemiş biri. İstisnai bir canavar. Bunu size nasıl anlatsam bilemiyorum. Hâkim'i tanımış olsaydınız…"

"Yine de," diye tekrar etti Danglard, "cinayetlere 1983'te ara veriyor, yirmi yıl sonra tekrar başlıyor. Bu akıl almaz bir şey."

"Arada geçen yirmi yılda cinayet işlemediğini kim bilebilir ki?"

"Siz, gazeteleri yılmadan takip eden sizsiniz, yirmi yıl boyunca dikkatinizi çeken bir olay olmamış."

"Ben olayın peşini 1987'de bıraktım da ondan. Adamı on dört yıl boyunca takip ettiğimi söyledim, otuz yıl değil."

Danglard kafasını kaldırdı, şaşırmıştı.

"Ama neden? Bıkkınlıktan mı? Baskılardan dolayı mı?"

Adamsberg ayağa kalktı, başı yaralı koluna doğru eğilmiş halde, odanın içinde bir süre gezindi. Sonra masaya döndü, sağ kolunu dayayıp yardımcısına doğru eğildi.

"Çünkü Hâkim 1987'de öldü."

"Nasıl?"

"Öldü. Hâkim Fulgence on altı yıl önce, o zaman oturduğu şehir olan Richelieu'de, 19 Kasım 1987'de öldü. Doktor raporuna göre kalp krizi geçirmişti."

"Tanrım, bundan emin misiniz?"

"Elbette. Bunu ilk duyanlardan biri bendim. Cenazesinde de bulundum. Bütün gazetelerde yazılar çıkmıştı. Tabutun çukura indirilişini, canavarın üzerini örten toprağı gördüm. Ve o kara günde, kardeşimin masumiyetini asla ispat edemeyeceğimi anladım. Hâkim artık sonsuza kadar kurtulmuştu."

Sonra, uzun bir sessizlik oldu. Danglard ne diyeceğini bilemiyordu. Allak bullak olmuştu, bir makine gibi eliyle dosyaları düzeltiyordu.

"Hadi, Danglard. Bir şey söyleyin. Konuşun, cesaret edin."

"Schiltigheim," diye mırıldandı Danglard.

"Evet, Schiltigheim. Hâkim cehennemden geri döndü ve benim son bir şansım daha var. Anlıyor musunuz? *Şansım*. Ve bu kez bu fırsatı iyi değerlendireceğim."

"Eğer dediklerinizi anladıysam," dedi Danglard tereddüt dolu bir sesle, "Hâkim'in bir müridi var, onu taklit eden biri."

"Hayır, bu tarz bir şey değil. Hem, ne karısı oldu, ne çocukları. Hâkim yalnız bir saldırgan. Schiltigheim onun eseri, taklitçisinin değil."

Kaygılar Yüzbaşı'nın konuşmasına engel oluyordu. Kararsız kaldı, sonra iyi davranmayı seçti.

"Bu son cinayet sizi oldukça etkiledi, korkunç bir rastlantı."

"Hayır, Danglard, hayır."

"Komiser," dedi Danglard sakince, "Hâkim on altı yıldır mezarda. Kemikleri toprağa karıştı."

"E, ne olmuş? Bu neyi değiştirir? Benim için önemli olan Schiltigheim'lı genç kız."

"Kahretsin!" dedi Danglard. "Şimdi de ölülerin dirildiğine mi inanıyorsunuz?"

"Olup bitenlere inanıyorum. Cinayeti o işledi, şansım döndü. Hem, işaretler gördüm."

"Nasıl yani, işaretler ne demek?"

"İşaretler, uyarı sinyalleri. Bardaki garson kız, afiş, raptiyeler."

Bu kez Danglard ayağa kalktı. Korkmuş ve şaşırmıştı.

"Aman Tanrım, işaretler ha? Şimdi de mistik mi oldunuz? Neyin peşinden koşuyorsunuz, Komiser? Bir hayaletin mi? Bir hortlağın mı? Yaşayan ölülerin mi? Nerede peki bu hayalet? Sadece sizin kafanızda mı?"

"Az zaman önce Schiltigheim yakınlarında yaşamış olan Yaba'nın peşinde koşuyorum."

"O öldü! Öldü!" diye bağırdı Danglard.

Yüzbaşı'nın şaşkınlık dolu bakışları altında,

Adamsberg tek eliyle dosyaları birer birer, özenle çantasına koymaya başladı.

"Ölüm şeytana ne yapabilir ki, Danglard?"

Sonra ceketini aldı, sağlam koluyla selam verip gitti.

Danglard kendini sandalyesinin üzerine bırakıverdi, üzgündü, bira kutusunu dudaklarına götürdü. Kaybolmuş. Adamsberg kaybolmuş, bir delilik döngüsünün içine düşmüştü. Raptiyeler, bardaki garson kız, bir afiş ve bir hortlak. Danglard'ın korktuğundan da uzaklara savrulmuştu Komiser. Mahvolmuş, yitip gitmiş, kötü bir yel tarafından sürüklenmişti.

Kısa süren bir uykudan sonra, Danglard karakola geç gitti. Masasının üzerinde bir not onu bekliyordu. Adamsberg sabah treniyle Strasbourg'a gitmişti. Ertesi gün geri dönecekti. Danglard bir an Komutan Trabelmann'ı düşündü ve hoşgörülü olması için dua etti.

X

Trabelmann, Strasbourg Garı'nda, uzaktan bakıldığında ufak tefek, sağlam yapılı, sert bir adam görünümü sergiliyordu. Adamsberg, komutanın asker tıraşını görmezden gelip dikkatini adamın yüzüne verdi ve bu yüzde katı ama aynı zamanda neşeli bir taraf buldu. Ona sunacağı imkânsız dosyanın kabul göreceğine dair zayıf bir ihtimaldi bu gördüğü. Trabelmann nedensizce gülerek Adamsberg'in elini sıktı, açık seçik ve yüksek sesle konuşuyordu.

"Gazi mi oldunuz?" diye sordu tülbente sarılı koluna işaret ederek.

"Biraz başımı ağrıtan bir tutuklama yaşadım," diye onayladı Adamsberg.

"Toplam kaç tane ediyor?"

"Yaptığım tutuklamalar mı?"

"Yara izleriniz."

"Dört."

"Benim yedi. Dikiş izlerinde beni geçecek polis daha anasından doğmadı," dedi Trabelmann tekrar gülerek. "Çocukluk anınızı getirdiniz mi, Komiser?"

Adamsberg gülerek çantasını gösterdi.

"Hepsi burada. Ama bilmem hoşunuza gider mi."

"Bir dinlemekle bir şey kaybetmem," diye yanıtladı Komutan arabasının kapısını açarak. "Çocukluğumdan beri masallara bayılırım."

"Cinayet masallarına bile mi?"

"Başka masal bilir misiniz?" diye sordu Trabelmann kontağı çevirirken. "Kırmızı başlıklı kız ve yamyamı, Pamuk Prenses'teki çocuk katili, Parmak Çocuk ve gulyabanisi." Kırmızı ışıkta durdu ve tekrar güldü. "Cinayetler, her yerde cinayetler var," diye devam etti. "Ya Mavi Sakal? Tam bir seri katildi. Mavi Sakal'da sevdiğim şey anahtarın üzerindeki bir türlü çıkmayan kan lekesiydi. Silince çıkıyordu ama sonra tekrar beliriyordu, tıpkı bir suçluluk kiri gibi. Bir suçluyu elimden kaçırdığımda hep bunu düşünürüm. Hadi, kaç bakalım oğlum, ama leke tekrar ortaya çıkacak ve ben seni yakalayacağım, derim. Öylelikle. Ya siz?"

"Getirdiğim hikâyenin Mavi Sakal'la benzer tarafları var. Hep silinen ve hep tekrar beliren üç kan lekesi. Ama sadece görmek isteyenlere görünüyorlar, masallardaki gibi."

"Reichstett'e uğrayıp bir jandarma erini almak zorundayım, yani yolumuz uzun. Hikâyenize şimdiden başlasanız? Bir varmış, bir yokmuş."

"İki köpeğiyle beraber bir konakta yaşayan bir adam varmış," diye devam etti Adamsberg.

"İyi bir başlangıç, Komiser, hoşuma gitti," dedi Trabelmann dördüncü kez gülerek.

Reichsett'teki küçük park yerinde durduklarında, Komutan bir hayli ciddileşmişti.

"Anlattıklarınızda inandırıcı olan taraflar var, bunu tartışmak istemiyorum. Eğer genç Wind'i öldüren bu adamsa -eğer, diyorum- bu demektir ki adamınız yarım asırdır ilginç yabasıyla köy köy geziyor, düşünsenize. Mavi Sakal'ınız kıyımlarına kaç yaşında başladı? İlkokuldayken mi?"

Danglard'dan farklı bir üslupla da olsa, Trabelmann'ın itiraz ettiği nokta aynıydı ve bu doğaldı.

"Hayır, tam olarak öyle değil."

"Doğum tarihi ne? Söylesenize Komiser."

"Bilmiyorum," dedi Adamsberg. "Ailesiyle ilgili hiçbir şey bilmiyorum."

"Yine de genç biri olmasa gerek, değil mi? En azından yetmişle seksen beş yaş arasında, haksız mıyım?"

"Haklısınız."

"Bir yetişkini etkisiz hale getirmek ve ona bir bizle öldüresiye vurmak için ne kadar güçlü olmak gerektiğini siz de biliyorsunuz."

"Yaba darbelerin şiddetini arttırıyor."

"Ama sonra katil, cesedi ve bisikleti tarlaya, olay yerinden on metre kadar uzağa sürükledi, hem de kanalizasyon hendeğini aşıp bayırı tırmanarak. Cansız bir bedeni sürüklemek ne demek bilirsiniz, değil mi? Elisabeth Wind atmış iki kiloydu."

"Son karşılaştığımızda pek de genç değildi, ama yine de güçlü kuvvetli biri gibi görünüyordu. Gerçekten, Trabelmann. Boyu bir seksen beşin üzerinde; diri, atik biri izlenimi verdi bana."

"Bir 'izlenim', Komiser," dedi Trabelmann. Sonra jandarma erinin binmesi için arabanın arka kapısını açıp çabucak bir asker selamı verdi. "Bu izlenimi ne zaman edindiniz?"

"Yirmi yıl önce."

"Beni güldürüyorsunuz, Adamsberg, hiç olmazsa güldürüyorsunuz. Size Adamsberg diyebilir miyim?"

"Rica ederim."

"Şimdi Strasbourg çevre yolundan geçip dosdoğru Schiltigheim'a gideceğiz. Katedrali göremeyeceğiz maalesef. Ama sanırım bu pek de umurunuzda değil."

"Bugün değil."

"Benim her zaman umurumda değil. Eski püskü şeyler hiç ilgimi çekmez. Öylelikle. Aslına bakarsanız katedrali yüz kere görmüşümdür, yine de sevmiyorum."

"Neleri seversiniz Trabelmann?"

"Karımı, çocuklarımı, işimi."

Basit, diye düşündü Adamsberg.

"Ve masalları. Masallara bayılırım."

Bu daha az basit, diye geçirdi sonra içinden.

"Oysa masallar da eski püskü şeylerdir," dedi Trabelmann'a.

"Evet, hatta adamınızdan da eski püskü. Anlatmaya devam etsenize."

"Önce morga uğrayabilir miyiz?"

"Ölçümlerinizi yapacaksınız, değil mi? Buna bir itirazım yok."

Adli Tıp binasının kapısından içeri girdiklerinde Adamsberg de hikâyesinin sonuna gelmişti. Komiser, şu anda olduğu gibi dik durmayı unuttuğunda Komutanla aynı boydaydı.

"Ne?" diye bağırdı Trabelmann. Holün ortasında şaşakalmıştı. "Hâkim Fulgence mı? Deli misiniz, Komiser?"

"Ne olmuş?" dedi Adamsberg sakince. "Bu sizi neden rahatsız ediyor?"

"Allah kahretsin. Hâkim Fulgence'ın kim olduğunu biliyor musunuz? Bunun neresi masal! Ağzından ateş püskürtenin canavar değil de beyaz atlı prens olduğunu söylemeniz gibi bir şey bu."

"Bir prens kadar yakışıklı, ama yine de ağzından ateş püskürtüyor."

"Ne dediğinizin farkında mısınız, Adamsberg? Fulgence'ın yönettiği mahkemeler bir kitapta toplandı. Bu ülkenin bütün hâkimlerinin mahkemeleri kitap haline getirilmedi, değil mi? Seçkin bir adamdı o, dürüst bir adamdı."

"Dürüst mü? Ne kadınları ne de çocukları seviyordu. Size benzemiyordu, Trabelmann."

"Karşılaştırma yapmam. Önemli, herkesin saygı duyduğu bir kişilikti."

"Herkesin korktuğu, Trabelmann. Eli ağır ve keskindi."

"Adaletin bir şekilde yerine getirilmesi lazım."

"Ve eli uzundu. Nantes'tan müdahale edip Carcassonne mahkemesini titretebilirdi."

"Çünkü otorite sahibi, doğru bakış açıları olan

biriydi. Beni güldürüyorsunuz, Adamsberg. Hiç olmazsa güldürüyorsunuz."

Beyaz giysili bir adam onlara doğru koşarak yaklaştı.

"Saygılar, beyler."

"Merhaba Ménard," diye araya girdi Trabelmann.

"Affedersiniz, Komutan. Sizi tanıyamadım."

"Paris'ten gelen meslektaşımla tanışın, Komiser Adamsberg."

"Adınızı duydum," dedi Ménard Komiser'in elini sıkarken.

"Şakacı biridir," dedi Trabelmann. "Ménard, bizi Elisabeth Wind'in dolabına götürün."

Ménard ölünün üzerindeki örtüyü özenle kaldırdı. Adamsberg bir an hiç kıpırdamadan cesede baktı, sonra cesedin kafasını yavaşça yerinden oynatıp ensede bulunan morlukları inceledi. Sonra da dikkatini karın bölgesindeki deliklere yoğunlaştırdı.

"Hatırladığıma göre," dedi Trabelmann, "uzunlukları bir uçtan bir uca yirmi bir ya da yirmi iki santimdi."

Adamsberg kuşkulu bir edayla başını salladı, sonra çantasından bir mezura çıkardı.

"Yardım edebilir misiniz, Trabelmann? Bir tek elim var."

Komutan mezurayı cesedin üzerine koydu. Adamsberg mezuranın bir ucunu sağdaki yaranın dış kenarına dayayıp soldaki yaranın dış sınırına kadar olan uzunluğu ölçtü.

"16,7 santim, Trabelmann. Asla daha fazla değil, söylemiştim."

"Tesadüf olmuş, öyleyse."

Adamsberg yanıt vermeden tahta bir cetvelle yaraların azami genişliklerini ölçtü.

"0,8 santim," dedi mezurasını sararken.

Trabelmann sadece başını oynattı, biraz kafası karışmıştı.

"Karakolda bana yaraların derinliklerini de bildirebilirsiniz, sanırım?" dedi Adamsberg.

"Evet, bizi de, onu tutan adamı da, parmak izlerini de gösterebilirim size."

"Yine de dosyalarıma bir göz atmayı kabul ediyor musunuz?"

"Sizden daha az profesyonel değilim, Adamsberg. Hiçbir olasılığı hafife almam."

Trabelmann Adamsberg'in anlam veremediği ufak bir kahkaha attı.

Schiltigheim karakoluna vardıklarında, Adamsberg dosyaları Komutan'ın çalışma masasının üzerine bırakırken, bir jandarma eri de Komiser'e plastik bir torbanın içindeki bizi getirdi. Alet normal boyutlarda ve üzerindeki kurumuş kan lekesi dışında yepyeniydi.

"Eğer dediklerinizi anlıyorsam," dedi Trabelmann masasına yerleşirken, "-eğer, diyorum- soruşturmayı bir değil, dört biz satın alanlara daraltmamız gerek."

"Evet ve böylece zaman kaybetmiş olursunuz.

Adam -Adamsberg artık Fulgence demeye cesaret edemiyordu- herhangi bir amatörmüşçesine, dört biz birden satın almak gibi dikkatleri üzerine çekecek bir hata yapmaz. Bu yüzden çok sıradan modelleri seçiyor. Aletleri ayrı ayrı mağazalardan, araya zaman koyarak satın alıyor."

"Ben de öyle yapardım."

Bu çalışma odasında Komutan'ın sertliği artmış, neşeli çıkışları neredeyse yok olmuştu. Oturuyor olduğundan, diye düşündü Adamsberg, ya da resmi bir mekânda bulunduğundan, neşesini göstermeye çekiniyordu.

"Bizlerden biri Eylül ayında, Strasbourg'da satın alınmış olabilir," dedi Komiser, "bir diğeri Temmuz'da Roubaix'de, vesaire. Adama bu yoldan ulaşmak imkânsız."

"Evet," dedi Trabelmann. "Adamımızı görmek ister misiniz? Birkaç saat daha sıkıştırılsın, itiraflara geçer. Düşünsenize, onu bulduğumuzda bedeninde en az bir buçuk şişe viskiye eş değer alkol vardı."

"Hafıza kaybı da buradan geliyor."

"Bu hafıza kayıpları sizi büyülüyor, değil mi? Beni büyülemiyor, Komiser. Çünkü mahkemede hafıza kaybı ya da akli denge bozuklukları öne sürülünce ceza on, on beş yıl düşürülebiliyor. On, on beş yıl da az sayılmaz, değil mi? Ve bu yöntemi hepsi bilir. Yani hafıza kaybına uğradıklarına, sizin canavara dönüşen beyaz atlı prensinize inandığım kadar inanıyorum. Ama gidin de adamı kendi gözlerinizle görün, Adamsberg."

Bernard Vétilleux ellili yaşlarda, uzun ince, şiş suratlı bir adamdı. Yarı yarıya yatağına uzanmış, içeri giren Adamsberg'e aldırmaz gözlerle bakıyordu. Komiser ya da başka biri, ne önemi vardı ki? Adamsberg konuşmayı kabul edip etmediğini sordu, adam olumlu cevap verdi.

"Zaten anlatacak bir şeyim yok," dedi durgun bir sesle. "Kafamın içi bomboş, hiçbir şey hatırlamıyorum."

"Biliyorum. Ama önce, kendinizi o yolda bulmadan önce?"

"E ben zaten oraya nasıl vardığımı bile bilmiyorum. Yürümeyi sevmem. Üç kilometre de az değil."

"Evet, ama önce," diye ısrar etti Adamsberg, "yola varmadan önce?"

"Öncesini hatırlıyorum tabii. Oğlum, bütün hayatımı da unutmadım. Sadece o Allahın cezası yolu ve sonrasında olanları unuttum."

"Biliyorum," diye tekrarladı Adamsberg. "Önce ne yapıyordunuz?"

"Ne yapacağım, içiyordum."

"Nerede?"

"En başında meyhanedeydim."

"Hangi meyhanede?"

"Manavın yanındaki *Le Petit Bouchon*'da. Bunu bile hatırlıyorum, sonra hafızan kuvvetli değil diyorlar."

"Ya sonra?"

"Her zamanki gibi meyhaneden atıldım, beş

param kalmamıştı. O kadar sarhoş olmuştum ki dilenmeye üşendim. Uyuyabileceğim bir duvar köşesi bulmaya çalıştım. Bu aralar hava çok soğuk. Her zamanki yerime herifler yerleşmişti, üç köpekle beraber. Oradan ayrıldım, parka gittim, veletlerin oyuncağı var ya, sarı küçük küp, onun içine girdim. Orası daha sıcak. Tam bir kuş yuvası gibi, kapısı da var. Yerde de köpük gibi bir şey var. Ama yalancı köpük, veletler düşünce canları acımasın diye."

"Hangi park bu?"

"Pinpon masası olan park, meyhanenin yanındaki. Yürümeyi sevmem."

"Ya sonra? Yalnız mıydın?"

"Aynı yerde uyumak isteyen bir herif vardı. Ne şanssızlık, diye düşündüm. Ama fikrimi çabuk değiştirdim, çünkü herifin cebinde iki litre şarap vardı. Kısa günün kârı, dedim, hem niyetimi de hemen belli ettim. Yuvada kalmak istiyorsan şarabından vereceksin. Tamam, dedi. Paylaşımcı bir arkadaştı."

"Bu arkadaşı hatırlıyor musun? Nasıl biriydi?"

"Hatıram zayıf değildir, ama o vakitte bayağı kafayı bulmuştum, bunu da unutmamak lazım. Zifiri karanlıktı. Hem, üzümünü ye, bağını sorma. İlgimi çeken adam değil köpek öldüreniydi."

"Yine de, az da olsa hatırlıyorsundur. Bir dene, anlat. Ne hatırlıyorsan anlat. Nasıl konuşuyordu, nasıl görünüyordu, nasıl içiyordu? Uzun boylu mu, şişman mı, kısa boylu mu, genç mi, yaşlı mı?"

Vétilleux düşüncelerini harekete geçirmek istermişçesine kafasını kaşıdı, yatağında doğrulup kan çanağı gözlerini Adamsberg'e dikti.

"Baksana, burada bana bir bok vermiyorlar."

Adamsberg bu olasılığı göz önünde bulundurmuş ve iç cebinde bir şişe konyak getirmişti. Vétilleux'ye bir bakış atıp hücrede bulunan nöbetçi jandarma erini işaret etti.

"Tamam," dedi Vétilleux, ne demek istediğini anlamıştı.

"Birazdan," dedi Adamsberg dudaklarını kıpırdatmamaya çalışarak.

Vétilleux durumu hemen kavradı, başını salladı.

"Hafızanın son derece kuvvetli olduğundan eminim," diye devam etti Adamsberg. "Bana şu adamı anlat."

"Yaşlıydı," dedi Vétilleux, "ama gençti de, bilemiyorum. Kanlı canlıydı. Ama yaşlıydı."

"Kıyafetlerini hatırlıyor musun?"

"Geceleri iki litre şarapla dolaşan herifler gibi giyinmişti. Uyuyacak bir yer arayan herifler gibi. Eski bir asker ceketi, atkısı vardı, üst üste gözlerine kadar inen iki bere takmıştı, koca eldivenler. Götün donmasın diye ne giyersen onları giymişti işte."

"Gözlüklü müydü? Tıraş olmuş muydu?"

"Gözlüğü yoktu, gözleri berelerinin altında kaybolmuştu. Sakallı da değildi ama yeni tıraş olmamıştı. Kokmuyordu."

"Yani?"

"Uyuduğum yeri kokan bir herifle paylaşmam, bu böyle. Herkesin bir takıntısı var. Ben haftada iki kere umumi banyolara giderim, kokmayı sevmem.

Çocukların oyuncağının içine de işemem. Kafa çekiyorsak çocuklara saygı duymuyoruz demek değil ya? Onlar evsizlerle herkesle konuştukları gibi konuşurlar. 'Annen var mı? Baban var mı?' çocuklar iyidir, büyükler kafalarını pislikle doldurana kadar her şeyi anlarlar. Yani ben oyuncaklarının içine işemem. Onlar bana saygı duyar, ben de onlara."

Adamsberg nöbetçiye doğru döndü.

"Jandarma," dedi, "bana bir bardak suyla iki aspirin getirebilir misiniz? Yaram," dedi kolunu göstererek.

Jandarma başını sallayıp uzaklaştı. Vétilleux heyecanla kolunu uzatmıştı bile, konyak şişesini aldı. Elli saniye geçmedi ki, jandarma eri elinde plastik bir bardakla geri geldi. Adamsberg kendini aspirinleri yutmaya zorladı.

"Baksana, bir şey hatırladım," dedi Vétilleux plastik bardağı göstererek, "paylaşımcı arkadaşın tam da paylaşmalarda alışkın olmadığımız bir yanı vardı. Senin gibi onun da plastik bardağı vardı. Onun şişesiyle benimki ayrıydı. Şişeden içmiyordu, anlıyor musun? Üstün takılıyordu, caka satıyordu biraz."

"Bundan emin misin?"

"Eminim. Bu herif buralara yükseklerden düşmüş, diye düşünmüştüm. Yükseklerden düşenler de var, bilir misin? Karının biri terk edince kendilerini içmeye vururlar, sonra da kaydıraktan kayar gibi aşağı iniverirler. Ya da şirketleri batar, hadi içmeye başlarlar. Ben karşıyım. Karın ya da şirketin seni yüz üstü bıraktı diye dibe vurulur mu? Bence tutunmak lazım. Oysa ben, cesur olmadığımdan, tutunmadığımdan düşmedim. Zaten aşağıdaydım, orada kaldım? Farkı anladın mı?"

"Elbette," dedi Adamsberg.

"Aslında kimseyi yargılamıyorum ha. Yine de arada bir fark var. Hakikaten de Josie beni terk ettiğinde ekmeğime yağ sürmedi, kabul. Ama nedir, ben zaten önceden de içiyordum. O da bu yüzden bıraktı beni. Haksızdı diyemem, yargılamıyorum. Bir tek, bozuk para bile vermeyen koca götlüleri yargılarım. Onlarsa tamam, bazen gidip kapılarına sıçtığım oldu, kabul. Ama çocukların oyuncağının içine, asla."

"Yukarıdan geldiğine emin misin?"

"Evet, oğlum. Hem düşeli uzun zaman da olmamıştı. Çünkü bizim alemde uzun süre plastik bardağınla, tiksinen biri olarak kalamazsın. Mesela üç dört ay bardağına sarılırsın, sonra biter, sen de benim gibi her ayyaşın şişesinden içersin. Ben sadece kokanlarla içmem, ama bu farklı, koku olayı, kimseyi yargılamıyorum."

"Yani sence en fazla dört aydır sokaklardaydı, öyle mi?"

"Ben radar da değilim ha, ama yine de yeni düşmüştü diyebilirim. Karısı terk etmiştir, o da kendini sokakta bulmuştur, ne bilelim?"

"Adamla konuştunuz mu?"

"Yani, pek değil. Şarap güzelmiş, dedik. Bu havada köpekler bile dışarıda uyumaz, dedik. Böyle şeyler söyledik, alışıldık şeyler."

Vétilleux bir eliyle kalın kazağının üzerinden

konyak şişesini koyduğu gömlek cebini tutuyordu.

"Adam çok kaldı mı?"

"Zamanı pek düşünmem ben."

"Yani, gitti mi, yoksa oyuncağın içinde mi uyudu?"

"Hatırlamıyorum. Tam o ara sızmışımdır, ya da yürümeye çıkmışımdır, bilmem."

"Ya sonra?"

Vétilleux kollarını iki yana kaldırıp dizlerinin üzerine bıraktı.

"Sonrası, yol. Sabah da jandarma."

"Rüya gördün mü? Bir görüntü, bir izlenim hatırlıyor musun?"

Adamın kafası karışmıştı, kaşlarını çatıp elini kazağının üzerine götürdü, uzun tırnaklarıyla eskimiş yünü kaşıdı. Adamsberg bacaklarını hareket ettirmek için yerinde sayan nöbetçi ere tekrar dönüp,

"Jandarma, bana lütfen çantamı getirir misiniz? Not almam lazım," dedi.

Vétilleux, uzun bekleyişinden bir sürüngen hızıyla çıktı, şişeyi çıkardı, kapağını açıp bol bol içti. Jandarma geri döndüğünde her şey kazağın altında, yerli yerindeydi. Adamsberg adamın ustalığına ve el çabukluğuna hayran kaldı. Organı yaratan işlevdir. Vétilleux zeki bir adamdı.

"Bir şey daha," dedi sonra aniden, yanaklarına renk gelmişti. "rüyamda uyumak için sıcak, rahat bir yer bulduğumu gördüm. Sinir oldum, çünkü güzelce tadını çıkaramıyordum."

"Neden?"

"Çünkü kusmak istiyordum."

"Bu başına sık gelen bir şey mi? Kusma isteği yani?"

"Hiç olmaz."

"Ya rüyanda sıcak bir yer görmek?"

"Baksana, her gece rüyamda sıcacık bir yer görseydim Peru'da gibi olurdum, oğlum."

"Bir bizin var mı?"

"Hayır. Ya da onu bana yukarıdaki herif verdi. Yani aşağıda olan, yukardan gelme herif. Ya da ben onu soydum, ne bileyim? Tek görünen o zavallı kızı o aletle öldürmüş olduğum. Belki de yolda düşmüştür? Ben de onu koca bir ayı sanmışımdır, nerden bilelim?"

"Sen buna inanıyor musun?"

"Ne dersen de, parmak izlerim var. Hem kızın yanındaydım."

"Peki ne diye koca ayıyla bisikletini tarlaya sürüyesin?"

"Bir ayyaşın aklından neler geçer kim bilir? Bir şey biliyorsam o da pişman olduğumdur. Çünkü kötülük yapmayı sevmem. Hayvanları bile öldürmem, o zaman insanları niye öldüreyim? Ayı kılığında da olsalar. Ayılardan korktuğuma inanmıyorum. Kanada'da dolu varmış, çöpleri karıştırıyorlarmış, benim gibi. Bunu görmek hoşuma giderdi, beraber çöpleri karıştırırdık."

"Vétilleux, ayılar nasıldır bilir misin..." Adamsberg ağzını adamın kulağına dayadı. "Hiçbir şey söyleme. Hiçbir itirafta bulunma. Çeneni kapa, sadece gerçeği söyle. Hafızanı kaybettiğini. Söz ver."

"Hey!" diye araya girdi nöbetçi er. "Affedersiniz Komiser, ama sanıklarla fısıldayarak konuşmak yasak."

"Özür dilerim, jandarma. Ayılarla ilgili belden aşağı bir hikâye anlatıyordum. Adamcağızın pek eğlenecek fırsatı yok."

"Yine de, Komiser, buna izin veremem."

Adamsberg gözlerini sessizce Vétilleux'ye dikti. 'Anladın mı?' demeye gelen bir işaret yaptı. Vétilleux başını salladı. Adamsberg sessizce 'söz mü?' diye heceledi. Adam tekrar başını salladı, gözleri kan çanağı, ama bakışları keskindi. Bu adam ona konyak şişesini vermişti, dostu sayılırdı. Adamsberg ayağa kalktı ve hücreden ayrılmadan önce yaralı olmayan eliyle adamın omzunu sıktı; 'gidiyorum, sana güveniyorum,' demekti bu.

Trabelmann'ın çalışma odasına doğru yönelirlerken, jandarma eri Adamsberg'e münasebetsizlik etmek istemediğini, ama ayılarla ilgili hikâyeyi ona da anlatıp anlatmayacağını sordu. Trabelmann'ın araya girmesiyle, Komiser bu zor durumdan kurtuldu.

"İzlenimleriniz nelerdir?" diye sordu Trabelmann.

"Geveze biri."

"Hadi canım? Bana karşı hiç değil nedense. Bu adam kumaş gibi gevşek."

"Çok gevşek. Yanlış anlamayın Komutan, ama Vétilleux kadar içkici bir ayyaşa birden alkolü bıraktırmak tehlikeli olabilir. Adam her an elinizde ölebilir."

"Farkındayım, Komiser. Her öğünde bir bardak içki içebiliyor."

"O zaman dozları üçle çarpın. İnanın bana, Komutan, bu gerekli."

"Anlaşıldı," dedi Trabelmann, bu sözlere hiç bozulmamıştı. Sonra masasına oturarak, "Anlattığı gevezelikler arasında yeni bir şey var mı?" diye sordu.

"Adam zeki ve duygusal."

"Bence de. Ama sünger gibi içince bunun bir anlamı kalmıyor. Karılarını döven erkekler genelde gündüzleri kuzu gibidirler."

"Ama Vétilleux'nün sabıkası yok. Bir kez bile dövüşmemiş, Strasbourg polisinin de dediği bu, değil mi?"

"Doğru. Başlarına bela olmayan bir adammış. Yoldan çıkana kadar. Onun tarafını mı tutuyorsunuz?"

"Onu sadece dinledim."

Adamsberg, yaptıkları çevik alışveriş dışında, Vétilleux'yle yaptığı görüşmeyi nesnel olarak özetledi.

"Yani," dedi son olarak, "Vétilleux'nün bir arabanın arka koltuğuna yatırılmış olmadığını kanıtlayan hiçbir şey yok. Kendisini sıcak, rahat bir yerde hissediyormuş, ama midesi bulanıyormuş."

"Ve siz, bir 'sıcaklık hissi'nden yola çıkıp bir araba, bir şoför, bir yolculuk uyduruyorsunuz ha? Hepsi bu mu?"

"Evet."

"Beni güldürüyorsunuz, Adamsberg. Boş şap-

kadan tavşan çıkaran adamları hatırlatıyorsunuz
bana."

"Yine de tavşan çıkıyor, değil mi?"

"Düşündüğünüz kişi öbür evsiz mi?"

"Kendi şişesinden, plastik bardakla içki içen bir
evsiz. Yükseklerden düşmüş bir evsiz. Yaşlı."

"Yine de bir evsiz."

"Belki, emin değilim."

"Söylesenize, Komiser, bütün kariyeriniz bo-
yunca biri fikrinizi değiştirmeyi başarabildi mi?"

Adamsberg soruyu dürüstlükle düşünmek için
bir an durdu.

"Hayır," dedi sonra. Sesinde bir parça pişman-
lık vardı.

"Korktuğum da buydu. Ve lütfen şunu söyle-
meme izin verin, egonuz bu masa kadar büyük, öy-
leyse."

Adamsberg bir şey demeden gözlerini kıstı.

"Bunu sizi kızdırmak için söylemiyorum, Ko-
miser. Ama bu dosyayı bir dolu kişisel fikirle ele
alıyorsunuz, kimsenin hiçbir zaman inanmadığı
birtakım fikirlerle. Sonra, olay düşündüklerinize
uyana kadar yeni olgular ekliyorsunuz. Yaptığınız
analizde ilginç taraflar yok demiyorum. Ama diğer
tarafları incelemiyorsunuz, duymuyorsunuz bile.
Ve benim elimde kurbanın yanında, cinayet sila-
hıyla ve silahın üzerinde parmak izleriyle bulunmuş
bir ayyaş var."

"Bakış açınızı anlıyorum."

"Ama bu pek de umurunuzda değil, kendi bakış
açınıza bakıyorsunuz. Öbürleri çalışmalarını, fikir-

lerini ve izlenimlerini alıp defolabilirler, öylece. Bana bir tek şey söyleyin: sokaklar serbestçe gezen katillerle dolu. Hiçbir zaman sonuca varamamış dosyalardan istemediğiniz kadar var. Hem bu dosya sizin sorumluluğunuzda bile değildi. O zaman? Niye bu dosya?"

"1973 yılına ait olan, 6 numaralı dosyayı okuduğunuzda, suçlanan gencin erkek kardeşim olduğunu göreceksiniz. Bu olay hayatını mahvetti ve ben onu yitirdim."

"Çocukluk anım dediğiniz bu muydu? Bunu daha önce söyleyemez miydiniz?"

"Söyleseydim beni sonuna kadar dinlemezdiniz. Olayın fazlasıyla içindeyim, fazla kişisel."

"Doğru. İşe aile karışınca polis milleti kendini şaşırır."

Trabelmann iç geçirerek 6 numaralı dosyayı çıkardı, en üste koydu.

"Bakın, Adamsberg," diye devam etti, "saygınlığınıza güvenerek getirdiğiniz dosyaları okuyacağım. Böylece alışverişimiz adil bir biçimde tamamlanmış olur. Siz benim sahamı görmüş olursunuz, ben de sizinkini. Doğru mu? Yarın sabah görüşürüz. Buradan iki yüz metre uzakta küçük, güzel bir otel var, yukarı doğru sağda."

Adamsberg otele gitmeden önce kırsal alanda uzun süre gezindi. Trabelmann'a kızmamıştı, adam işbirlikçi davranmıştı. Ama Trabelmann da diğerleri gibi ona inanmayacaktı. Eskiden beri, her yerde inanmaz gözlerle karşılaşmıştı, Hâkim'in ağırlı-

ğını omuzlarının üzerinde, her yere yalnız götür-
müştü.

Çünkü Trabelmann bir noktada haklıydı. O,
Adamsberg, pes etmeyecekti. Yaraların uzunluğu
yine ölçülerine uyuyor, yabanın uzunluğunu geç-
miyordu. Vétilleux, beresi gözlerine kadar inen
adam tarafından seçilmiş, takip edilmiş, bir litre şa-
rapla etkisiz hale getirilmişti. Arkadaşının tükürü-
ğüne değmemeye özen gösteren bir adam. Sonra
Vétilleux bir arabaya bindirilmiş, önceden işlenmiş
olan cinayetin yakınlarına bir yere bırakılmıştı. İh-
tiyarın tek yapması gereken adamın eline bizi tu-
tuşturmak, sonra da yere fırlatmak olmuştu. Sonra
arabasını çalıştırmış, sakince uzaklaşmış, son günah
keçisini de çalışkan Trabelmann'ın ellerine terk et-
mişti.

XI

Adamsberg sabah onda karakola geldiğinde kapıda duran jandarma erine selam verdi, bu, ayılarla ilgili hikâyeyi öğrenmek isteyen erdi. Bir işaretle Adamsberg'e işlerin sarpa sardığını ima etti. Gerçekten de Trabelmann'ın önceki günkü misafirperverliğinden eser yoktu, çalışma odasında kollarını göğsüne kavuşturmuş, dimdik ayakta durarak Komiser'i bekliyordu.

"Benimle alay mı ediyorsunuz, Adamsberg?" dedi öfke dolu bir sesle. "Polislerin hepsinde jandarmaları salak yerine koyma hastalığı mı var?"

Adamsberg Komutan'ın karşısında ayakta durdu. Böyle durumlarda yapılması gereken dinlemekti. Konunun ne olduğunu tahmin ediyordu ve bu ona yetiyordu. Ama Trabelmann'ın bu kadar hızlı hareket edebileceğini düşünmemişti. Adamı hafife almıştı.

"Hâkim Fulgence on altı yıl önce öldü!" diye bağırdı Trabelmann. "Vefat etti, nalları dikti, öldü! Bu masal falan değil, Adamsberg, bu bir korku romanı! Bana bundan haberiniz olmadığını söylemeyin! Notlarınız 1987'de son buluyor!"

"Haberim var, elbette. Cenazesinde bulundum."

"Ve yine de deli saçması hikâyenizle bana zaman kaybettirdiniz! İhtiyarın Schiltigheim'da Elisabeth Wind'i öldürdüğünü anlattınız. Yürekli jandarma Trabelmann'ın Hâkim'le ilgili birkaç bilgi toplayabileceğini bile düşünmeden!"

"Evet, bunu düşünemedim ve bu yüzden özür dilerim. Ama bilgi toplamaya tenezzül ettiğinize göre, demek ki Fulgence vakası merakınızı uyandıracak kadar kafanızı karıştırdı."

"Ne yapmaya çalışıyorsunuz, Adamsberg? Bir hayaleti kovalamaya mı? Buna inanmak istemiyorum, çünkü eğer bu doğruysa bulunmanız gereken yer polis karakolu değil, akıl hastanesi. Buraya tam olarak niçin geldiniz?"

"Yaraların ölçülerini almak, Vétilleux'yü sorgulamak ve sizi bu olasılıktan haberdar etmek için."

"Sizce bir rakibi mi var? Bir taklitçisi? Hatta oğlu?"

Adamsberg önceki gün Danglard'la yaptığı görüşmeyi anı anına tekrar yaşadığını izlenimine kapıldı.

"Müridi de yok, çocuğu da. Fulgence yalnız hareket ediyor."

"Karşımda sakin sakin delirdiğinizi ifade ettiğinizin farkında mısınız?"

"Bunu düşündüğünüzün farkındayım, Komutan. Gitmeden önce Vétilleüx'ye güle güle dememe izin verecek misiniz?"

"Hayır!" diye bağırdı Trabelmann.

"Bir masumu mahkûm etmek hoşunuza gidecekse, bu sizin bileceğiniz bir iş."

Adamsberg dosyalarını almak için Trabelmann'ın yanından geçti. Sonra onları beceriksizce çantasına koymaya çalıştı, bu iş kolundaki yara yüzünden hayli uzun sürdü. Komutan ona yardım etmedi, Danglard'ın da etmediği gibi. Elini Trabelmann'a uzattı, ama Komutan göğsünün üzerinde kavuşturduğu kollarını kıpırdatmadı.

"O zaman, bir gün tekrar görüşeceğiz, Trabelmann, ve o gün, Hâkim'in kafası yabanın dişlerine takılı olacak."

"Adamsberg, yanılmışım."

Adamsberg şaşkınlıkla kafasını kaldırdı.

"Egonuz masa kadar değil, Strasbourg Katedrali kadar büyük."

"Sevmediğiniz katedral yani."

"Doğru."

Adamsberg kapıya yöneldi. Sessizlik çalışma odasına, koridorlara ve hole sağanak yağmur gibi inmiş, konuşmaları, hareketleri, ayak seslerini silivermişti. Kapıdan çıkınca genç jandarma erinin bir süre kendisine eşlik ettiğini gördü.

"Komiser, şu ayılarla ilgili hikâye?"

"Beni takip etmeyin, jandarma. İşinizi kaybetmeniz söz konusu olabilir."

Ere çabucak göz kırpıp yürüye yürüye uzaklaştı, kendisini Strasbourg garına götürebilecek biri yoktu. Ama, Vétilleux'nün aksine, birkaç kilometre yürümek Komiser'e zor gelmezdi, bu gezinti, Hâkim Fulgence yüzünden edindiği son düşmanını kafasından atmasını ancak sağlayacaktı.

XII

Paris treni bir saatten önce kalkmıyordu ve Adamsberg, Trabelmann'a meydan okurcasına Strasbourg Katedrali'ni şereflendirmeye karar verdi. Madem ki Komutan'a göre egosunun büyüklüğü bu eski çağ boyutlarına ulaşıyordu, o zaman o da katedrali tavaf edecekti. Sonra katedralin kubbesinin altını, gezinti yerlerini dolaştı, afişleri özenle okudu. *Gotik tarzda yapılmış en saf ve en açık yürekli eser.* Trabelmann daha ne istiyordu ki? Başını kaldırıp binanın zirvesinde bulunan oka baktı, *142 metrelik bir şaheser.* Adamsberg'in boyu ise polislik için gereken asgari boya ancak yetiyordu.

Trenin barından geçerken gördüğü dizi dizi ufak şişeler düşüncelerini Vétilleux'ye yöneltti. Şu saatte muhtemelen Trabelmann onu, sarhoş bir hayvanı mezbahaya götürür gibi, itiraflara doğru yönlendiriyordu. Ya da Vétilleux verdiği sözü hatırlayıp direnebilirdi. Vétilleux'yü tam da dibe vurmuşken terk eden karısına, tanımadığı Josie'ye öyle kızıyordu ki, oysa kendisi de son anda çark edip Camille'i bırakmıştı.

Karakola vardığında ağır bir kâfur kokusu duydu, Kurul Salonu'nda durdu; Noël gömleğinin yakasını açmış, başını ellerine yaslamıştı, Teğmen Retancourt ensesine masaj yapıyordu. Omuzlardan saç diplerine doğru, dairesel ve dikey hareketlerle uzanan eller, Noël'i çocuksu bir mutluluğa sevk etmişe benziyordu. Komiser'in geldiğini görünce birden irkildi ve aceleyle gömleğini ilikledi. Retancourt en ufak bir rahatsızlık dahi duymuyordu, bir yandan Adamsberg'e kısa bir selam verirken, bir yandan da kâfur tüpünü sakince kapattı.

"Birazdan emrinizdeyim," dedi Komiser'e. "Noël, iki üç gün boynunuzu ani hareketlerden sakının. Ağır bir şey kaldırmanız gerekirse daha çok sol kolunuzu kullanın."

Sonra, Noël salonu terk ederken, Retancourt Adamsberg'e yöneldi.

"Bu soğukta," dedi, "doğal olarak kaslar düğümlendi, birkaç boyun tutulması da oldu."

"Bunları iyileştirmeyi biliyor musunuz?"

"Biraz. Québec yolculuğuyla ilgili dosyaları hazırladım. Formlar dolduruldu, vizeler hazır. Uçak biletleri de yarından sonra elimizde olur."

"Teşekkürler, Retancourt. Danglard buralarda mı?"

"Sizi bekliyor. Dün gece Hernoncourt'un kızının itiraflarını kaydetti. Avukat kızın akli dengesini geçici olarak yitirdiğini öne sürecekmiş, doğrusu da bu."

Danglard, Adamsberg'in odasına girmesiyle ayağa kalktı ve belli belirsiz bir sıkıntıyla, elini Komiser'e uzattı.

"En azından siz elimi sıkıyorsunuz," dedi Adamsberg gülümseyerek. "Trabelmann için bu artık söz konusu bile olamaz. Hernoncourt raporunu verin de imzalayayım. Soruşturmayı bitirdiğiniz için de tebrikler."

Komiser dosyayı imzalarken, Danglard alay edip etmediğini anlamaya çalışıyordu, çünkü Baron'u tutuklamayı reddeden ve soruşturmayı başka bir yöne sürükleyen kendisiydi. Ama hayır, Adamsberg'in yüzünde şakadan eser yoktu, içtenlikle tebrik etmişti.

"Schiltigheim yolculuğu kötü mü geçti?" diye sordu Danglard.

"Bir yönüyle gayet iyiydi. Yeni bir biz, 16,7 santim uzunluğunda, 0,8 santim boyunda yaralar. Söylemiştim, Danglard, aynı alet bu. Ellerindeki suçlu yuvasız bir tavşan, zararsız, sarhoş, tam bir şahine yaraşır bir av. Cinayetten önce yaşlı bir adamla karşılaşmış. Sözüm ona bir zavallıymış o da. Ama şarabını kibarca, plastik bardaktan içiyormuş, bizim sarhoş tavşanın şişesine dokunmak bile istemiyormuş."

"Kötü yönü neydi yolculuğun?"

"Trabelmann bana cephe aldı. Sadece kendi bakış açıma önem verdiğimi, başkalarını dinlemediğimi düşünüyor. Ona göre Hâkim Fulgence devasa biri. Bana göre de, ama başka türde."

"Hangi türde?"

Adamsberg karşılık vermeden önce gülümsedi.

"Strasbourg Katedrali. Egomun katedral kadar büyük olduğunu söyledi."

Danglard ufacık bir ıslık çaldı.

"Ortaçağ sanatının baş yapıtlarından biri," dedi, "üzerinde 1439'da yapılmış olan, yüz kırk iki metre boyunda bir ok bulunur, Jean Hultz'un eseri..."

Adamsberg kibar bir el işaretiyle Danglard'ın bilge sunumuna son verdi.

"Adamın dediği laf hafife alınacak gibi değil," dedi Danglard. "Bir egoyu gotik bir yapıyla karşılaştırmak, ego- tik yani. Şu Trabelmann şakacı biri mi?"

"Evet, zaman zaman. Ama bunu söylediğinde hiç şaka yapmıyordu, beni bir dilenci gibi sokağa attı. Ama hakkını yememek lazım, arada Hâkim'in on altı yıl önce öldüğünü öğrenmişti. Bu pek hoşuna gitmedi. Bazı insanlar bu tür fikirlerden hoşlanmazlar."

Adamsberg yardımcısının taşı gediğine koyma isteğini bir el hareketiyle durdurdu.

"İyi geldi mi?" diye devam etti, "Retancourt'un masajı."

Danglard tekrar sinirlenmeye başladığını hissetti.

"Tabii," dedi Adamsberg, "Enseniz kızarmış ve kâfur kokuyorsunuz."

"Boynum tutulmuştu. Bu bir suç değil, bildiğim kadarıyla."

"Aksine. Kendine iyi davranmakta hiçbir kötülük yok. Retancourt'un yeteneklerine de hayranım. Her şeyi imzaladığıma göre, sizce mahsuru yoksa yürüyüşe çıkacağım. Çok yorgunum."

Danglard, Adamsberg'in karakteristik özelliği olan bu tezata karşılık vermedi, son sözü söylemeye de çalışmadı. Madem son sözü Adamsberg söylemek istiyor, söylesin ve götürsün o zaman. Aralarındaki sürtüşmeyi bir söz düellosu düzeltecek değildi zaten.

Adamsberg Meclis Salonu'ndan geçerken Noël'i çağırdı;

"Favre ne durumda?"

"Binbaşı tarafından sorguya çekildi ve soruşturmanın sonuna kadar görevinden uzaklaştırıldı. Sizin sorgunuz yarın sabah on birde, Brézillon'un bürosunda yapılacak."

"Evet, notu gördüm."

"Eğer o şişeyi kırmamış olsaydınız bir sorun çıkmazdı. Favre'ı tanıdığım kadarıyla, şişe kırığıyla kendisine saldırıp saldırmayacağınızı bilmiyordu."

"Ben de, Noël."

"Efendim?"

"Ben de bilmiyordum," diye yineledi Adamsberg sakince. "Olay anında bilmiyordum. Sanırım ona saldırmazdım, ama emin de değilim. O ahmak beni fena sinirlendirmişti."

"Tanrım, Komiser sakın bunları Brézillon'a da söylemeyin, yoksa hayatınız kayar. Favre nefsi müdafaa olduğunu söyler, haliniz çok kötü olabilir. Güvenilmezlik, inanılmazlık, düşünsenize!"

"Evet, Noël," dedi Adamsberg, şu ana kadar gayet mesafeli duran Teğmen'in böyle üzerine titremesine şaşırmıştı. "Bu aralar kolay sinirleniyorum. Omuzlarımda bir hayalet taşıyorum, zor bir iş."

Komiserin anlaşılmaz imalarına alışkın olan Noël, bu sözlerini geçiştirdi.

"Brézillon'a bunlardan tek söz etmek yok," dedi korkuyla. "Vicdan yapmak, iç dünyanızı sorgulamak yok. Şişeyi Favre'ı korkutmak için kırdığınızı, elbette yere atmayı düşündüğünüzü söyleyin. Hepimiz buna inanıyorduk ve hepimiz bunu söyleyeceğiz."

Teğmen, Adamsberg'in gözlerinde anlaştıklarına dair bir işaret aradı.

"Tamam, Noël."

Adamsberg Teğmen'in elini sıkarken, kısa bir süre için rolleri değiştikleri hissine kapıldı.

XIII

Adamsberg soğuk sokaklarda ceketinin eteklerini tutarak, omzunda yolculuk çantasıyla uzun süre yürüdü. Seine Nehri üzerinden geçip aklında karmakarışık düşüncelerle şehrin kuzeyine doğru amaçsızca ilerledi. Üç gün öncesine, elini kalorifer kazanının soğuk kafesine dayadığı o sakin ana geri dönmeyi isterdi. Ama sanki o günden beri her yerde çeşitli patlamalar meydana gelmişti, tıpkı sigara içen karakurbağası gibi. Arkadaşça sigara içen ve kısa aralıklarla patlayan bir sürü karakurbağası. Bağırsaklarının oluşturduğu bir bulut, birbirine karışan kurbağa görüntülerinin üzerine kızıl bir yağmur gibi yağıyordu. Hâkim Fulgence'ın torpil bombası gibi ortaya çıkışı, hortlak, Schiltigheim'daki üç delik, en iyi yardımcısının kendisine karşı takındığı düşmanca tavır, erkek kardeşinin yüzü, Strasbourg Katedrali'nin oku, yüz kırk iki metre, canavara dönüşen prens, Favre'a çektiği kırık şişe. Bir de Danglard'a, Favre'a, Trabelmann'a ve daha derinlerde kendisini bırakan Camille'e karşı duyduğu aşırı öfke. Hayır. Camille'i terk eden oydu. Her şeyi ters yüz ediyordu, prensle canavar gibi. Herkese karşı öfke. Ferez, yani kendinize karşı öfke, derdi sakince. Siktir git, Ferez.

Düşüncelerinin karmaşasında ilerlerken, bir anda Strasbourg Katedrali'nin kapısına bir canavar tıkılsa katedral de karakurbağası gibi, pof pof pof nefes çekip patlar mı, diye düşündüğünü fark edip durdu. Bir sokak lambasına dayandı, kaldırımda herhangi bir Neptün görüntüsünün kendisine bakıp bakmadığını kontrol edip elini yüzüne sürdü. Yorgundu ve yarası sızlıyordu. Kuru kuru iki ağrı kesici yuttu ve başını kaldırdığında adımlarının onu Clignancourt'a getirdiğini fark etti.

Yolu önceden çizilmişti demek. Sağa dönüp Clémentine Courbet'nin bit pazarına bitişik, küçük bir sokakta bulunan eski püskü evinin yolunu tuttu. Yaşlı kadını bir yıldır, 4 rakamlı cinayetlerden beri görmemişti. Ama bir daha hiç görüşmeyecekler diye bir şey yoktu.

Tahta kapıyı çalarken aniden mutlu oldu, büyükannenin her zamanki yerinde, salonda ya da tavan arasında çalışıyor olacağını, kendisini tanıyacağını umdu.

Kapı açıldığında çiçekli, dar bir elbisenin içinde, solgun, mavi mutfak önlüklü şişman bir kadın belirdi.

"Elinizi sıkamadığım için özür dilerim, Komiser," dedi Clémentine kolunu uzatarak. "Yemek yapıyordum da."

Adamsberg kadının kolunu tuttu, kadın unlu ellerini önlüğüyle silip işinin başına döndü. Adamsberg rahatlamış bir halde kadının peşinden gitti. Hiçbir şey Clémentine'i şaşırtmazdı.

"Çantanızı bir yere koyun," dedi Clémentine, "buyurun, rahatça oturun."

Adamsberg mutfaktaki sandalyelerden birine yerleşip kadını izledi. Tahta masanın üzerinde turta hamuru vardı ve Clémentine bir bardak yardımıyla hamurdan yuvarlak parçalar kesiyordu.

"Yarın için yapıyorum," dedi kadın. "Galetlerim[3] bayağı azalmış. Kutuda birkaç tane kaldı, bir tane alın. Hem ikimize de birer bardak porto şarabı koyun, iyi gelir."

"Neden, Clémentine?"

"Çünkü dertlisiniz de ondan. Torunumu evlendirdim, biliyor musunuz?"

"Lizbeth'le mi?" diye sordu Adamsberg porto şarabını ve galetleri çıkarırken.

"Aynen öyle. Ya siz?"

"Ben tam tersini yaptım."

"Hadi canım, sizi üzüyor muydu? Sizin gibi güzel bir adamı?"

"Tam tersine."

"O zaman siz onu üzüyordunuz."

"Evet, ben."

"Böyle yapmanız iyi değil," dedi yaşlı kadın bardağının üçte birini içerken. "O kadar tatlı bir kıza."

"Siz nerden biliyorsunuz, Clémentine?"

"Baksanıza, sizin karakolda bir hayli zaman geçirdim. O zaman n'aparsın, oynarsın, oyalanırsın, muhabbet edersin."

Clémentine galetlerini eskimiş gazlı fırınına sürdü, gıcırdayan kapağı kapatıp dumanlı camdan

---

[3] Fransa'nın Britanya bölgesine özel, tereyağlı kurabiye (ç.n.)

endişeli gözlerle galetlere baktı.

"Demem o ki," diye devam etti Clémentine, "çapkınlar gerçekten sevdaya tutulduklarında hep sorun çıkarırlar, yalan mı? Bundan sevgililerini sorumlu tutarlar."

"Nasıl yani, Clémentine?"

"Yani bu sevda çapkınlık yapmalarına engel olduğundan, sevgilinin cezalandırılması gerekir."

"Ya nasıl cezalandırır?"

"Canım, sağda solda onu aldattığını ona söyleyerek. Sonra kızcağız ağlamaya başlar, bu adamın hoşuna gitmez. Gitmez tabii, birini ağlatmak kimsenin hoşuna gitmez. O zaman kızı bırakır."

"Ya sonra?" diye sordu Adamsberg; yaşlı kadın kendisine muhteşem bir destan anlatırmışçasına, merakla dinliyordu.

"O zaman adamın başı beladadır, çünkü kızcağızı kaybetmiştir. Çünkü sevmek başka, çapkınlık başka. İkisi ayrı şeyler."

"Neden ayrı şeyler?"

"Çünkü çapkınlık bir adamı mutlu etmez. Sevmek de çapkınlık yapmasına engel olur. O zaman çapkın bir o tarafa, bir bu tarafa savrulur, asla da mutlu olmaz. Önce kızcağız üzülür, sonra o."

Clémentine fırının kapağını açtı, içeri bir göz attıktan sonra kapadı.

"Çok doğru söylediniz, Clémentine," dedi Adamsberg.

"Bunu anlamak için noter katibi olmak gerekmez," dedi Clémentine, aynı zamanda geniş bir bezle masayı sildi. "Domuz pirzolalarımı yapmaya başlayayım."

"Peki çapkın neden kadınların peşinden koşar, Clémentine?"

Yaşlı kadın tombul yumruklarını beline dayadı.

"Çünkü bu daha kolaydır. Sevmek için kendinden vermek gerekir, ama çapkınlık için gerekmez. Domuz pirzolasıyla fasulye yapacağım, ister misiniz?"

"Akşam yemeğini burada mı yiyorum?"

"E, vakti geldi. Beslenmeniz lazım, kalçanız falan kalmamış."

"Pirzolanızdan olmanızı istemem."

"İki tane almıştım."

"Geleceğimi biliyor muydunuz?"

"Canım müneccim değilim ya ben. Bu aralar bir arkadaşım bende kalıyor. Bu gece biraz geç gelecek. Pirzola kalacak diye üzülüyordum. Olmazsa kalanını yarın yerdim ama iki kere üst üste domuz eti yemeyi sevmem. Neden bilmem, böyle düşünüyorum. Ben gidip biraz odun atayım, fırına dikkat eder misiniz?"

Evin çiçek desenli eski koltuklarla dolu küçük salonu bir şömineyle ısınıyordu. Öbür odalarda da iki soba vardı. Salonda ısı on beş dereceyi geçmiyordu. Clémentine ateşi canlandırırken Adamsberg masayı kurmaya koyuldu.

"Mutfakta değil," dedi Clémentine mutfak masasının üzerindeki tabakları alarak. "Kırk yılda bir değerli bir misafirim gelmiş, rahat rahat salonda yiyelim. Portonuzu bitirin, güç verir."

Adamsberg her şeye itaat ediyor ve salondaki ufak masada, sırtını şöminenin alevlerine vermiş halde kendini son derece rahat hissediyordu. Clémentine tabağını doldurdu ve otoriter bir tavırla bardağını ağzına kadar şarapla doldurdu. Boynuna çiçek desenli bir örtü bağladı, bir diğerini de Adamsberg'e uzattı.

"Etinizi keseyim," dedi yaşlı kadın. "Kolunuzdaki yarayla siz kesemezsiniz. Bu da mı sizi düşündürüyor?"

"Hayır, Clémentine, bu aralar pek düşünmüyorum."

"İnsan düşünmezse sorun çıkar. Hep beynini didiklemeli, sevgili Adamsberg. Adınızla seslenmem sizi rahatsız etmiyor değil mi?"

"Hayır, kesinlikle."

"Şaka bir yana," dedi Clémentine sandalyesine oturarak. "Sevgilinizi karıştırmazsak, derdiniz nedir?"

"Bu aralar herkese saldırmaya meyilliyim."

"Kolunuz da bu yüzden mi oldu?"

"Mesela."

"Bir bakıma ben hep kavga dövüşe karşı değilimdir, insanın sinirleri boşalır. Ama dövüşe alışkın değilseniz, beyninizi didiklemeniz lazım. Ya kızcağız yüzünden derdiniz var, ya başka bir şey yüzünden, ya da hepsi bir arada. Pirzoladan bırakmak yok ha, tabağınızı bitireceksiniz. Yemek yemezseniz kalçanız falan kalmaz. Sütlacı getireyim."

Clémentine ufak bir kap sütlacı Adamsberg'in önüne koydu.

"On beş gün bende kalsanız sizi nasıl semirtirim," dedi. "Başka ne derdiniz var?"

"Bir hortlak, Clémentine."

"Bak buna bir çare bulunabilir, sevdadan daha kolaydır. Ne yapmış hortlak?"

"Sekiz kişiyi öldürmüştü ve yeniden öldürmeye başladı. Yabayla."

"Ne kadar zamandır ölü?"

"On altı yıldır."

"En son nerede öldürdü?"

"Geçtiğimiz cumartesi Strasbourg yakınlarında bir genç kızı öldürdü."

"Genç kız kötü bir şey yapmamıştı, değil mi?"

"Adamı tanımıyordu bile. O bir canavar, Clémentine, yakışıklı ve korkunç bir canavar."

"Hakikaten de inandım. Böyle yapılır mı, kılına bile dokunmamış dokuz kişi öldürülür mü?"

"Ama başkaları inanmak istemiyor. Kimse inanamıyor."

"Aman, öbürleri genelde zaten odun kafalıdırlar. Anlamak istemiyorlarsa, akıllarına bir şey sokmaya çalışarak kendini üzmemek lazım. Eğer yaptığınız buysa boşu boşuna sinirlerinizi yıpratıyorsunuz."

"Haklısınız, Clémentine."

"Tamam, o zaman şimdi, öbürleriyle ilgilenmeyi kestiysek," dedi Clémentine kalın bir sigara yakarak, "bana şu derdinizi anlatın. Koltukları şöminenin önüne iter misiniz? Bu kadar soğuk yapacağını beklemiyorduk, değil mi? Söylenenlere göre kuzey kutbundan geliyormuş."

Adamsberg'in hikâyenin tamamını yavaş yavaş

Clémentine'e anlatması bir saatini aldı, bunu neden yaptığını bilmiyordu. Konuşmalarını bölen tek şey Clémentine'in en az kendisi kadar yaşlı arkadaşının eve gelişi oldu, seksen yaşlarında bir kadındı. Ama Clémentine'in aksine, zayıf, ufak tefek, kırılgan bir kadındı, yüzü aralıklı çizgilerle buruş buruştu.

"Josette, seni daha önce bahsettiğim Komiser'le tanıştırayım. Korkma, kötü biri değildir."

Adamsberg kadının açık sarıya boyanmış saçlarına, hanımefendi tayyörüne, burjuva hayatından kalma inci küpelerine baktı. Bunların aksine, ayaklarında iri spor ayakkabıları vardı. Josette ikisini utangaç bir edayla selamlayıp Clémentine'in torununun bilgisayarlarıyla dolu olan çalışma odasına yöneldi.

"Neden korksun ki?" diye sordu Adamsberg.

"Polis olmak önemli bir şeydir," diye iç geçirdi Clémentine.

"Affedersiniz," dedi Adamsberg.

"Sizin dertlerinizden söz ediyorduk, Josette'inkilerden değil. Kardeşinizle kâğıt oynadığınızı söylediğiniz iyi olmuş. Çoğunlukla en iyi fikirler en basit fikirlerdir. Söylesenize, adamın bizini bunca yıl suyun içinde bırakmadınız ya? Çünkü yüzeye çıkabilir."

Adamsberg bir yandan ateşi canlandırdı, bir yandan hikâyesine devam etti; kendisini Clémentine'in evine sürükleyen rüzgâra şükrediyordu.

"Bu jandarma ahmağın teki," dedi Clémentine izmaritini şömineye atarken. "Beyaz atlı prensin canavara dönüşebileceğini herkes bilir. Bir polisin bunu anlamaması için hakikaten sağır olması gerekir."

Adamsberg eski püskü kanepenin üzerine yarı yarıya uzandı, yaralı kolu karnının üzerindeydi.

"On dakika dinleneyim, Clémentine, sonra giderim."

"Bu kadar dertli olmanızı anlıyorum, çünkü bu hortlakla daha işin başındasınız. Ama düşündüğünüz şeyin peşinden gidin, sevgili Adamsberg. Doğru olduğu kesin değil, ama yanlış olduğu da kesin değil."

Clémentine ateşi söndürmek için arkasını döndüğünde Adamsberg derin bir uykuya dalmıştı bile. Yaşlı kadın koltuk örtülerinden birini alıp Komiser'in üzerine örttü.

Yatmaya giderken Josette'e rastladı.

"Kanepede uyuyor," dedi eliyle işaret ederek. "Bu çocuk bir şeylere bulaşmış ama... En çok da kalçasının zayıflamasına üzüldüm. Fark ettin mi?"

"Bilmiyorum, Clémie, onu daha önceden tanımıyordum ki."

"Ben sana söyleyeyim. Onu semirtmek lazım."

Komiser, Clémentine'le mutfakta oturmuş, kahvesini içiyordu.

"Bağışlayın, Clémentine, uyuyakalmışım."

"Zararı yok. Uyuyakaldığınıza göre demek ki uykusuzdunuz. Bir dilim ekmek daha yiyin. Şefinizi görmeye gidiyorsanız biraz derli toplu görünmeniz gerekir. Ceketinize ve pantolonunuza ütü süreyim. Böyle kırışık gidilmez."

Adamsberg elini çenesine götürdü.

"Banyoda torunumun tıraş bıçağı var, onu kullanın," dedi Clémentine kıyafetleri götürürken.

XIV

Adamsberg sabah onda Clignancourt'dan yola çıktığında karnı doymuş, yüzü tıraşlı, elbiseleri ütülü ve zihni Clémentine'in eşsiz iyiliği sayesinde rahatlamış bir haldeydi. Seksen altı yaşındaki kadın verici olmayı biliyordu. Ya o? Ona Québec'ten bir hediye getirecekti. Paris'te tanınmayan sıcak kıyafetler olmalıydı Kanada'da. Ayı derisinden pötikareli kalın bir hırka, ya da rengeyiği yününden yapılmış botlar. Clémentine gibi eşsiz bir şey.

Binbaşı'nın karşısına çıkmadan önce, Teğmen Noël gibi, Clémentine'in de kendisine tekrar ettiği tavsiyeleri hatırladı: 'Kendi kendine yalan söylemekle polise yalan söylemek aynı şey değil, onlara yalan söylemek bazen gerekir. Onur meselesi için göğsünü dağlamaya ne lüzum var. Onur insanın kendi işidir, polisi ilgilendirmez.'

Binbaşı Brézillon, Adamsberg'in diğer komiserlerinkilerle karşılaştırılmaz başarılarını takdir ediyordu. Ama onu ve tavırlarını bir insan olarak beğenmiyordu. Yine de, Adamsberg'in geçenlerde sonuca erdirdiği ters 4'lerle ilgili dosyayı ve Komiser sayesinde İçişleri Bakanlığı'nın günah keçisi olmaktan kurtulduğunu unutmamıştı. Bir hukuk adamı olarak adalet hissi kuvvetliydi ve Adamsberg'e borçlu olduğunun farkındaydı. Ama, memurla arasında geçen kavga oldukça rahatsızlık vericiydi ve Brézillon bunu bezgin komiserinden hiç beklemezdi. Favre'ın ifadesini almış, adamın açıkça fark edilen bayağılığını son derece itici bulmuştu. Ayrıca altı şahidi de dinlemiş, hepsi inatla Adamsberg'i savunmuştu. Ancak kırık şişe ayrıntısı oldukça ciddi bir şeydi. Polisler polisinde çalışanlar arasında Adamsberg'e düşman olanlar da vardı ve olayı kesin bir sonuca bağlayacak olan şey, Brézillon'un kararıydı.

Komiser, Brézillon'a olayı yumuşatarak anlattı, şişeyi Favre'ın havasını indirmek için, bir çeşit azar niyetine kırdığını söyledi. 'Azar', Adamsberg bu sözcüğü yürürken bulmuş ve yalanına uygun düştüğüne karar vermişti. Brézillon Komiser'i endişeli gözlerle dinlemiş, Adamsberg Binbaşı'nın kendisini bu bataklıktan çıkarmaya niyetli olduğunu hissetmişti. Ancak olayın sonunun henüz gelmediği kesindi. Brézillon görüşmenin sonunda;

"Sizi ciddiyetle uyarıyorum, Komiser," dedi. "Karar bir iki aydan önce verilmeyecektir. Ve o zamana kadar küfür, saçma sapan sözler, sürtüşmeler duymak istemiyorum. Kendinizi görünmez kılın, anlıyor musunuz?"

Adamsberg onayladı.

"Hernoncourt dosyası için de tebriklerimi sunarım," diye ekledi Brézillon. "Bu yara Québec stajını yönetmenize engel olmayacaktır umarım?"

"Hayır, adli hekim ne yapmam gerektiğini söyledi."

"Ne zaman gidiyorsunuz?"

"Dört gün sonra."

"İsabet olmuş. Böylece kendinizi unutturursunuz."

Bu anlaşılmaz izinden sonra, Adamsberg Paris Merkez Karakolu'nu düşünceli bir halde terk etti. 'Kendinizi görünmez kılın, anlıyor musunuz?' Trabelmann olsa gülerdi. Strasbourg oku, yüz kırk iki metre. 'Beni güldürüyorsunuz, Adamsberg, hiç olmazsa güldürüyorsunuz.'

Saat on dörtte Québec yolculuğuna katılacak yedi kişi, teknik ve davranışsal talimatları dinlemek için toplanmışlardı. Adamsberg hepsine, daha kendisinin bile aklında tutamadığı, Kanada Kraliyet Jandarması'nın işaret ve rütbelerinin resimlerini dağıtmıştı.

"Pot kırmak yok, en temel kural bu," diye başladı Adamsberg. "Bütün rütbeleri iyice ezberleyin. Orada onbaşılar, çavuşlar, müfettişler ve başkanlarla karşılaşacaksınız. Rütbeleri karıştırmayın. Bizi karşılayacak olan kişi genel başkan Aurèle Laliberté[4] olacak, soyadı tek sözcükten oluşuyor."

Salonda gülüşmeler duyuldu.

"İşte bundan kaçınmanız gerek, gülmekten. Soyadları ve adları bizimkilere benzemiyor.

---

[4] La liberté: özgürlük (ç.n.)

KKJ'de Ladouceur[5], Lafrance[6] hatta Louisseize[7] gibi isimlerle karşılaşacaksınız. Gülmeyin. Sizden daha genç yaşta ama adı Ginette, Philibert olan insanlar göreceksiniz. Bunlara da gülmeyin, özellikle aksanlarına, kullandıkları deyimlere ve konuşma tarzlarına sakın gülmeyin. Quebec'li biri hızlı konuştuğunda dediğini anlamak güç olabilir."

"Nasıl yani?" diye sordu Justin.

Adamsberg soru soran gözlerle Danglard'a döndü.

"Mesela," dedi Danglard, "'bütün gececik etrafında dönelim mi ister misin?'"

"Anlamı nedir?"

"Bu konu üzerinde bütün gece kararsızlık gösterecek değiliz."

"İşte," dedi Adamsberg. "Dediklerini anlamaya gayret gösterin, alaycılıktan kaçının, aksi takdirde bütün staj suya düşer."

"Québec'liler," diye araya girdi Danglard yumuşak bir sesle, "Fransa'yı anavatanları sayarlar, ama Fransızları sevmezler, onlara güvenmezler. Onları haklı olarak büyük burunlu, aşağılayıcı tavırlı ve kavgacı bulurlar; Fransızlar Québec'i oduncuların ve köylülerin yaşadığı bir bölge olarak görür çünkü."

"Size güveniyorum," dedi Adamsberg. "Parisli turistler gibi davranmayacağınıza, yüksek sesle ko-

---

[5] La douceur: Yumuşaklık (ç.n.)

[6] La France: Fransa (ç.n.)

[7] Louis seize: On altıncı Louis (ç.n.)

nuşup her şeyi aşağılamayacağınıza inanıyorum."

"Peki nerede kalacağız?" diye sordu Noël.

"KKJ'nin altı kilometre uzağında, Hull'de bir apartmanda. Herkesin, nehri ve denizkazlarını gören bir odası olacak. Hepimize görev arabaları sağlanacak. Çünkü orada insanlar pek yürümez, genelde arabayla gezerler."

Toplantı bir saat kadar daha sürdükten sonra Dangland'ın dışında herkes memnuniyet belirten mırıldanmalar eşliğinde dağıldı. Yüzbaşı vücudunu salondan idama mahkûm biri gibi, korkudan bembeyaz olmuş bir suratla sürükleyerek çıkardı. Eğer bir mucize olur da, sol reaktöre sığırcık kuşları girmezse, o zaman kesinlikle dönüşte sağ reaktöre denizkazları girecekti. Hem bir denizkazı sığırcık kuşundan on kez daha iridir. Kanada'da her şey daha büyüktür zaten.

Adamsberg cumartesi günü öğleden sonrasını, uzun bir listesini çıkardığı Strasbourg çevresindeki emlak bürolarını aramakla geçirdi. Bu zahmetli bir işti, aynı kelimelerle aynı soruları tekrar ediyordu. Yalnız ve yaşlı bir adam, belirsiz bir tarihte bir ev, daha doğrusu herkesten uzak bir malikane kiralamış ya da satın almış mıydı? Aynı adam yakın bir tarihte kira kontratına son vermiş ya da evi satışa çıkarmış mıydı?

On altı yıl öncesine kadar Adamsberg, Yaba'yı her cinayetten sonra şehir değiştirecek kadar rahatsız edebilmişti; böylece adam her seferinde Komiser'in elinden kaçıyordu. Adamsberg, ölü olsa bile bu ihtiyatlı alışkanlığını sürdürüp sürdürmediğini merak ediyordu. Bildiği kadarıyla adam hep müstakil, lüks ve şatoyu andıran evlerde ikamet etmişti. Hâkim'in hatırı sayılır bir serveti vardı ve oturduğu evleri kiralamamış, hep satın almıştı, Fulgence bir ev sahibiyle muhatap olmaktan kaçınmayı tercih ediyordu.

Adamın böyle bir servete nasıl sahip olduğunu Komiser kolaylıkla tahmin edebiliyordu. Fulgence'ın göz ardı edilemeyecek özellikleri, tahlillerinin derinliği, korkutucu yeteneği ve yüzyılın tüm duruşmalarını barındıran sıra dışı hafızası, karizmatik ve akılda kalıcı yakışıklılığıyla birleşince, ortaya son derece popüler bir adam çıkıyordu. Meşe ağacının altında durup iyiyi kötüden ayırt eden Aziz Louis gibi, adı "Bilen adam"a çıkmıştı. Bu ün, insanlar arasında olduğu kadar, adamın aşırı iktidarına kızan ya da engel olamayan meslek çevresi için de geçerliydi. Tam bir kanun adamı olan Hâkim asla deontolojinin ya da yasaların sınırlarını aşmazdı. Ama bir mahkeme sırasında kafasına eserse, ince bir hareketle kendi inancının ne yönde olduğunu belirtmesi ve dedikodular yayarak jüri üyelerinin oybirliğiyle kendi fikrinde karar vermelerini sağlaması işten bile değildi. Adamsberg birçok sanık yakınlarının ve hatta Hâkim'in Fulgence'a fikir değiştirmesi için para verdiklerini düşünüyordu.

Dört saattir olumlu bir yanıt alamadan emlak bürolarını geziyordu. Kırk ikinci telefonda, genç bir adam Haguenau ve Brumath arasında, etrafı bir parkla çevrili bir malikane sattığını söyledi.

"Strasbourg'dan ne kadar uzakta?"

"Kuş uçuşu yirmi üç kilometre, kuzeye doğru."

Evin sahibi Maxime Leclerc malikaneyi -*Der Schloss Şatosu*- dört yıl önce satın almış, ama önceki sabah acil sağlık sorunları yüzünden elinden çıkarması gerektiğini bildirmişti. Hemen arkasından taşınmış, emlak bürosu anahtarları henüz almıştı.

"Anahtarları kendisi mi getirdi? Onu gördünüz mü?"

"Hayır, anahtarları bize hizmetçi kadın bıraktı. Büromuzdan bir kişi bile adamı görmedi. Satış, avukatı aracılığıyla, kimliklerin ve imzaların postayla gönderilmesiyle gerçekleşti. Dört yıl önce Bay Leclerc henüz bir ameliyat geçirmiş olduğundan evinden çıkamıyordu."

"Bak sen," dedi sadece Adamsberg.

"Bunda yasadışı bir şey yok, Komiser. Kimlikler ve sözleşme polis tarafından onaylanmıştı."

"Şu hizmetçi kadının adı ve adresi sizde var mı?"

"Brumath'da Bayan Coutellier. Adresini ve telefon numarasını bulabilirim."

Denise Coutellier telefonda arkadaki çocuk seslerini bastırmak için bağırıyordu.

"Bayan Coutellier, bana işvereninizin dış görünüşünden bahsedebilir misiniz?" diye sordu Komiser, o da kadın gibi bağırıyordu.

"Yani Komiser, ben onu hiç görmezdim," diye bağırdı kadın. "Pazartesi ve Perşembe sabahları bahçıvanla beraber üçer saat çalışırdım. Hazırladığım yemekleri ve ertesi günler için yaptığım alışverişleri bırakırdım. Zaten fazla evde olamayacağını bana önceden söylemişti, çok meşgul bir adamdı. Ticaret mahkemesiyle işleri vardı."

Tabii ya, diye düşündü Adamsberg, görünmez bir hayalet.

"Evde kitaplar var mıydı?"

"Dolu, Komiser. Ne kitapları olduğunu hatırlamıyorum ama."

"Gazete var mıydı?"

"Her gün çıkan bir gazeteye, bir de *Alsace Havadisleri* gazetesine aboneydi."

"Mektupları?"

"Bu benim işimin dışında bir konuydu. Çalışma masası da hep kilitli dururdu. Mahkemeyle işi olduğundan, bu doğal tabii. Gidişi benim için tam bir sürpriz oldu. Bana bir not bıraktı, notunda bana teşekkür ediyor, en iyi dileklerini sunuyor, talimat veriyor, bir miktar da para bırakıyordu."

"Ne talimatı?"

"Bu Cumartesi gelip, dipten köşeden iyice bir temizlik yapmamı söylüyordu, ev satışa çıkarılacaktı ya. Sonra da anahtarları emlakçiye bırakmam gerekiyordu. Daha oradan yeni geldim."

"Notu el yazısıyla mı yazmıştı?"

"Ah, hayır. Bay Leclerc bana hep daktiloda yazılmış notlar bırakırdı. Mesleğinden olacak herhalde."

Adamsberg telefonu kapatmak üzereyken, kadın tekrar konuşmaya başladı.

"Dış görünüşünü size nasıl anlatsam ki? Kolay değil. Onu sadece bir defa, kısa bir süre gördüm. Hem de dört yıl önce."

"Eve taşınırken mi? Onu gördünüz mü?"

"Elbette. İnsan hiç görmediği birinin evinde çalışır mı?"

"Bayan Coutellier," dedi Adamsberg hızla, "elinizden geldiği kadar ayrıntı vermeye çalışın."

"Kötü bir şey mi yaptı yoksa?"

"Hayır, aksine."

"Yapmış olsaydı şaşardım zaten. Temiz, son derece titiz bir adamdı. Şu sağlık sorunu ne üzücü. Aklımda kaldığı kadarıyla en fazla altmışlı yaşlardaydı. Dış görünüşüne gelince, normaldi."

"Hafızanızı biraz zorlasanız. Boyu, kilosu, saçları nasıldı?"

"Bir dakika, Komiser."

Denise Coutellier çocukları yatıştırıp telefona geri döndü.

"Adam pek uzun sayılmazdı, biraz şişmandı, suratı kanlı canlıydı. Gri saçlı, biraz keldi. Kahverengi kadifeden bir takım elbisesi ve yeşil bir kravatı vardı, giysileri iyi hatırlarım."

"Bir dakika, not alıyorum."

"Ama dikkat edin," dedi kadın tekrar bağırarak. "Hafıza insanı yanıltabilir, değil mi? Kısa boylu diyorum ama belki de değildi. Hatırladığım kadarıyla takım elbisesi kendisine büyük geliyordu, mesela adam bir yetmişse, elbise bir seksenlik birine göreydi. İnsan biraz toplu olunca daha kısa durur. Saçları gri dedim, ama banyoda ya da çarşafların üzerinde hep beyaz saç telleri buluyordum. Belki de dört yılda saçları bembeyaz olmuştur, o yaşta mümkün tabii. Bu yüzden, hafızayla gerçekler aynı şey değildir, diyorum."

"Bayan Coutellier, evin yanında kulübe, pavyon gibi binalar var mıydı?"

"Eski bir ahır, bir ambar, bir de kullanılmayan bir bekçi kulübesi vardı, orayı temizlemem gerekmiyordu. Arabasını ahıra park ederdi. Ambara bahçıvan girebilirdi, aletleri almak için."

"Arabanın rengini ve markasını biliyor musunuz?"

"Arabayı hiç görmedim, Komiser, ben geldiğimde Beyefendi hep gitmiş olurdu. Daha önce de söylediğim gibi, ahırın ve kulübelerin anahtarı da bende yoktu."

"Evin içinde," diye devam etti Adamsberg değerli yabayı düşünerek, "her odaya girebiliyor muydunuz?"

"Hep kilitli duran tavan arası dışında her yere girebiliyordum. Bay Leclerc o toz yuvasında zaman kaybetmenin gereği olmadığını söylerdi."

Trabelmann olsaydı, 'Mavi Sakal'ın saklandığı yer,' derdi. Yasak bölge, dehşet yuvası.

Adamsberg saatine, daha çok saatlerine baktı. Birini iki yıl önce almış, birini de Camille Lizbon'da bir sokak yarışmasında kazanıp ona vermişti. Adamsberg bu saati ayrıldıklarının ertesi günü, tekrar buluşacaklarına dair bir işaret olarak takmıştı. O günden beri garip bir şekilde bu ikinci saati bir türlü çıkaramıyordu; su geçirmez, spor, kullanmasını bilmediği bir dolu tuşu, kronometresi ve ufak kadranları olan bir saatti bu. Duyduğuna göre kadranlardan biri yıldırımın kaç saniye sonra üzerine düşeceğini gösteriyordu. Çok pratik, diye düşünmüştü Adamsberg. Yine de eski, gevşek deri kayışlı saatini çıkarmamıştı, ikisi sürekli birbirine çarpıyordu. Böylece bir yıldır sol kolunda iki saat taşıyordu. Bütün meslektaşları bu ayrıntıyı kendisine bildirmiş, o da farkında olduğu cevabını vermişti.

Bilmediği bir nedenden dolayı iki saatini de takmaya devam etmişti, yatarken ve kalkarken ikisini takıp çıkarmak zamanını alıyordu.

Saatlerden biri üçe bir varı, diğeri üçü dört geçeyi gösteriyordu. Camille'inki diğerine göre ileriydi; Adamsberg bunun nedenini sorgulamamış, saatleri ayarlamayı düşünmemişti hiç. Bu saat farkı onu rahatsız etmiyordu, ikisinin ortalaması Adamsberg'e göre doğru saatti. Üçü bir buçuk dakika geçiyordu demek ki. Tekrar bir Strasbourg trenine atlamak için zamanı vardı.

Emlakçının gönderdiği, yeşil ve şaşkın gözleriyle memur Estalère'i andıran genç adam, Komiser'i altıyı kırk yedi geçe Haguenau garından alıp Maxime Leclerc'in *Schloss*'una, çam ormanlarıyla sarılı büyük malikaneye götürdü.

"Komşuların rahatsız olma derdi yok, değil mi?" dedi Adamsberg. Boş evin her odasını dikkatle inceliyordu.

"Bay Leclerc her şeyden önce sakinliğe önem verdiğini belirtmişti. Yalnız bir adamdır. Bizim meslekte böylelerine rastlıyoruz bazen."

"Sizce insanlardan kaçıyor muydu?"

"Belki de hayat onu hayal kırıklığına uğratmıştı," dedi genç adam, "o yüzden herkesten uzak kalmak istiyordu. Bayan Coutellier'nin söylediğine göre bir sürü kitabı varmış. Bu bazen bir kanıt olabilir."

Adamsberg tülbente sarılı kolu yüzünden, genç adamdan yardım isteyip Bayan Coutellier'nin silmediğini umduğu yerlerde parmak izlerini araştırmaya başladı. Özellikle de ışık düğmelerine ve kapı kollarına bakıyordu. Neredeyse bomboş olan tavan arasının tabanında araştırmaları zorlaştıran kaba bir parke vardı. Yine de parkenin ilk altı metresi dört yıldır el sürülmemiş gibi durmuyor, yerdeki toz yer yer azalıyordu. Bir kalasın altında, koyu renkli tabanın üzerinde biraz daha açık renkte bir bölge bulunuyordu. Bunu iddia etmek zor olsa da, eğer bir yaba var idiyse, buraya koyulmuş olması, sapının izinin de bu açık renkli bölge olması muhtemeldi. Adamsberg geniş banyoyu daha dikkatli inceledi. Bu sabah Bayan Coutellier oldukça iyi çalışmışsa da, mekânın büyüklüğü birkaç ipucu bulunması şansını arttırıyordu. Lavabonun ayağını duvardan ayıran ufak aralıkta yapışık toz tomarları, ve içinde birkaç beyaz saç teli buldu.

Şaşkın ve sabırlı görünen genç adam Komiser'e önce ambarın, sonra da ahırın kapısını açtı. Kırmızı topraktan oluşan yüzeyin temizlenmesi bütün tekerlek izlerini ortadan kaldırmıştı. Maxime Leclerc bir hayaletin eterli hafifliğiyle yok olmuştu.

Bekçi kulübesinin camları kirden kararmıştı, ama mekân Bayan Coutellier'nin sandığı gibi kullanılmamış değildi. Adamsberg'in de umduğu gibi, bazı izler burada zaman zaman birinin olduğuna işaret ediyordu: yerdeki taşların pisliği, sorgun dallarından yapılmış temiz bir koltuğun varlığı, etajerde görünen ve bir dizi kitabın bıraktığı anlaşılan izler. Maxime Leclerc Pazartesi ve Perşembe sabahları üç saat boyunca buraya saklanıyor, temizlikçi kadının ve bahçıvanın bakışlarından uzakta kitap okuyordu. Bu koltuk ve kitap okuyan adam düşüncesi, Adamsberg'e elinde piposuyla gazeteyi açan babasını hatırlattı. Bir önceki nesil pipo içerdi, Komiser, Hâkim'in de bir piposu olduğunu, annesinin hayranlıkla "lületaşından" dediğini netlikle hatırladı.

"Pipo tütününün ballı kokusunu duyuyor musunuz?" diye sordu genç adama.

Bu mekândaki sandalye, masa ve kapı kolları belirgin bir ihtiyatla iyice temizlenmişti. Danglard burada olsaydı, hiçbir şeye el sürülmemiş çünkü ölüler iz bırakmazlar, hepsi bu, derdi. Ancak görünene göre ölüler de herkes gibi kitap okuyorlardı.

Adamsberg emlakçi çocuktan saat dokuz gibi, Strasbourg Garı'nda ayrıldı; o saatte Haguenau'dan tren kalkmadığından, genç adam Komiser'i gara arabasıyla getirmişti. Bu kez treni altı dakika sonra kalkıyordu ve Adamsberg'in katedral kapısına herhangi bir canavarın sıvışıp sıvışmadığına bakmaya gidecek vakti yoktu. Böyle bir şey olmuş olsaydı duyulurdu, diye düşündü Komiser.

Trende giderken sürekli not tuttu, *Schloss*'ta gördüğü detayları, düzensizce defterine aktardı. Maxime Leclerc'in evde geçirdiği dört yıl, en büyük gizin izlerini taşıyordu. O giz ki buhar olup uçmaya, gözden yitip gitmeye daha yakındı.

Bayan Coutellier'nin gördüğü şişman adam Leclerc değil, sadece bu kısa görev için atanmış bir

134

kâhyaydı. Hâkim'in elinde mesleki yıllarında edindiği, istediğini yaptırabileceği adamlardan oluşan geniş bir ağ vardı. Bir cezayı azaltması, birini bağışlaması ya da bazı olayları gizlemesiyle sanıklar adaletin ellerinden ya mahkûm olmadan, ya da kısa bir cezayla kurtuluyorlardı. Ancak böylece Hâkim Fulgence'ın istediğini yaptırabileceği, ona borçlu adamlar listesinde yerlerini alıyorlardı. Bu ağ yasadışı alemlerden zengin takımına, iş dünyasına, hukuk adamlarına, hatta polise kadar uzanıyordu. Maxime Leclerc adı altında sahte kimlik elde etmek ya da gerektiğinde kölelerini Fransa'nın dört yanına dağıtmak, hatta yıldırım gibi bir taşınma için birkaçını göreve çağırmak Yaba için hiç de zor değildi. Hâkim'in rehinlerinden hiçbiri yeniden yargılanma riskini göze alamayacaklarından, onun emirlerine uymak zorundaydılar. İşte Bayan Coutellier'nin karşısında rol yapan, bu eski suçlulardan biriydi. Sonra da Hâkim Fulgence, Maxime Leclerc adı altında eve yerleşmişti.

Hâkim'in taşınmış olması şaşırtıcı değildi. Ama bunu bu kadar ani yapması garipti. Evin satışa çıkarılmasıyla boşaltılması arasında bu kadar az zaman geçmiş olması Hâkim'in güçlü öngörü yeteneğiyle bağdaşmıyordu. Belki de beklenmedik bir şey böyle yapmasını gerektirmişti. Bu şey kesinlikle Trabelmann olamazdı, zira Leclerc'in kim olduğundan bile haberi yoktu.

Adamsberg kaşlarını çattı. Danglard Hâkim'in kimliği, adı hakkında ne demişti? Köyün papazı gibi Latince bir şey. Adamsberg, Camille, boeing ve hayalet yüzünden kendisine her geçen gün daha düşmanca davranan yardımcısını aramaktan vazgeçti. Clémentine'in tavsiyelerini dinlemeye, beynini didiklemeye karar verdi. Şişe olayından sonra, Adamsberg'in evindeydiler. Danglard ardıç içkisini yudumluyordu, Hâkim'in adının kendisine tıpa tıp uyduğunu söylemiş, Adamsberg de bu görüşe katılmıştı.

Fulgence, yıldırım, şimşek, Danglard böyle demişti. L'eclair[8], Leclerc. Ve yanılmıyorsa Maxime de "en büyük" anlamına geliyordu, maksimum gibi. Maxime Leclerc. En büyük aydınlık, şimşek. Anlaşılan Hâkim Fulgence mütevazı bir isim seçmeyi becerememişti.

Tren Paris'in Doğu Garı'na girmek üzere fren yapmaya başladı. Kibir en büyük adamları bile yenilgiye uğratır, diye düşündü Adamsberg. Ve o da Hâkim'i bu yolla ele geçirecekti. Eğer kendi katedrali gotik bir stille yüz kırk iki metreye uzanıyorsa -ki bu kanıtlanmayı bekleyen bir varsayımdı sadece- Fulgence'ınkisi bulutları deliyor olmalıydı. Yukarılarda kanun gibi durup yıldız tarlalarına altın oraklar fırlatıyordu. Başkaları gibi erkek kardeşini de mahkemelere, cezaevlerine atmıştı. Adamsberg birden kendisini ufacık hissetti. *Kendinizi görünmez kılın*, demişti Brézillon. O da böyle yapıyordu zaten, sadece çantasında bir ölünün birkaç saç teli vardı.

---

8 L'éclair: Şimşek (ç.n.)

XVI

On dört Ekim Salı günü Québec yolculuğuna
katılan sekiz kişi 16.40'ta yola çıkıp 00.00'da, yani
yerel saatle akşam altıda varacak olan boeing 747
uçağına binmeyi bekliyorlardı. Adamsberg hopar-
lörlerden duyulan "öngörülen varış saati" sözleri-
nin Danglard'ı ne kadar korkuttuğunu tahmin edi-
yordu. Roissy havaalanında dönüp durdukları iki
saatten beri Komiser gözünü Danglard'dan ayırmı-
yordu.

Diğer polisler ise karakol çalışanlarını okul ge-
zisine çıkmış bir grup gence çeviren, bu alışkın ol-
madıkları ortam yüzünden çocuksulaşmışlardı. Ko-
miser genelde neşeli bir kadın olan, ancak Dediko-
du Salonu'nda duyduğuna göre son zamanlarda aşk
yüzünden bunalımda olan Froissy'ye bir göz attı.
Meslektaşlarının çocuksu koşuşturmalarına katıl-
masa da, bu değişiklik onu eğlendiriyora benziyor-
du; hatta Komiser gülümsediğini bile görmüştü.
Ama Danglard gülümsemiyordu. Hiçbir şey Yüz-
başı'yı ölümcül düşüncelerinden kurtaramıyor gi-
biydi. Uzun ve doğal olarak gevşek duran vücudu,
kalkış saati yaklaştıkça sıvı bir hal alıyordu. Sanki
ayakları artık onu taşıyamazmış gibi, kendisini bir

küvet gibi saran demir koltuktan kalkmıyordu. Adamsberg üç kez, cebinden bir hap alıp rengi uçmuş dudaklarına götürdüğünü görmüştü.

Kendini kötü hissettiğinin bilincinde olan meslektaşları, kibarlık olsun diye o yokmuş gibi yapıyorlardı. İnsanları kırarım korkusuyla fikir beyan etmekten kaçınan titiz Justin bir kibar şakalar yapıyor, bir Québec rütbelerinden ezberinde kalanları aktarıyordu. Noël ise tam aksine her şeye çabucak karışıyordu. Noël için her tür hareket iyiydi ve bu yolculuk sadece hoşuna gidebilirdi. Keza Voisenet'nin de. Eski bir kimyager olan bu doğa bilimci yolculuktan bilimsel katkılar beklediği kadar, toprakla ve ormanlarla ilgili her tür duyguyu da tatmayı umuyordu. Retancourt'a gelince, elbette hiçbir sorun yoktu; bu kadın uyum sağlamakta ustaydı, istenilen duruma mükemmelce ayak uyduruveriyordu. Genç ve utangaç Estalère ise, koca koca açtığı iri yeşil gözleri yeni bir şeyler görmek hevesiyle doluydu. Kısacası, diye düşündü Adamsberg, bu yolculukta herkes bir şekilde aradığını buluyor, bu da gürültülü ve kolektif bir heyecana yol açıyordu.

Danglard dışında herkes aradığını buluyordu. Beş çocuğunu ve Yumak'ı altıncı kat komşusu olan iyi kalpli kadına emanet etmişti; çocukların yetim kalmaları ihtimali dışında herhangi bir sorun yoktu. Adamsberg yardımcısının gitgide artan panik duygusunu azaltmak için bir yöntem bulmaya çalışıyordu ama ilişkilerinin son zamanlarda sarpa sarmış olması, Komiser'in elindeki teselli olanaklarını kısıtlıyordu. Ya da, diye düşündü Adamsberg, olaya başka bir açıdan yaklaşmalı: onu kışkırtmalı, tepki vermeye zorlamalı. Bunun için *Schloss* hayaletinin evine yaptığı ziyareti anlatması yeterli olurdu. İşte bu Danglard'ı son derece öfkelendirecek bir şeydi; ne de olsa öfke, dehşetten daha uyarıcı ve eğlendirici bir duygudur. Montréal-Dorval yolcularını uçağa çağıran anons duyulduğunda Komiser bir süredir gülümseyerek bunları düşünüyordu.

Polis grubu, uçağın ortasında oturuyordu; Adamsberg Danglard'ı sağına, camdan mümkün olduğu kadar uzağa yerleştirmeye özen gösterdi. Güler yüzlü hostesin mimleyerek aktardığı, kaza anında, patlama anında, kabin basıncı düştüğünde, uçak denize indiğinde yapılması gerekenler Danglard'ın durumunu iyileştirmedi. Yüzbaşı el yordamıyla can yeleğini bulmaya çalışıyordu.

"Gerek yok," dedi Adamsberg. "Patlama anında farkına bile varmadan camdan dışarı çıkıyoruz, bir bulut gibi, sigara içen karakurbağası gibi pof pof pof patlıyoruz."

Hayır. Yüzbaşı'nın solgun yüzünde en ufak bir ışık dahi yoktu.

Uçak, reaktörlerini son hız çalıştırmak için durduğunda, Adamsberg yardımcısını da şu karakurbağası gibi gerçekten kaybedeceğini sandı. Danglard kalkış boyunca ellerini yapıştırdığı koltuk kollarından çekmedi. Adamsberg yardımcısının kafasını dağıtmak için uçağın tamamen yükselmesini bekledi.

"Bakın burada bir ekran var," dedi Danglard'a, "iyi filmler gösteriyorlar. Bir de kültür kanalı var.

İşte," dedi program broşürünü göstererek, "İtalyan Rönesansı'nın başlangıcıyla ilgili bir belgesel varmış. İyi, değil mi? İtalyan Rönesansı?"

"Bildiğim bir şey," diye mırıldandı Danglard, yüzü ifadesiz, elleri hâlâ koltuk kollarına yapışıktı.

"Ya başlangıcını?"

"Onu da biliyorum."

"Radyoyu açarsanız, Hegel'in estetik kavramıyla ilgili bir tartışma programı var. Dinlemeye değer, değil mi?"

"Onu da biliyorum," diye yineledi Danglard karamsar bir ses tonuyla.

Peki, diye düşündü Adamsberg, eğer ne Hegel'in estetiği ne de İtalyan Rönesansı Danglard'ın dikkatini başka yöne çekmiyorsa o zaman durum hemen hemen umutsuz demektir. Başı pencereye dönük olarak yanında oturan Hélène Froissy'ye bir göz attığında, kadının uyuduğunu, ya da acıklı düşüncelere daldığını gördü.

"Danglard, bu cumartesi ne yaptım biliyor musunuz?" diye sordu Adamsberg.

"Umurumda değil."

"Ölü hâkimimizin son oturduğu malikaneyi ziyaret etmeye gittim, Strasbourg yakınlarında. Schiltigheim cinayetinden sonra kuş olup uçarak terk ettiği malikaneyi."

Adamsberg Yüzbaşı'nın çökmüş yüz hatlarında hafif bir titreme gördü ve bunu yüreklendirici bir işaret olarak algıladı.

"Durun anlatayım."

Adamsberg ziyaretini uzun uzun, hiçbir ayrıntıyı atlamadan anlattı: Mavi Sakal'ın tavan arası, ahırı, ambarı, banyosu. Ev sahibini ya "Hâkim", ya "Ölü" ya da "Hayalet" diye adlandırdı. Öfke olmasa da, Yüzbaşı'nın yüzünde hoşnutsuz bir merak gördü.

"İlginç, değil mi?" dedi Adamsberg. "Kimseye görünmeyen bir adamın elle tutulmaz varlığı."

"İnsanlardan kaçıyor," dedi Danglard zaptettiği sesiyle.

"İnsanlardan kaçıyor ama niye bütün izleri siliyor? Niye ardında istemeden bıraktığı birkaç tutam kar beyazı saçtan başka bir şey kalmıyor?"

"O saçlar işinize yaramaz," diye mırıldandı Danglard.

"Yarayacak, onları karşılaştıracağım."

"Neyle?"

"Hâkim'in Richelieu'deki mezarındaki saçlarla. Mezarı açma iznini almak yeterli. Saçlar uzun süre yok olmazlar. Şanslıysam..."

"Bu ne?" diye sözünü kesti Danglard değişik bir sesle. "Bu duyduğumuz ıslık ne?"

"Uçağı normal basınca geçiriyorlar. Normal."

Danglard uzun bir iç geçirmeyle koltuğuna tekrar yaslandı.

"Ama, Fulgence kelimesinin anlamıyla ilgili dediklerinizi bir türlü hatırlayamadım," diye yalan söyledi Adamsberg.

"Latince *fulgur*, şimşek, yıldırım," dedi Danglard dayanamayıp. "Ya da *fulgeo* fiilinden gelebilir: yıldırım yağdırmak, aydınlatmak, parlamak. Mecazi anlamda parlamak, ustalaşmak, göz alıcı olmak."

Bu arada Adamsberg yardımcısının bilgin kişiliğinden süzülen yeni anlamları da hafızasına kaydetmeyi ihmal etmedi.

"Ya 'Maxime?' Buna ne dersiniz?"

"Bunun anlamını bilmiyor olamazsınız," diye homurdandı Danglard. "Latince *maximus*: en büyük, en önemli."

"Adamımızın *Schloss* malikânesini hangi isimle satın aldığını size söylemedim. İlginizi çeker mi?"

"Hayır, kesinlikle."

Aslında Danglard, Adamsberg'in korkusunu dağıtmak için gösterdiği çabanın son derece farkındaydı ve *Schloss* malikânesinde olanlara kızdıysa da, yaptıklarından dolayı Komiser'e minnettardı. Altı saat on iki dakika daha dayanması gerekiyordu. Daha uzun bir süre Atlantik Okyanusu üzerinde uçacaklardı.

"Maxime Leclerc. Buna ne dersiniz?"

"Leclerc sık rastlanan bir isim, derim."

"Anlamazdan geliyorsunuz. Maxime Leclerc: en büyük, en aydınlık, parıltılı. Hâkim sıradan bir isim seçememiş."

"Sayılarla olduğu gibi, kelimelerle de oynanabilir; onlara istediğinizi söyletebilirsiniz. Sonsuza kadar eğip bükebilirsiniz."

"Akılcılığa bu kadar körü körüne bağlı olmasaydınız," diye devam etti Adamsberg kışkırtmak amacıyla, "Schiltigheim olayıyla ilgili fikirlerimde ilgi çekici taraflar olduğunu kabul ederdiniz."

Komiser, Yüzbaşı'nın bilinçsiz bakışlarının önünden elinde şampanya ve plastik bardaklarla geçen iyi kalpli hostesi durdurdu. Önce Froissy'ye şampanya isteyip istemediğini sordu. Kadın teklifini reddedince, iki bardak alıp Danglard'ın eline tutuşturdu.

"İçin," diye emretti. "İkisini de. Ama birer birer, söz verdiğiniz gibi."

Danglard biraz minnetle, hafifçe başını eğdi.

"Çünkü bence," dedi Adamsberg, "doğru olduğu kesin değil, ama yanlış olduğu da kesin değil."

"Bunu size kim söyledi?"

"Clémentine Courbet. Onu hatırladınız mı? Geçen gün evine gittim."

"Yaşlı Clémentine'in sözlerini Tanrı kelamı olarak algılamaya başladıysanız, bütün karakol dipsiz bir kuyuya doğru sürüklenecek demektir."

"Karamsar olmayın, Danglard. Ama dediğiniz doğru, isimlerle istediği gibi oynayabilir insan. Benimkiyle mesela. Adamsberg. Adem'in dağı. İlk insan Adem. Herhangi biri değil yani. Hem de dağın zirvesinde. Bilemiyorum, belki de oradan geliyordur şu..."

"Strasbourg Katedrali," diye tamamladı Danglard.

"Değil mi? Ya sizin adınız, Danglard, buna ne dersiniz?"

"*Monte Cristo*'daki hainin adı. Pis herifin teki."

"İlginç, çok ilginç."

"Daha iyisi var," dedi Danglard, şimdiden iki bardak şampanyayı mideye indirmişti. "Adım Anglard'dan geliyor. Anglard da cermencede *Angilhard*'dan türemiş."

"Tercüme edin, dostum, hadi."

"*Angil*'in iki kökü var: kılıç ve melek. *Hard* ise sert demek."

"Yani kılıcın karşısında dimdik duran melek. Dağının tepesinde kımıldamadan duran ilk insandan çok daha önemli. Strasbourg Katedrali intikam meleğinizin karşısında pek zayıf kalır. Hem katedral kapatılmış."

"Öyle mi?"

"Evet, bir canavar tarafından."

Adamsberg saatlerine bir göz attı. Sadece beş saat ve kırk dört buçuk dakika kalmıştı. Doğru yolda olduğunu hissediyordu, ama böyle daha ne kadar dayanabilirdi? Yedi saat aralıksız konuşmak, daha önce hiç yapmadığı bir şeydi.

Birden, yatıştırma çalışmaları, kabinin ön tarafında yanıp sönen ışıklarla kesildi.

"Bunlar ne?" dedi Danglard korkuyla.

"Kemerinizi bağlayın."

"Neden bağlayacakmışım kemerimi?"

"Hava boşluğu, önemli bir şey değil. Biraz sallanacağız, hepsi bu."

Adamsberg sarsıntıların az şiddette olması için dağdaki ilk insana dua etti. Ama başka işleri olan ilk insan, yakarışlarını önemsemedi bile. Ve büyük bir şansızlık eseri, sarsıntılar oldukça şiddetliydi, uçak metrelerce süren boşluklara düştü durdu. En alışkın yolcular kitaplarını okumayı bıraktılar, hostesler koltuklarına yerleşip kemerlerini bağladılar, genç bir kadın küçük bir çığlık attı. Danglard gözlerini kapamış, hızlı hızlı nefes alıyordu. Hélène

Froissy endişeli gözlerle onu izliyordu. Aklına bir fikir gelen Adamsberg, Danglard'ın arkasında oturan Retancourt'a döndü.

Alçak sesle, "Teğmen," dedi koltukların arasından, "Danglard dayanamıyor. Onu uyutacak bir masaj yapabilir misiniz? Ya da bayıltacak, uyuşturacak herhangi bir şey?"

Retancourt tamam, anlamında başını salladı, Adamsberg buna pek şaşırmamıştı.

"Benim yaptığımı bilmezse işe yarayacaktır," dedi.

Adamsberg de başını salladı.

Yüzbaşı'nın elini tutup, "Danglard," dedi, "gözlerinizi açmayın, bir hostes sizinle ilgilenecek."

Sonra Retancourt'a başlayabilirsiniz, anlamında bir hareket yaptı. Teğmen kemerini çözerken, "Gömleğin ilk üç düğmesini açın," dedi.

Sonra Retancourt parmaklarıyla yaptığı, piyano çalarcasına hassas bir dansla, Danglard'ın boynunu ovmaya başladı; omurgayı takip ediyor, şakaklara iyice bastırıyordu. Froissy ve Adamsberg, uçağın sarsıntıları arasında masajı izliyor, bir Retancourt'un ellerine, bir Danglard'ın yüzüne bakıyorlardı. Önce Yüzbaşı'nın nefes alış verişi yavaşladı, sonra, on beş dakikaya kalmadan Danglard derin bir uykuya daldı.

"Sakinleştirici mi içmişti?" diye sordu Retancourt, parmaklarını birer birer Danglard'ın ensesinden ayırıken.

"Bir kamyon dolusu," dedi Adamsberg.

Retancourt saatine baktı.

"Bütün gece uyumamış olmalı. En az dört saat uyur, rahat ederiz. Uyandığında Terre-Neuve üzerinde oluruz. Kara üzerinde uçuyor olmak onu sakinleştirir."

Adamsberg ve Froissy birbirlerine baktılar.

"Bu kadın beni şaşırtıyor," diye mırıldandı Froissy. "O, aşk acısını ayağının altındaki bir pire gibi ezer."

"Aşk acısı hiçbir zaman bir pire değildir, Froissy. Yüksek bir duvardır. İnişi zor bulmakta utanılacak bir şey yok."

"Teşekkürler," dedi Froissy fısıltıyla.

"Teğmen, Retancourt'un beni sevmediğini biliyor musunuz?"

Froissy aksini iddia etmedi.

"Nedenini size söyledi mi?" diye sordu Adamsberg.

"Hayır, hakkınızda konuşmaz."

Şişman Retancourt hakkında konuşmaya tenezzül etmediği için bükülüveren yüz kırk iki metrelik bir ok, diye geçirdi Adamsberg içinden. Danglard'a bir göz attı. Uyudukça yüzüne renk geliyordu, hava boşlukları da azalıyordu.

Yüzbaşı şaşkın bir halde uyandığında uçak inmek üzereydi.

"Hostes yaptı," dedi Adamsberg. "İşinde uzman. Şansımız varmış ki dönüşte de bu uçakta olacak. Yirmi dakika sonra inmiş olacağız."

Uçak tekerleklerini gürültüyle çıkardığında ve

kanatların hava frenlerini sıktığında yaşadığı iki küçük panik dışında, hâlâ masajın rahatlatıcı etkisi altında olan Danglard iniş sınavını neredeyse başarıyla geçti. Uçaktan indiklerinde herkes uyuşuk suratlarla etrafa bakınırken, Danglard bambaşka biri olmuştu. İki buçuk saat sonra herkes odasına yerleşmişti. Saat farkı yüzünden staj ertesi gün saat on dörtten önce başlamayacaktı.

Adamsberg'e beşinci katta iki odalı, numune bir daire kadar yeni ve beyaz, balkonlu bir stüdyo verilmişti. Gotik ayrıcalığı. Vahşi kıyı şeridinden aşağı doğru akan Koca Ottawa Nehri'ni ve ilerde görünen Ottawa gökdelenlerinin ışıklarını izlemek için uzun süre stüdyosunda kaldı.

XVII

Ertesi gün apartmanın önüne üç KKJ arabası
yanaştı. Beyaz arabaların üzerinde, yarı uysal, yarı
inatçı ifadeli bizon kafaları, akağaç yaprakları ve İn-
giltere Tahtı resmedilmişti. Üniformalı üç adam
onları bekliyordu. İçlerinden biri, kıyafetinden baş-
kan olduğu anlaşılan adam yanındakine doğru eğil-
di.

"Sence Komiser hangisi dersin?" diye sordu
Başkan, meslektaşına.

"En kısa boylusu. Siyah ceketli, esmer olanı."

Adamsberg söylenilenleri çok az duyuyordu.
Brézillon ve Trabelmann duysalar sevinirlerdi: *en
kısa boylusu*. O anda dikkati sokakta sıçrayan, serçe-
ler kadar sakin ve canlı siyah sincaplar yüzünden
dağılmıştı.

"Criss[9], bana maval anlatma," dedi başkan. "Şu
dilenci kılıklı olan mı?"

"Sinireniverme, o diyorum işte."

"Daha çok şu iyi giyimli, uzun gevşek vücutlu

---

[9] Québec Fransızcasında "kahretsin! vay be!" anlamına gelen bir ün-
lem. Kanadalıların konuştuğu Fransızca, Fransa'da konuşulandan
oldukça farklıdır. Diller arasındaki farkı yansıtabilmek için, bu bö-
lümleri çevirirken, dili biraz kırık dökük hale getirmeye çalıştık. (ç.n.)

olmasın sakın?"

"Esmer olan diyorum sana. Orda önemli kişi o, bir numara. Gaganı tutuver yani."

Başkan Aurèle Laliberté başını eğip elini uzatarak Adamsberg'e doğru yöneldi.

"Hoş geldiniz, Komiser. Yolculuk sersemletti mi?"

"Teşekkür ederim, her şey yolunda," diye ihtiyatla cevap verdi Adamsberg. "Tanıştığıma memnun oldum."

Herkes sıkıntılı bir sessizlikle birbirinin elini sıktı.

"Hava durumu için özür dileriz," dedi Laliberté güçlü sesiyle, yüzünde kocaman bir gülücük vardı. "Bu yıl kırağı birden bastırdı. Arabalara doluşun, on dakikalık yolumuz var. Bugün pestilinizi çıkaracak değiliz," diye ekledi. Sonra Adamsberg'i arabasına davet etti. Küçük bir minnet işareti.

KKJ'nin şubesi, Fransa'da bir orman kadar geniş bir alana yayılan ağaçlı bir parkın içinde bulunuyordu. Laliberté arabayı yavaş sürüyordu, böylece Adamsberg'e hemen hemen her ağacı incelemek için zaman kalıyordu.

"Yeriniz bol," dedi Komiser şaşkınca.

"Evet. Bizim buralarda söylendiği gibi, tarihimiz yok ama coğrafyamız var."

"Peki bunlar, akağaçlar mı?" diye sordu Komiser parmağını camdan dışarı uzatarak.

"Aynen öyle."

"Yaprakları kırmızı olur sanıyordum."

"Yeterince kırmızı bulmuyor musun Komiser?

149

Yapraklar bayraktaki gibi değildir. Kırmızısı, turuncusu, sarısı var. Yoksa insanın canı sıkılır. Komiser, şimdicik büyük şef siz misiniz?"

"Sanırım."

"Bir Başkomiser için hiç de afilli giyinmiyorsunuz. Bu kılığınıza Paris'te bir şey demiyorlar mı?"

"Paris'te polislik askerlik değildir."

"Sinirlendirtme kendini. Sözümü sakınmam, açık konuşurum. Bilsen iyi olur. Şu binaları gördürttün mü? Orası KKJ, orda kalacağız," dedi Laliberté frene basarak.

Parisliler kırmızı ağaçların arasında yepyeni görünen, kiremitten ve camdan yapılmış, küp şeklindeki büyük binaların önünde toplandılar. Siyah bir sincap hem atıştırıyor, hem de kapı nöbeti tutuyordu. Adamsberg Danglard'ı sorgulamak için üç adım geride durdu.

"Herkese sen diye hitap etmek adetten midir?"

"Evet, doğal olarak böyle hitap ediyorlar."

"Biz de mi öyle yapmalıyız?"

"İstediğimiz ve yapabildiğimiz şekilde hitap ederiz. Uyum sağlarız."

"Ya size taktığı lakap? Uzun gevşek ne demek?"

"Uzun, uyuşuk sarsak demek."

"Anladım. Kendinin de söylediği gibi, Aurèle Laliberté açık sözlü biri. Arkandan iş çevirecek biri değil."

"Öyle bir hali yok," diye doğruladı Danglard.

Laliberté, Fransız grubunu geniş bir toplantı

salonuna götürüp -bir çeşit Kurul Salonu- çabucak herkesi birbiriyle tanıştırdı. Québec bölümü üyeleri: Mitch Portelance, Rhéal Ladouceur, Berthe Louisseize, Philibert Lafrance, Alphonse Philippe-Auguste, Ginette Saint-Preux ve Fernand Sanscartier. Sonra Başkan aslarına sert bir şekilde seslendi:

"Her biriniz Paris grubundan bir üye ile eş olacaksınız, iki veya üç günde bir çiftleri değiştireceğiz. Yardımlarınızı esirgemeyin, ama kendinizi de harap etmeyin; adamların elleri kolları tutuyor. Sadece alıştırma dönemindeler, öğrenmeye yeni başlıyorlar. Yani şimdilik ufak adımlarla ilerletin. Ve sizi anlamazlarsa, ya da sizin gibi konuşmazlarsa dik kafalılık yapmayın. Fransızlar diye sizden daha az zeki değiller. Size güveniyorum."

Adamsberg'in birkaç gün önce adamlarına yaptığı konuşmanın aşağı yukarı aynısıydı bu.

Binaları tanıma seansı bıktırıcı bir şekilde sürerken, Adamsberg kahve makinelerinin yerlerini tespit etmekle -bunlar daha çok çorba veren makineler olsalar da, içlerinde bira bardağı boyunda kahveler dağıtanlar da vardı- ve geçici meslektaşlarının yüzlerini incelemekle ilgilendi. İlk andan itibaren, Kanada grubunun en düşük rütbelisi, Çavuş Fernand Sanscartier'ye karşı bir sempati duymuştu; masumiyetle dolup taşan iki kahverengi gözün bulunduğu yuvarlak ve pembe yüzüyle, tartışmasız grubun "iyi"si oydu. Onunla eşleşmek Komiser'in hoşuna giderdi. Ancak önümüzdeki üç gün boyunca Adamsberg konumu dolayısıyla, enerji dolu Laliberté ile yakınlaşmak zorundaydı. Grup saat tam altıda paydos etti ve kar tekerlekleriyle donanmış araçlarına yöneldi. Özel arabası olan tek kişi Komiser'di.

"Neden iki tane saatin varmış bakalım?" dedi Laliberté arabanın şoför koltuğuna oturmuş olan Adamsberg'e.

Adamsberg ne cevap vereceğini bilemedi. Sonra aniden:

"Saat farkı yüzünden," deyiverdi. "Fransa'da takip etmem gereken soruşturmalar var."

"Herkes gibi farkı aklından hesaplayamaz mısın?"

"Böyle daha rahat oluyor," dedi Adamsberg.

"Kendi tercihin. Hadi, hoş geldin adamım, yarın sabah dokuzda görüşürüz."

Adamsberg ağaçlara, sokaklara, insanlara baka baka, ağır ağır kullanıyordu arabasını. Gatineau Parkı'ndan çıkıp kendisinin "şehir" diye adlandırmayacağı Hull'e girdi; bu yerleşim yeri, boş ve temiz sokaklarla kareler halinde bölünmüş, arada tahta duvarlı evlerin görüldüğü, kilometrelerce uzanan dümdüz bir araziye yayılmıştı. Eski püskü hiçbir şey yoktu, kiliseler bile, Strasbourg Katedrali'nden çok minyatür şekerlemelere benziyorlardı. Burada kimsenin acelesi yoktu, herkes, altı metreküp odunu taşıyacak kadar güçlü ve büyük pikaplarını yavaşça sürüyordu.

Etrafta ne bir kafe, ne bir restoran ne de bir

mağaza vardı. Adamsberg, içinde her şey bulunan ufak bakkallardan başka bir şey göremedi; bu dükkânlardan biri de kaldıkları binanın yüz metre ilerisindeydi. Komiser dükkâna doğru memnuniyetle, ayağının altındaki buz tabakalarını çatırdatarak yürüdü; yoluna çıkan sincaplar kaçışmıyorlardı bile, bu onları serçelerden ayıran büyük bir farktı.

Dükkânın kasiyerine, "Bir bar ya da restoran arıyorum, nerede bulabilirim?" diye sordu.

"Şehir merkezinde gececilere lazım olan her şeyi bulabilirsin," diye yanıtladı kasiyer kibarca. "Yalnız beş kilometre ötededir, tankına binmen gerek."

Adamsberg uzaklaşırken, kasiyer arkasından "Merhaba ve iyi akşamlar, bay bay," dedi.

Şehir merkezi küçüktü ve Adamsberg birbirini dik kesen yolları on beş dakikadan az bir sürede gezdi. *Quatrain* isimli bara girmesiyle, sessiz ve kalabalık bir seyirci kitlesinin izlediği şiir dinletisi bir süreliğine kesildi, Komiser kapıyı çekip yavaşça dışarı süzüldü. Bu bardan Danglard'a bahsetmeliydi. Sonra, *Les Cinq Dimanches* isimli bir Amerikan barına yöneldi. Bu, duvarlarında Kanada rengeyiği ve Kanada ayısı kafalarının, Kanada bayraklarının bulunduğu, oldukça sıcak, geniş bir salondu. Garson, Adamsberg'in yemeğini ağır adımlarla, acelesi olmadan, hayat üzerine sohbet ederek getirdi. Tabağın içinde iki kişiye yetecek kadar yemek vardı. Kanada'da her şey daha büyük ve daha dingindi.

Komiser'e doğru salonun öbür ucundan bir kol

sallandı. Ginette Saint-Preux, elinde tabağıyla gelip Komiser'in masasına oturdu.

"Otursam rahatsız oluvermezsin mi?" dedi. "Ben de tek başıma yiyordum akşam yemeğimi."

Oldukça güzel, geveze ve hızlı Ginette, bir sürü konuda konuşmaya başladı. Québec hakkındaki ilk izlenimleri nasıldı? Fransa'dan farklı olan şeyler nelerdi? Fransa'ya göre Kanada daha düz müydü? Paris nasıldı? İşi nasıl gidiyordu? Eğlenceli mi? Ya hayatı? Öyle mi? Çocukları ve hobileri vardı, özellikle de müzik. Ama iyi bir konser izlemek için Montréal'e kadar gitmek gerekiyordu. O da gelmek ister miydi? Onun hobileri nelerdi? Öyle mi? Resimler karalamak, yürümek, hayal kurmak ha? Bunların hobi olması mümkün müydü? Peki bunlar Paris'te nasıl yapılırdı?

Saat on bire doğru, Komiser'in çifte saatleri Ginette'in dikkatini çekti.

"Yazık sana," dedi ayağa kalkarken. "Saat farkını düşünürsek, şimdi senin için sabahın beşi aslında."

Ginette, sohbetleri boyunca kıvırıp durduğu yeşil kâğıdı masada unutmuştu. Adamsberg kâğıdı eline alıp yorgun gözlerle inceledi. 17-21 Ekim, Montréal'de Vivaldi konseri, beşli yaylı topluluğu, klavsen ve küçük flüt. Beşli yaylı topluluğunu görmek için dört yüz kilometreden fazla yol kat eden Ginette hayli yürekliydi.

XVIII

Adamsberg bütün seyahatini ufak cam tüplere ve barkotlara bakarak geçirmek niyetinde değildi. Sabahın yedisinde, ırmak tarafından mıknatıs gibi çekilircesine, dışarı çıkmıştı bile. Hayır, ırmak değil, nehir; Ottawa Kızılderililerinin kocaman nehri. Bakımsız bir patikanın girişine varana kadar kıyıdan yürüdü. Bir panoda, *1613'te Samuel de Champlain'in kullandığı taşıma patikası* yazıyordu. Hemen bu yola girdi, o insanların, sırtlarında kanolarını taşıyan Kızılderililerin izinde yürümekten memnundu. Yürümesi kolay bir yer değildi, patika yer yer bir metreyi bulan yarıklarla doluydu. Akağaç yapraklarıyla kızıla bürünmüş kıyılar, kuş sürüleri, yukarılardan akan suyun gürültüsü ve kaynayan sular, oldukça etkileyici bir gösteri sunuyordu. Ağaçların arasında dikili duran, üzerinde şu adamın, Champlain'in hikâyesinin yazılı olduğu bir taşın önünde durdu. Arkasında bir ses, "Selam," dedi.

Kot pantolonlu genç bir kız nehre yukardan bakan bir kayanın üzerine oturmuş, sabahın bu erken saatlerinde sigara içiyordu. Adamsberg, "Selam," diyen seste Parisli bir şive sezdi.

"Selam," diye yanıtladı.

"Fransız, değil mi?" dedi genç kız. "Ne yapıyorsun? Geziyor musun?"

"Çalışıyorum."

Genç kız sigaranın dumanını üfleyip izmariti suya attı.

"Ben kayboldum. O yüzden biraz bekliyorum."

"Nasıl kayboldun?" diye sordu Adamsberg ihtiyatla, aynı zamanda Champlain taşının yazılarını okuyordu.

"Paris'te hukuk fakültesinde biriyle tanıştım, bir Kanadalıyla. Bana onunla gitmemi teklif etti, tamam dedim. Süper bir ere benziyordu."

"Er mi?"

"Sevgili, erkek arkadaş. Beraber yaşamak istiyorduk."

"Peki," dedi Adamsberg çekingen bir tonla.

"Altı ay sonra benim erim ne yaptı biliyor musun? Noëlla'yı terk etti, kızcağız tek başına kalakaldı."

"Noëlla sen misin?"

"Evet. Sonunda bir kız arkadaşı onu evine aldı."

"Peki," dedi Adamsberg. Bu kadarını bilmese de olurdu.

"O yüzden bekliyorum," dedi genç kız bir sigara daha yakarak. "Ottawa'da bir barda çalışıp dolar biriktiriyorum, hesabım tutunca Paris'e döneceğim. Ne saçma bir hikâye bu."

"Bu kadar erken bir saatte burada ne yapıyorsun?"

"Rüzgârı dinliyor. Sabahları buraya sık sık gelir. Bence kaybolmuş olsak bile kendimize bir yer bulmalıyız. Ben de bu kayayı seçtim. Adın ne?"

"Jean-Baptiste."

"Soyadın ne?"

"Adamsberg."

"Ne iş yapıyorsun?"

"Polisim."

"Ne garip. Burada polislere öküzler, köpekler ya da domuzlar derler. Erim onları sevmezdi. 'Öküzleri kes!' derdi, 'Polislere bak!' yani. Sonra hemen uzardı. Gatineau aynasızlarıyla mı çalışıyorsun?"

Adamsberg başını salladı ve geri çekilmek için, yağmaya başlayan karla karışık yağmuru fırsat bildi.

Adamsberg dokuza iki kala, arabasını KKJ'nin önüne park etti. Laliberté kapının eşiğinden elini sallıyordu.

"Gir çabuk! Şıpıdık yağmur yağıyor! Hey, ne yaptın sen?" dedi Komiser'in çamurlu pantolon paçalarına bakarak.

"Taşıma patikasında düştüm," dedi Adamsberg çamurları temizlemeye çalışarak.

"Bu sabah dışarı mı çıktın? Yaptırılır mı bu?"

"Nehri görmek istiyordum. Suları, ağaçları, eski patikayı."

"Criss, sen tam bir hastasın," dedi Laliberté gülerek. "Nasıl oldu da yeri sevdin?"

"Nasıl? Yanlış anlama Başkan, ama dediklerinin hepsini anlamıyorum."

"Telaşlanıverme, kişisel almam. Hem bana Aurèle de. Nasıl oldu da düştün demek istiyorum."

"Patikanın rampalarından birinde bir taşa basıp kaydım."

"Sağın solun kırılmadı ya?"

"Hayır, her şey yolunda."

"Adamlarından biri henüz gelmedi. Uzun gevşek olan."

"Onun yanında böyle deme, Aurèle. O Québec Fransızcasını anlıyor."

"Nasıl olur?"

"On kişiye yetecek kadar kitap okuyor. Belki öyle yumuşak duruyor, ama beyninin içinde yarım gram gevşeklik bile yok. Yalnız, sabahları biraz zor uyanır."

"O gelene kadar bir kahve içelim. Şıngırın var mı?"

Adamsberg cebinden bir avuç yabancı madeni para çıkardı, Laliberté içlerinden uygun olanlarını makineye attı.

"Kafeinsiz mi, düzgün mü?"

"Düzgün," dedi Adamsberg rasgele.

"Kahveyle kendine gelirsin," dedi Aurèle, sıcak bardağı Komiser'e uzatırken. "Sen şimdi sabahları çıkıp hava alıyorsun yani, öyle mi?"

"Yürüyorum. Sabah, gündüz, gece, fark etmez. Yürümeyi severim, buna ihtiyacım var."

"Tabii," dedi Aurèle gülümseyerek. "Ya da keşfe çıkıyorsun. Bir sarışın mı arıyorsun?"

"Hayır, ama tam da bu sabah saat daha sekiz bile değilken, Champlain taşının yanında, tek başına oturan bir kız vardı. Bu bana garip göründü."

"Hem de bayağı tuhaf, desene. Patikada tek başına bir kız, bir şey arıyor olmalı. Orada genelde kimse olmaz. Seni kafaya almasına izin verme, Adamsberg. Kandırılıverirsin, haberin bile olmaz."

Kahve makinesi önündeki erkek muhabbeti, diye düşündü Adamsberg. Her yerde aynı.

"Hadi, gel," dedi sonunda Başkan. "Saatlerce sarışınlardan konuşacak değiliz. İşimiz var."

Laliberté salonda toplanan eşlere talimatlar verdi. Gruplar oluşmuş, Danglard masum Sanscartier ile eşleşmişti. Laliberté, muhtemelen saygılı davranmak kaygısıyla, kadınları kendi aralarında eşlemişti; Retancourt'u heyecanlı Louisseize ile, Froissy'yi de Ginette Saint-Preux ile aynı gruba koymuştu. Bugün alan çalışması yapılacaktı. Deneye katılmayı kabul eden sekiz vatandaşın evinden bulgular toplanacaktı. Bulguları, bulaşıcı virüs ve bakterileri dondurma işlemine gerek kalmadan etkisiz hale getiren ve vücut sıvılarının kolayca nüfuz ettiği özel kartonların üzerine koymak gerekiyordu. Laliberté, kartonlardan birini kutsal ekmekmiş gibi eliyle havaya kaldırmıştı.

"Bu yenilik, bir: zamandan, iki:paradan, üç: yerden tasarruf sağlar."

Başkan'ın düzenli sunuşunu dinlerken, Adamsberg'in elleri hâlâ ıslak ceplerinde, sandalyesinde ileri geri sallanıyordu. Parmakları Ginette Saint Preux'nün masada unuttuğu yeşil kâğıda değdi, kâğıdı kadına geri vermek istedi. Ancak kâğıt pek kötü durumdaydı, sırılsıklamdı; Komiser kâğıdı yırtmamak için, dikkatle çıkardı. Çaktırmadan masanın üzerine yayıp eliyle şekil vermeye çalıştı.

"Bugün," diye devam ediyordu Laliberté, "bir: ter, iki: tükürük, üç: kan örnekleri toplayacağız. Yarın: gözyaşı, idrar, sümük ve deri tozları. Kabul eden vatandaşlar varsa, sperm de."

Adamsberg bir anda titredi; vatandaşın yapması gereken şeyden dolayı değil, kâğıdın üzerinde okuduğu şey nedeniyle.

Laliberté, Parisli gruba dönüp,

"Kartonların kodlarının çantaların kodlarıyla aynı olduğuna dikkat edin. Hep söylerim, üçe kadar saymayı bilmek gerekir: disiplin, disiplin ve yine disiplin. Başarıya ulaşmanın başka yolu yoktur," dedi.

Sekiz çift, ellerinde evlerini ve bedenlerini deneye teslim eden vatandaşların adresleri, arabalara yöneldiler. Adamsberg Ginette'i durdurdu.

"Bunu size geri vermek istiyordum," dedi yeşil kâğıdı uzatarak. "Restoranda unutmuştunuz, sizin için önemli bir şeye benziyordu."

"Hem de nasıl, ben de nereye koydum diyordum."

"Üzgünüm, biraz yağmur yedi."

"Meraklanıvermeyesin. Hemen gidip çalışma odama bırakayım şunu. Hélène'e hemen geleceğimi söyler misin?"

"Ginette," dedi Adamsberg kadının kolunu tutarak. Bir eliyle de yeşil kâğıdı işaret ediyordu. "Şu altodaki Camille Forestier, Montréal beşlisinden mi?"

"Değil, hayır. Alban grubun altocusunun hamile kaldığını söyledi bana. Dördüncü ayından sonra, yani provalar başladığında, kadının yatakta kalması gerekmiş."

"Alban mı?"

"Grubun ilk kemanı. Benim yakın arkadaşım. Sonra şu Fransızla tanışmış, Forestier'yle. Hemen dinlemiş, hayran kalmış, işe alıvermiş kızı."

"Hey! Adamsberg!" diye bağırıyordu Laliberté. "Sabolarını oynatacak mısın bir gün?"

"Teşekkürler, Ginette," dedi Adamsberg grup eşinin yanına giderken.

"Ne demiştim?" dedi Başkan, arabasına binerken kahkahalarla gülüyordu. "Senin hep kur yapman lazım, değil mi? Hem de benim müfettişlerimden birine, hem de ikinci günde. Hiç çekinmiyorsun yani."

"Düşündüğün gibi değil, Aurèle, müzikten bahsediyorduk. Hem de klasik müzikten," diye ekledi Adamsberg; müziğin "klasik" olması ilişkilerinin saygınlığını doğrularmış gibi.

"Müzikmiş, pışık!" diye güldü Başkan arabayı çalıştırırken. "Alçıdan bir aziz taklidi yapmana gerek yok, o kadar da saf değilim. Dün gece görüştünüz, değil mi?"

"Tesadüfen. *Les Cinq Dimanches*'da yemek yiyordum, masama geldi."

"Ginette'in peşini bırak. Evli o, hem de tamı tamına evli."

"Unuttuğu kâğıdı geri veriyordum, hepsi bu. İster inan, ister inanma."

"Sinirlendirtme kendini, eğleniyorum işte."

Adamsberg, Başkan Laliberté'nin güçlü sesiyle söylediklerini dinlemekle ve iyiliksever Jules ve Linda Saint-Croix'nın evindeki tüm örnekleri almakla geçen yorucu bir günün sonunda, arabasına bindi.

"Bu akşam ne yaptırtacaksın kendine?" diye sordu Laliberté, başını arabanın camından dışarı çıkarıp.

"Nehri görmeye giderim, biraz gezerim. Şehirde akşam yemeği yerim."

"Bedenine yılan girmiş senin, illa ki kıpırdaman gerek."

"Söyledim ya, yürümeyi severim."

"En çok da eğlenmeyi seviyorsun. Ben hiç şehir merkezindeki kızlara takılmam. Orada beni herkes tanır. Sabırsızlanmaya başladığımda Ottawa'ya giderim. Hadi, dostum, en iyisini yap!" diye ekledi Laliberté eliyle arabanın kapısına vurarak. "Merhaba ve yarın görüşürüz."

"Gözyaşı, idrar, sümük, deri tozu ve sperm," dedi Adamsberg kontağı çalıştırırken.

"Sperm, bir ihtimal," dedi Laliberté, birden tekrar profesyonel oluvermişti. "Eğer Jules Saint-Croix bu akşam biraz çaba göstermeye yanaşırsa. Başta tamam demişti ama şimdi pek niyetli görünmüyor. Criss, kimseyi zorlayamayız ya."

Adamsberg, Laliberté'yi deneye ilişkin kaygılarıyla baş başa bırakıp doğruca nehre yöneldi.

Kulaklarını Ottawa Nehri'nin dalgalarının çıkardığı gürültülerle doldurduktan sonra, taşıma patikasına yönelip şehir merkezine doğru yürümeye başladı. Eğer buraları iyi öğrendiyse, bu yolun onu Chaudière şelalelerinin üzerindeki köprüye götürmesi gerekiyordu. Oradan şehir merkezine varmak için on beş dakika daha yürümesi yeterli olacaktı. İniş çıkışlı yol, bisiklet yolundan bir dizi ağaçla ayrılıyordu, bu ağaç şeridi Adamsberg'i tamı tamına bir karanlıkta bırakıyordu. Fransız grubunun böyle bir alet getirmeyi akıl edebilen tek elemanı olan Retancourt'dan bir el feneri ödünç almıştı. Adamsberg, nehrin kıyısında oluşturduğu küçük göle düşmekten son anda kurtulup, alçak dallara takılmamaya çalışarak ilerliyor, durumu iyi idare ediyordu. Patikanın sonuna, dökme demirden yapılmış köprünün yakınına vardığında soğuğu hissetmiyordu bile. Köprü, kruvaze kirişleriyle, Ottawa Nehri üzerine abanmış üç adet Eyfel Kulesi gibiydi.

Şehir merkezindeki Britanya krepçisi, sahibinin atalarını hatırlatan fileler, can simitleri ve kurutulmuş balıklarla süslenmişti. Bir de yaba. Adamsberg, karşı duvarda üç dişiyle kendisine meydan okuyan aletin önünde hareketsiz kaldı. Denizlerin yabası, kanca şeklinde üç ince ucuyla Neptün'ün zıpkını. Kendi yabasından, bir iş aleti olan, tabiri caizse toprak yabasından oldukça farklıydı bu. Toprak solucanı ya da toprak kurbağası gibi. Ancak, ısıran yabalar ve patlayan kurbağalar uzaktaydılar, Atlantik Okyanusu'nun öbür yakasının sisleri ardında kalmışlardı.

Garson, hayat üzerine konuşarak, kendisine anormal boyutlarda bir krep getirdi.

Yabalar, kurbağalar, hâkimler, katedraller, Mavi Sakal'ın zindanları, Atlantik'in öbür yakasında kalmışlardı.

Kalmışlardı, ama onu, dönüşünü bekliyorlardı. Tüm bu yüzler, bu yaralar, belleğinin bıkmak bilmeyen halatıyla adımlarına bağlanmış tüm o korkular. Camille ise burada, koca Kanada'nın bu kayıp şehrinde tekrar ortaya çıkmıştı. KKJ'nin iki yüz kilometre uzağında verilecek olan beş konser, sanki altonun sesini odasının balkonundan duyacakmış gibi, canını sıkıyordu. Tek istediği Danglard'ın bunu öğrenmemesiydi. Yüzbaşı Montréal'e gider, ertesi gün de Adamsberg'e pis pis bakıp homurdanır dururdu.

Yemeğini bir kahve ve bir kadeh şarapla bitirmeye karar verdi ve gözlerini mönüden ayırmadıysa da, birinin masasına izinsiz oturduğunu fark etti. Champlain taşındaki genç kız, garsonu geri çağırıp bir kahve de kendine söyledi.

"Günün iyi geçti mi?" diye sordu gülümseyerek.

Genç kız bir sigara yaktı ve doğrudan Adamsberg'in yüzüne baktı.

Kahretsin, dedi Adamsberg içinden, sonra da neden acaba, diye düşündü. Başka bir zamanda bu fırsatı kaçırmazdı. Ancak genç kızı yatağına çekmek için hiçbir istek duymuyordu; ya geçen haftanın sıkıntıları hâlâ etkisini gösteriyordu, ya da, belki de Başkan'ın dediklerine karşı çıkmaya çalışıyordu.

"Rahatsız ediyorum," dedi genç kız. "Yorgunsun, polisler hakkından gelmiş."

"Aynen öyle, yorgunum," dedi Komiser ve kızın adını unuttuğunu fark etti. Genç kız koluna dokunup;

"Ceketin ıslak," dedi. "Araban su mu alıyor? Bisikletle mi geldin?"

Tam olarak ne öğrenmek istiyordu? Her şeyi mi?

"Yayan geldim."

"Buralarda kimse pek yürümez, fark etmedin mi?"

"Fark ettim. Ama ben taşıma patikasından geçtim."

"Tüm patikayı geçtin mi? Ne kadar zaman aldı?"

"Bir saatten biraz daha fazla."

"Erimin de diyeceği gibi, cesursun."

"Niye cesurmuşum?"

"Çünkü geceleri patika eşcinsellerin mekânıdır."

"Ne olmuş? Bana ne yapabilirler ki?"

"Tecavüzcülerin de. Bundan emin değilim, söylentiye göre öyle. Ama Noëlla oraya gece gittiğinde, asla Champlain taşından öteye geçmez. Nehri oradan da izleyebilir."

"Duyduğuma göre bir ırmakmış."

Noëlla dudak büktü.

"Bu kadar büyük olunca ben nehir derim. Bütün gün aptal Fransızlara hizmet ettim, yorgunum. *Caribou*'da garsonluk yapıyorum, söylemiş miydim? Grup halinde bağırdıklarında Fransızları hiç sevmiyorum, Québec'liler daha kibarlar. Erim hariç tabii. Beni bir paçavra gibi attığını söylemiş miydim?"

Genç kız yine başlamıştı, Adamsberg onu nasıl başından savacağını bilemiyordu.

"Al, fotoğrafına bak. Yakışıklı, değil mi? Sen de kendi tarzında yakışıklısın. Pek sıradan değilsin, sağdan soldan toplanmış parçalardan yapılmışsın, hem genç de sayılmazsın. Ama burnunu, gözlerini beğeniyorum. Gülüşünü de beğeniyorum," dedi parmak ucuyla Adamsberg'in göz kapaklarına ve dudaklarına hafifçe dokunarak. "Konuşmanı da. Sesini. Sesinin hoş olduğunu biliyorsun, değil mi?"

"Hey, Noëlla," diye araya girdi garson hesabı masaya bırakırken. "Hâlâ *Caribou*'da mı çalışıyorsun?"

"Evet, uçak biletini almak için para kazanmam lazım, Michel."

"Hâlâ erin için hüsranlı mısın?"

"Bazen, evet. Akşamları. Kimi sabahları üzülür, kimi akşamları. Ben akşamcıyım."

"Hiç canını sıkma. Polis yakalamış onu."

"Hadi canım?" dedi Noëlla doğrularak.

"Yalan atmıyorum. Araba çalıp sahte plakayla geri satıyormuş, düşünsene."

"Sana inanmıyorum," dedi Noëlla başını sallayarak. "Bilgisayarcıydı o."

"Güzelim, amma da zor anlıyorsun. Senin erin ikiyüzlünün tekiydi. Lambaları yak, Noëlla. Bunlar yalan değil, gazetede okudum."

"Hiç haberim olmadı."

"Hull gazetesinde yazıyordu. Bir akşam süngerlik yapmış, aynasızlar seninkini çükünden yakalamışlar. İnan bana, başı fena halde belada. Senin erin köpeğin tekiydi. Bu yüzden, üstüne otur, dön. Bunları sana söyleyeyim dedim ki, üzülmeyesin. Özür dilerim, beni bekleyen bir masa var."

Noëlla kahvesinin dibinde kalan şekeri parmağıyla sıyırdı.

"İnanamıyorum," dedi. "Seninle bir kadeh bir şey içsem rahatsız olur musun? Kendime gelmem lazım."

"On dakika daha," dedi Adamsberg. "Sonra gidip yatacağım."

"Anlıyorum," dedi Noëlla siparişini verirken. "Meşgul birisin. Bir düşünsene? Benim erim?"

"Üstüne otur, dön," diye tekrar etti Adamsberg. "Bu ne demek? Onu unut mu? Onu sil mi?"

"Hayır. Konu üzerinde iyice bir düşün, demek istedi."

"Süngerlik yapmak ne demek peki?"

"Deli gibi sarhoş olmak demek. Yeter. Noëlla sözlük değil."

"Hikâyeni anlamak için sordum."

"Eh, görüyorsun ya, sandığımdan da saçma bir hikâyeymiş. Gidip kafamı dağıtmam lazım," dedi genç kız içkisini bir dikişte bitirirken. "Seni bırakayım."

Adamsberg şaşırmıştı, ne cevap vereceğini bilemedi.

"Ben arabayla geldim, sen yürüyerek," dedi Noëlla sabırsızca. "Patikadan geçmeyi düşünmüyorsun herhalde."

"Yo, düşünüyorum."

"Sağanak yağmur var. Seni korkutuyor muyum? Kırk yaşında bir adamı? Bir polisi?"

"Yok canım," dedi Adamsberg gülümseyerek.

"Peki. Nerede oturuyorsun?"

"Prévost Sokağı'nın yakınında."

"Anladım. Ben de üç apartman ötedeyim. Gel."

Adamsberg ayağa kalktı, ne diye güzel bir kızın arabasına binmeye çekindiğini anlayamamıştı.

Noëlla apartmanın önünde durdu, Adamsberg teşekkür edip kapıyı açtı.

"Gitmeden beni öpmeyecek misin? Hiç kibar bir Fransız değilsin."

"Pardon, ben bir dağlıyım, biraz kabayım."

Adamsberg genç kızı yanaklarından öptü, yüzünde sert bir ifade vardı. Noëlla öfkeyle alnını kırıştırdı. Komiser giriş kapısının kilidini açarken, saat on birden sonra bile uyanık bekleyen güvenlik görevlisini selamladı. Bir duş aldıktan sonra, geniş yatağa uzandı. Kanada'da her şey daha büyüktü. Daha küçük olan tek şey anılardı.

XIX

Hava sıcaklığı sabahleyin eksi dörde kadar düşmüştü, Adamsberg nehri görmeye koştu. Patikada, nehrin kıyısındaki göletin suları donmuştu; sincapların dikkatli bakışları altında, koca botlarıyla buzları kırmaya başladı. Patikada daha da ileri gitmek istiyordu ama Noëlla'nın kayasının üzerinde oturuyor olması ihtimali Komiser'i bir ip gibi geri çekti. Geri dönüp bir taşın üzerine yerleşti, bir denizkazı sürüsüyle ördeklerin arasındaki mücadeleyi izlemeye koyuldu. Her yerde savaşlar ve sahalar vardı. Kazlardan biri, besbelli polis görevi görüyordu, kanatlarını açıp gagasını şaklatarak şiddetle ve despot bir tarzla saldırıyordu. Adamsberg bu denizkazını sevmemişti. Tüylerindeki bir leke sayesinde onu diğerlerinden ayırdı; yarın gelip, otokrat şef rolü hep onda mı kalıyor, yoksa denizkazları demokratik bir görev teslimi mi uyguluyor, bakmak istiyordu. Ördekleri direnişleriyle baş başa bırakıp arabasına yöneldi. Arka tekerleğin altından bir sincap kuyruğu görülüyordu. Hayvanı ezmemek için, arabayı yavaşça çalıştırdı.

Başkan Laliberté'nin keyfi, Jules Saint-Croix'nın vatandaşlık görevini yaptığını, deney şişesini doldurup koca bir zarfa koyduğunu görünce yerine geldi. Sperm çok mühimdir, Adamsberg, diye bağırıyordu Laliberté. Aynı zamanda koca zarfı yırtarak açıyor, bu arada bir köşede bekleyen Saint-Croix çiftini pek de umursamıyordu.

"İki deney, Adamsberg," diye devam etti Başkan. Elindeki şişeyi sallayıp duruyordu. "Sıcak ve kuru numuneler. Sıcak, yani kurbanın vajinal bölgelerinden çıkarılmış gibi. Kuruda neyin üzerinde olduğu önemli. Çünkü meninin bulunduğu yüzey bir kumaşsa ayrı, bir yolsa ayrı, bir halıysa ya da çimense ayrı yöntemle çalışırsın. En zoru çimendir. Anlıyor musun? Elimizdeki dozları dört ayrı stratejik noktaya yayalım: yola, bahçeye, yatağa ve salondaki halıya."

Saint-Croix çifti, sanki suç işlemişler gibi ortadan kayboldular. O sabah, sağa sola meni damlaları serpip etraflarını tebeşirle çevrelemekle geçti.

"Bunlar kuruyadursun," dedi Laliberté, "biz tuvalete gidip idrarla ilgilenelim. Kartonunu ve çantanı al."

Saint-Croix çifti, Başkan'ı son derece memnun eden zor bir gün geçirdiler. Laliberté, gözyaşı örneği elde etmek için Linda'yı ağlattı; sümük elde etmek içinse Jules'ü soğukta koşturdu. Tüm örnekler işe yarar durumdaydı, Başkan KKJ'ye muzaffer bir avcı edasıyla, etiketlenmiş kartonları ve çantalarıyla geri döndü. Gün içinde ortaya bir tek sorun çıkmıştı: gönüllü vatandaşlardan ikisi sperm şişelerini kadın polislere vermeyi reddedince, son anda değişiklikler yapmak gerekmişti. Bu da Laliberté'nin sinirlerini zıplatmıştı.

"Kahretsin, Louisseize!" diye bağırmıştı telefonda. "Bu herifler spermlerini sıvı altın mı sanıyorlar? Zevk için kadınlara bol bol verirler, işe gelince ortada kimse kalmaz! Bunları aynen yüzüne söyle o kahrolası vatandaşın."

"Söyleyemem, Başkan," diye yanıtlamıştı Berthe Louisseize. "Ayı gibi bir herif. Portelance'la yer değiştirmem gerekecek."

Sonunda Laliberté razı olmuştu, ama akşam bile söylenmeye devam ediyordu. KKJ'ye girerlerken;

"Erkekler," dedi Adamsberg'e, "bazen bizonlar kadar ahmak olabiliyorlar. Şimdi örneklerimizi aldığımıza göre, gidip iki çift laf edeceğim ben o pis vatandaşlara. Grubumun kadınları spermler hakkında o iki salaktan yüz kat daha fazla şey biliyorlar."

"Boş ver, Aurèle," dedi Adamsberg. "Kafana takma o iki adamı."

"Kişisel alıyorum, Adamsberg. Sen istersen bu akşam sarışınlara git, ama ben yemekten sonra onlara bir uğrayacağım. O iki öküze hadlerini bildireceğim."

O gün Adamsberg, Başkan'ın neşeli yüzünün ardında yatan şiddetli tarafını keşfetti. Sıcakkanlı, doğrucu ve dandun biriydi, ama aynı zamanda kapalı ve inatçı bir öfkeliydi de.

Çavuş Sanscartier endişeyle, "Onu böyle sinirlendiren sen değilsin ya?" diye sordu Adamsberg'e.

"Hayır, kadın gruplarına spermlerini vermek istemeyen salaklara kızdı."

"İyi bari. Sana bir tavsiyede bulundurtayım mı?" diye ekledi, içlerinden masumluk akan gözlerini Adamsberg'e dikmişti.

"Dinliyorum."

"İyi bir erdir, ama şaka yaptığında gülüp geçsen, gaganı tutsan iyi olur. Yani onu sakın kışkırtma. Çünkü patron köpürdüğünde ağaçları bile sarsar."

"Sık sık köpürür mü peki?"

"Dediğinin aksini söylersek, ya da ters tarafından kalktıysa. Pazartesi günü beraber grup olduğumuzu biliyor muydun?"

İlk haftaya son noktayı koymak için *Les Cinq Dimanches*'ta beraber yenilen akşam yemeğinden sonra, Adamsberg ormanın içinden geçerek stüdyosuna dönüyordu. Artık patikayı iyi tanıyor, yarıklarını ve göçük yerlerini seziyor, kıyı göletlerinin parıltılarını hemen görebiliyordu. Bu yüzden geldiğinden daha hızlı döndü. Ayakkabısını bağlamak için yarı yolda durduğunda, üzerine bir ışık demeti geldi.

"Hey, adamım!" diye bağırdı kalın ve saldırgan bir ses. "Ne diye orada duruyorsun? Bir şey mi aradın?"

Adamsberg el fenerini o yöne çevirdiğinde, karşısında iri yapılı bir adam gördü. Ormancı giysileri ve gözlerine kadar inen ve kulaklarını da örten bir beresi olan adam, dimdik ayakta duruyordu.

"Neler oluyor?" diye sordu Adamsberg. "Patikadan geçmek serbest, sanırım."

"Ah," dedi adam bir an duraladıktan sonra. "Yaşlı kıtadansın, ha? Fransız, değil mi?"

"Evet."

"Nasıl anladım?" dedi adam, şimdi gülüyordu. Adamsberg'e yaklaştı. "Çünkü konuştuğunda sanki seni duymuyorum da, okuyorum. Buralarda ne yapıyorsun? Erkeklere mi gidiyorsun?"

"Ya sen?"

"Sinirleniverme, şantiyenin güvenliğinden sorumluyum. Aletleri bütün gece tek başına bırakamayız. Pahalı şeyler bunlar."

"Hangi şantiye?"

"Görmüyor musun?" dedi adam el lambasını arkasına doğru yönelterek.

Adamsberg, ormanın patikanın üzerinde kalan bu bölümünde, gölgelerin içinde bir pikap, bir karavan ve ağaç gövdelerine dayalı duran birkaç alet seçti.

"Ne şantiyesi bu?" diye sordu Adamsberg kibarca.

Québec'te bir konuşmaya tak diye son vermek çok kaba bir davranıştı.

"Ölü ağaçları söküp yerlerine akağaçlar dikiyorlar," dedi gece bekçisi. "Aletleri çalmaya geldin sandım. Yüce İsa, bağırdığım için pardon adamım, ama işim bu. Sen hep böyle geceleri gezer misin?"

"Gece gezmeyi severim."

"Tatile mi geldin?"

"Polisim. Gatineau KKJ'sinde çalışıyorum."

Bu açıklamadan sonra, bekçinin kalan kuşkuları da yok oldu.

"Peki, adamım, tamamdır. Karavanda bir bira içmek ister misin?"

"Teşekkürler, ama gitmem lazım. İşim var."

"Olsun, adamım. Hoş geldin ve bay bay."

Adamsberg, Champlain taşına yaklaştıkça adımlarını yavaşlattı. Noëlla oradaydı, koca bir anorağın içine gömülmüş, kayasının üzerinde oturuyordu. Sigarasının yanan ucu seçiliyordu. Adamsberg sessizce geri döndü, onunla karşılaşmamak için ormana daldı. Otuz metre ilerde, tekrar patikaya indi, sabırsızlıkla apartmana doğru ilerledi. Kahretsin, bu kız şeytan da değildi ya? Şeytan düşüncesi birden aklına Hâkim Fulgence'ı getirdi. Düşünceler yok oldu sanırsın, oysa onlar alnının orta yerine, tek sıra üç delik halinde kazınmıştır. Sadece, geçici bir Atlantik bulutunun ardına gizlenmiştir.

XX

Voisenet hafta sonunda eline fotoğraf makinesini ve dürbününü alıp ormanlara ve göllere koşmayı planlıyordu. Araba sayısı az olduğundan, Justin'i ve Retancourt'u da yanına aldı. Diğer dört memur şehri seçmiş, Montréal'e ve Ottawa'ya gitmişlerdi. Adamsberg tek başına kuzeye doğru sürmeye karar vermişti. Sabah yola çıkmadan önce, önceki günkü denizkazının yaptırımcı iktidarını başka bir beye devredip etmediğine bakmaya gitti. Komiser onun bir erkek kaz olduğundan emindi.

Hayır, despot denizkazı iktidarından vazgeçmemişti. Diğer kazlar otomatlar gibi peşinden gidiyor, patron yön değiştirir değiştirmez kanat çırpıyor, harekete geçtiğinde ise durup bekliyorlardı. Despot kaz suya paralel, ördeklerin üzerine doğru uçuyor, daha da iri görünmek için tüylerini kabartıyordu. Adamsberg yumruğunu sallayıp kaza bir küfür savurdu ve arabasına geri döndü. Yola çıkmadan önce, dizlerinin üzerine çöküp arabanın altında bir sincap olup olmadığını kontrol etti.

Dosdoğru kuzeye doğru sürdü, öğle yemeğini Kazabazua'da yedi ve sonsuz toprak yollarda ilerledi. Şehirlerin on kilometre kadar dışından itibaren, Québec'liler yolları asfaltlamıyorlardı, çünkü nasıl olsa don her kış asfaltı çatlatıyordu. Düz bir çizgi üzerinde ilerlemeye devam edersem, diye düşündü memnuniyetle, Grönland'ın tam karşısında olacağım. Böyle bir şeyi Paris'te söyleyemezdi. Ne de Bordeaux'da. Bilerek yolunu kaybetti, sonra tekrar güneye yönelip ormanın kenarına, Pink Gölü'nün yakınlarına park etti. Orman ıssızdı, yerler karla ve kırmızı yapraklarla kaplıydı. Arada bir, ayılara ve gürgen ağaçlarının gövdelerindeki pençe izlerine dikkat edilmesini öneren panolara rastlıyordu. *Ayıların kozanları yemek için bu ağaçlara tırmandığını unutmayınız.* Adamsberg, pekala, diye düşündü. Parmağıyla pençe izlerine dokundu, başını kaldırıp yaprakların arasında bir ayı aradı. Şimdiye kadar sadece kunduzların yaptığı barajlara ve geyikgillerin dışkılarına rastlamıştı. Tek gördüğü şey birtakım izlerdi, hayvanlar görünmez olmuşlardı. Biraz Haguenau'daki *Schloss* ve Maxime Leclerc gibi.

Şu *Schloss*'u düşünme, git bak o pembe göle.

Pink Gölü, Québec'teki milyonlarca göl arasında, küçük bir göl olarak anılıyordu, ama Adamsberg onu büyük ve güzel buldu. Strasbourg'dan beri panolara alışkın olduğundan, Pink Gölü'nün panosunu da okudu. Kendi tarzında eşsiz bir göl olduğu yazılıydı.

Adamsberg birden hafifçe geri çekildi. Son zamanlarda rastladığı istisnai şeyler onu biraz rahatsız ediyordu. Sonra, her zamanki el hareketiyle bu düşünceleri kovdu ve okumaya devam etti. Pink

Gölü'nün derinliği yirmi metreydi ve dibinde üç metre kalınlığında bir çamur tabakası vardı. Buraya kadar her şey normal. Ancak, bu derinlik dolayısıyla, yüzeydeki sular asla dipteki sulara karışmıyordu. On beş metrenin altındaki sular da, gölün on bin altı yüz yıllık tarihini saklayan çamur tabakası gibi, hiç hareket etmiyor, oksijen almıyordu. Normal görünümlü bir göl yani, diye düşündü Adamsberg, hatta oldukça pembe ve mavi; ama altında sonsuza kadar kımıldamayacak olan, havasız, ölü, fosil bir göl var. En kötüsü de, çamur tabakasının içinde, gölün yerinde denizin olduğu zamanlardan kalma bir balığın yaşıyor olmasıydı. Adamsberg balığın resmini inceledi; dikenleri olan, sazan balığıyla alabalık arası bir hayvandı bu. Komiser panoda yazanları tekrar tekrar okudu, ama bu ilginç balığın adı yoktu.

Canlı bir gölün altında duran ölü bir göl. Ölü göl, elimizde sadece bir resmi, sureti bulunan, adsız bir yaratığı içinde barındırıyor. Adamsberg tahta bariyerin üzerinden göle eğilip, pembe suyun altındaki gizli cansızlığı görmeye çalıştı. Neden bütün düşünceleri Yaba'da son bulmak zorundaydı sanki? Ağaç gövdelerindeki pençe izleri gibi mesela. İçinde ölü devirlerden kalma misafiriyle, canlı bir yüzeyin altına saklanmış, sessizce yaşayan, şu gri, çamurlu, ölü göl gibi. Adamsberg bir an kararsız kaldıktan sonra, anorağının cebinden not defterini çıkardı. Ellerini ısıtıp, gökle cehennemin arasında yüzen şu lanet balığın resmini aynen kopyaladı. Ormanda daha uzun süre kalmayı tasarlamıştı ama, Pink Gölü planlarını değiştirmesine neden oldu. Her yerde ölü Hâkim'le karşılaşıyordu, her yerde Neptün'ün endişe verici sularına ve lanet olası yabasına değiyordu. Bu bela Laliberté'nin başında olsaydı, o ne yapardı? Gülüp geçer, belayı şişman elinin tersiyle iter ve disiplin, disiplin ve yine disiplin der miydi acaba? Ya da avına sarılıp onu bir daha elinden bırakmaz mıydı? Gölden uzaklaşırken, Adamsberg'e kovalamaca tersine dönüyor, avı, dişlerini etine geçiriyor gibi geldi. Dikenlerini de, pençelerini de, sivri uçlarını da. Bu durumda, gerçek bir takıntı geliştirdiğini düşünen Danglard haklı çıkardı.

Ağır adımlarla arabasına geldi. Aralarındaki beş dakikalık farkı gözeterek yerel saate ayarladığı saatleri, dördü on iki buçuk geçeyi gösteriyordu. Arabasıyla boş yollarda gezindi, ormanların tek tipli enginliğinde dinginlik aradı, sonunda şehirlere dönmeye karar verdi. Kaldıkları apartmanın park yerine gelince önce yavaşladı, sonra tekrar hızlanarak Hull'u ardında bırakıp Montréal'e yöneldi. Tam da yapmak istemediği şeydi bu. İki yüz kilometre boyunca, bunu kendine söyledi durdu. Ama arabası uzaktan kumandalı bir oyuncak gibi, saatte sabit doksan kilometre hızla, önündeki kamyonetin farlarını izleyerek, kendiliğinden gidiyordu.

Araba Montréal'e gittiğini biliyorsa, Adamsberg de yeşil kâğıtta yazılı bilgileri, saati ve yeri çok iyi hatırlıyordu. Belki de, diye düşündü şehre girerken, sinemaya ya da tiyatroya giderim, neden olmasın. Belki de, onu ne Pink Gölü'ne, ne de Montréal beşlisine götürmeyecek yeni bir araba edinmesi lazımdı. Onu otuz altı buçuk geçe, antraktın sonunda kiliseye girdi, beyaz bir sütunun ardına, ön sıralarda bir yere oturdu.

XXI

Vivaldi'nin müziği etrafını sarıyor, zihnine zincirinden boşalmışçasına akan karmakarışık düşünceler doğuruyordu. Altosunu çalmakta olan Camillle'in görüntüsü onu umduğundan da fazla etkilemişti; ama şu anda yaşadığı, kendisini töhmet altına sokmayacak, çalınmış bir saatçik, gizli bir duygulanımdı sadece. Mesleki deformasyon icabı, notaları uzayıp giden çözümsüz bir bulmaca gibi algılıyordu; müzik çaresizlikle neredeyse gıcırdıyor, sonra da beklenmedik, akıcı bir armoniyle çözülüveriyor, karmaşayla sadelik, sorularla çıkış yolları arasında gidip geliyordu.

Tam da yaylıların bir çıkış yolu gösterdikleri anlardan birinde, düşünceleri ok gibi Yaba'nın Haguenau'daki *Schloss*'undan alelacele kaçışına yöneldi. Camille'in yaylısını gözden kaçırmadan, okları takip etti. Hâkim üzerindeki tek gücü, şu ana kadar hep onu kovalamış olmasıydı. Schiltigheim'a Çarşamba günü gelmiş, ertesi gün de Trabelmann'ın kötü sözlerine maruz kalmıştı. Yani şehre gelişi konuşulmuş, bilinmiş, hatta Cuma günkü yerel gazetede yazılmış olabilirdi. Tam da o gün, Maxime Leclerc evini satışa çıkarıp boşaltmıştı. Eğer durum buysa, artık iki kişiydiler. Adamsberg rahmetlinin peşindeydi, ama rahmetli, avcısının yeniden ortaya çıktığını biliyordu. Ve bu durumda Adamsberg elindeki tek avantajı da kaybetmişti; ölünün gücü ve nüfuzu her an yolunu kesebilirdi. Durumun farkında bir insan on insana bedeldir derler; ama bu adam bin insana bedeldi. Paris'e döndüğünde, bu yeni tehdit karşısında stratejisini değiştirmesi, bacaklarını ısırmaya çalışan kurt köpeklerinden kurtulması gerekecekti. *Önden git, genç adam. Dörde kadar sayıyorum.* Sonra, koş, Adamsberg, koş.

Düşündüklerinin yanlış olmamasını umdu. Kendisine bu tehlike sinyalini asırların ötesinden ulaştıran Vivaldi'ye teşekkür etti içinden. Sağlam adamdı bu Vivaldi, müziği sıra dışı bir beşli tarafından çalınan, iyi bir erdi. En azından arabası onu buraya boşuna getirmemişti. Camille'in hayatından bir saat çalmak ve müzisyenin değerli uyarısını almak için. Ölülerle bu kadar haşır neşir olduğuna göre, Antonio Vivaldi'nin fısıltılarını da dinleyebilirdi; hem bu adamın hoşsohbet biri olduğundan da emindi. Böyle bir müziği yaratan biri, sadece yerinde tavsiyeler fısıldardı insanın kulağına.

Adamsberg, gözlerini korumasına aldığı genç kadının üzerine dikmiş duran Danglard'ı konserin sonunda fark etti. Bu görüntü, içindeki bütün keyfi söndürdü. Bu adam ne diye her şeye burnunu sokuyordu ki? Niye hayatına karışıyordu? Konserlerden haberi vardı ve buradaydı, işine sadık, güvenilir, kusursuz Danglard. Kahretsin, Camille ona ait değildi! Yüzbaşı, onu yakın korumasına alarak ne yapmaya çalışıyordu? Hayatına girmeye mi? İçindeki büyük öfke, Komiser'i yardımcısına karşı kışkırttı. Yer yer beyazlamış saçlarıyla, iyiliksever beyefendi, Camille'in acısının yarı açık bıraktığı kapıdan sızmaya çalışıyordu.

Danglard'ın bu kadar çabuk ortadan kaybolması Adamsberg'i şaşırttı. Yüzbaşı kilisenin arka tarafına gitmiş, müzisyenlerin çıkışını bekliyordu. Tebrik etmek için olsa gerek. Ancak Danglard müzik aletlerini bir arabaya yükleyip direksiyona geçti, Camillle'i de yanında götürdü. Danglard'ın gizli inceliklerini nereye kadar sürdüreceğini merak eden Adamsberg, onları arabasıyla takip etti. Bir moladan ve on dakikalık bir yoldan sonra, Yüzbaşı arabayı park etti, Camille'in kapısını açtı. Genç kadın ona bir battaniyeye sarılı bir paket uzattı. Battaniye ve paketten çıkan çığlık, Adamsberg'in hayretle durumu anlamasını sağladı.

Bir çocuk, bir bebek. Ve boyuna ve ses tonuna bakılırsa, bir aylık, minicik bir bebek. Hareketsizce eve girişlerine ve kapının kapanmasına bakakaldı. Danglard, pis herif, iğrenç hırsız.

Ancak Yüzbaşı çabucak dışarı çıktı, Camille'i arkadaşça bir edayla selamlayıp bir taksiye atladı.

Adamsberg Hull'a geri döndüğü yol boyunca, Tanrım, bir çocuk, diye yineledi durdu. Şu anda, Danglard baştan çıkartıcı rolünü bırakıp tekrar iyiliksever Yüzbaşı'na dönüştüğüne göre –ki bu Komiser'in Danglard'la ilgili fikirlerini değiştirmiyordu-, Adamsberg bütün düşüncelerini genç kadın üzerinde yoğunlaştırdı. Ne tür bir büyünün sonucu olarak Camille'i bir çocukla buluyordu? Şu anda, bu büyü için bir erkek olması gerektiğini fark ediyordu. Bir aylık bir bebek, diye hesapladı. Dokuz daha, eşittir on ay. Demek Camille başka birini bulmak için on haftadan fazla beklememişti. Adamsberg gaza bastı, birden hepsi saatte doksan kilometre hızla giden lanet olası arabaları sollama isteği duydu. Gerçekler böyleydi ve Danglard başından beri her şeyi biliyor, ona bir şey söylemiyordu. Oysa Danglard'ın, şu anda kafasını allak bullak eden bu haberi saklamış olmasını anlıyordu. Hem, neden allak bullak olmuştu ki? Ne bekliyordu? Camille'in bin yıl boyunca kaybolan aşkına ağlamasını mı? Keyfine göre canlandırabileceği bir heykele dönüşüvermesini mi? Masallardaki gibi hani, derdi Trabelmann. Hayır. Camille önce tereddüt etmiş, sonra da yaşamış, başka bir adam buluvermişti, öylelikle.

Hayır, diye düşündü yatağına uzanırken. Hayır, Camillle'i kaybetmekle Camille'i kaybettiğini asla tamı tamına anlamamıştı. Bu düz mantıktı, umurunda değildi düz mantık. Şu anda onu tablonun dışına iten o lanet olası baba vardı. Danglard bile onun tarafındaydı. Danglard'ın doğum odasına girişini, yeni sevgilinin elini sıkışını rahatlıkla gözünün önüne getirebiliyordu; güvenilir, kendinden emin bir adam, bütün düzgünlüğünü sunan biri. Kusursuz, dimdik bir adam, labrador köpekli bir sanayici, hatta iki labradorlu, temiz ayakkabıları ve temiz ayakkabı bağları olan biri.

Adamsberg adamdan şiddetle nefret ediyordu. Bu akşam onu da köpeklerini de gebertmeye hazırdı. O, polis bey, o, aynasız, adamı öldürüverirdi. Hem de bir yaba darbesiyle, neden olmasın?

XXII

Adamsberg geç uyandı, bu günlük denizkazlarının patronuna kafa tutmaktan ve göllere bakmaktan vazgeçti. Hemen patikaya koştu. Genç kız pazarları çalışmıyordu ve muhtemelen Champlain taşının orada olacaktı. Evet, oradaydı, dudaklarında anlamı belirsiz bir gülümseme, elinde sigarası, peşinden stüdyoya gelmeye hazırdı.

Adamsberg, partnerinin hevesi sayesinde, önceki gün maruz kaldığı tatsızlıklarla doğru orantılı bir rahatlık hissetti. Genç kızı akşam altıda göndermek zor oldu. Noëlla yatağın üzerinde çırılçıplak oturmuş, geceyi burada geçirmek istediğini, asla gitmeyeceğini söylüyordu. Bu mümkün değil, dedi Adamsberg sakince, aynı zamanda kızı giydirirken, iş arkadaşlarının odaya gelebileceklerini anlattı. Sonunda genç kıza paltosunu da giydirdi, kolundan tutup kapıya kadar götürmek zorunda kaldı.

Noëlla gidince, Adamsberg kızı daha fazla düşünmedi, hemen Paris'teki Mordent'ı aradı. Komutan tam bir gece kuşuydu, gecenin on ikisinde onu uyandırmazdı. Evrak işlerindeki ciddiyetinin yanında, akordeona ve halk şarkılarına ilgi duyardı, bu gece de çok beğendiği bir balodan dönüyordu.

"Doğrusunu isterseniz, Mordent, sizi aramamın sebebi haberdar etmek değil. Her şey yolunda, herkes güzel çalışıyor, diyecek bir şey yok."

"Ya Kanadalı iş arkadaşlarınız?" diye sordu Komutan.

"Hepsi düzgün, burada öyle diyorlar. Sevimli ve bilgililer."

"Akşamları boş musunuz, yoksa saat onda ışıklar sönüyor mu?"

"Boşuz, ama bu yönden bir şey kaçırmıyorsunuz. Hull-Gatineau pek de kabarelerle, lunaparklarla dolu geniş bir şehir değil. Ginette'in de dediği gibi, biraz sıkıcı."

"Ama güzel, değil mi?"

"Çok güzel. Karakolda bir sorun yok ya?"

"Yok. Neden aramıştınız, Komiser?"

"Alsace Havadisleri gazetesinin 10 Ekim Cuma baskısı. Ya da herhangi bir yerel gazetenin."

"Nedir aradığımız?"

"4 Ekim gecesi Schiltigheim'da işlenen cinayet. Kurbanın adı Elisabeth Wind. Dosya sorumlusu, Komutan Trabelmann. Sanık, Bernard Vétilleux. Benim aradığım, Mordent, içinde Parisli bir polisin ziyareti, seri katil şüphesi geçen bir yazı. Buna benzer bir şey. 10 Ekim Cuma, başka bir gün değil."

"Parisli polis sizsiniz, yanılmıyorsam."

"Öyle."

"Konu karakolda gizli mi tutulsun, yoksa Dedikodu Salonu'nda konuşulabilir mi?"

"Çok gizli, Mordent. Bu dosya başımı belaya

sokup duruyor zaten."

"Acil mi?"

"Hem de çok. Bir şey bulur bulmaz beni haberdar edin."

"Ya bir şey bulamazsam?"

"O zaman da bildirin. Çok önemli. Her iki durumda da beni arayın."

"Bir saniye," dedi Mordent. "KKJ'deki etkinliklerinizi bana her gün mail yoluyla bildirebilir misiniz? Paris'e döndüğünüzde Brézillon sizden ayrıntılı bir rapor bekliyor, bunu benim yazmam sanırım sizi sevindirir."

"Evet, yardımınız için teşekkürler, Mordent."

Rapor. Bunu tamamen unutmuştu. Adamsberg Komutan'a, aklında kaldığı kadarıyla, önceki gün Jules ve Linda Saint-Croix'nın da çabalarıyla topladıkları örneklerle ilgili bir şeyler yazdı. Fulgence'ın, yeni babanın ve Noëlla'nın son günlerde zihnini meşgul etmesiyle, idrar ve ter kartonlarından oldukça uzak kalmıştı. Yarın neşeli ve sert eşinden ayrılıp İyi İnsan Sanscartier ile çalışacak olmasından pek memnundu.

Gece geç vakit, aşağıda bir araba freni duydu. Balkondan bakınca, Montréal grubunun arabadan indiğini görü, en başta da kar fırtınası altında eğilen Danglard. Başkan'ın deyimiyle, ona haddini bildirmeyi çok isterdi.

XXIII

Adamsberg arabasını kapıyı bekleyen dikkatli sincabın bakışları altında KKJ'nin önüne park ederken, üç günde şaşkınlığın silinip rutinin yerleşmesinin ne garip olduğunu düşünüyordu. Tuhaflık izlenimleri yok oluyor, koltuğa gömülen biri gibi, her beden yeni topraklarda kendine açtığı yere yavaş yavaş alışıyordu. Bu Pazartesi de, Başkan'ı dinlemek için buluşan herkes toplantı salonunda Cuma günkü yerine oturdu. Alan çalışmasından sonra, laboratuar, örneklerin çıkarılması, iki milimetre çapında madalyonlara yerleştirilmesi ve bunların işlem plaketlerindeki doksan altı peteğe konulması. Adamsberg, Mordent'a göndereceği mail için, tüm bunları isteksizce not etti.

Adamsberg, Fernand Sanscartier'nin kartonları sıralayıp madalyonları hazırlamasını, sonra da otomatik bizleri çalıştırmasını izledi. İkisi beyaz bir korkuluğa yaslanmış, iğnelerin hareketlerine bakıyorlardı. Adamsberg iki gündür doğru dürüst uyuyamıyordu ve onlarca bizin tekdüze hareketi onu serseme çevirdi.

"İnsanın uykusu geliyor, değil mi? Gidip bir

düzgün getireyim mi?"

"Duble düzgün olsun, Sanscartier, kopkoyu."

Çavuş dikkatle taşıdığı plastik bardaklarla geri geldi.

"Yanmayasın," dedi Adamsberg'e kahvesini uzatırken.

Sonra iki adam korkuluğa dayanıp eski yerlerini aldılar.

"Gün gelecek," dedi Sanscartier, "kara işediğimizde bir barkod, üç de polis helikopteri başımıza üşüşecek."

"Gün gelecek," dedi Adamsberg, "kimseyi sorgulamamız gerekmeyecek."

"Gün gelecek, sanıkları görmemiz, seslerini duymamız, ne olur ne olmaz diye düşünmemiz bile gerekmeyecek. Suç mahalline gidip bir damla ter örneği alacağız, adamı cımbızla çeker gibi evinde yakalayıp boyuna uygun bir kutuya koyduktan sonra götüreceğiz."

"Ve gün gelecek, sıkılacağız."

"Bu kahveyi sevdin mi?"

"Pek sevmedim."

"Bizim kahvemiz meşhur değildir zaten."

"Burada sıkılıyor musun, Sanscartier?"

Çavuş vereceği yanıtı iyice tarttı.

"Tekrar sokaklarda çalışmayı tercih ederdim. Orada gözlerim bir işe yarıyor, hem kara da işeyebiliyorum, anlatabildim mi? Hem karım da Toronto'da. Ama bunları patrona söyleme, kızar bana."

Kırmızı bir ışık yandı ve iki adam bir an hiç kımıldamadan durup hareketsiz bizlere baktılar. Sonra Sanscartier korkuluktan uzaklaştı.

"Hadi gidelim. Patron gevezelik ettiğimizi görürse delirir."

Paleti çıkarıp yerine yeni kartonlar koydular. Madalyonlar, petekler. Sanscartier bizleri tekrar harekete geçirdi.

"Sen Paris'te sokaklarda çok çalışıyor musun?"

"Mümkün olduğu kadar. Hem yürüyorum, geziniyorum, hayal kuruyorum."

"Şanslısın. Soruşturmaları bulutları kararak mı çözüyorsun?"

"Bir bakıma öyle," dedi Adamsberg gülümseyerek.

"Bu aralar iyi bir iş üzerinde misin?"

Adamsberg yüzünü buruşturdu.

"İyi denemez, Sanscartier. Bu aralar daha çok toprağı karıyorum."

"Bir kemiğe mi denk geldin?"

"Bir dolu kemiğe. Bir ölüye denk geldim. Ama ölü kurban değil, katil. İnsanları öldüren ihtiyar bir ölü."

Adamsberg Sanscartier'nin oyuncaklar ayılara takılanlar kadar yuvarlak, kahverengi gözlerine baktı.

"Eh," dedi Sanscartier, "öldürmeye devam ediyorsa, o zaman tam olarak ölü değil demek ki."

"Ölü," diye yineledi Adamsberg. "İnan bana basbayağı ölü."

"Demek ki hâlâ direniyor," dedi Sanscartier kollarını iki yana açarak. "Kutsal suyun içindeki şeytan gibi çırpınıyor."

Adamsberg dirseğini korkuluğa yasladı. Clé-
mentine'den sonra masumca kendisine uzanan ilk
eldi bu.

"Yetenekli bir aynasızsın, Sanscartier. Sana ge-
reken sokaklarda çalışmak."

"Öyle mi dersin?"

"Bundan eminim."

"Yine de," dedi Çavuş başını sallayarak, "şeyta-
nınla uğraşırken gün gelecek parmaklarını kıyma
makinesine kaptıracaksın. İzin verirsen kendine
dikkat et demek isterim. Bir sürü adam, uçtan uca
uçtuğunu söyleyecektir."

"O ne demek?"

"Renkli rüyalar gördüğünü yani, kafayı yediği-
ni."

"Ah, bunu söylediler bile, Sanscartier."

"O zaman gaganı sıkı tut ve onları inandırma-
ya çalışma. Ama bak söylüyorum, benim kitabımda
yetenekli bir adamsın, doğru yolundasın. Lanet
olası iblisini aramaya devam et, ama onu boynun-
dan yakalayana kadar da dikkat çekme."

Adamsberg korkuluğa dayanmaya devam edi-
yordu, açık alınlı iş arkadaşının söyledikleri içini
hafifletmişti.

"Ama sen, Sanscartier, sen niye deli olduğumu
düşünmüyorsun?"

"Çünkü değilsin, anlaşılması zor değil ki. Ye-
meğe gelsene, saat on ikiyi geçti."

Örnekleri çıkarma aletlerinin başında çalış-
makla geçen günün sonunda, Adamsberg iyi yürek-

li arkadaşından üzülerek ayrıldı.

Beraber arabalara giderlerken, "Yarın kimle eşsin?" diye sordu Sanscartier.

"Ginette Saint-Preux ile."

"Çok iyi bir kızdır. Rahat olabilirsin."

"Ama seni özleyeceğim," dedi Adamsberg arkadaşının elini sıkarken. "Bana büyük iyilik ettin."

"Nasıl olur ki?"

"Olur işte, öyle. Ya sen kimle eşsin yarın?"

"O yumuşakçayla. Adı neydi?"

"Yumuşakça mı?"

"Şişmanla," diye tercüme etti Sanscartier, kızararak.

"Ah. Violette Retancourt."

"Tekrar lafı açtığım için bağışla, ama o lanet olası ölüyü yakaladığında, on yıl sonra bile olsa, bana haber verir misin?"

"Bu derece mi ilgini çekti?"

"Evet. Senle dostluk oluverdim."

"Peki, söylerim. On yıl sonra bile olsa."

Adamsberg asansörde Danglard'a rastladı. İyi İnsan Sanscartier ile geçirdiği iki gün onu yumuşatmış olduğundan, yardımcısıyla kapışma isteğini başka bir güne erteledi.

"Bu akşam çıkıyor musunuz, Danglard?" diye sordu normal bir tonla.

"Yorgunum. Bir şeyler yiyip yatacağım."

"Çocuklar nasıllar? Her şey yolunda mı?"

"Evet, teşekkürler," diye yanıtladı Yüzbaşı, bu soru onu biraz şaşırtmıştı.

Adamsberg dairesine girerken gülümsüyordu. Danglard son zamanlarda gizli saklı işler için pek de yetenekli değildi. Adamsberg, önceki gün arabasını akşam altıda çalıştırdığını ve gecenin ikisinde geri döndüğünü duymuştu. Montréal'e gitmiş, konseri dinlemiş, iyiliklerini yapmış ve dönmüştü. Gözaltı morluklarını arttıran, kısa geceler. Bilinmediğinden emin olduğu sırrına sahip çıkmak için dudaklarını sıkıca kapatan yürekli Danglard. Bu akşamki konser son gösteriydi, sadık Yüzbaşı için bir gidiş dönüş daha.

Adamsberg penceresinden Danglard'ın kaçamak çıkışını izledi. İyi yolculuklar, iyi konserler, Yüzbaşı. Uzaklaşan arabaya bakıyordu ki, Mordent aradı.

"Gecikme için üzgünüm, Komiser. Başımızda bir bela vardı, karısını öldürmek isteyen, aynı zamanda da bizi arayan bir adam. Apartmanın etrafını sarmak gerekti."

"Yaralanan oldu mu?"

"Hayır, ilk kurşunu piyanoya, ikincisini de kendi ayağına sıktı. Ne mutlu ki sakarın tekiydi."

"Ya Alsace Havadisleri?"

"En iyisi size sekizinci sayfadaki haberi okumam olur: *Schiltigheim cinayetinde sorun mu var? Elisabeth Wind'in 4 Ekim Cumartesi gecesi trajik bir şekilde öldürülmesinden sonra, Schiltigheim Jandarması tarafından yürütülen soruşturmanın sonucu olarak, mahkeme B. Vétilleux'nün gözaltına alınmasını istemişti. Ancak edindiğimiz bilgilere göre, B. Vétilleux Paris'in yüksek düzey komiserlerinden biri tarafından*

*da sorguya çekildi. Aynı kaynağa göre, olay, cinayetleri-
ni ülke geneline yaymış bir seri katilin işi olabilir. Bu
varsayım, soruşturmadan sorumlu Komutan Trabel-
mann tarafından kesinlikle yalanlandı. Bunların sade-
ce birtakım söylentiler olduğunu açıklayan Komutan, B.
Vétilleux'nün tutuklanmasının ardında yadsınamaz
gerçekler olduğuna dikkat çekti.* Aradığınız bu muy-
du, Komiser?"

"Tamı tamına. Haberi iyi saklayın. Artık Bré-
zillon'un Alsace Havadisleri gazetesini okumaması
için dua etmekten başka yapacak bir şey yok."

"Vétilleux'nün masumiyetinin kanıtlanmasını
mı tercih edersiniz?"

"Evet ve hayır. Toprak karmak zor iş."

"Peki," dedi Mordent daha fazla soru sorma-
dan. "E-postalar için teşekkürler. Çalışmalarınız il-
ginç, ama heyecan verici değil galiba. Bütün o kar-
tonlar, madalyonlar, bizler."

"Justin gayet iyi idare ediyor, Retancourt ko-
layca uyum sağlıyor, Voisenet tüm bunlarda doğa
üstü bir taraf buluyor. Froissy katlanıyor, Noël sa-
bırsızlanıyor, Estalère şaşırıyor ve Danglard konse-
re gidiyor."

"Peki siz, Komiser?"

"Ben mi? Bana 'bulut karan' diyorlar. Bunu da
gazete haberi gibi kendinize saklayın, Mordent."

Adamsberg hemen Mordent'dan Noëlla'ya
geçti. Genç kızın git gide artan tutkusu, Montré-
al'de karşılaştığı sevimsiz manzarayı unutturuyor-
du. Genç kız, oldukça kararlı bir tutumla, nerede

buluşacakları konusunu halletmişti. Adamsberg Noëlla'yı Champlain taşında buluyor, sonra da beraber bisiklet yolundan geçerek bisiklet kiralanan ve bir penceresi tam kapanmayan dükkâna gidiyorlardı. Genç kız sırt çantasında yaşamaları için gereken ne varsa, sandviç, içecek ve şişme yatak gibi, getiriyordu. Sonra da gece on bir gibi, Adamsberg kızı orada bırakıyor, artık her taşını tanıdığı patikayı takip ediyor, şantiyenin önünden geçerek bekçiyi ve Ottawa Nehri'ni selamlayıp uyumaya gidiyordu.

İş, nehir, orman ve genç kız. Aslında olaylara iyi tarafından da bakabilirdi. Yeni babayı uzaklarda, kendi halinde bırakabilir, Yaba'ya gelince, kendi kendine Sanscartier'nin dediklerini tekrarlayabilirdi: *yetenekli bir adamsın, doğru yolundasın.* Portelance'ın ve Ladouceur'ün imalarına göre grubun en zekilerinden sayılmasa da, inanmak istediği kişi Sanscartier'ydi.

Bu akşam tablodaki tek pürüz, Noëlla'yla aralarında geçen kısa bir konuşmaydı. Ne mutlu ki uzun sürmemişti.

Şişme yatağın üzerinde uzanan genç kız, "Beni de götür," demişti.

"Yapamam, evliyim," diye yanıtlamıştı Adamsberg içgüdüsel olarak.

"Yalan söylüyorsun."

Adamsberg, kelimelere bir son vermek için kızı öpmüştü.

XXIV

Ginette Saint-Preux ile günler rahat geçiyordu, ancak staj git gide anlaşılması zor bir hal alıyor, Adamsberg'in, eşinin dediklerini tek tek yazması gerekiyordu. *Genişletme odasından geçiş, termik devir aletiyle numunelerden kopyalar oluşturma.*

Peki, Ginette, nasıl istersen.

Ama Ginette geveze olduğu kadar inatçıydı da. Adamsberg'in boş baktığını fark edip başlıyordu konuşmaya.

"Hadi, anlaşılması zor değil, eşeklik etme. Moleküllerin fotokopisini çeken, böylece hedeflerin milyarlarca örneğini yaratan bir makine düşün. Tamam?"

"Tamam," diyordu Adamsberg kurulmuş saat gibi.

"Genişletme sıvıları, lazer altında tanınabilsinler diye floresan bir renkteler. Şimdi anladın mı?"

"Hepsini anladım, Ginette, devam et, izliyorum."

Perşembe akşamı Noëlla bisikletinin üzerinde, yüzünde gözü pek bir ifadeyle, gülümseyerek onu bekliyordu. Şişme yatak dükkâna serildiğinde, dirseğine yaslanıp üzerine uzandı ve elini sırt çantasına götürdü.

"Noëlla'nın sana bir sürprizi var," dedi çantadan bir zarf çıkararak. Genç kız zarfı sallayıp gülüyordu. Adamsberg doğrulmuştu, kuşkuluydu.

"Noëlla önümüzdeki salıya, seninle aynı uçakta yer buldu."

"Paris'e mi dönüyorsun? Şimdiden mi?"

"Senin evine geliyorum."

"Noëlla, ben evliyim."

"Yalan söylüyorsun."

Kızı yine öptü, ama bu kez önceki günden daha endişeliydi.

XXV

Adamsberg, Mitch Portelance ile geçireceği güne biraz olsun renk katmak için KKJ'nin nöbetçi sincabıyla sohbet etti. Bugün sincabın yanında onu zor görevinden alıkoyan bir de arkadaşı vardı. Ancak, Adamsberg'in arkadaşı Mitch Portelance hiç de öyle değildi; genetiğe balıklama dalmış, tüm aşkını dezoksiribonükleik asitlere adayan, ciddi bir bilim adamıydı. Ginette'in tersine, genç adam Adamsberg'in anlattıklarını takip edememesini, hatta tutkuyla yalayıp yutmamasını anlayamıyor, verileri ardı ardına sıralıyordu. Adamsberg, bu ateşli konuşmalardan aklında kalanları defterine not ediyordu. *Her bir örneğin gözenekli taraklara yerleştirilmesi... Hepsinin ayrım makinesine sokulması.*

"Gözenekli tarak mı?" diye yazdı Adamsberg.

DNA'nın elektrik yoluyla ayrımcı jölenin içine aktarılması.

"Ayrımcı jöle mi?"

"Ve dikkat!" diye bağırdı Portelance. "Ve şimdi moleküller yarışmaya başlıyor, DNA parçaları jölenin içinden geçip varış çizgisine ulaşacaklar."

"Bak sen,"

"Varış çizgisinde, ayrım makinesinden çıkan parçaları en kısasından en uzununa doğru sıralayan bir detektör bulunuyor."

"Şaşırtıcı," dedi Adamsberg, bir yandan da defterine bir sürü erkek uçan karınca tarafından kovalanan bir kraliçe karınca çiziyordu.

"Ne çiziyorsun öyle?" dedi Portelance, şaşkınca.

"Jölenin içinde yarışan DNA parçalarını. Böyle daha iyi anlıyorum."

"Ve işte sonuç!" diye bağırdı Portelance parmağını ekrana doğru uzatarak. "Ayrım makinesinin gösterdiği yirmi sekiz bant. Güzel, değil mi?"

"Çok."

"Bu kombinasyon," diye devam etti Mitch, "Yani hatırladıysan Jules Saint-Croix'nın idrarı, onun dünyada tek olan genetik profilini oluşturuyor."

Adamsberg, Jules'ün idrarının yirmi sekiz banda dönüşmesini hayranlıkla izliyordu. İşte insan, işte Jules.

"Eğer senin idrarın olsaydı," dedi Portelance daha sakince, "karşımıza bundan tamamen farklı bir şey çıkardı."

"Ama yine de yirmi sekiz bant olurdu, değil mi? Mesela yüz kırk iki bant olmazdı."

"Neden yüz kırk iki?"

"Öylesine. Öğrenmek için."

"Yirmi sekiz, dedim sana. Kısacası birini öldürürsen üzerine işememekle iyi edersin."

Mitch Portelance tek başına güldü, sonra da,

"Endişeleniverme, dalga geçiyorum," dedi.

Öğleden sonraki arada Adamsberg, bir düzgün içerek Ladouceur ile sohbet eden Voisenet'yi gördü. Bir işaretle Voisenet'yi kenara çekti.

"Anladınız mı, Voisenet? Jöle, kıran kırana yarış, yirmi sekiz bant falan?"

"Anladım sayılır."

"Ben anlamadım. Rica etsem günün raporunu Mordent'a siz gönderebilir misiniz? Ben yapamayacağım."

"Portelance çok mu çabuk gidiyor?" diye sordu Çavuş.

"Ben de çok ağır gidiyorum," dedi Adamsberg defterini çıkararak, "Baksanıza, bu balık neyin nesidir, biliyor musunuz?"

Voisenet, Adamsberg'in çizdiği Pink Gölü'nün dibinde gezinen hayvanın resmine ilgiyle eğildi.

"Hiç görmedim," dedi sonra, düşünceli görünüyordu. "Resmin doğru olduğundan emin misiniz?"

"Bir yüzgeç bile eksik değil."

"Hiç görmedim," diye tekrar etti Teğmen başını sallayarak. "Oysa iktiyofon iyi bildiğim bir konudur."

"Ne?"

"Balıklar yani."

"O zaman 'balıklar' deyin lütfen. Zaten Kanadalı arkadaşlarımızı anlamakta zorluk çekiyorum, işimi daha da zorlaştırmayın."

"Bu resim nereden geliyor?"

"Lanet olası bir gölden, Teğmen. Birbiri üzerinde duran iki gölden. Ölü bir gölün üzerinde canlı bir göl var."

"Efendim?"

"Yirmi metre derinlik ve on bin yıllık, üç metre kalınlığında bir çamur tabakası. Dipte her şey hareketsiz. Ve orada denizden kalan şu antik balık yüzüyor. Sizin anlayacağınız, orada olmaması gereken canlı bir fosil. Nasıl ve neden hayatta kaldığını merak ediyor insan. Ne olursa olsun, hâlâ direniyor ve gölün içinde kutsal sudaki şeytan gibi çırpınıyor."

"Vay be," dedi Voisenet, heyecanlanmıştı, gözlerini resimden ayıramıyordu. "Bunun bir söylenti, bir destan olmadığından emin misiniz?"

"Okuduğum pano oldukça ciddiye benziyordu. Aklınıza gelen nedir? Loch Ness canavarı mı?"

"Nessie bir balık değil, bir sürüngendi. Peki nerede bu göl, Komiser?"

Adamsberg Teğmen'in yüzüne cevap vermeden, dalgın dalgın baktı.

"Nerede?" diye yineledi Voisenet.

Adamsberg bakışlarını Teğmen'in yüzüne yöneltti. O anda, Loch Ness canavarı Strasbourg Katedrali'nin kapısına sıkışsa ne olur, diye düşünüyordu. Bundan herkesin haberi olurdu. Ama bu, alışılmışın dışında olmakla beraber, oldukça genel geçer bir haber olurdu; çünkü Loch Ness burun deliklerinden ateş püskürtmüyordu ve bu yüzden de gotik sanatının incisini patlatamazdı.

"Pardon, Voisenet, düşünüyordum. Pink Gölü,

buraya pek de uzak sayılmaz. Pembe ve mavi, yüzeyi şahane bir göl. Yani dış görünüşe aldanmamak gerekir. Ve olur da bu balığa rastlarsanız, çükünden yakalayıverin."

"Yok," dedi Voisenet, "balıkların canını yakamam ben, onları severim."

"Ben bu balığı sevmiyorum ama. Gelin, size gölü haritada göstereyim."

Adamsberg o akşam Noëlla'yla karşılaşmamak için elinden geleni yaptı; arabasını bir sokak öteye park edip apartmana arka taraftaki bodrum katının kapısından girdi, patikaya da uğramadı. Yürüyüşünü ormanın içinde yaptı, şantiyeden geçerken henüz iş başı yapmış olan bekçiye rastladı.

"Hey, adamım!" dedi bekçi kollarını sallayarak. "Yürümeye devam mı?"

"Evet, hoş geldin," dedi Adamsberg gülümseyerek. Sonra da orada fazla oyalanmadı.

Yolun üçte ikisini geçtiğinde kendini güvende hissetti, artık Noëlla'nın taşından hayli uzaktaydı, patikaya inip el fenerini yaktı.

Genç kız yirmi metre ötede, bir gürgene yaslanmış onu bekliyordu. Adamsberg'in elinden tutup;

"Gel," dedi, "Sana bir şey söyleyeceğim."

"İş arkadaşlarımla akşam yemeğine çıkacağım, Noëlla, gelemem."

"Uzun sürmez."

Adamsberg genç kızın kendisini bisikletçi dükkânına kadar götürmesine ses etmedi, oraya vardıklarında temkinli bir tavırla, kızın iki metre uzağına oturdu.

"Beni seviyorsun," diye başladı sözlerine Noëlla. "Bunu seni ilk gördüğümde, patikada karşıma çıktığın gün anladım."

"Noëlla..."

"Biliyordum," diye sözünü kesti Noëlla. "Sen olduğunu ve beni sevdiğini biliyordum. O bana söylemişti. Bu yüzden her gün gelip o kayanın üzerine oturuyordum. Rüzgârı dinlemek için değil."

"Nasıl yani? O kim?"

"İhtiyar Kızılderili Shawi. Bana söyledi. Noëlla'nın ruh ikizinin eski Ottawa'lıların nehrinin kıyısında karşıma çıkacağını söyledi."

"İhtiyar Kızılderili," dedi Adamsberg. "Nerede o ihtiyar Kızılderili?"

"Sainte-Agathe-des-Monts'da. O bir Algonka'lı, Ottawa'lıların soyundan. Her şeyi bilir. Bekledim ve sen geldin."

"Tanrım, Noëlla, ona inanıyor musun?"

"Sen," dedi Noëlla parmağını Adamsberg'e uzatarak, "beni benim seni sevdiğim gibi seviyorsun. Nehir akmaya devam ettikçe bizi kimse ayıramaz."

Deli, besbelli deli. Laliberté haklı çıkmıştı. Şafak vakti taşıma patikasında tek başına duran bu kız, hayli tuhaftı.

"Noëlla," dedi Adamsberg, ayağa kalkıp dükkânda yürümeye başladı. "Noëlla, sen muhteşem bir kızsın, çok tatlısın, seni çok seviyorum ama seni sevmiyorum, beni bağışla. Ben evliyim, bir karım var."

"Yalan söylüyorsun, karın falan yok. İhtiyar Shawi bana bunu da söyledi. Ve beni seviyorsun."

"Hayır, Noëlla, sadece altı gündür tanışıyoruz. Sen erin yüzünden hüzünlüydün, ben de yalnızdım, hepsi bu. Hepsi buraya kadar, üzgünüm."

"Buraya kadar değil, daha her şey yeni başlıyor ve sonsuza dek sürecek. Burada," dedi genç kız karnına işaret ederek.

"Burada ne?"

"Burada," diye yineledi Noëlla sakince, "çocuğumuz."

"Yalan söylüyorsun," dedi Adamsberg boğuk bir sesle. "Bunu bu kadar çabuk bilemezsin."

"Bilirim. Testler üç günden sonra sonuç veriyor. Hem Shawi bana senden bir çocuğum olacağını söylemişti."

"Doğru değil bu."

"Doğru. Ve sen, seni seven, çocuğunu taşıyan Noëlla'yı bırakamazsın."

Adamsberg bisiklet yoluna girip apartmanının önüne kadar koştu. Arabasına atladığında nefes nefese kalmıştı. Ormana doğru ilerliyor, toprak yollarda dönüp duruyor, arabayı çok hızlı sürüyordu. Kenarda gördüğü bir büfenin önünde yavaşladı, bir bira ve bir parça pizza aldı. Ormanın kıyısında bir tahtanın üzerine oturup pizzasını bir ayı gibi yuttu. Tamamen kapana kısılmıştı, bu yarı deli kızdan kurtulmak için kaçacak yeri yoktu. Öyle dengesizdi ki kız, Salı günü havaalanına geleceğinden, sonra da Paris'teki evine yerleşeceğinden emindi. Bunu başından anlamalıydı, onu o kayanın üzerine otururken gördüğü gün, bu aşırı dürüst ve aşırı tuhaf kızın kaçık olduğunu fark etmeliydi. Zaten ilk günlerde ondan kaçmıştı. Ama şu Allah'ın cezası konserden sonra, salak gibi kızın kollarına atılıvermişti.

Yediği yemeğin ve akşam soğuğunun etkisiyle, biraz kendine geldi. Telaşlı şaşkınlığı hiddete dönüştü. Allah kahretsin, kimsenin bir adamı böyle bir tuzağa düşürmeye hakkı yok. Onu uçaktan aşağı itecekti. Paris'te Seine Nehri'ne atacaktı.

Ayağa kalkarken, Tanrım, diye düşündü, ezip geçmek, hatta öldürmek istediği insanların sayısı, öfkesinin boyutu durmadan artıyordu. Favre, Yaba, Danglard, Yeni Baba, şimdi de bu kız. Sanscartier'nin dediği gibi, uçtan uca uçuyordu. Ve kendini anlayamıyordu. Ne cinai hiddetlerini, ne de bu seferlik karmak istemediği bulutlarını. Art arda gelen hortlak, yaba, ayı pençesi ve lanetli göl görüntüleri onu sıkmaya başlamıştı ve Adamsberg kendi bulutlarını kontrol edemediğine inanıyordu. Evet, uçtan uca uçuyor olması hayli mümkündü.

Stüdyosuna ağır adımlarla, bodrum katından geçerek girdi. Bir suçlu ya da kendi kendisini kapana kısıtırmış bir adam gibi.

XXVI

Voisenet, Froissy ve Retancourt ile Pink Gölü'ne gitmişken, diğer iki müfettiş titiz Justin'i de yanlarına alıp Montréal barlarına kaçmışken ve Danglard uykusuzluğunu giderirken, Adamsberg hafta sonunu gizli gizli gezerek geçiriyordu. O içten pazarlıklı göl dışında, doğa ona hep iyi gelmişti ve Noëlla'nın her an gelebileceği stüdyoda oturmak yerine kendini doğanın kollarına atmak daha iyiydi. Kimse uyanmadan, şafakla beraber yola çıktı ve doğruca Meech Gölü'ne yöneldi.

Orada saatlerce kaldı, tahta köprülerden geçti, gölün kıyısını bir uçtan bir uca yürüdü, kollarını dirseklerine kadar karla ovdu. Akşama Hull'a dönmemeyi tercih etti, bir Maniwaki hanında kaldı ve bütün gece odasında, peygamber Shawi, meczup müridiyle beraber ortaya çıkıvermesin diye dua etti. Ertesi gün ormanda gezmekten, kayın ağacı yongası ve kıpkırmızı yapraklar toplamaktan, geceyi geçirmek için bir yer aramaktan yorgun düştü.

Şiir. Bu akşam şu şiir barında yemek yiyebilirdi. *Le Quatrain*'e gençler pek ilgi göstermiyordu ve orada olacağı Noëlla'nın aklına gelmezdi. Arabasını apartmandan hayli uzağa park etti ve şehre gitmek için o kahrolası patikadan değil de, büyük bulvardan geçti.

Ne yiyeceğini bilemediğinden, patates kızartması söylemişti; bıkkın ve gergin, bir yandan yemeğini yiyor, bir yandan da okunan şiirleri yarım yamalak dinliyordu. Danglard birden yanında belirdi.

"Hafta sonunuz nasıldı?" diye sordu Yüzbaşı, barışmak niyetindeydi.

"Ya sizinki, Danglard? Uykunuzu aldınız mı?" dedi Adamsberg sinirli bir sesle. "İhanet geceleri insanı yorar, pestilini çıkarır ve vicdanını kemirir."

"Efendim?"

"İhanet. Kızılderili diliyle konuşmuyorum ya? Aylardır süren giz ve sessizlik, bir de son günlerde Vivaldi'nin aşkı uğruna teptiğiniz bin altı yüz kilometre."

"Ah," diye mırıldandı Danglard, iki avucunu da masanın üstüne koydu.

"Aynen. Alkışlar, aletleri taşımalar, eve bırakmalar, kapıları açmalar. Tamı tamına hizmetçi bir şövalye."

"Ya sonra?"

"*Ya önce*, Danglard? Ötekinin tarafını tuttunuz. İki labradorlu, yepyeni ayakkabı bağları olan adamın tarafını. Bana karşı, Danglard, bana karşı."

"Ne dediğinizi anlayamıyorum. Bağışlayın," dedi Danglard ayağa kalkarak.

"Bir dakika," dedi Adamsberg onu kolundan yakalayarak. "Sizin seçiminizden bahsediyorum. Çocuktan, yeni babanın elini sıkmanızdan, aramıza hoş geldin, demenizden. Değil mi, Yüzbaşı?"

Danglard eliyle dudaklarını ovuşturdu. Sonra Adamsberg'e doğru eğilip;

"Kanadalı iş arkadaşlarımızın deyimiyle, benim kitabımda siz gerçek bir ahmaksınız, Komiser."

Adamsberg hayret içinde, masada kalakalmıştı. Danglard'dan beklemediği bu küfür beyninde zonkluyordu. Şiir meraklısı müşteriler, onun ve arkadaşının bir süredir herkesi rahatsız ettiğini belli ettiler. Adamsberg kafeyi terk edip şehirdeki en zavallı barı, Noëlla'nın gelmeyeceği sarhoş erkekler barını aramaya koyuldu. Arayışı boşunaydı, tertemiz sokaklarda bir tane bile pis bar bulamadı. Oysa ki Paris'te bu barlardan kaldırım yarıklarında açan yabani çiçekler kadar vardı. Sonunda, bulabildiği en pespaye mekân olan *L'Ecluse*[10] isimli bara girdi. Danglard'ın sözleri fena çarpmış olmalıydı, çünkü yavaş yavaş yükselen bir baş ağrısı hissetti, bu, başına on yılda bir gelen bir şeydi.

Benim kitabımda siz gerçek bir ahmaksınız, Komiser.

Trabelmann'ın, Brézillon'un, Favre'ın ve Yeni Baba'nın dediklerini de unutmamak lazımdı. Noëlla'nın korkutucu sözlerini de. Çatışmalar, ihanetler, tehditler.

Madem ki baş ağrısı geçmiyordu, o zaman sıra dışı bir şeye sıra dışı bir şeyle karşılık vermek, iyice bir kafa çekmek gerekecekti. Adamsberg genelde pek içki içmezdi ve en son ne zaman sarhoş olduğunu ve alkolün üzerinde yarattığı etkileri hatırla-

---

10 Argoda kafa çekme anlamına gelir. (ç.n.)

makta zorlanıyordu. Köydeki bir şenlikte, gençken olsa gerek. Ama genelde, tanıkların dediklerine bakılırsa, Adamsberg'in sarhoş halinden şikâyet eden olmamıştı. Unutursun, diyordu herkes. Ona gereken tam da buydu.

Bara yönelip şimdiden birayla kafayı bulmuş iki Québec'linin arasına yerleşti ve açılış olarak art arda üç viski yuvarladı. Duvarlar dönmüyordu, her şey yolundaydı ve kafasındaki karmaşa doğrudan midesine iniyordu. Kolunu bara dayadı ve bir şişe şarap söyledi; güvenilir tanıkların dediklerine göre, alkol karışımları önemli sonuçlar doğururdu. Şaraptan dört kadeh içti ve taçlandırmak için bir de konyak söyledi. *Disiplin, disiplin ve yine disiplin. Başarıya ulaşmanın başka yolu yoktur*. Eşsiz Laliberté. Eşsiz bir er.

Barmen kendisine endişeli gözlerle bakıyordu. Siktir git, adamım, bir çıkış yolu arıyorum, Vivaldi'nin bile işine yarayabilecek bir çıkış yolu. Gerisini sen düşün.

Adamsberg, olur da tabureden düşerim diye, önceden tezgâha yeteri kadar dolar bırakmıştı. Konyak ilginç bir şekilde son darbeyi vurdu: nerede olduğunu bilememe hissi, bir öfke nöbeti, bir kahkaha tufanı, bir de gücüne olan inancı; gel de dövüş benle, ayıysan, ersen, hatta ölüysen de, balıksan da, ya da buna benzer bir espri. Büyükannesi, kendisine tecavüz etmek isteyen bir Alman askerine, *yaklaşırsan şişlerim*, demişti, elinde dirgeniyle. Ne komik. Bunu düşünmek şimdi bile güldürüyordu onu. Yürekli büyükanne. Barmenin çok uzaktan gelen sesini duydu.

"Sinirleniverme adamım, ama bu akşamlık sopayı yerine koyup yürüyüşe çıksan iyi olur. Kendi kendine konuşuyorsun."

"Sana büyükannemi anlatıyorum."

"Büyükannen hiç mi hiç umurumda değil. Tek bildiğim gidişinin hayra alamet olmadığı, sonu kötü olabilir. Senle konuşulmuyor bile."

"Bir yere gittiğim yok. Burada, bu taburede oturuyorum."

"Kulaklarını aç, Fransız. Leş gibi sarhoşsun, gözlerine tereyağı dolmuş. Karın mı terk etti? Yine de bu hale gelinir mi? Hadi, yaylan. Artık sana içki yok."

"Var," dedi Adamsberg bardağını uzatarak.

"Kapat gaganı, Fransız. Yaylan ya da aynasızları çağırırım."

Adamsberg kahkahalarla gülmeye başladı. Aynasızlar. Ne komik.

"Çağır aynasızları, ama yaklaşırlarsa seni şişlerim!"

"Criss," dedi barmen, sinirlenmişti, "bin saat konuşacak değiliz. Ben de gördüm geçirdim, adamım, ama asabımı bozmaya başladın. Defol git, diyorum!"

Resimli kitaplardaki Kanadalı oduncunun ebatlarına sahip olan adam, barın arkasından çıktı, Adamsberg'i koltuk altlarından kaldırıp dışarı, kaldırıma bıraktı. Sonra Komiser'e ceketini uzatıp, "araba kullanma," dedi. Hatta işi beresini kafasına geçirmeye kadar götürdü.

"Bu gece soğuk olacak," dedi barmen, "sıfırın altında on iki diyorlar."

"Saat kaç? Saatlerimi göremiyorum."

"Onu çeyrek geçiyor, uyku vakti geldi. Uslu dur, yayan git. Merak etme, başka bir sarışın bulursun."

Barın kapısı Adamsberg'in önünde kapandı. Komiser yere düşen ceketini almakta ve düz olarak üzerine geçirmekte bir hayli zorlandı. Sarışın, sarışın. Sarışın bulmak isteyen kimdi? Sokağın ortasında,

"Bir sarışın fazlam bile var!" diye bağırdı barmene.

Yalpalayan adımları, onu doğruca patikanın girişine getirdi. Noëlla'nın, gölgelerin içinde, bozkurt gibi kendisini bekliyor olabileceği aklından geçer gibi oldu. El fenerini çıkardı, ışığı şöyle bir etrafta gezdirdi.

"Umurumda değil!" dedi yüksek sesle.

Ayıları, aynasızları, balıkları yere seren biri, bir sarışınla baş edebilirdi ne de olsa.

Adamsberg kararlı bir tavırla patikada ilerledi. Sarhoşluktan başı dönse de, arada bir yoldan ayrılıp bir ağaca çarpsa da, yolu ezbere bilen ayakları onu götürüyordu. Şimdi yarı yolda olduğunu sanıyordu. Çok iyisin, oğlum, yeteneklisin.

Ama yeteneği, her zaman başını eğerek geçtiği yerdeki alçak dala çarpmasına engel olamadı. Dal alnının ortasına denk geldi, Adamsberg yere düştüğünü hissetti; önce dizleri, sonra yüzü toprağa çarptı, elleri düşünü yumuşatmak için hiçbir şey yapamamışlardı.

XXVII

Adamsberg baygınlığından mide bulantısı eşliğinde çıktı. Alnı öyle acıyordu ki, bir süre gözlerini açamadı. Bakmayı başardığında karanlıktan başka bir şey göremedi.

Göğün karanlığı, dedi içinden, dişleri soğuktan birbirine çarpıyordu. Patikanın dışında, asfaltın üzerindeydi ve hava buz gibi soğuktu. Bir eliyle kafasını tutup öbür eliyle doğrulmaya çalıştı. Sonra, yerde oturup kaldı, daha fazlasına gücü yoktu. Kahretsin, neler yapmıştı? Yakınlarda, Ottawa Nehri'ni duydu. En azından bu da bir ölçüydü. Patikanın kenarında, apartmanından elli metre uzaktaydı. Dala çarptıktan sonra bayılmış olmalıydı, sonra ayağa kalkmış, tekrar düşmüş, yürümüş, düşmüş, sonunda patikanın çıkışında yere yığılmıştı. Ellerini yere koyup doğruldu, baş dönmesine engel olmak için bir ağaç gövdesine tutundu. Elli metre, elli metre sonra stüdyosunda olacaktı. Isırgan soğuğun içinde beceriksizce ilerledi, on beş adımda bir duraklıyor, dengesini buluyor, sonra yeniden yürüyordu. Bacak kasları erimiş gibiydi.

Son adımlarına aydınlık holün ışıkları eşlik etti. Cam kapıyı itip sarstı. Anahtar, Allah'ın cezası anahtar. Dirseğiyle kapının bir kanadına yaslandı, alnındaki ter donarken, cebindeki anahtarı zorlukla çıkardı, kilidi açtı. Apartman bekçisi şaşkın gözlerle ona bakıyordu.

"Tanrım, iyi değil misiniz, Komiser Bey?"

"Pek değilim," dedi Adamsberg.

"Yardım edivereyim mi?"

Başıyla hayır, işareti yaparken, baş ağrısı geri geldi. Tek istediği uzanmak, konuşmamaktı.

"Bir şey yok," dedi kısık sesle, "kavga çıktı, bir çete vardı."

"Pis köpekler. Çete halinde gezip dövüş aranıyorlar, iğrençler."

Adamsberg bir işaretle aynı fikirde olduğunu belirtip asansöre bindi. Stüdyosuna girer girmez banyoya koştu ve olabildiğince alkolü vücudundan dışarı attı. Tanrım, ne pislikler içmişti? Bacakları kırık dökük, kolları titrek, kendini yatağına attı, oda etrafında dönmesin diye gözlerini yummuyordu.

Uyandığında başı hâlâ ağrıyordu, ama en kötüsü geçmişti. Ayağa kalkıp birkaç adım attı. Bacakları daha sağlam, ama yine de kırık döküktü. Kendini tekrar yatağa attı ve kandan tırnak diplerine kadar kapkara olmuş ellerini görünce irkildi. Banyoya kadar gidip kendini inceledi. Çok çirkindi. Alnına aldığı darbe morumsu bir şiş oluşturmuştu. Başı kanamış olmalıydı, o da yüzünü sıvazlayıp kanı yanaklarına dağıtmıştı. Şahane, diye düşündü yüzünü silmeye başlarken, kahrolası Pazar akşamı. Birden musluğu kapadı. Pazartesi, sabah dokuzda, KKJ'de olmalıydı.

Başucundaki saat on bire çeyrek varı gösteriyordu. Tanrım, neredeyse on iki saat uyumuştu. Laliberté'yi aramadan önce otursa daha iyi olacaktı.

"Hey, şaka nedir?" dedi Başkan neşeli bir sesle. "Saate bakmadan dümdüz gittin mi?"

"Bağışla, Aurèle, pek iyi değilim."

"Neler oluyor?" dedi Laliberté endişeli bir ses tonuyla. "Baygın gibisin."

"Baygınım. Bu kez gerçekten patikada düştüm. Başım kanadı, kustum ve bu sabah zor ayakta duruyorum."

"Dur bir, adamım, düştün mü, yoksa biberon gibi içtin mi? Çünkü hepsi bir arada olmaz."

"İkisini de yaptım, Aurèle."

"Şunu bana enine boyuna bir anlat, olur mu? Önce gaganı içkiye daldırdın, doğru mu?"

"Evet. Alışkın olmadığımdan fena çarptı."

"Arkadaşlarınla mı içiyordun?"

"Hayır, yalnızdım, Laval Sokağı'nda."

"Neden içtin peki? Hüzünlü müydün?"

"Evet."

"Yurdunu mu özledin? Burayı sevmedin mi?"

"Hem de çok sevdim, Aurèle. Moralim bozuktu, hepsi bu. Konuşmaya bile değmez."

"Canını sıkmak istemem, adamım. Sonra ne oldu?"

"Taşıma patikasından yürüyerek döndüm ve bir dala tosladım."

"Criss, nerene çarptı?"

"Alnıma."

"Yıldızlar gördün mü?"

"Gülle gibi yere yığıldım. Sonra patikada sürüne sürüne stüdyoma varabildim. Yeni yeni kendime geliyorum."

"Tiptop mu serildin?"

"Anlamadım, Aurèle," dedi Adamsberg yorgun bir sesle.

"Giysilerinle mi yattın? O kadar kötü müydün?"

"O kadar kötüydüm. Şimdi de kafam kazan gibi, bacaklarım pamuk. Haber vereyim dedim. Şu anda araba kullanamam. Saat ikiden önce KKJ'de olamam."

"Sen beni iğrenç biri mi sandın? Sakin sakin evinde durup iyileşeceksin. Boynuz ağrısı için ilacın var mı bari?"

"Yok."

Laliberté alıcıdan uzaklaşıp Ginette'i çağırdı. Adamsberg uzaktan sesini duyuyordu.

"Ginette, gidip Komiser'e doktorluk edeceksin. Dana gibi kötü, midesi gevşek, bir de kafa ağrısı var."

Başkan telefona geri dönüp,

"Saint-Preux gerekeni getiriyor," dedi. "Evinden bir yere ayrılma, tamam? Yarın iyileştiğinde görüşürüz."

Adamsberg, Ginette'in karşısına kurumuş kanla kaplı elleriyle çıkmamak için duşa girdi. Tırnaklarını fırçaladı ve giyindiğinde, alnındaki morluk dışında neredeyse normal görünüyordu.

Ginette ona baş ağrısı için ayrı, mide için ayrı, bacaklar için ayrı ilaçlar verdi. Alnındaki yarayı temizleyip üzerine yapışkan bir pomat sürdü. Sonra, uzman hareketlerle reflekslerine ve göz bebeklerine baktı. Adamsberg kendini bir bez parçası gibi kadının ellerine bırakmıştı. Kontrollerden sonra rahatlayan Ginette, ona gün içinde yapması gerekenleri söyledi. Dört saatte bir ilaçlar içilecek. Bol bol su içilecek. Vücut temizlenecek ve suya gidilecek.

"Suya gitmek mi?"

"İşemek," dedi Ginette.

Adamsberg tepkisizce onayladı.

Bu kez fazla konuşmayan Ginette, okuyacak hali olursa diye birkaç gazete, bir de akşam yemeği bıraktı. Kanadalı iş arkadaşları çok düşünceliydiler, bunu raporda belirtmek gerekirdi.

Gazeteleri masanın üzerine bırakıp bitkin bir halde yatağına geri döndü Adamsberg. Uyudu, rüya gördü, tavandaki vantilatöre baktı, dört saatte bir kalkıp Ginette'in bıraktığı ilaçları içti, su içti, suya gitti, geri yattı. Akşam sekize doğru kendini daha iyi hissediyordu. Baş ağrısı yastığının içinde kaybolurken, bacaklarına direnç geliyordu.

Tam o anda, nasıl olduğunu sormak için Laliberté aradı, ayağa kalktığında neredeyse eskisi gibiydi Adamsberg.

"Daha kötü değilsin, ha?" diye sordu Başkan.

"Çok daha iyiyim, Aurèle."

"Baş ağrın, baş dönmen geçti mi?"

"Tamamen."

"İyi o zaman. Yarın için acele etme, sizi havaalanına bırakacaklar. Bavullarını hazırlamak için birini göndereyim mi?"

"Gerek yok. İyileştim sayılır."

"İyice bir uyu, o zaman. Bize bomba gibi dön."

Adamsberg, Ginette'in bıraktığı yemekten biraz da olsa yemeye çalıştı, sonra da nehri gece vakti son bir kez görmeye karar verdi. Dışarıda sıcaklık eksi ondu.

Kapıda apartman bekçisine rastladı.

"Daha iyice misiniz?" diye sordu. "Dün gece çok kötü durumdaydınız. Allah'ın cezası çete. Yakalayabildiniz mi bari?"

"Evet, bütün çeteyi hem de. Sizi uyandırdığım için özür dilerim."

"Önemli değil, uyumuyordum. Gecenin ikisinde... Bu aralar uykusuzluk çekiyorum."

"Gecenin ikisinde mi?" dedi Adamsberg geri dönerek. "O kadar geç miydi?"

"İkiye on kala döndünüz. Ve ben uyumuyordum, ne fena."

Adamsberg yumruklarını ceplerine iyice sokup düşünceli bir halde Ottawa Nehri'ne doğru ilerledi, nehre varınca sağa döndü, bu soğukta oturamazdı, hem Noëlla delisiyle karşılaşmak da istemiyordu.

İkiye on kala. Komiser, nehrin kıyısındaki küçük kumsalda gidip geliyordu. Denizkazlarının patronu yine iş başındaydı, geceyi geçirmek için sürüyü toparlıyor, kaçakları ve kaybolanları uyarıyordu. Adamsberg, arkasında bir imparator gibi ötüşünü duyuyordu. İşte bu kuş duygusallığa pabuç bırakmayan biriydi, Pazar gecesi Laval Sokağı'ndaki bir barda sünger gibi içecek biri değildi. Bundan emindi Komiser. O an, bu kusursuz patrondan bir kez daha nefret etti. Her sabah tüylerini düzeltip ayakkabılarını bağlayan bir denizkazı. Adamsberg ceketinin yakasını kaldırdı. Şu kuşla uğraşmayı bırak da, Clémentine'in dediği gibi, beynini didikle, anlaşılması zor olmamalı. Sanscartier'nin ve Clémentine'in tavsiyelerini dinle. Şimdilik iki koruyucu meleği vardı: olaylarla ilgisi olmayan ihtiyar bir kadın ve masum bir çavuş. Herkesin meleği kendine. Düşünelim.

İkiye on kala. Dala çarpmadan önce olanların hepsini hatırlıyordu. Barmene saati sormuştu. Onu çeyrek geçiyor, uyku vakti, adamım. Ne kadar başı dönse de, dala ulaşmak için kırk dakikadan fazla yürümüş olamazdı. En fazla kırk beş dakika. Daha fazla olamaz, çünkü bacaklarının üzerinde durabiliyordu. Demek ki ağaca saat on bir gibi çarpmıştı. Sonra, patikanın çıkışında uyanmış, apartmana ulaşmak için en fazla yirmi dakika yürümüştü. Yani gece bir buçukta kendine gelmişti. Yani yere yığıldığı andan mide bulantısıyla uyandığı ana kadar iki buçuk saat geçmişti. Tanrım, normalde yarım saatte kat ettiği bir mesafe için iki buçuk saat.

Bu *iki buçuk saat* boyunca ne halt etmişti? Hiçbir şey hatırlamıyordu. Baygın mı kalmıştı? Eksi on iki derece soğukta? Olduğu yerde donuverirdi. Demek ki yürümüş, hareket etmişti. Ya da yol boyunca bir bayılıp bir ayılarak, düşe kalka ilerlemişti.

Alkol karışımı. İçkileri karıştırınca bütün gece böğüren, sonra da hiçbir şey hatırlamayan heriflere rastlamıştı. Gözaltı hücresinde, karılarını dövüp köpeği pencereden aşağı attıktan sonra, önceki gece ne yaptıklarını polislerden öğrenen adamlar olurdu, uykuya dalmadan önceki iki üç saati hatırlamayan adamlar. Alkole boğulmuş hafızalarında yer etmeyen hareketler, sözler sarf eden adamlar. Islak kâğıdın üzerinde dağılıp giden mürekkep gibi, alkollü zihinlerde de hatıralar yer etmiyordu.

Ne içmişti? Üç viski, dört kadeh şarap, bir de konyak. Sarhoştan iyi anlayan barmen onu dışarı attıysa, demek ki bunu yapmak için gerekçeleri vardı. Barmenler insanın alkol seviyesini KKJ'nin detektörlerinden de iyi tayin ederlerdi. Adam, müşterisinin çizgiyi aştığını fark etmiş, kazanacağı parayı düşünmeyip bir daha içki vermemişti. Barmenler böyle adamlardır. Tüccar görünürler ama aslında kimyacıdırlar, dikkatli hümanistlerdirler, cankurtarandırlar. Hem, beresini de giydirmişti, bunu iyi hatırlıyordu.

Hepsi bu, diye düşündü Adamsberg stüdyosuna geri dönerken. Deli gibi içmiş, kafasını çarpmıştı. Sarhoştu ve bayılmıştı. Allah'ın cezası patikayı geçmek için iki buçuk saat debelenmişti. Öyle sarhoştu ki, hafızası hiçbir şeyi kaydedememişti. O bara, alkolün etkisiyle her şeyi unutmak için girmişti. Öyleyse, amacına ulaşmış, hatta amacını aşmıştı.

Stüdyoya döndüğünde, bavullarını hazırlamak ve odasını boşaltmak için formundaydı. Paris'e döndüğünde de evini boş bulmak istiyordu. Bu bulut döngülerinden, şişmiş karakurbağaları gibi birbirlerine çarpan kümülüslerden, şimşeklerden bıkmıştı. Hepsini dağınık bir halde koca bir çantaya doldurmaktansa, ayırmak, bulutları ufak parçalara bölmek, her bir parçayı tek tek peteğin gözlerine yerleştirmek gerekiyordu. Her engeli burada öğrettikleri gibi inceleyecek, bulutları tek tek, uzunluk sırasına göre karacaktı. Önündeki engeli düşündü: yarın Noëlla'nın 20.10 uçuşu için havaalanında hazır bulunması.

XXVIII

Ertesi sabah baş ağrısı geçmişti, KKJ'ye vaktinde geldi, arabasını aynı akağacın altına park edip sincabı selamladı; kısa Québec rutiniyle tekrar buluşmak içini biraz olsun rahatlattı. Herkes iyi olup olmadığını sordu, kimse sarhoşluğuyla ilgili imalarda bulunmadı. Sıcaklık ve kibarlık. Ginette, başındaki şişin inmesinden dolayı onu tebrik etti ve yapışkan pomadı tekrar sürdü.

Öyle bir kibarlıktı ki bu, Laliberté *L'Ecluse* macerasından Fransız grubuna söz etmemişti bile. Başkan, gece yarısı alçak bir dala çarptığını anlatmıştı herkese. Böyle bir inceliği düşünmüş olması Adamsberg'in hoşuna gitti, çünkü içki maceraları üzerine şaka yapmak çok kolaydı. Danglard bu olaydan kendisine pay çıkarır, Noël de birkaç soğuk espri patlatırdı. Ve espri espriyi doğurduğundan, haberler Brézillon'un kulağına kadar gitseydi, Favre olayında ona göre yargılanırdı. Sarhoşluğundan sadece Ginette haberdar edilmişti, o da gereken tedaviyi uygulaması için; ve kadın bundan kimseye bahsetmemişti. Buradaki incelikten, kibarlıktan ve saygıdan dolayı, Dedikodu Salonu bir madalyon kadar ufak olmalıydı, oysa ki Paris'te bu salon duvarları aşıp Filozoflar Barı'na kadar uzanıyordu.

Sağlığıyla ilgili soru sormayan tek kişi Danglard'dı. Uçağın kalkış saati yaklaştıkça, Yüzbaşı korkulu rüyasına geri dönüyor, durumunu elinden geldiği kadar Québec'lilerden gizlemeye çalışıyordu.

Adamsberg son gününü şaşaalı adına rağmen alçakgönüllü bir adam olan Alphonse Philippe-Auguste ile, çalışkan bir öğrenci gibi geçirdi. Öğleden sonra üçte, Başkan işi bırakma emri verdi ve on altı memuru sentez yapmak ve güle güle demek için bir araya topladı.

Sanscartier sessizce Adamsberg'e yanaştı.

"Kafan kazan gibiydi, değil mi?"

"Nasıl yani?" diye sordu Adamsberg temkinli bir edayla.

"Senin gibi bir adamın gidip dala çarptığına beni inandıramazsın. Sen orman adamısın, patikayı avucunun içi gibi biliyordun."

"Yani?"

"Yani, benim kitabımda, hüsranlıydın, ya o şeytanın yüzünden ya da başka bir şeyden. İçkiye sarıldın ve o dala çarptın."

Sanscartier kesinlikle sokaklarda çalışması gereken bir polisti, gözlem yeteneği güçlüydü.

"Dala nasıl çarptığımın ne önemi var?" diye sordu Adamsberg.

"Tam üstüne bastın. İnsan en çok hüsranlı olduğunda dallara çarpar. Ve senin, o şeytanın yü-

zünden dallardan uzak durman lazım. Karşı kıyıya
geçmek için buzulları bekleme, anlıyor musun?
Her şeyi dışarı sal, dağa tırman ve sıkıca tutun."

Adamsberg gülümsedi.

"Beni unutuverme," dedi Sanscartier elini sıka-
rak. "Lanet herifi yakaladığında beni haberdar ede-
ceğine söz verdin. Badem sütü kokulu sıvı sabun,
bir şişe yollar mısın?"

"Efendim?"

"O sabunu kullanan bir Fransız vardı. Şahsen
kokusunu çok beğendim."

"Elbette, Sanscartier, kargoyla yollarım."

Sabunla gelen mutluluk. Adamsberg bir an için
Çavuş'un mütevazı isteklerini kıskandı. Badem sü-
tünün kokusu ona pek iyi uyardı. Onun için yaratıl-
mıştı sanki.

Havaalanında Ginette, gözleriyle her yerde
Noëlla'yı arayan Adamsberg'in alnındaki morluğu
son bir kez muayene etti. Uçağa binme vakti yakla-
şıyordu ve etrafta Noëlla'ya benzer biri yoktu.
Adamsberg rahat bir nefes aldı.

"Uçaktaki basınç yüzünden ağrı yaparsa bunla-
rı iç," dedi Ginette avucuna dört hap koyarak. Son-
ra pomadı bavullarından birine sokuşturdu ve sekiz
gün daha kullanmasını söyledi.

"Sakın unutma," dedi Ginette temkinli bir ses-
le.

Adamsberg kadını öptü ve Başkan'a hoşça kal
demeye gitti.

"Her şey için teşekkürler, Aurèle. Arkadaşlara

bir şey söylemediğiniz için de teşekkür ederim."

"Criss, yeri sevmek her erkeğin başına gelebilir. Haberi tamtamlarla etrafa yaymanın ne gereği var? Sonra milletin ağzını kapatamayız."

Reaktörlerin çalışmasıyla, Danglard yine fena oldu. Bu kez Adamsberg yanına oturmamış, ama Retancourt'u masaj için Yüzbaşı'nın arkasındaki koltuğa yerleştirmişti. Retancourt Danglard'a uçuş boyunca iki kez masaj yaptı, öyle ki, uçak sabahleyin Roissy Havaalanı'na indiğinde, Danglard'ın haricinde herkes son derece yorgundu. Başkente sağ salim varmış olmak Yüzbaşı'nın ufkunu açtı, hoşgörülü ve olumlu düşünmesini sağladı. Böylelikle, otobüse binmeden önce Adamsberg'e yanaştı.

"Geçen akşam için özür dilerim," dedi, "bağışlayın, öyle konuşmak istememiştim."

Adamsberg kısaca başını salladı, sonra herkes dağıldı. Dinlenme ve kendine gelme günü.

Ve alışma günü. Kanada'nın uçsuz bucaksızlığının yanında Paris Adamsberg'e sıkış tepiş göründü, ağaçlar cılız, sokaklar çok kalabalık, sincaplar güvercindi burada. Belki de, gittiğinden daha kötü bir halde dönen kendisiydi. Düşünmesi, örnekleri ayırıp parçalaması gerektiğini unutmamıştı.

Eve girer girmez kendine gerçek bir kahve yaptı, mutfak masasına oturup pek alışkın olmadığı bir şey yapmaya, düzenli düşünmeye çalıştı. Karton fiş, kalem, petekler, bulut örnekleri. Tüm bunlardan lazer ayrım aleti kadar veri bile çıkaramamıştı. Bir saatlik çabanın sonunda birkaç kelime yazabilmişti.

Ölü Hâkim, yaba, Raphaël. Ayının pençeleri, Pink Gölü, kutsal sudaki şeytan. Fosil balık. Vivaldi'nin uyarısı. Yeni baba, iki labrador.

Danglard, 'Benim kitabımda siz gerçek bir ahmaksınız, Komiser.' İyi İnsan Sanscartier. 'Lanet olası iblisini aramaya devam et, ama onu boynundan yakalayana kadar da dikkat çekme.'

Sarhoş oldum... Patikada iki buçuk saat geçirdim. Noëlla'dan kurtuldum.

Bu kadar yazabilmişti. Hem de dağınık sırayla. Tüm bu karmaşadan çıkan olumlu bir şey vardı: o çatlak kızdan kurtulmuştu ve bu da mutlu bir son sayılırdı.

Bavullarını açarken Ginette Saint-Preux'nün pomadını gördü. Bir yolculuktan getirilecek en güzel hatıra bu değildi elbet, yine de, Québec'li arkadaşlarının tüm iyiliğinin bu tüpün içinde toplandığına inanıyordu. Hepsi iyi erlerdi. Ne olursa olsun Sanscartier'ye badem sütlü sabun göndermeyi unutmamalıydı. Bu arada, Clémentine'e hiçbir şey getirmemişti, bir şişe akağaç şurubu bile.

XXIX

Perşembe sabahı masasının üstünde beş ayrı dosya yığını halinde kendisini bekleyen işler, az daha Seine Nehri kıyılarına kaçmasına neden olacaktı, her ne kadar Ottawa Nehri'nden sonra Seine ona minicik gelse de. Yine de, dosyaları ayıklamaktansa gezmeyi tercih ederdi. 'Ayrıklamak' derdi Clémentine. Sebzeleri ayrıklamak, dosyaları ayıklamak.

Çalışma odasına girdiğinde ilk işi, kırmızı yapraklarıyla sularını gürüldeten Ottawa Nehri'nin kartpostalını panosuna raptiyelemek oldu. Geri çekilip resme bakınca, sonuç gözüne o kadar zavallı göründü ki, kartpostalı hemen çıkardı. Bir resim, dondurucu rüzgârların, suların gürültüsünün, denizkazlarının patronunun sinirli ötüşlerinin yerini tutamazdı.

Bütün gün dosyaları ayrıkladı, kontrol etti, imzaladı, son on beş günde karakola bildirilen olaylardan haberdar oldu. Ney Bulvarı'nda bir adam bir diğerini öldürmüş, sonra da üzerine işemişti. *Cesedin üzerine işememeliydin, adamım.* Sidiği sayesinde, bu adamı çüğünden yakalayacaktı. Adamsberg teğmenlerinin raporlarını imzaladı, bir ara verip besleyici kahve makinesini ziyaret etti, canı bir 'düzgün' çekmişti. Mordent, yüksek taburelerden birine oturmuş, sıcak çikolata içiyor, bu haliyle bir bacaya tünemiş gri bir kuşu andırıyordu.

"Sizin şu olayı Alsace Havadisleri gazetesinden biraz takip ettim," dedi dudaklarını silerek. "Vétilleux gözaltında, üç ay içinde yargılanacak."

"Katil o değil, Mordent. Trabelmann'ı buna inandırmak için her şeyi yaptım, ama boşuna, bana inanmıyor. Kimse inanmıyor."

"Yeterli kanıtınız yok mu?"

"Bir tek kanıtım bile yok. Katil, uçan kaçan biri ve yıllardır sislerin ardında geziniyor."

Katilin ölü olduğunu Mordent'a söylemedi, adamlarının güvenini kaybetmek istemiyordu. *Onları inandırmaya çalışma*, demişti Sanscartier.

"Olayı nasıl ele almayı düşünüyorsunuz?" diye sordu Mordent ilgili bir tavırla.

"Yeni bir cinayetin işlenmesini bekleyeceğim, sonra da katil ortadan yok olmadan üzerine atlamaya çalışacağım."

"Müthiş bir yöntem değil," dedi Mordent.

"Değil tabii. Ama bir hayalet başka nasıl ele geçirilir?"

Garipti ama, Mordent soru üzerine ciddi ciddi düşünüyordu. Adamsberg yandaki tabureye oturup bacaklarını salladı. Bu taburelerden Dedikodu Salonu'nun duvarı boyunca sekiz tane vardı ve Adamsberg sık sık, eğer sekiz kişi birden oturursak, elektrik tellerindeki kırlangıçlara benzeriz, diye düşünürdü. Şimdilik böyle bir durum hiç denk gelmemişti.

"Ne yapılabilir?" diye yineledi Adamsberg ısrarla.

"Onu kız-dı-rarak," dedi Mordent.

Komutan hep böyle sakince, heceleri birbirinden ayırarak konuşur, hatta bazen piyanonun bir tuşuna basılı duran bir parmak gibi, bir heceyi özellikle vurgulardı. Konuşmaları kesik kesik ve yavaş ilerlerdi; bu tempo acelecilerin sinirine dokunsa da, Adamsberg'i rahatsız etmiyordu.

"Yani?"

"Hikâyeye göre, bir aile lanetli bir eve taşınır. O ana kadar hayalet rahat durmaktadır, kimseyi rahatsız etmemektedir."

Masalları seven tek insan Trabelmann değildi, anlaşılan. Mordent da masal meraklısıydı, belki de herkes öyleydi, hatta Brézillon bile.

"Sonra?" diye sordu Adamsberg, kalkıp kendine ikinci bir düzgün aldı, saat farkı yüzünden, diye geçirdi içinden. Sonra tekrar tabureye tünedi.

"Sonra, yeni gelenler hayaleti kızdırırlar. Neden? Çünkü evi yerleştirirler, dolapları temizlerler, eski sandıkları atarlar, tavan arasını boşaltırlar, yani hayaleti yerinden ederler. Böylece saklanacak yeri kalmaz. Ya da en gizli sırrını çalarlar."

"Hangi sırrı?"

"Hep aynı şey canım, ilk suçunu, ilk cinayetini. Çünkü eğer aşırı bir suç işlememiş olsaydı, üç asırdır lanetli evde kalmaya mahkûm olmazdı. Karısını hapsetmiş, kardeş katili olmuş olabilir, ne bileyim? Ortaya hayaletler çıkaran şeyler yani."

"Doğru, Mordent."

"Sonra, köşeye sıkışan ve saklanacak yeri kalmayan hayalet sinirlenir. Her şey böyle başlar. Hayalet kendini göstermeye, intikam almaya başlar ve böylece savaş ilan edilir."

"Böyle konuştuğunuza göre, hayaletlere inanıyor gibisiniz. Hiç onlardan birine rastladınız mı?"

Mordent gülümseyerek elini kel kafasına götürdü.

"Hayaletlerden söz eden sizsiniz. Ben sadece hikâyeyi anlatıyorum. Hem eğlenceli hem de ilginç. Her masalın içinde ağır bir suç vardır. Çamur, sonsuz bir çamur."

Adamsberg'in aklına Pink Gölü geldi.

"Hangi çamur?" diye sordu.

"Sadece masallar aracılığıyla söylenebilen çiğ bir gerçek. Sonra şatolar, zamanın renkli elbiseleri, hortlaklar, altın sıçan eşekler falan olur."

Mordent oldukça keyifliydi, plastik bardağı çöp sepetine attı.

"Önemli olan doğru anlamı çıkarmak ve doğru yere hedef almak."

"Hayaleti kızdırmak, saklandığı yerleri temizlemek, ilk hatasını ortaya çıkarmak."

"Söylemesi kolay, yapması zor. Québec stajı raporumu okudunuz mu?"

"Okudum ve imzaladım. Orada olduğunuza yemin edilebilir. Québec'li aynasızların kapı bekçisi kim, biliyor musunuz?"

"Biliyorum, bir sincap."

"Kimden duydunuz?"

"Estalère'den. En çok bunu beğenmiş. Gönüllü müydü, zorunlu muydu?"

"Estalère mi?"

"Hayır, sincap."

"Gönüllüydü, bunun için doğmuştu. Sonra kendine bir sarışın buldu ve işini aksattı."

"Estalère mi?"

"Hayır, sincap."

Adamsberg, Mordent'ın dediklerini düşünerek odasına geri döndü. Dolapları boşaltmak, yerinden etmek, kenara kıstırmak, tahrik etmek. Ölüyü kızdırmak. İlk hatayı lazerle aramak. Bir destan kahramanına yakışan bir görevdi bu ve o on dört yıldır bunu başaramamıştı. Atı yoktu, kılıcı yoktu, zırhı yoktu.

Ve zamanı yoktu. İkinci dosya yığınını incelemeye başladı. En azından bu işle uğraşıyor olması Danglard'la konuşmamasını meşru kılıyordu. Bu yeni küskünlüğün üstesinden nasıl geleceğini düşünüyordu. Yüzbaşı özür dilemişti ama aralarındaki buz hâlâ sapasağlamdı. Adamsberg bu sabah dış merkezlerdeki hava durumunu dinlemiş, biraz nostaljiye kapılmıştı. Ottawa'da hava sıcaklığı gündüz eksi sekiz ile gece eksi on iki arasında değişiyordu. Buzlar eriyecek gibi değildi.

Ertesi gün, ikinci dosya yığını üzerinde çalışan Komiser, içinde sıkışıp kalmış, omuzlarıyla karnı arasındaki bölgede vızıldayıp duran bir böcek varmışçasına, hafif bir rahatsızlık duyuyordu. Oldukça tanıdık bir histi bu. Hâkim'in ortaya çıkışından ön-

230

ce başına gelen şiddetli şoklarla uzaktan yakından bir ilgisi yoktu. Hayır, sadece şu küçük böceğin gürültüsü, dikkatini çekmek için sağa sola çarpan hafif bir iç sıkıntısıydı bu. Arada bir, üzerine Mordent'ın hayaleti kızdırmak için verdiği tavsiyeleri de eklediği karton fişini çıkarıyordu. Sonra, barmenin de dediği gibi gözleri tereyağıyla dolu bir halde, fişine bakıyordu.

Saat beşe doğru, hafif bir baş ağrısıyla kahve makinesine yöneldi. Tamam, dedi Adamsberg alnını ovuşturarak, şimdi böceği kanatlarından yakaladım. Şu 26 Ekim gecesi ve sarhoşluğu. Vızıldayan sarhoşluğu değil, iki buçuk saatlik hafıza kaybıydı. Aynı soru hep geri geliyordu. O kadar zaman o patikada ne yapmış olabilirdi? Ve bilincinin yerinde olmadığı o iki buçuk saatin, hayatının bu kadar minik bir bölümünün ne önemi vardı? Bu saatleri, aşırı alkolden dolayı unutulanlar rafına yerleştirmişti. Ama besbelli ki bu yer onu tatmin etmiyor, unutulmuş saatler raftan atlayıp zihnini gizliden gizliye taciz ediyorlardı.

"Neden?" diye sordu kendine Adamsberg kahvesini karıştırırken. Hayatından bir parçanın sorgusuz sualsiz elinden alınmasına mı bozuluyordu? Yoksa alkol açıklaması mıydı onu tatmin etmeyen? Ya da, daha da kötüsü, hatırasından silinmiş saatler boyunca ne yaptığından, ne dediğinden mi korkuyordu? Neden? Böyle bir şeyden korkmak, uykuda söylenen sözler yüzünden telaşlanmak kadar anlamsızdı. Oralarda kana bulanmış suratıyla düşüp kalkmaktan, hatta neden olmasın emekleyerek yerlerde sürünmekten başka ne yapmış olabilirdi ki? Başka bir şey yapmamıştı. Ama böcek vızıldıyordu. Canını sıkmak için mi, belirli bir nedenden dolayı mı?

Hatırlamadığı saatlerden zihninde görüntüler değil de bir his kalmıştı. Ve, bunun şiddet yüklü bir his olduğunu kendine itiraf etti çekinerek. Şu kafasına çarpan dal yüzünden olmalıydı. Ama ağzına içki sürmemiş bir dala kızılır mıydı? Onun gibi ayık ve pasif bir düşmana? Dalın kendisine şiddet uyguladığı söylenebilir miydi? Ya da tam tersi, onun dala şiddet uyguladığı?

Odasına dönmek yerine, Danglard'ın masasının kenarına ilişti ve boş bardağını çöp sepetinin tam ortasına fırlattı.

"Danglard, vücudumda bir böcek var."

"Evet?" dedi Danglard temkinli bir tavırla.

"Şu 26 Ekim Pazar günü," diye devam etti Adamsberg, "Komiser, gerçek bir ahmaksınız, dediğiniz akşam, hatırladınız mı?"

Yüzbaşı evet anlamına gelen bir işaret yapıp kendini kavgaya hazırladı. Anlaşılan Adamsberg içinde ne varsa ortaya dökecekti ve KKJ'de de dedikleri gibi, içi bir hayli ağırdı. Ama konuşmanın devamı beklediği yönde gelişmedi. Her zamanki gibi, Komiser onu beklenmedik bir şekilde şaşırtıyordu.

"Aynı akşam, patikada yürürken kafama o dalı yedim. Ağır, şiddetli bir darbeydi. Bunu biliyorsunuz."

Danglard tekrar evet, anlamına gelen bir işaret

yaptı. Komiser'in alnındaki, Ginette'in sarı pomadıyla sıvanmış morluk hâlâ oldukça belirgindi.

"Bilmediğiniz şey, sizinle konuştuktan sonra hemen *L'Ecluse*'e gidip barmen beni sokağa atana kadar, ciddiyetle kafayı çekmiş olduğum. Büyükannemi anlatıp duruyordum, adamın içine fenalık gelmiş olmalı."

Danglard sessizce onayladı, Adamsberg'in lafı nereye getireceğini kestiremiyordu.

"Patikaya girdiğimde, bir ağaçtan diğerine yalpalayıp duruyordum, bu yüzden o dalı fark edemedim."

"Anlıyorum."

"Bilmediğiniz bir şey daha var, dala çarptığımda saat en fazla on birdi. Yolu hemen hemen yarılamıştım, muhtemelen şantiyenin yakınlarındaydım. Şu küçük ağaçların dikildiği şantiye hani."

"Pekala," dedi Danglard. Yüzbaşı o pis ve yabani yola girmeyi asla istememişti.

"Uyandığımda patikanın sonuna varmıştım. Düşe kalka apartmana vardım. Bekçiye bir çeteyle polisler arasında kavga çıktığını söyledim."

"Sizi rahatsız eden nedir? Sarhoşluğunuz mu?"

Adamsberg yavaşça başını salladı.

"Bilmediğiniz bir şey daha var, dala çarpmamla uyanmam arasında iki buçuk saat geçmiş. Bunu bekçiden öğrendim. Normalde yarım saatte yürüyeceğim bir mesafe için iki buçuk saat."

"Peki," dedi Danglard, sesi hâlâ ifadesizdi. "Zor bir parkur olmuş, diyelim."

Adamsberg hafifçe Yüzbaşı'ya doğru eğildi.

"Ve hiçbir şey hatırlamıyorum. Bir görüntü, bir ses. Patikada iki buçuk saat kalmışım ve bununla ilgili hiçbir şey bilmiyorum. Tam bir hafıza kaybı. Hava eksi on iki dereceydi. İki saat boyunca baygın yatmış olamam, donar kalırdım."

"Dalın çarpmasıyla meydana gelen şoktan olsa gerek," dedi Danglard.

"Kafamda herhangi bir travma oluşmamış, Ginette muayene etti."

"O zaman alkolden."

"Elbette. Bu yüzden size danışıyorum."

Danglard doğruldu, bildiği bir konuydu bu, hem kavga çıkmadığı için de memnundu.

"Ne içmiştiniz? Hatırlıyor musunuz?"

"Dala kadar olan her şeyi hatırlıyorum. Üç viski, dört kadeh şarap ve bir bardak dolusu konyak."

"Karışım iyiymiş, dozlar da. Ama daha kötüsünü de gördüm. Ancak bünyenizin alkole alışkın olmadığını göz ardı edemeyiz. O akşam ve ertesi gün kendinizi nasıl hissettiniz?"

"Bacaklarım yok gibiydi. Dala çarptıktan sonra yani. Müthiş bir baş ağrısı, kusma, baş dönmesi, falan filan."

Yüzbaşı hafifçe dudak büktü.

"Ne var, Danglard?"

"Başınızdaki morluğu unutmamak lazım. Sarhoşken başıma bir darbe yemedim hiç. Ama dalın şoku ve ardından gelen bayılmayla, alkolik amnezi meydana gelmiş olabilir. Belki de iki saat boyunca patikada gidip geldiniz."

"İki buçuk saat," diye düzeltti Adamsberg. "Yü-

rümüşümdür elbet. Oysa uyandığımda yine yer-
deydim."

"Yürüdünüz, düştünüz, gezindiniz. Birden kol-
larıma yığılan sarhoş heriflerden çok gördüm."

"Biliyorum, Danglard. Yine de kafam karışık."

"Anlıyorum. Ben bile, ki buna ne kadar alışık
olduğumu Tanrı biliyor, hafıza kaybına uğramak-
tan oldukça rahatsız olurdum. Ne yaptığımı, ne de-
diğimi sonradan hep içki arkadaşlarımdan öğrenir-
dim. Ama eğer yalnız idiysem, sizin gibi yani, hatır-
lamadığım saatler beni daha da fazla rahatsız eder-
di."

"Gerçekten mi?"

"Gerçekten. İnsan bir şeyleri çalınmış, yağma-
lanmış gibi, hayatından birkaç basamak kaçırmış
gibi hissediyor."

"Yardımınız için teşekkürler, Danglard, teşek-
kürler."

Dosyalar yavaş yavaş azalıyordu. Adamsberg
hafta sonu da çalışıp pazartesi günü gerçek işine ve
yabaya dönebilmeyi umuyordu. Patikada olanlar,
mantıksızca eski düşmanından kurtulmasını gerek-
tiriyordu; her hareketini gölgeleyen, bir ayının
pençe izlerinde, zararsız bir gölde, bir balıkta, sıra-
dan bir sarhoşlukta karşısına çıkan Yaba, en ufak
yarıktan içeri girmeye çalışıyordu.

Birden doğrulup yardımcısının odasına döndü.

"Danglard, belki de Hâkim'i ya da yeni babayı
unutmak için içmedim," dedi, sorunlar listesine
Noëlla'yı bile bile koymamıştı. "Belki de her şey

Yaba'nın mezarından çıkmasıyla başladı. Belki de kardeşimin yaşadıklarını yaşamak için içtim, alkol, orman, hafıza kaybı? Onu taklit etmek için. Ona kavuşmak için bir yoldu bu belki de?"

Adamsberg kesik kesik konuşuyordu.

"Neden olmasın?" dedi Danglard, kaçamak bir tavırla. "Onunla buluşma, onunla aynı badirelerden geçme isteği olabilir. Yine de bu o gece olanları değiştirmez. Hepsini sarhoşluk ve kusma maddesinde toplayın ve unutun."

"Hayır, Danglard, bence bu her şeyi değiştirir. Nehir bendi yıktı, gemi su alıyor. Akıntıyı takip etmem, o beni götürmeden benim onu kontrol altına almam lazım. Sonra da bendi yeniden yapmam, tamir etmem gerekecek."

Adamsberg iki uzun dakika boyunca ayakta durdu, Danglard'ın endişeli bakışları altında, sessizce düşündü. Sonra ayaklarını sürüyerek odasına yöneldi. Fulgence'ın şahsında olmasa da, nereden başlayacağını biliyordu.

XXX

Adamsberg gecenin birinde, Brézillon'un telefonuyla uyandı.

"Komiser, Québec'lilerde saat farkını düşünmeden telefon etme adeti mi var?"

"Neler oluyor? Favre mı?" diye sordu Adamsberg. Komiser uykuya daldığı kadar çabuk uyanırdı, onun için hayalle gerçek arasındaki çizgi pek belirgin değildi sanki.

"Favre'la ilgisi yok!" diye bağıdı Brézillon. "Yarın 16.50 uçağına biniyorsunuz. Yani bavullarınızı hazırlayın ve toz olun!"

"Hangi uçağa, Binbaşı?" diye sordu sakince Adamsberg.

"Hangi uçak olacak? Montréal uçağına elbette! Biraz önce Başkan Légalité'yle konuştum."

"Laliberté," diye düzeltti Adamsberg.

"Umurumda değil. Bir cinayet işlenmiş ve sizi istiyorlar. O kadar, hayır deme şansımız yok."

"Bağışlayın, anlayamadım. KKJ'de cinayetler değil, genetik izler üzerine çalıştık. Laliberté'nin karşılaştığı ilk cinayet değil ya bu?"

"Ama sizi istediği ilk cinayet, kahretsin."

"Paris karakolları ne zamandan beri Québec'te

işlenen cinayetlerle ilgileniyor?"

"Durumu bilen adamın siz olduğunu söyleyen bir mektup -imzasız tabii- aldıklarından beri. Kurban Fransızmış ve üzerinde çalıştığınız dosyalardan biriyle bir ilgisi varmış. Kısacası arada bir bağlantı var ve sizi istiyorlar."

Bu kez Adamsberg sinirlendi:

"Kahretsin, raporlarını bana yollasınlar ben de gereken bilgileri buradan bildireyim. Kanada'ya uçup duracak değilim."

"Ben de Légalité'ye öyle dedim zaten. Ama yapacak bir şey yok, gözlerinize ihtiyaçları varmış. Bunda kararlı. Kurbanı görmenizi istiyor."

"Mümkün değil. Burada bir sürü işim var. Başkan dosyayı bana göndersin."

"Beni iyi dinleyin, Adamsberg, tekrar ediyorum, ne sizin ne de benim seçme şansımız yok. DNA sistemleri stajı için Bakanlık bir hayli ısrar etmek zorunda kaldı. Başta Kanadalılar işbirliğine yanaşmıyorlardı. Yani onlara borçluyuz. Yani köşeye sıkıştık. Anlıyor musunuz? Kibarca dediklerini yapacağız, yarın gidiyorsunuz. Ama Légalité'ye yalnız gelmeyeceğinizi söyledim. Yanınıza Retancourt'u da alacaksınız."

"Gerek yok, yalnız yolculuk edebilirim."

"Bunu biliyorum. Yalnız gitmiyorsunuz, hepsi bu."

"Yani koruma altında mı?"

"Neden olmasın? Bu aralar bir ölünün peşinde olduğunuzu duydum, Komiser."

"Hadi bakalım," dedi Adamsberg sesini alçaltarak.

"Aynen öyle. Bir arkadaşım beni Strasbourg'daki vukuatlarınızdan haberdar etti. Kendinizi görünmez kılmanızı önermiştim, unuttunuz mu?"

"Pekala. Yani Retancourt hareketlerimi takip etmekle yükümlü olacak, emir komuta zinciri altında gidiyorum, öyle mi?"

Brézillon sesini yumuşattı:

"Koruma altında demek daha uygun olur," dedi.

"Gerekçesi nedir?"

"Adamlarımı yalnız göndermem."

"O zaman bana başka birini verin, Danglard'ı mesela."

"Siz yokken işlere Danglard bakacak."

"O zaman Voisenet'yi verin. Retancourt bana bayılmıyor. Aramız kötü değil ama, soğuk."

"Bu yeterli olur. Retancourt gelecek, başka biri değil. Hem o enerjisini istediği şeye dönüştürebilen, çok yönlü bir memur."

"Evet, bunu biliyoruz. Bir yıldan az bir sürede neredeyse bir efsane oldu."

"Şimdi bunu konuşmanın zamanı değil, geri uyumak istiyorum. Bu işten siz sorumlusunuz, yerine getireceksiniz. Biletler ve kâğıtlar yarın karakolda olur. İyi yolculuklar, işi halledin ve geri gelin."

Adamsberg elinde telefon, şaşkınlıkla kalakaldı. Kurban Fransızmış, ne olmuş yani? Bu KKJ'nin işiydi. Kurbanı gözleriyle görmesi için okyanusu geçmesini isteyen Laliberté'ye neler oluyordu?

Eğer cesedi tanımlamasını istiyorsa fotoğrafları mail yoluyla gönderebilirdi. Ne yapmaya çalışıyordu? Denizkazlarının patronunu taklit etmeye mi?

Ertesi gün cumartesiydi. Danglard'ı ve Retancourt'u uyandırıp yarın Binbaşı'nın emri üzerine karakolda olmalarını söyledi.

"Ne yapmaya çalışıyor?" dedi Adamsberg Danglard'a ertesi sabah. "Denizkazlarının patronunu taklit etmeye mi? Kanada'ya gidip gelmekten başka yapacak işim yok mu sanıyor?"

"Gerçekten size acıyorum," dedi Danglard, yeni bir uçuşa katlanması imkânsızdı.

"Tüm bunlar ne demek oluyor? Bir fikriniz var mı, Yüzbaşı?"

"Kesinlikle hayır."

"Gözlerimmiş. Nesi var gözlerimin?"

Danglard sessiz kaldı. Adamsberg'in gözleri tartışmasız olarak benzersizdi. Kara yosunlar kadar yumuşak bir şeyden yapılmış, alçak ışıkların altında kara yosunlar gibi parıldayabilen gözlerdi bunlar.

"Hem de Retancourt'la," diye ekledi Adamsberg.

"Bu belki de kötü bir fikir değildir. Retancourt'un istisnai bir kadın olduğuna inanmaya başlıyorum. Enerjisini istediği..."

"Biliyorum, Danglard, biliyorum."

Adamsberg iç çekip oturdu.

"Brézillon'un da yüksek sesle belirttiği gibi, seçme şansım yok. Bu yüzden benim yerime acil bir araştırma yapacaksınız, Yüzbaşı."

"Nedir?"

"Annemi bununla meşgul etmek istemiyorum, anlıyor musunuz? Zaten yeterince üzgün."

Danglard kaleminin ucunu kemirerek gözlerini kıstı. Komiser'in başı sonu belli olmayan sözlerine alışkın olsa da, düşüncelerinin daldan dala konması, anlamsızca konuşması onu günden güne daha da fazla endişelendiriyordu.

"Bunu siz yapacaksınız, Danglard. Bunda oldukça başarılısınız."

"Ne yapacağım?"

"Kardeşimi bulacaksınız."

Danglard dişleriyle kaleminden büyük bir parça kopardı. Bu seferlik memnuniyetle koca bir bardak beyaz şarap içebilirdi, şimdi, burada, sabahın dokuzunda. *Kardeşini bulmak.*

"Nerede?" diye sordu kibarca.

"Hiçbir fikrim yok."

"Mezarlıkta mı?" diye mırıldandı Danglard, ağzındaki kalem parçasını avucuna tükürerek.

"Ne ilgisi var?" dedi Adamsberg Yüzbaşı'ya şaşkın bir bakış atarak.

"Şu ilgisi var ki, on altı yıl önce ölmüş bir katilin peşindesiniz. Ben bu işte yokum."

Adamsberg gözlerini yere indirdi, hayal kırıklığına uğramıştı.

"Artık beni anlamıyorsunuz, Danglard, dayanışmayı kestiniz."

"Nesini anlayayım ki gömütlerinizin?" dedi Danglard sesini yükselterek.

Adamsberg başını salladı.

"Dayanışmayı kestiniz, Danglard," diye yineledi. "Ne desem bana sırtınızı dönüyorsunuz. Çünkü tarafınızı seçtiniz. Öteki'nin tarafını."

"Bunun Öteki'yle ilgisi yok."

"Neyle ilgisi var öyleyse?"

"Ölüleri kovalamaktan bıktım."

Adamsberg aldırmaz bir edayla omuz silkti.

"Neyse, ne yapalım. Yardım etmek istemiyorsanız bunu kendim hallederim. Onu görmem, onunla konuşmam lazım."

"Nasıl yani?" diye tısladı Danglard dişlerinin arasından. "Masaları döndürerek mi?"

"Ne masası?"

Yüzbaşı Komiser'in şaşkın bakışlarını fark etti.

"Kardeşiniz öldü!" diye bağırdı. "Öldü! Onu görmeyi nasıl becereceksiniz?"

Adamsberg yerinde donakaldı, yüzündeki ışık günbatımı gibi sönüverdi.

"Öldü mü?" dedi alçak sesle. "Bundan emin misiniz?"

"Kahretsin, bunu bana siz söylediniz! Kardeşimi kaybettim, dediniz. O olaydan sonra intihar etti, dediniz."

Adamsberg sandalyeye yığılıp derin bir nefes aldı.

"Şimdi anladım, dostum, bir şeyler biliyorsunuz sandım. Kardeşimi kaybettim, evet, neredeyse otuz yıl oluyor. Yani yurtdışına çıktı ve onu bir daha göremedim. Ama hâlâ hayatta! Ve onu görmem lazım. Masaları değil, hard diskleri döndüreceğiz, Danglard. Kardeşimi internet üzerinde arayacaksınız: Meksika, Küba, Amerika... her meslek grubuna, her şehre bakacaksınız."

Komiser masanın üzerine parmağıyla eğriler çiziyor, eliyle kardeşinin gezdiği yerleri takip ediyordu. Zorlukla tekrar konuşmaya başladı.

"Yirmi beş yıl önce Amerika sınırının yakınında, Chihuahua'da bir dükkânı vardı. Kahve, tabak çanak, temizlik bezi, temizlik fırçası, meskal[11] falan satıyordu. Sonra bir ara meydanlarda insanların portrelerini çizip sattı. Olağanüstü bir ressamdı."

"Samimiyetle özür dilerim, Komiser," dedi Danglard. "Tamamen yanlış anlamışım. Ondan kayıp biri gibi söz ediyordunuz."

"Kayıp zaten."

"Daha yeni, daha kesin bilgiler yok mu elinizde?"

"Annemle bu konuyu pek konuşmayız. Ama dört yıl önce köyde, Porto Rico'dan gönderilmiş bir kartpostal bulmuştum. Annemi öpüyordu. Elimdeki son bilgi buydu."

Danglard bir kâğıda bir şeyler yazdı.

"Tam adı nedir?" diye sordu.

"Raphaël Félix Franck Adamsberg."

"Doğum tarihi, yeri, ailesi, gittiği okullar, ilgi alanları?"

Adamsberg aklına gelen her şeyi ona aktardı.

"Bunu yapar mısınız, Danglard? Onu arar mısınız?"

"Tabii," diye mırıldandı Danglard, Raphaël'i

---

[11] Meksika'da üretilen bir tür alkollü içki (ç.n.)

vaktinden önce mezara gömdüğü için kendine kızıyordu. "En azından denerim. Ama bu kadar işin arasında öncelikli olan başka konular var."

"Bu da acil, Danglard. Nehir bendini aştı, biliyorsunuz."

"Başka acil durumlar da var," diye homurdandı Yüzbaşı. "Hem bugün cumartesi."

Komiser, Retancourt'u yine bozulmuş olan fotokopi makinesini kendi yöntemleriyle tamir ederken buldu. Ona yeni görevlerinden söz edip uçuş saatini bildirdi. Brézillon'un emrini duyunca şaşırmadan edemedi Retancourt. Kısa at kuyruğunu çözüp alışkın bir hareketle tekrar bağladı. Bir an için zamanı durdurmanın, düşünmenin bir başka yoluydu bu. Demek ki Retancourt bile şaşırabilirdi.

"Anlamıyorum," dedi, "neler oluyor?"

"Bilmiyorum, Retancourt, ama Kanada'ya geri dönüyoruz. Onlara gözlerim lazımmış. Binbaşı bu görevi size verdiği için üzgünüm. Koruma görevini," diye ekledi sonra.

Uçağın kalkmasına yarım saat kala, Adamsberg sarışın ve kuvvetli teğmeninin yanında sessizce otururken, yanında havaalanının iki güvenlik görevlisiyle Danglard belirdi. Yüzbaşı'nın yüzü yorgun görünüyordu ve nefes nefese kalmıştı. Koşmuş olmalıydı, Adamsberg bunun mümkün olabileceğine asla inanmamıştı.

"Bu adamlar az daha beni deli ediyorlardı," dedi güvenlik görevlilerini göstererek. "Geçmeme izin vermediler. Buyurun," dedi Adamsberg'e bir zarf uzatarak. "İyi şanslar."

Güvenlik görevlilerinin Yüzbaşı'yı hemen dışarı götürmeleriyle, Adamsberg'in teşekkür edecek zamanı olmadı. Elindeki kahverengi zarfa bakakaldı.

"Açmayacak mısınız?" dedi Retancourt. "Acil bir şeye benziyor."

"Acil. Ama kararsızım."

Çekingen hareketlerle zarfı açtı. Danglard kendisine Detroit'te bir adres ve bir meslek adı bırakmıştı: taksi şoförü. Bir de, resim meraklılarının oluşturduğu bir internet sitesinde bulduğu bir fotoğraf vardı. Otuz yıldır görmediği bu yüze dikkatle baktı.

"Siz misiniz?" diye sordu Retancourt.

"Kardeşim," dedi Adamsberg alçak sesle.

Hâlâ ona çok benzeyen kardeşi. Bir adres, bir meslek, bir fotoğraf. Danglard kayıpları bulmak için yaratılmıştı. Yedi saatte bu sonuca ulaşmak için deli gibi çalışmış olmalıydı. Adamsberg zarfı kapatırken bir an ürperdi.

XXXI

Portelance ve Philippe-Auguste'ün Montréal Havaalanı'ndaki içtenlik dolu karşılamaları, Adamsberg'in kendini tutuklanmış hissetmesine engel olmadı. Fransızlar için saatin oldukça geç olmasına rağmen -Fransa saatiyle vakit gece yarısını geçmişti- Ottawa morguna doğru yola çıkıldı. Yolculuğun başında Adamsberg birkaç bilgi edinmeye çalıştıysa da, sorularına sadece belirsiz, kapalı cevaplar verildi. Anlaşılan bilgi vermemeleri söylenmişti, ısrar etmenin gereği yoktu. Adamsberg Retancourt'a, soru sormaktan vazgeçtim, anlamına gelen bir işaret yapıp, yolculuğu uyuyarak değerlendirmeye karar verdi. Ottawa'da uyandırıldıklarında saat gecenin ikisiydi.

Başkan'ın karşılaması daha sıcakkanlıydı, hararetle ellerini sıkıp Adamsberg'e geldiği için teşekkür etti.

"Seçme şansım yoktu," dedi Adamsberg. "Aurèle, biz çok yorgunuz, şu cesedi yarın görsek olmaz mı?"

"Üzgünüm, işimiz biter bitmez sizi otele bırakırlar. Ama merhumun ailesi Fransa'ya iadesi için bizi sıkıştırıyor. Hemen bir görsen iyi olur."

Adamsberg Başkan'ın, yalan söyleyen birininki gibi kaçamak bakışlarını fark etti. Yoksa Laliberté yorgunluğundan faydalanmak mı istiyordu? Bu Komiser'in iş arkadaşlarına karşı değil, sadece bazı tutuklulara karşı kullandığı, bildik bir aynasız yöntemiydi.

"O zaman bir düzgün ver bana, koyu olsun."

Adamsberg ve Retancourt, ellerinde dev plastik bardaklarla Başkan'ın peşinden gidip nöbetçi doktorun uyukladığı morga vardılar.

"Reynald, bizi bekletiverme," dedi Laliberté doktora, "çok yorgunlar."

Reynald kurbanın üzerindeki mavi örtüyü kaldırmaya başladı. Omuz hizasına geldiğinde,

"Dur," dedi Laliberté. Yeter. Adamsberg, gel bak."

Adamsberg bu genç kadın bedeninin üzerine eğilip gözlerini kıstı.

"Allah kahretsin," dedi.

"Şaşırdın mı?" dedi Laliberté donuk bir gülümsemeyle.

Adamsberg kendini birden Strasbourg'daki morgda, Elisabeth Wind'in cesedinin önünde gördü. Genç kadının karnında, düz çizgi üzerinde üç delik vardı. Burada, Yaba'nın vatanından on bin kilometre uzakta.

"Tahta bir cetvel verin, Aurèle," dedi kısık sesle, "bir de mezura."

Laliberté şaşırmıştı, gülümsemeyi kesip Adamsberg'in istediklerini getirmesi için doktoru gönderdi. Adamsberg sessizce ölçüleri alıyordu, aynen üç hafta önce Schiltigheim'daki kurbanın üzerinde yaptığı gibi, üç kez ölçüyordu.

"Uzunluk 17,2 santim, genişlik 0,8 santim," diye mırıldandı, sayıları defterine not ederek.

Yaraların dizilişine bir kez daha baktı; milimetre farkı olmadan, düz bir hat üzerindeydiler.

Kendi kendine 17,2 santim, diyerek bu sayının altını çizdi. Her zamanki ölçüden üç milimetre daha uzundu, ama yine de.

"Yaraların derinliği nedir, Laliberté?"

"Hemen hemen altı parmak."

"Yani?"

Başkan kaşlarını çatıp ölçüyü santimetreye çevirmeye çalıştı.

"Yaklaşık 15,2 santim," diye araya girdi doktor.

"Üçü de mi?"

"Evet."

"Yaraların içinde toprak, pislik bulundu mu?" diye sordu Adamsberg doktora. "Yoksa alet temiz ve yeni miydi?"

"Hayır, yaraların en dibinde bile humus, yaprak, ufak taş parçaları vardı."

"İlginç," dedi Adamsberg.

Cetveli ve mezurayı Laliberté'ye geri verirken, Başkan'ın yüzündeki afallamış ifadeyi gördü, sanki Adamsberg'den bu ölçümleri yapmasını değil de başka bir şey beklemişti.

"Ne var, Aurèle? İstediğin bu değil miydi? Cesedi gördüm işte."

"Tabii, tabii," dedi Laliberté tereddüt dolu bir

sesle. "Ama criss, neydi bütün o ölçümler öyle?"

"Cinayet aleti elinizde mi?"

"İzini bile bulamadık. Ama teknisyenlerimin dediklerine göre yassı uçlu koca bir bizmiş."

"Teknisyenlerin moleküllerden daha iyi anlıyorlar, bunu yapan bir biz değil. Bir yaba."

"Nereden biliyorsun?"

"Bizle aynı çizgi üzerinde ve aynı derinlikte üç darbe vurmayı bir dene. Yirmi yıl uğraşsan başaramazsın. Bu bir yaba."

"Criss, buna mı bakıyordun?"

"Buna ve daha derin, Pink Gölü çamurları kadar derin başka bir şeye."

Başkan hâlâ afallamış görünüyordu, kolları uzun vücudunun iki yanından sarkıyordu. Onları neredeyse kışkırtıcı bir tavırla buraya getirmişti, ama Adamsberg'in ölçümleri karşısında şaşıp kalmıştı. Adamsberg, Laliberté'nin ne beklemiş olabileceğini düşündü.

"Kafada bir çürük var mı?" diye sordu Adamsberg doktora.

"Başın arka tarafında koca bir morluk var, kurbanı bayılmış ama ölümüne sebep olmamış."

"Kafadaki morluğu da nerden bildin?" diye sordu Laliberté.

Adamsberg Başkan'a doğru dönüp kollarını kavuşturdu.

"Beni bu olay üzerinde çalıştığım için çağırdın, değil mi?"

"Evet," dedi Başkan, hâlâ tereddütlü bir sesle konuşuyordu.

"Evet mi, yoksa hayır mı, Aurèle? Okyanusu aşıp, gecenin ikisinde bir ceset görmeye getiriliyorum, benden ne bekliyorsun? Cesedin ölü olduğunu söylememi mi? Beni buraya kadar getirttiğine göre olayla ilgili bilgim olduğunu biliyordun. En azından Paris'te bana söylenen buydu. Ve bu doğru, olayı biliyorum. Ama buna sevinmişe benzemiyorsun. İstediğin bu değil miydi?"

"Kişisel alıverme. Ama şaşırdım sadece."

"Şaşırmaya daha yeni başlıyorsun."

"Örtüyü tamamen kaldır," dedi Laliberté doktora.

Reynald örtüyü özenli hareketlerle, tıpkı Strasbourg'daki Ménard'ın yaptığı gibi kaldırdı. Adamsberg boyun hizasındaki baklava şeklinde dört beni görünce gerildi. Böylece irkilmesine biraz olsun engel olabildi. İçinden, doktorun özenli yavaşlığına şükretti.

Burada yatan gerçekten de Noëlla'ydı. Adamsberg nefes alış verişine dikkat ederek, göz kırpmamayı umarak cesede baktı. Laliberté gözlerini Komiser'den ayırmıyordu.

"Kafadaki morluğu görebilir miyim?" diye sordu Adamsberg.

Doktor cesedin başını kaldırıp arka taraftaki darbeyi gösterdi.

"Sağlam bir cisimle vurulmuş. Bütün bildiğimiz bu. Muhtemelen tahtadan."

"Yabanın sapı," dedi Adamsberg. "Hep böyle yapar."

"Kim?" diye sordu Laliberté.

"Katil."

"Kim olduğunu biliyor musun?"

"Evet. Ve bunu sana kim söyledi merak ediyorum."

"Ya kızı tanıyor musun?"

"Altmış milyon Fransızın adını bildiğimi mi sanıyorsun, Aurèle?"

"Katili tanıyorsan kurbanı da tanıyor olabilirsin."

"Falcı değilim ben."

"Yani onu hiç görmedin, öyle mi?"

"Nerede? Fransa'da mı? Paris'te mi?"

"Nerede istersen."

"Hiç görmedim," dedi Adamsberg omuz silkerek.

"Adı Noëlla Cordel. Hiç duydun mu?"

Adamsberg cesetten uzaklaşıp Başkan'a yanaştı.

"Neden illa da duymuş olmam gerekiyor?"

"Altı aydır Hull'da yaşıyordu. Belki buralarda görmüşsündür."

"Sen de görmüş olabilirsin o zaman. Hull'da ne yapıyordu? Evli miydi? Okula mı gidiyordu?"

"Erinin peşinden gelmişti ama arpaları yedi."

"Tercüme et,"

"Terk edildi. Ottawa'da bir barda çalışıyordu, Le Caribou'da. Hiç duydun mu?"

"Adımımı bile atmadım. Açık oynamıyorsun, Aurèle. İmzasız mektupta ne yazıyor bilmiyorum ama beni kandırıyorsun."

"Ya sen?"

"Ben kimseyi kandırmıyorum. Yarın sana bütün bildiklerimi anlatırım. Yani yardımı dokunacak her şeyi. Ama artık uyumak istiyorum. Ben de teğmenim de ayakta duramıyoruz."

Salonun arka tarafında gülle gibi oturan Retancourt hiç de yorgun görünmüyordu.

"Önce biraz konuşalım," dedi Laliberté hafifçe gülümseyerek. "Büroma geçelim."

"Kahretsin, Aurèle. Saat sabahın üçü."

"Yerel saatle sabahın dokuzu. Uzun sürmez. İstersen teğmenin gidebilir."

"Hayır," dedi aniden Adamsberg. "O da benle kalacak."

Laliberté iki yanında ayakta duran müfettişleriyle, belli belirsiz buyurgan bir tavırla koltuğunda oturuyordu. Adamsberg bir şüpheliyi korkutmaya yarayan bu üçgen duruşu iyi biliyordu. Noëlla'nın Québec'te bir yaba darbesiyle öldürülmüş olduğunu düşünecek zamanı olmamıştı. Komiser, Laliberté'nin genç kızla olan ilişkisinden haberdar olup olmadığını anlamak için Başkan'ın belirsiz tavrına konsantre oldu. Ancak hiçbir şeyden emin olamıyordu. Bu görüşme oldukça zor olacağa benziyordu, Başkan'ın bütün dediklerine karşılık vermesi gerekecekti. Noëlla'yla bir ilişki yaşamış olmasının cinayetle ilgisi yoktu, bunu şimdilik hemen unutmalıydı. Ve kendini en iyi koruyan surları, ilgisizlik gücünü kullanarak her ihtimale hazır olmalıydı.

"Aurèle, adamlarına oturmalarını söyle. Bu numaraları iyi bilirim ve pek hoş olmuyor. Polis olduğumu unutuyor gibisin."

Laliberté bir hareketle Portelance ve Philippe-Auguste'ü oturttu. İkisi de ellerinde not defterleri hazır bekliyordu.

"Bu bir sorgu mu?" diye sordu Adamsberg müfettişleri işaret ederek. "Yoksa bir işbirliği mi?"

"Sinirimi bozma, Adamsberg. Aklımızda kalsın diye yazıyoruz, hepsi bu."

"Sen de benim sinirimi bozma Aurèle. Yirmi iki saattir ayaktayım ve bunu biliyorsun. Mektup," diye ekledi. "Şu mektubu göster."

Laliberté kalın, yeşil bir dosyayı açarak, "Sana okuyayım," dedi. *"Cordel Cinayeti. Paris Suç Masası'ndan Komiser J. B. Adamsberg'e danışın. Bununla bizzat kendisi ilgilendi."*

"Belli bir amacı var gibi," dedi Adamsberg. "Bu yüzden mi polislik taslıyorsun? Paris'tekilere dosyayı ele alacağımı söylemiştin, oysa şimdi bu kadını benim ele aldığımı düşünür gibisin."

"Söylemediğim bir şeyi söylemişim gibi yapma."

"O zaman sen de beni salak yerine koyma. Göster şu mektubu."

"Kontrol etmek mi istiyorsun?"

"Aynen öyle."

Normal bir yazıcıyla basılmış olan kâğıdın üzerinde Laliberté'nin okuduğundan bir kelime fazlası yoktu.

"Kâğıdın üzerindeki parmak izlerini aldın, sanırım."

"Bir tane bile yoktu."

"Ne zaman geldi bu mektup?"

"Ceset su yüzüne çıktığında."

"Nerede?"

"Nereye atıldıysa orada. Su buz tutmuştu. Geçen haftaki soğuğu hatırladın mı? Kızın vücudu buzlar çözülene kadar su yüzüne çıkmadı, yani Çarşamba günü bulundu. Mektubu öğle vakti aldık."

"Yani, eğer katil cesedi suya atabildiyse, cinayet buz tutmasından önce işlendi."

"Hayır. Katil buzu kırıp cesedi içine sokmuş, üzerine de birkaç taş atmış. Üzeri hemen tekrar buz tutmuş, tıpkı bir kapak gibi."

"Bunu nasıl bilebilirsin ki?"

"Noëlla Cordel'e aynı gün bir kemer hediye edilmişti. Üzerinde o kemer vardı. Akşam yemeğini nerede yediğini, hatta ne yediğini biliyoruz. Soğuktan dolayı sindirim borusunun içindekiler aynı duruyordu. Yani cinayet gününü ve saatini biliyoruz. Bana bunları sorma, bu konularda uzman olduğumuzu biliyorsun."

"Cinayet gazetelere çıktıktan hemen sonra gelen şu imzasız mektup sana garip gelmedi mi?"

"Yok canım. Bir dolu imzasız mektup gelir bize. İnsanlar polislerle doğrudan görüşmeyi sevmiyorlar."

"Anlaşılır bir tutum."

Laliberté'nin ifadesi hafifçe değişti. Başkan yetenekli bir aktördü, ama Adamsberg bakışlarda meydana gelen değişimleri KKJ detektörlerinden de hızlı tayin ederdi. Laliberté hücuma geçiyordu ve Adamsberg kollarını kavuşturup sırtını koltuğa iyice yaslayarak ilgisiz tavrını iyice belirginleştirdi.

"Noëlla Cordel 26 Ekim gecesi öldü," dedi Başkan sadece. "Saat onla on bir buçuk arasında."

Tabiri caizse, mükemmel, diye geçirdi içinden Adamsberg. Noëlla'yı en son pencereden kaçıp gittiği gün, 24 Ekim Cuma akşamı görmüştü. Hatta pencere kapağı kafama düşer mi diye korktuğunu hatırladı. Az önce de, Laliberté'nin ölüm tarihi olarak 24 Ekim'i vermesinden korkmuştu.

"Daha kesin bir saat verilemez mi?"

"Hayır. Saat yedi buçuğa doğru akşam yemeği yemişti ve sindirimi bir hayli ilerlemişti."

"Cesedi hangi gölette buldunuz? Buradan uzak mı?"

Pink Gölü'nde tabii ki, diye düşündü Adamsberg, başka hangisi olabilir?

"Yarın devam ederiz," dedi Laliberté aniden ayağa kalkarak. "Yoksa sağda solda Québec'li polisler zalim, diye konuşursun. Bunları bil istedim, hepsi bu. Brébeuf Oteli'nde iki oda ayırttık size, Gatineau Parkı'nda. Size uyar mı?"

"Brébeuf birinin adı mı?"

"Evet, Kızılderililer'e yalan vaazlar veren, sonra da onlar tarafından öldürülen bir Fransız, Keçi gibi inatçı bir herif. Yarın ikide sizi almaya geliriz."

Başkan yeniden sevimli oluvermişti, Adamsberg'e elini uzattı.

"Hem bana şu yaba hikâyesini de anlatırsın."

"Anlayabilirsen, Aurèle."

İstemesine rağmen, Adamsberg Yaba'nın dünyanın öbür ucunda karşısına çıktığı gerçeğini düşünemedi. Ölüler çabuk yer değiştirirler, şimşek gibi yani. Bu tehlikeyi Montréal'deki kilise konserinden beri, peşine tekrar düştüğünden Fulgence'ın haberi olduğunu ve buna dikkat etmesi gerektiğini kulağına fısıldayan Vivaldi'nin uyarılarından beri hissediyordu. Vivaldi, Hâkim, beşli yaylı grubu, uyumadan önce aklından son geçenler bunlardı.

Yerel saatle sabahın altısında, Retancourt kapısını çaldı. Adamsberg duştan yeni çıkmıştı ve geçireceği bu zor güne demir müfettişiyle sohbet ederek başlamak pek de hoşuna gitmiyordu. Uzanıp düşünmeyi, yani petek deliklerinde birbirine karışmış binlerce küçük fikrin arasında gezinmeyi tercih ederdi. Ama Retancourt yatağın üzerine oturdu, sehpanın üzerine bir termos hakiki kahve -bunu da nereden bulabilmişti?-, iki tas ve birkaç taze poğaça koydu.

"Bunları aşağıdan aldım," dedi. "İki aynasız geliverirse, burada daha rahat konuşuruz. Mitch Portelance'ın suratını görmek iştahımı kaçırabilir."

XXXII

Retancourt bir şey söylemeden bir tas kahve ve bir poğaça yuttu. Adamsberg konuşmaya başlamaya çalışmıyordu ama, Teğmen'in bu durumdan rahatsız olduğu da yoktu.

"Bir anlayabilsem," dedi Retancourt ilk poğaçasını bitirirken. "Şu yabalı katilden karakolda hiç söz edilmedi. Herhalde eski bir dosya. Ve cesede nasıl baktığınıza bakılırsa, kişisel bir hikâye."

"Retancourt, burada bulunmanızın sebebi, Brézillon'un adamlarını yalnız göndermiyor oluşu. Ama sırlarımı dinlemekle yükümlü değilsiniz."

"Pardon ama," diye karşılık verdi Teğmen, "bana burada koruma amaçlı bulunduğumu söylemiştiniz. Bir şey bilmezsem sizi nasıl koruyabilirim?"

"Korumaya ihtiyacım yok. Bugün bildiklerimi Laliberté'ye anlatacağım, hepsi bu."

"Hangi bildiklerinizi?"

"Siz de hepsini duyacaksınız. Kabul etsin etmesin, bu onun sorunu. Yarın da geri dönüyoruz."

"Öyle mi?"

"Neden olmasın, Retancourt?"

"Zeki bir adamsınız, Komiser. Bir şey fark etmediğinizi iddia edemezsiniz."

Adamsberg soru soran bakışlarla Teğmen'e baktı.

"Laliberté'nin tavrı çok değişmiş. Portelance'ın ve Philippe-Auguste'ünkü de. Cesedin üzerinde yaptığınız ölçümler Başkan'ı serseme çevirdi. Bambaşka bir şey bekliyordu."

"Fark ettim."

"Yaraları ve cesedin yüzünü iki kerede göstermeye dikkat etti ve bu görüntüler karşısında kendinizi ele vereceğinizi umuyordu. Böyle olmaması karşısında afalladı. Afalladı ama pes etmedi. Müfettişlerin de bundan haberi vardı. Gözlerimi üzerlerinden bir an olsun ayırmadım."

"Hiç de durumu gözlemliyor gibi görünmüyordunuz. Bir köşede oturmuş, sıkıntıdan patlıyor gibiydiniz."

"Püf noktası da bu zaten," dedi Retancourt kahveleri tazelerken. "Erkekler şişman ve çirkin bir kadına dikkat etmezler."

"Bu doğru değil, Teğmen, hem demek istediğim bu değildi."

"Benim demek istediğim buydu ama," dedi Teğmen bu karşı çıkışı rahat bir hareketle reddederek. "Ona bakmazlar bile, böyle bir kadın onlar için bir duvar semeri kadar önemsizdir, sonra da onu *unuturlar*. Ben de bunun üzerine oynadım. Bir de ruhsuz ruhsuz oturursanız, her şeyi görüp görünmez olacağınızdan emin olabilirsiniz. Bu yetenek herkese bahşedilmemiştir, benim de çok işime yaramıştır."

"Enerjinizi dönüştürmüştünüz yani," dedi Adamsberg gülümseyerek.

"Görünmezliğe dönüştürmüştüm, evet," dedi Retancourt ciddiyetle. "Mitch'i ve Philippe-Auguste'ü kimsenin ruhu duymadan izleyebildim. İlk iki sahne boyunca, yani yaraların, sonra da yüzün açıldığı anlarda, birbirlerine gizli işbirliğini belli eden bakışlar attılar, KKJ'de geçen üçüncü sahnede de aynı şey oldu."

"Ne zaman?"

"Laliberté size cinayet gününü bildirdiğinde. O zaman da tepkisizliğiniz onları hayal kırıklığına uğrattı. Ama ben şaşırmadım. Gerçek bir üşengeçlik, ilgisizlik kapasiteniz var, Komiser, üzerinde çalışılmış olmasına rağmen doğal görünüyordu hem de. Ama işime devam etmek için daha fazla şey bilmeliyim."

"Sadece bana eşlik ediyorsunuz, Retancourt. İşiniz bundan ibaret."

"Ben karakola bağlı bir memurum ve işimi yapıyorum. Ne aradıkları hakkında bir fikrim var ama sizin versiyonunuzu da duymam lazım. Bana güvenmelisiniz."

"Neden peki, Teğmen? Siz beni sevmiyorsunuz."

Bu beklenmedik suçlama Retancourt'u rahatsız etmedi.

"Pek sevmiyorum, evet," dedi. "Ama bunun konumuzla ilgisi yok. Siz benim üstümsünüz ve ben işimi yaparım. Laliberté sizi tuzağa düşürmeye çalışıyor, genç kızı tanıdığınızdan son derece emin."

"Bu doğru değil."

"Bana güvenmelisiniz," diye yineledi Retancourt sakince. "Bir tek kendinize güveniyorsunuz. Tarzınız bu, ama bugün böyle davranmanız hata olur. 26 Ekim akşamı saat on buçuktan sonra nerede olduğunuza dair kesin kanıt ve şahitleriniz varsa bilemem tabii."

"Durum bu kadar ciddi mi sizce?"

"Sanırım evet."

"Genç kızı öldürdüğümden mi şüpheleniyorlar? Saçmalıyorsunuz, Retancourt."

"Kızı tanıyor idiyseniz söyleyin."

Adamsberg sessiz kaldı.

"Söyleyin, Komiser. Boğasını tanımayan matador mutlaka boynuzlanır."

Adamsberg Teğmen'in zekâ dolu, kararlı ve yuvarlak yüzüne baktı.

"Pekala, Teğmen, onu tanıyordum."

"Kahretsin," dedi Retancourt.

"İlk günden beri patikada karşılaşıyorduk. Ertesi pazar onu neden stüdyoma getirdiğim, ayrı bir konu. Ama yaptığım buydu. Şansım yokmuş, kız deli çıktı. Altı gün sonra bana hamile olduğunu söyleyip şantaj yaptı."

"Kötü," dedi Retancourt ikinci poğaçasını yemeye başlayarak.

"Ne yaparsam yapayım, benimle aynı uçağa binip Paris'e gelmeye, evime yerleşmeye, hayatımı paylaşmaya kararlıydı. İhtiyar bir Ottawa'lı, Sainte-Agathe'lı biri, benimle tanışacağını, kaderlerimizin bir olduğunu söylemiş ona. Bana dört kolla sarılmıştı."

"Böyle bir durum hiç başıma gelmedi ama tahmin edebilirim. Siz ne yaptınız?"

"Önce aklını başına getirmeye çalıştım, sonra teklifini reddettim, sonunda da kızdan kaçtım. Pencereden dışarı atlayıp bir sincap gibi koştum."

Retancourt'un ağzı doluydu, bir işaretle onayladı.

"Sonra da onu bir daha görmedim," dedi Adamsberg. "Paris'e dönene kadar onunla karşılaşmamaya çalıştım."

"Bu yüzden mi havaalanında telaşlı görünüyordunuz?"

"Kesin geleceğini söylemişti. Neden gelmediğini şimdi anlıyorum."

"İki gün önce ölmüştü çünkü."

"Laliberté kızı tanıdığımı bilseydi baştan söyler, hıncını alırdı. Demek ki Noëlla arkadaşlarına bir şey anlatmamıştı, en azından benim ismimi vermemişti. Başkan hiçbir şeyden emin değil. Rasgele saldırıyor."

"Bence elinizi kolunuzu bağlayacak bir şey daha biliyor, dördüncü sahne bu olsa gerek. 26 Ekim gecesi."

Adamsberg Retancourt'a dik dik baktı. 26 Ekim gecesi. Bu hiç aklına gelmemişti, sadece cinayetin Cuma gecesi işlenmemiş olmasına sevinmişti.

"O gece neler olduğunu biliyor musunuz?"

"Alnınızdaki morluk dışında hiçbir şey bilmiyorum, ama Başkan bu darbeyi sona sakladığına göre, belli bir ağırlığı vardır, diye düşündüm."

KKJ'nin müfettişleri birazdan gelirlerdi. Adamsberg, Pazar akşamki sarhoşluğunu ve iki buçuk saat süren hafıza kaybını Teğmen'e çabucak özetledi.

"Kahretsin," dedi tekrar Retancourt. "Anlamadığım şey, herhangi bir genç kızla patikada gezinen sarhoş bir adam arasındaki bağlantıyı nasıl kurdukları. Başkan'ın hemen oynamak istemediği başka kozları da olmalı. Laliberté avcı yöntemleriyle çalışıyor ve avını ele geçirince belli bir haz duyuyor. Bu yüzden işi uzatabilir."

"Ama dikkatinizi çekerim Retancourt, hafıza kaybım hakkında hiçbir şey bilmiyor. Bundan tek haberi olan kişi Danglard."

"O zamandan beri bilgi toplamış olmalı. Onu çeyrek geçe *L'Ecluse*'den çıktığınızı, apartmana ikiye on kala vardığınızı öğrenmiştir. Kafası kıyak olmayan biri için bu uzun bir süre."

"Bundan dolayı endişelenmeyin. Katili tanıdığımı unutmayın."

"Doğru," dedi Retancourt. "Bu, sorunu halleder."

"Bir detay hariç. Katille ilgili önemsiz bir nokta."

"Kimliğinden emin değil misiniz?"

"Eminim. Ama adam on altı yıl önce öldü."

XXXIII

Bu kez Başkan'ın yanında Sanscartier ve Ginette Saint-Preux vardı. Adamsberg bu iki arkadaşının, belki de kendisine arka çıkmak için Pazar günü çalışmaya gönüllü olduklarını düşündü. Ama ikisi de zorunluluk ve sıkıntı dolu bir tavır içerisindeydi. Onu sevecenlikle, burnunu kırıştırarak selamlayan tek varlık, arkadaşıyla beraber nöbet tutan sincap olmuştu.

"Bu kez sıra sende, Adamsberg," dedi Laliberté içten bir tavırla. "Bana bütün bildiklerini şüphelerini anlat. Tamam mı adamım?"

Sevimlilik, açıklık. Laliberté bildik teknikleri kullanıyordu. Şimdi de düşmanlık dolu bir tavırla rahatlatma arasında gidip geliyordu. Sanığın güvenini kır, sonra yatıştır, tekrar endişelendir, kafasını karıştır. Adamsberg düşüncelerini sağlamlaştırdı. Başkan onu ürkek bir hayvan gibi yakalayamayacaktı, özellikle de arkasında duran ve Komiser'in nedense dayanağı gibi gördüğü Retancourt var olduğu sürece.

"Bugün iyilik günü galiba?" dedi Adamsberg gülümseyerek.

"Dinleme günü. Dök bakalım içini."

"Baştan söylüyorum Aurèle, hikâye çok uzun."

"Tamam, adamım, ama sen yine de fazla dağılmamaya dikkat et."

Adamsberg, Hâkim Fulgence'ın kanlı yolculuğunu, 1949'daki cinayetten Schiltigheim olayına kadar, yavaş yavaş anlattı. Adamın kişiliğinden yöntemlerine, suçu üzerine attığı insanlardan her cinayette uçlarını değiştirdiği yabanın genişliğine kadar hiçbir şeyi atlamadı. Gücünün ve ilişki ağının aşılmaz duvarları arkasına saklanan, sürekli yer değiştiren katili yakalamakta sabırsız olduğunu da saklamadı. Bu sırada Başkan biraz sabırsızlanarak not tuttu.

"Eleştirici biri sanma beni, ama bu hikâyede üç pürüz görüyorum," dedi sonra üç parmağını göstererek.

Disiplin, disiplin ve yine disiplin, diye düşündü Adamsberg.

"Yani sen bana Fransa'da bir katilin elli yıldır serbestçe dolaştığını mı söylüyorsun?"

"Yakalanmadan mı? Ne kadar nüfuzlu biri olduğunu ve yabanın uçlarını değiştirdiğini söyledim. Şu ana kadar kimse Hâkim'in ününü sarsmaya ve sekiz cinayet arasında bir bağlantı kurmaya cesaret edemedi. Schiltigheim'ı ve Noëlla Cordel'i de eklersek on cinayet ediyor."

"Demem o ki, şu senin herif gepegenç biri olmamalı."

"Yirmi yaşında başladığını düşün, şimdi yetmiş yaşındadır."

"İkinci pürüz," dedi Laliberté notlarının yanına

bir çarpı işareti koyarak. "Yaba ve genişliği hakkın-
da saatlerce konuştun durdun. Hem, uçları değiş-
tirdiği de senin fikrin, kanıtın yok."

"Var. Genişlik ve uzunluk sınırları."

"İşte. Ama bu sefer her zamanki gibi davran-
mamış. Yaraların bir uçtan bir uca uzunluğu yaba-
nın genişliğini geçiyor. 16,9 santim olacağı yerde
17,2 santim. Yani senin şu katil birden rutinini
bozmuş oluyor. Yetmiş yaşında biri pek de değişik-
lik meraklısı değildir. Bunu nasıl açıklıyorsun?"

"Bunu da düşündüm, bunun tek nedeni olabi-
lir; havaalanlarındaki kontroller. Yabasının başını
asla sınırdan geçiremezdi, o kadar büyük bir metal
parçasıyla uçağa binemezdi. Bu yüzden yabayı bu-
radan satın almak zorunda kaldı."

"Satın almadı, Adamsberg, ödünç aldı. Yarala-
rın içinde toprak kalıntıları olduğunu unutma. Alet
yeni değildi."

"Doğru."

"Katil, kurallarından bir hayli sapmış yani.
Hem o geceki kurbanın yanında cebinde cinayet
aletiyle uzanan körkütük sarhoş bir herif de yoktu.
Suçu üstüne atacağı kişi yoktu. Bence bunlar
önemli farklılıklar."

"Durum öyle gerektirdi. Bütün dahiler gibi
Hâkim de esnek biri. Ortama uyum sağlamak zo-
runda kaldı, mesela kurbanını üç gün buzun altın-
da bekletti. Yabancı bir ülkedeydi."

Laliberté kâğıdına bir çarpı daha koyup, "Ben
de onu diyecektim," dedi. "Hâkim sizin memleket-
te yer darlığı mı çekmiş? Şimdiye kadar Fransa'da

öldürüyordu, değil mi?"

"Bilmiyorum. Sana sadece Fransa'daki cinayet-lerinden bahsettim, çünkü sadece milli arşivlere baktım. İsveç'te ya da Japonya'da öldürmüşse onu bilemem."

"Bravo be, ne dik kafalısın. İlla bir cevap bul-man gerek, değil mi?"

"İstediğin bu değil miydi? Katilin kim olduğu-nu söylememi istemiyor muydun? Yabayla öldüren kaç kişi tanıyorsun? Çünkü cinayet aleti bu, haklı-yım, değil mi?"

"Criss, evet. Yabayla şişlemişler kızı. Kimin şiş-lediği ayrı konu."

"Hâkim Honoré Guillaume Fulgence. Gerçek bir kazıklı Voyvoda ve ben onu çükünden yakalaya-cağım, görürsün."

"Şu dokuz dosyaya bir bakmak isterim," dedi Laliberté koltuğunda ileri geri sallanarak.

"Döndüğümde fotokopilerini gönderirim sana."

"Hayır, şimdi görmek istiyorum. Adamların-dan biri fakslayamaz mı?"

Adamsberg, Laliberté ve adamlarının peşinden yan odaya giderken başka şansım yok, diye geçirdi içinden. Fulgence'ın ölmüş olduğunu düşündü. Er ya da geç, Laliberté de bunu öğrenecekti, Trabel-mann gibi. En çok endişelendiği konu da kardeşinin dosyasıydı. O dosyada Torque gölüne attığı bızın bir krokisi ve mahkemede yaptığı yalancı şahitlikle ilgili notlar vardı. Bunlar çok gizli belgelerdi. Onu bu durumdan sadece Danglard kurtarabilirdi, o da gizli belgeleri göndermemek aklına gelirse. Başkan'ın avcı bakışları altında, bunu Danglard'a nasıl anlatacaktı? Bir çözüm bulmak için bir saati olsun isterdi, ama çok daha çabuk düşünmesi gerekiyordu.

"Ceketimden bir paket alıp geleceğim," deyip odadan çıktı Komiser.

Retancourt, Başkan'ın boş odasında, oturduğu sandalyede hafifçe yana yaslanmış, uyukluyordu. Adamsberg paltosunun kabarık ceplerinden birkaç torba çıkarıp ağır ağır geri geldi.

Sanscartier'ye hafifçe göz kırpıp torbaları uzattı, "Al, altı şişe getirdim. Severse Ginette'e de ver. Bitince beni ararsın," dedi.

"Ne veriyorsun onlara?" diye homurdandı Laliberté. "Fransız şarabı mı?"

"Badem sütlü sıvı sabun. Rüşvet falan değil, rahatlatıcı bir şey."

"Criss, Adamsberg, beni güldürtüverme. İşimiz var."

"Paris'te saat akşamın onu ve dosyalarımın nerede olduğunu bir tek Danglard biliyor. En iyisi evine bir faks çekmek. Uyandığında elinde olur, böylece zaman kazanırsın."

"Tamam, adamım, sen bilirsin. Yaz bakalım uzun gevşek arkadaşına."

Adamsberg böylece Danglard'a el yazısıyla bir mektup yazdı. Sabunları almaya gittiğinde aklına gelen bir fikirdi bu, çocuksu bir fikirdi ama işe yarayabilirdi. Danglard'ın çok iyi tanıdığı el yazısını bile bile değiştirecek, danger[12] kelimesinin ilk ve

---

[12] Danger: tehlike (ç.n.)

son harfleri olan D ve R harflerini büyütecekti. İçinde Danglard, dosyalar, adres, Adamsberg gibi kelimelerin geçtiği kısa bir notta bunu yapmak mümkündü. Sonra da, Danglard'ın gözlerini iyice açacağını, bir gariplik olduğunu sezip gereken kâğıtları dosyalardan çıkaracağını ummak gerekiyordu.

Faks Başkan'ın kontrolünde, Adamsberg'in umutlarını okyanusun dibindeki kablolara akıtarak gitti. Artık yardımcısının keskin zekâsına güvenmekten başka yapacak bir şey yoktu. Bir an Danglard'ın meleğini ve kılıcını düşündü, Yüzbaşı'nın bütün mantığını kullanmasını sağlaması için, melekten yardım diledi.

"Yarın eline geçer. Daha fazla yardımcı olamam," dedi Adamsberg ayağa kalkarken. "Her şeyi söyledim."

"Benim diyeceklerim bitmedi. Kafamı kurcalayan dördüncü bir nokta daha var," dedi Başkan dördüncü parmağını kaldırarak.

Disiplin ve yine disiplin.

Adamsberg faksın yanına oturdu, Laliberté ayakta duruyordu. Bu da bir polis numarasıydı. Adamsberg, kenarda sabun torbasını göğsüne bastırmış bir halde, hareketsiz duran Sanscartier'nin bakışlarını aradı. Ve her zaman sadece ve sadece iyilik yansıtan bu gözlerde başka bir şey görür gibi oldu. Tuzak, dostum. Arkanı kolla.

"Adamın peşine on sekiz yaşında düştüğünü söylemiştin, değil mi?" diye sordu Laliberté.

"Evet."

"Otuz yıldır avdasın yani. Bu sence uzun bir süre değil mi?"

"Cinayetlerin elli yıldır işlendiği düşünülürse, pek değil. Herkesin mesleği kendine, o ısrar ettikçe ben de ediyorum."

"Fransa'da hiçbir dosyayı rafa kaldırmaz mısınız?"

"Yo, kaldırırız."

"Sonuca bağlayamadığın iş olmadı mı hiç?"

"Oldu ama çok değil."

"Ama oldu."

"Evet."

"Peki neden bu işin ucunu bırakmadın?"

"Kardeşim yüzünden, söylemiştim."

Laliberté, bir puan almış gibi gülümsedi. Adamsberg Sanscartier'ye döndü. Yine aynı sinyal.

"Kardeşini bu kadar seviyor muydun?"

"Evet."

"İntikamını almak mı istiyordun?"

"İntikam değil, Aurèle, masumiyetini kanıtlamak istiyorum."

"Kelimelerle oynama, ikisinde de sonuç aynı. Otuz yıldır etrafında döndüğün bu soruşturma neye benziyor, biliyor musun?"

Adamsberg sessiz kaldı. Sanscartier Başkan'a bakıyordu, gözlerindeki bütün yumuşaklık gitmişti. Ginette, başı yere eğik duruyordu.

"Anormal bir takıntıya."

"Senin kitabında öyle, Aurèle. Benimkinde değil."

Laliberté oturuş şeklini ve hücum taktiğini değiştirdi.

"Şimdi polis polise konuşalım. Şu senin gezgin katilin, tam da belalısı buradayken, burada cinayet işlemesi sence garip değil mi? Otuz yıldır peşinde olan takıntılı polis buradayken yani? Bu tuhaf bir rastlantı değil mi sence de?"

"Çok tuhaf. Ama belki de bir rastlantı değildir. Fulgence'ın Schiltigheim'dan beri tekrar peşine düştüğümü bildiğini söylemiştim."

"Criss! Ve seni kışkırtmak için buralara kadar geldi, öyle mi? Azıcık akıllıysa senin Fransa'ya dönmeni beklemesi gerekmez miydi? Dört ya da altı yılda bir cinayet işleyen bir katil, on beş gün bekleyemedi mi?"

"Onun beynini okuyamam ben."

"Ben de tam bunu merak ediyordum."

"Nasıl yani, Aurèle?"

"Bence sen renkli rüyalar görüyorsun. Yaba her yerde karşına çıkıyor sanıyorsun."

"Allah kahretsin, Auèle! Ben sana düşündükle-rimi, bildiklerimi anlatıyorum. Beğenmediysen sen kendi soruşturmanı yürüt, ben de benimkini."

"Yarın sabah dokuzda görüşürüz," dedi Lali-berté, yeniden gülümseyip elini uzattı. "Önümüzde daha bir dolu iş var. Dosyalara beraber bakarız."

"Beraber bakmayız," dedi Adamsberg ayağa kalkarak. "Hepsini okuman için bir tam gün gerek-li ve ben dosyaları ezbere biliyorum. Kardeşimi görmeye gideceğim. Salı sabahı görüşürüz."

Laliberté kaşlarını çattı.

"Serbest miyim? Evet mi, hayır mı?" diye sor-du Adamsberg.

"Sinirleniverme."

"O zaman kardeşimi görmeye gidiyorum."

"Nerede kardeşin?"

"Detroit'te. Bana bir araba tahsis edebilir misin?"

"Olabilir."

Adamsberg, Başkan'ın odasında kütük gibi oturan Retancourt'un yanına gitti.

"Emirlerin bu yönde olduğunu biliyorum," dedi Laliberté gülerek, "ama, kişisel alıverme de, şu Teğmen'inin ne işe yaradığını bir türlü anlamadım. Ne özelliği var ki? Criss, benim emrimde çalışsın istemezdim."

XXXIV

Adamsberg odasına döndüğünde Danglard'ı arayıp kardeşiyle ilgili gizli belgeleri dosyadan çıkarmasını söylemeyi düşündü, ama telefonunun dinlenip dinlenmediğini bilmiyordu. Laliberté Fulgence'ın ölü olduğunu öğrendiğinde işleri iyice sarpa saracaktı. Olsun. Başkan'ın Noëlla'yla olan ilişkisinden haberi yoktu ve şu imzasız mektup olmasaydı kendisiyle ilgilenmezdi bile. Salı günü, tıpkı Trabelmann'a olduğu gibi, Laliberté'ye de bir fikir ayrılığı üzerine veda edecek, sonra da herkes kendi soruşturmasını sürdürecekti.

Çantasını çabucak hazırladı. Gece yolculuk etmek, iki saat uyuduktan sonra şafak vakti Detroit'te olmak, kardeşini elinden kaçırmamak istiyordu. Raphaël'i görmeyeli uzun zaman olmuştu, hatta onu gerçekten göreceğine inanamayan Adamsberg heyecanlanamıyordu bile. Retancourt odasına daldığında tişörtünü değiştiriyordu.

"Kahretsin, Retancourt, kapıyı çalabilirdiniz."

"Pardon, gitmiş olduğunuzdan korktum. Saat kaçta yola çıkıyoruz?"

"Ben yalnız gidiyorum. Bu seferki özel bir yolculuk."

"Bana birtakım emirler verildi," diye ısrar etti Teğmen. "Size her yerde eşlik edeceğim."

"Yardımsever ve sempatiksiniz, Retancourt, ancak otuz yıldır görmediğim kardeşimle buluşmaya gidiyorum. Beni rahat bırakın."

"Üzgünüm ama ben de geliyorum. Sizi onunla yalnız bırakırım, merak etmeyin."

"Beni rahat bırakın, Teğmen."

"Nasıl isterseniz, ama arabanın anahtarları bende. Yürüyerek fazla uzağa gidemezsiniz."

Adamsberg kadına doğru bir adım attı.

"Ne kadar kuvvetli olursanız olun, Komiser, bu anahtarları benden alamazsınız. Bu çocukça oyuna bir son vermemizi öneriyorum. Yola beraber çıkalım ve böylece arabayı nöbetleşe kullanalım."

Adamsberg pes etti. Retancourt'la çekişmek en azından bir saatine mal olurdu.

"Pekala," dedi uysalca. "Madem ki yakamdan düşmüyorsunuz, çantanızı hemen hazırlayın. Üç dakikanız var."

"Çantam hazır. Sizi arabada bekliyorum."

Adamsberg giyindi ve otoparktaki Teğmen'inin yanına gitti. Anlaşılan, sarışın fedaisi bütün enerjisini son derece yapışkan ve yakın korumaya dönüştürmüştü.

"Ben kullanırım," dedi Retancourt. "Siz bütün gün Başkan'la boğuştunuz, bense sandalyede uyukladım. Hiç yorgun değilim."

Retancourt arabaya iyice yerleşmek için koltuğu geri itti ve Detroit'e doğru yola çıktılar. Adamsberg, saatte 90 kilometre olan azami hız sınırını hatırlatınca, biraz yavaşladı. Sonuç olarak Komiser araba kullanmadığına memnundu. Bacaklarını uzatıp ellerini baldırlarının üzerine koydu.

"Adamın ölü olduğunu daha söylemediniz," dedi Retancourt birkaç kilometre sonra.

"Zaten yarın öğrenecekler. Boşu boşuna telaşlandınız Retancourt, Başkan'ın bana karşı bir kanıtı yok. Tek kafasını karıştıran şey şu imzasız mektup. Salı günü son görüşmeyi yapıp Çarşamba günü Fransa'ya uçuyoruz."

"Salı günü görüşmeye giderseniz Çarşamba günü Fransa'ya uçamayız."

"Neden?"

"Çünkü Salı günü size pek iyi davranmayacaklar. Sizi itham edecekler."

"Olayları dramatize etmeye bayılıyorsunuz, Retancourt."

"Sadece gözlem yapıyorum. Otelin önünde bir araba vardı. Gatineau'dan beri takip ediliyoruz. *Siz* takip ediliyorsunuz. Philibert Lafrance ve Rhéal Ladouceur."

"Takip etmekle itham etmek aynı şey değildir. Bütün enerjinizi abartıya dönüştürmüşsünüz."

"Laliberté'nin size göstermek istemediği şu imzasız mektup, kâğıdın üst ve alt kısımlarında, beş ve bir santim genişliğinde, ince, siyah çizgiler vardı."

"Bir fotokopi mi yani?"

"Evet. Sayfanın üst ve alt kısmında yazılanları kapatmak istemişler. Üstünkörü bir montaj olmuş. Kâğıt da, harfler de, sayfa düzeni de staj formlarına benziyordu, hatırlarsınız, tüm bunlarla Paris'te ben

ilgilenmiştim. Ve şu cümle: *bizzat kendisi ilgilendi.*
Biraz Québec kokan bir tabir, değil mi? O mektubu KKJ kendisi üretti."

"Peki neden?"

"Üstlerinizin sizi buraya göndermelerini sağlayacak geçerli bir gerekçe olsun diye. Laliberté asıl niyetini açıklasaydı, Brézillon sizi ellerine bırakmazdı."

"Ellerine bırakmak mı? Bunlar da ne demek oluyor, Teğmen? Laliberté 26 Ekim gecesi ne halt karıştırdığımı merak ediyor ve onu anlıyorum. Bunu ben de merak ediyorum. Noëlla'yla ne işim olduğunu düşünüyor, bunu da anlıyorum. O kızla ne işim olduğunu ben de kendi kendime sordum. Ama bütün bunlar beni bir şüpheliye dönüştüremez."

"Bugün bir ara hepiniz şişman Retancourt'u sandalyesinde unutup yan odaya gittiniz. Hatırladınız mı?"

"Üzgünüm ama peşimizden gelebilirdiniz."

"Asla. Görünmez olmuştum bile, içlerinden biri bile orada, yeşil dosyanın yanında tek başıma kaldığımı fark etmedi. O zaman bir deneyeyim dedim."

"Neyi denediniz?"

"Fotokopi çektim. Gereken her şey çantamda."

Adamsberg karanlıkta Teğmen'inin yüzüne dik dik baktı. Araba azami hız sınırının oldukça üzerinde seyrediyordu.

"Karakolda da aklınıza estikçe gizli belgelerin fotokopisini çekiyor musunuz?"

"Karakolda görevim sizi korumak değil."

"Hızınızı düşürün. Çantanızdaki saatli bombayla polislerin bizi durdurması tam bir şanssızlık olur."

"Doğru," dedi Retancourt ayağını gazdan çekerek. "Otomatik vitestlilerle kendime engel olamıyorum."

"Kendinize engel olamadığınız tek konu bu değil, anlaşılan. Fotokopi makinesinin başında yakalansaydınız başımıza gelecekleri düşündünüz mü?"

"Dosyayı okumasaydım başımıza gelecekleri düşündünüz mü? Pazar günü KKJ bomboş olur. Hem, uzaktan sesleriniz duyuluyordu. En ufak bir sandalye gürültüsüyle her şeyi yerine koyabilirdim. Ne yaptığımı biliyorum."

"Bundan pek emin değilim."

"Sizinle ilgili derinlemesine bir soruşturma yürütmüşler. Kızla sevgili olduğunuzu biliyorlar."

"Ev sahibi mi söylemiş?"

"Hayır. Ama Noëlla'nın çantasında bir hamilelik testi varmış."

"Hamile miymiş peki?"

"Hayır. Üç gün içinde sonuç veren hamilelik testi yok, ama bunu erkekler bilmez."

"O zaman ne diye test yapmış? Eski sevgilisi için mi?"

"Başınıza bela olmak için. Çantamdaki raporu alın. Mavi bir dosya, sanırım onuncu sayfada."

Adamsberg Retancourt'un çantasını açtı; içinde pense, ip, kanca, germe aleti, makyaj malzemesi, bıçak, el feneri, plastik torba gibi bir dolu şey barındıran bu çanta, bir kurtarma ekibine ait gibiydi. Ara-

banın tavan ışığını yakıp onuncu sayfayı açtı: Noëlla
Cordel'in idrar tahlili, kanıt numara RRT 3067.
'Sperm kalıntıları tespit edildi. Jean Baptiste Adams-
berg'in yatağında bulunan STG 6712 kodlu örnekle
karşılaştırıldı. DNA pozitif. Cinsel ilişki kesin.'

Bu satırların altında, biri gebelik testinden, di-
ğeri yataktan alınan DNA örneklerinin yirmi sekiz
bantlı resimleri vardı. İki resim de birbirinin aynıy-
dı. Adamsberg kâğıtları kaldırıp ışığı söndürdü.
Teğmen'iyle spermler hakkında konuşmak kendi-
sini rahatsız etmezdi ama yine de, bu satırları okur-
ken Retancourt'un sessiz kalmış olmasına minnet-
tardı.

"Neden Laliberté bunları bana söylemedi?"
dedi kısık sesle.

"Çünkü o bir avcı, tadını çıkarıyor. İyice battı-
ğınızı görmek onu eğlendiriyor. Ne kadar çok ya-
lan söylerseniz polise o kadar yanlış bilgi vermiş
oluyorsunuz."

"Yine de," dedi Adamsberg iç geçirerek. "No-
ëlla'yla yattığımı bilse bile bunun cinayetle bir ilgi-
si olmayabilir. Bu sadece bir rastlantı."

"Siz rastlantıları sever misiniz?"

"Hayır."

"O da sevmiyor işte. Genç kızın cesedi patika-
da bulundu."

Adamsberg hayretten donup kaldı.

"Bu imkânsız, Retancourt," dedi.

"Nehrin kenarındaki göletlerden birinde bu-
lundu," dedi Retancourt yavaşça. "Bir şeyler yiye-
lim mi?"

Adamsberg alçak sesle, "Pek aç değilim," diye karşılık verdi.

"Ben yerim. Yemezsem bütün yol dayanamam, siz de dayanamazsınız."

Retancourt arabayı kenara çekip çantasından iki sandviç, iki de elma çıkardı. Adamsberg dalgın bakışlarla, lokmasını ağır ağır çiğniyordu.

"Yine de bu neyi kanıtlar ki?" dedi sonra. "Noëlla sabahtan akşama hep o patikada olurdu. Oraların tehlikeli olduğunu kendisi de söylemişti. O yoldan tek geçen ben değildim ya."

"Akşamları oralarda sizden başka gezinen yoktu. Noëlla Cordel'le ilgilenmeyen eşcinsellerin dışında tabii. Polisler her şeyi biliyor. On buçuktan bir buçuğa kadar patikada üç saat kaldığınızı bile."

"Hiçbir şey görmedim, Retancourt. Dedim ya, sarhoştum. Yolda gidip gelmiş olmalıyım. Düşünce el fenerimi de kaybettim. Sizin el fenerinizi yani."

Retancourt çantasından bir şişe şarap çıkardı.

"İyi bir şarap mı değil mi bilmiyorum," dedi, "bir yudum alın."

"Artık içmek istemiyorum."

"Birkaç yudumcuk, lütfen."

Adamsberg ne yapacağını bilemez bir halde boyun eğdi. Retancourt şişeyi geri alıp özenle kapağını kapattı.

"*L'Ecluse*'ün barmenini sorgulamışlar," diye devam etti Teğmen. "Galiba ona: *aynasızlar gelirse seni şişlerim*, demişsiniz."

"Büyükannemden bahsediyordum. Yürekli bir kadındı."

278

"Yürekli de olsa ettiğiniz laf hiç hoşlarına gitmemiş."

"Hepsi bu mu, Retancourt?"

"Hayır. O geceyi hatırlamadığınızı da biliyorlar."

Arabanın içinde uzun bir sessizlik oldu. Adamsberg koltuğa iyice yaslanmış, gözlerini tavana dikmişti; şaşkınlıktan küçük dilini yutmuşa benziyordu.

"Bunu sadece Danglard'a anlattım," dedi boğuk bir sesle.

"Yine de biliyorlar."

"O patikada sık sık yürürdüm," dedi yine aynı sesle. "Cinayet sebebi de yok, kanıt da."

"Cinayet sebebi var: gebelik testi, şantaj."

"Bu çok saçma, Retancourt. Bu tam bir tuzak, şeytani bir tuzak."

"Sizce Hâkim'in eseri mi?"

"Neden olmasın?"

"Hâkim ölü, Komiser."

"Umurumda değil. Hem ellerinde kanıt da yok."

"Var. Kızın belinde kendisine o gün hediye edilen bir kemer varmış."

"Biliyorum, ne olmuş?"

"Kemer göletin yanındaki yaprakların içinde bulunmuş."

"Evet?"

"Üzgünüm, Komiser, kemerin üzerinde parmak izleriniz varmış. Stüdyonuzdaki izlerle karşılaştırmışlar."

Adamsberg hiç hareket etmiyordu. Şaşkınlıktan taş kesilmiş, üzerine yağan suçlamaların altında ezilmişti.

"O kemeri hiç görmedim, ona hiç dokunmadım. Cuma akşamından beri o kızı görmedim."

"Biliyorum," diye mırıldandı Retancourt. "Ama onlara gösterdiğiniz tek suçlu ölü bir adam, o gece ne yaptığınıza dair tek kanıtınız da bir hafıza kaybı. Hâkim'e kafayı taktığınızı, kardeşinizin de katil olduğunu, kendinizi kaybettiğinizi düşüneceklerdir. Ve kendinizi kardeşinizle aynı koşullar altında, sarhoş, ormanda, hamile bir kızın karşısında bulduğunuzu, onun yaptığını tekrar ettiğinizi söyleyecekler."

"Böylece her şey yerli yerinde," dedi Adamsberg gözlerini kapayarak.

"Bunları birden söylediğim için bağışlayın, ama bilmeniz gerekir diye düşündüm. Salı günü sizi itham edecekler. İthamname hazır."

Retancourt elmanın koçanını pencereden dışarı attı, arabayı çalıştırdı. Adamsberg'e arabayı kullanmak isteyip istemediğini sormadı, o da bunu teklif etmedi.

"Bunu ben yapmadım, Retancourt."

"Laliberté'ye bunu bin kere de söyleseniz kâr etmez. İnkârlarınız umurunda değil."

Adamsberg birden doğruldu.

"Ama, Teğmen, Noëlla yabayla öldürüldü. Öyle bir aleti nereden bulabilirdim ki? Patikanın orta yerinde mi?"

Sonra birden susup yerine yığıldı.

"Söyleyin, Komiser."

"Kahretsin, şantiye."

"Neredeki şantiye?"

"Yolun yarısındaki şantiye, ağaç gövdelerinin yanında duran bir pikap ve bir dolu alet vardı. Ölü ağaçları söküp yerlerine akağaçlar dikiyorlardı. O şantiyeyi biliyordum. Önünden geçerken Noëlla'yı gördüm, yabayı gördüm ve kızı öldürdüm. Evet, bunu iddia edebilirler. Çünkü yaraların içinde toprak parçaları vardı. Çünkü yaba Hâkim'inkinden farklıydı."

"Evet, bunu iddia edebilirler," dedi Retancourt ciddi bir tavırla. "Hâkim'le ilgili anlattıklarınız işinizi hiç de kolaylaştırmıyor, aksine. Saçma sapan, delice, takıntılı bir hikâye. Sizi suçlamak için bundan faydalanacaklardır. Pratik bir cinayet sebebi zaten vardı, siz onlara bir de derin cinayet sebebini anlattınız."

"Kendinden geçmiş, sarhoş, hafızası yerinde olmayan, genç kız yüzünden paçaları tutuşmuş bir adam. Kardeşimin vücuduna giren ben. Hâkim'in vücuduna giren ben. Ben, çılgın, dengesiz. İşim bitik, Retancourt. Fulgence beni bitirdi. Kanıma girdi."

Retancourt on beş dakika boyunca tek söz etmeden arabayı sürdü. Teğmen'e göre Adamsberg'in çöküşü uzun süre sessiz kalmayı gerektiriyordu. Belki de günlerce, Grönland'a kadar. Ama buna zamanı yoktu.

"Ne düşünüyorsunuz?" diye sordu bir süre sonra.

"Annemi."

"Anlıyorum. Ama şimdi bunun zamanı değil, bence."

"Yapacak hiçbir şey kalmayınca insan annesini düşünür. Ve yapacak hiçbir şey yok."

"Tabii ki var, kaçmak."

"Kaçarsam yanarım. Suçumu itiraf etmem demek olur bu."

"Asıl Salı sabahı KKJ'ye giderseniz yanarsınız. Mahkeme gününe kadar burada çürürsünüz ve karşı soruşturma bile yapamayız. Kanada cezaevlerinde kalırsınız ve bir gün sizi Fresnes'e gönderirler, en az yirmi yıl yatarsınız. Hayır, buradan kaçmamız lazım."

"Ne dediğinizin farkında mısınız? Bu durumda suç ortağım olduğunuzun farkında mısınız?"

"Elbette."

Adamsberg Teğmen'e döndü.

"Peki, ya suçlu bensem, Retancourt?"

"Kaçmalıyız," dedi Retancourt soruya cevap olarak.

"Peki, ya suçlu bensem, Retancourt?" diye yineledi Adamsberg daha yüksek bir sesle.

"Kendinizden şüphe ederseniz, ikimiz de yanarız."

Adamsberg karanlığın içinde eğilip Retancourt'a dikkatlice baktı.

"Siz şüphe etmiyor musunuz?" diye sordu.

"Hayır."

"Neden? Beni sevmiyorsunuz, hem her şey beni suçlu gösteriyor. Ama siz buna inanmıyorsunuz."

"Hayır. Siz adam öldüremezsiniz."

"Neden?"

Retancourt hafifçe dudak büktü, nasıl bir cümle kuracağını düşünüyor gibiydi.

"Bu yeterince ilginizi çekmez, diyelim."

"Emin misiniz?"

"Olabileceğim kadar. Bana güvenmelisiniz, yoksa gerçekten yanarsınız. Kendinizi savunmuyorsunuz, aksine gittikçe batıyorsunuz."

Evet, ölü gölün çamurlarına, diye düşündü Adamsberg.

"O geceyi hatırlamıyorum," diye tekrarladı bozuk bir plak gibi. "Ellerim ve yüzüm kanla kaplıydı."

"Biliyorum. Apartman bekçisinin ifadesini almışlar."

"Belki de benim kanım değildi."

"Gördünüz mü? Gittikçe batıyorsunuz. Kabul ediyorsunuz. Bu fikir içinize bir sürüngen gibi giriyor ve siz karşı koymuyorsunuz."

"Bu fikir belki de Yaba'yı hayata döndürdüğümden beri içimdeydi ve o aleti gördüğümde patladı."

"Batıyorsunuz, Hâkim'in mezarına batıyorsunuz," dedi Retancourt ısrarla. "İpi başınızdan kendiniz geçiriyorsunuz."

"Farkındayım."

"Komiser, iyi düşünün. Kime güvenirsiniz? Kendinize mi, bana mı?"

"Size," dedi Adamsberg düşünmeden.

"O zaman kaçacağız."

"Yapamayız. KKJ polisleri ahmak değil."

"Biz de ahmak değiliz."

"Şimdiden peşimizdeler."

"Detroit'ten kaçmayacağız zaten. İthamname şimdiden Michigan'a varmıştır bile. Salı sabahı, kararlaştırdığımız gibi Brébeuf Oteli'ne döneceğiz."

"Ve bodrum katından kaçacağız, öyle mi? Saatinde çıkmadığımı görünce her yeri arayacaklardır, binayı da, odamı da alt üst edeceklerdir. Arabalarının ortadan kaybolduğunu görüp havaalanlarına haber vereceklerdir. Uçağa binebilmem mümkün değil. Otelden ayrılmam bile imkânsız. Şu Brébeuf gibi, beni de çiğ çiğ yiyecekler."

"Onlar bizim peşimizden gelmeyecek, Komiser. Biz onları istediğimiz yere çekeceğiz."

"Nereye?"

"Benim odama."

"Sizin odanız da benimki kadar küçük. Nereye saklayacaksınız beni? Çatıya mı? Oraya da çıkarlar."

"Elbette."

"Yatağın altına mı? Dolaba mı? Dolabın üzerine mi?"

Adamsberg umutsuzca omuz silkti.

"Üzerime."

Komiser, Teğmen'ine döndü.

"Üzgünüm, ama sadece birkaç dakika sürecek. Başka çaremiz yok."

"Retancourt, ben bir saç tokası değilim. Beni neye dönüştürmeyi düşünüyorsunuz?"

"Dönüşecek olan benim, bir direğe dönüşeceğim."

XXXV

Retancourt yolda uyumak için iki saat durdu. Sabah yedide Detroit'te oldular. Şehir, tıpkı üzerindeki güzel elbisesi paramparça olmuş, her şeyini yitirmiş bir düşes gibi iç karartıcıydı. Kir ve yoksulluk, eski Detroit'in görkeminin üzerine yerleşmişti.

"Bu apartman," dedi Adamsberg elinde şehir planıyla.

Gösterdiği bina oldukça yüksek ve siyah, ama yine de iyi durumdaydı, altında bir kafeterya vardı. Adamsberg bu binayı tarihi bir yapıya bakarmış gibi inceledi. Duvarlarının ardında Raphaël hareket ediyor, uyuyor ve yaşıyor olduğuna göre, bu elbette ki tarihi bir binaydı.

"Aynasızlar yirmi metre gerimize park ettiler," dedi Retancourt. "Sersemler. Gatineau'dan beri peşimizde olduklarını bilmediğimizi mi sanıyorlar?"

Adamsberg kollarını bel hizasında kavuşturmuş ve öne eğilmişti.

"Siz yalnız gidin, Komiser. Ben de bu arada kafeteryada yemek yerim."

"Gidemiyorum," dedi Adamsberg alçak sesle.

"Hem ne diye gideyim ki? Ben de bir kaçağım artık."

"Böylece o da siz de kendinizi yalnız hissetmezsiniz. Hadi, Komiser."

"Anlamıyorsunuz, Retancourt. Gidemiyorum. Bacaklarım kaskatı, buz gibi. Dökme madenle yere çakılmış gibiyim."

"İzninizle," dedi Teğmen dört parmağını Komiser'in kürek kemiklerinin arasına bastırarak.

Adamsberg bir işaretle Teğmen'e izin verdi. On dakika sonra, kaygan bir yağın baldırlarından aşağı akarak bacaklarına tekrar can verdiğini hissetti.

"Uçakta Danglard'a yaptığınız da bu muydu?"

"Hayır, Danglard sadece ölmekten korkuyordu."

"Ben neden korkuyorum, Retancourt?"

"Tam aksinden."

Adamsberg başını sallayarak arabadan indi. Retancourt kafeteryaya girmek üzereydi ki, Komiser onu kolundan çekerek durdurdu.

"Orada," dedi. "Şu masada, bize sırtı dönük. Eminim."

Teğmen, Adamsberg'in gösterdiği adama baktı. Bu sırt şüphesiz bir kardeşe aitti. Adamsberg'in eli, kolunu sıkıca sarıyordu.

"Siz yalnız gidin," dedi. "Ben arabaya dönüyorum. Gelmemi istediğinizde bir işaret edin. Onu görmek isterim."

"Raphaël'i mi?"

"Evet, Raphaël'i."

Adamsberg camdan kapıyı itti, bacakları hâlâ karıncalanıyordu. Raphaël'e yanaşıp iki elini omuzlarına koydu. Sırtı dönük adam irkilmedi bile. Omuzlarında duran iki esmer ele baktı; önce birine, sonra diğerine.

"Beni buldun demek?" dedi kıpırdamadan.

"Evet."

"Ne iyi ettin."

Sokağın karşı tarafında bulunan Retancourt iki kardeşin ayağa kalkıp birbirine sarıldıklarını, kolları hâlâ kavuşmuş halde birbirlerine baktıklarını gördü. Çantasından çıkardığı dürbünü ayarlayıp, alnını kardeşininkine dayamış duran Raphaël Adamsberg'e baktı. Aynı vücut, aynı yüz. Ama, Adamsberg'in değişken güzelliği kaotik yüz çizgilerinin içinden bir mucize gibi fırlıyorsa, kardeşinin güzelliği hatlarının düzgünlüğü sayesinde ilk bakışta fark ediliyordu. Aynı kökten doğan, biri dağınıklık, diğeri armoni içinde büyüyen ikiz kardeşler gibi. Retancourt, Adamsberg'i de görebilmek için arkasına yaslandı. Sonra birden dürbününü indirdi, kaçamak bir duygunun ardından bu kadar ileri gidebildiğinden utandı.

Şimdi iki kardeş oturmuştu ama kollarını ayırmıyor, böylece kapalı bir çember oluşturuyorlardı. Retancourt, ürpererek arabadaki koltuğuna yerleşti. Dürbünü çantasına koyup gözlerini kapadı.

Üç saat sonra, Adamsberg Teğmen'ini arabanın camına vurarak uyandırmıştı. Raphaël ikisinin

de karnını doyurmuş, kanepeye oturtmuş ve elleri-
ne birer fincan kahve vermişti. Retancourt iki kar-
deşin birbirlerinden yarım metreden fazla uzaklaş-
madıklarını fark etti.

"Jean-Baptiste tutuklanacak mı? Bu kesin mi?"
diye sordu Raphaël Teğmen'e.

"Kesin," dedi Retancourt. "Ama kaçabiliriz."

"Oteli gözleyen ondan fazla polisle, kaçarız ta-
bii," dedi Adamsberg.

"Bu mümkün," dedi Retancourt.

"Planınız nedir, Violette?" diye sordu Raphaël.

Raphaël, bir polis ya da asker olmadığından,
Teğmen'e soyadıyla hitap etmeyi reddetmişti.

"Bu akşam Gatineau'ya doğru yola çıkıyoruz,"
dedi Retancourt. "Sabah yediye doğru, hiçbir şey
olmamış gibi Brébeuf Oteli'ne varırız, herkes bizi
görür. Siz, Raphaël, bizden üç buçuk saat sonra yo-
la çıkacaksınız. Bunu yapabilir misiniz?"

Raphaël evet, anlamında başını salladı.

"On buçuk gibi otelde olursunuz. Aynasızlar ne
görecekler? Yeni bir müşteri ve bu umurlarında de-
ğil, aradıkları bu değil. Üstelik o saatte bir sürü ge-
len giden olur. Bugün bizi takip eden iki aynasız
yarın paydos eder. Yani gözcü polislerden hiçbiri
sizi tanıyamaz. Otele kendi adınızla yazılıp son de-
rece doğal olarak odanıza yerleşeceksiniz."

"Pekala."

"Takım elbiseniz var mı? İş adamı kıyafeti, ya-
ni kravat, gömlek?"

"Üç tane var. İkisi gri, biri mavi."

"Çok güzel. Takım elbiseyle gelin ve gri olanı

da yanınıza alın. Bir de iki manto, iki kravat getirin."

"Retancourt, kardeşimin başını belaya sokmayacaksınız umarım?" diye araya girdi Adamsberg.

"Hayır, Gatineau polislerinin başını belaya sokacağım. Siz, Komiser, otele varır varmaz alelacele kaçmış gibi odanızı boşaltacaksınız. Bütün kıyafetlerinizi atacağız, ne mutlu ki fazla eşyanız yok."

"Kıyafetlerimi ufak parçalara mı ayıracağız, yutacak mıyız?"

"Hepsini koridordaki çöpe dolduracağız, şu kanatlı, çelik çöp konteynırına."

"Her şeyi mi? Giysileri, kitapları, tıraş makinemi?"

"Hepsini. Silahınızı da. Giysilerinizi atarak canınızı kurtaracağız. Cüzdanı ve anahtarları atmayacağız."

"Bavulum çöpe sığmaz."

"Benim dolabımda bırakırız, sanki benimkiymiş gibi yaparız. Kadınların bagajı çok olur."

"Saatlerimi atmasak olur mu?"

"Olur."

İki kardeş gözlerini Teğmen'den ayırmıyordu; biri yumuşak ve belirsiz, öbürü net ve parlak bakıyordu. Raphaël Adamsberg de abisi gibi rahat ve esnek biriydi, ama hareketleri daha canlı, tepkileri daha çabuktu.

"Aynasızlar bizi KKJ'de saat dokuzda bekliyorlar," diye devam etti Retancourt, bir Raphaël'e, bir Komiser'e bakarak. "Yirmi dakikalık bir gecikmeden sonra, Laliberté oteli arayıp Komiser'e ulaşma yı deneyecektir. Cevap gelmeyince de alarm verilecek. Adamlar hemen odasına koşacaklar. Boş, şüpheli kaçtı. Vermemiz gereken izlenim bu, gitti, ellerinden kurtulmayı başardı. Dokuzu yirmi beş geçe, Komiser'i benim sakladığımı düşünerek odama gelecekler."

"Retancourt, beni nereye saklayacaksınız ki?" diye sordu Adamsberg endişe dolu bir sesle.

Retancourt elini kaldırdı.

"Québec'liler utangaç ve ihtiyatlı insanlardır," dedi. "Gazete sayfalarında ya da göl kenarlarında çıplak kadın göremezsiniz. Biz de bu utangaçlıktan yararlanacağız. Yalnız," dedi Adamsberg'e dönerek, "bizim pek utangaç olmamamız gerekecek. Muhafazakârlığın sırası değil. Olur da utanırsanız, bunun bir ölüm kalım meselesi olduğunu hatırlayın."

"Hatırlarım."

"Polisler odama daldığında banyoda, hatta küvetin içinde olacağım ve banyonun kapısı açık olacak. Seçici olma lüksümüz pek yok."

"Ya Jean-Baptiste?" diye sordu Raphaël.

"Açık kapının ardında saklanıyor olacak. Polisler beni görünce gerileyecekler. Kabalıklarından dolayı bağırıp çağıracağım. Özür dileyecekler, kem küm edecekler ve Komiser'i aradıklarını söyleyecekler. Bilmiyorum, bana otelde kalmamı söylemişti. Odayı aramak isteyecekler. Pekala, ama en azından giyinmeme izin verin. Küvetten çıkmam ve kapıyı kapamam için geri çekilecekler. Buraya kadar tamam mı?"

"Tamam," dedi Raphaël.

"Bileklerime kadar inen koca bir bornoz giyeceğim. Bunu Raphaël'in buradan satın alması gerek. Size bedenimi bildiririm."

"Ne renk?" diye sordu Raphaël.

Bu incelik dolu soru, Retancourt'un konuşmasını bir an için durdurdu.

"Açık sarı, lütfen,"

"Açık sarı, tamam," dedi Raphaël, "Ya sonra?"

"Komiser ve ben banyodayız, kapı kapalı. Aynasızlar odadalar. Durumu iyice anladınız mı, Komiser?"

"Tam da burada anlamamaya başlıyorum. Banyoda bir aynalı dolap, bir de raf var. Beni nereye koyacaksınız? Köpüklü suların içine mi?"

"Üzerime, dedim ya. Daha çok sırtıma. O anda ayakta tek vücut oluyoruz. Polisleri içeri alıyorum ve sırtım duvara dönük, şaşkın bir halde onları izliyorum. Ahmak değiller tabii, banyoya, kapının arkasına, küvetin içine iyice bakıyorlar. Bornozu biraz açarak iyice rahatsız olmalarını sağlıyorum. Bana bakmaya cesaret edemezler, röntgenci konumuna düşmekten çekinirler. Bu konuda pek rahat değiller, bu bizim en önemli kozumuz. Banyoyu iyice aradılar, dışarı çıkıyorlar ve ben giyiniyorum. Onlar odayı ararlarken ben giyinik bir halde dışarı çıkıyorum ve banyo kapısını doğal olarak açık bırakıyorum. Siz de kapının arkasındaki yerinize geri dönüyorsunuz."

"Teğmen, şu tek vücut olduğumuz yeri pek anlayamadım," dedi Adamsberg.

"Hiç yakın dövüş yapmadınız mı? Rakibiniz arkadan size yapışır hani?"

"Hayır, hiç yapmadım."

Retancourt ayağa kalktı.

"Göstereyim," dedi. "Ayakta biri var. Ben. Uzun ve şişman, şanslıyız. Daha hafif ve daha kısa biri daha var. Siz. Bornozun altındasınız. Başınız ve omuzlarınız sırtıma yapışmış, kollarınız belimi sıkıca sarıyor, yani göbeğimin içine gömülerek görünmez oluyorlar. Sıra bacaklarınızda. Benim bacaklarımın arkasına yapışık, ayaklar yere değmeyecek bir şekilde alt baldırlarıma dolanmış. Banyonun bir köşesinde, kollarımı göğsümün üzerinde kavuşturmuş duruyorum, ağırlık merkezimi biraz indirmek için, bacaklarım hafif ayrık. Anladınız mı?"

"Tanrım, Retancourt, bir maymun gibi sırtınıza yapışmamı mı istiyorsunuz?"

"Hatta bir dilbalığı gibi. Yapışmanız gerek. Bu en fazla iki dakika sürer. Banyo küçücük, aramaları uzun zaman almaz. Bana bakmayacaklardır. Hiç hareket etmeyeceğim. Siz de."

"Bu çok aptalca, Retancourt, kesin belli olur."

"Belli olmaz. Ben şişmanım. Bornoza sarılı olacağım, köşede duracağım, beni karşıdan görecekler. Tenimin üzerinde kaymamanız için bornozun altına bir kemer takarım, ona tutunursunuz. Cüzdanınızı da bu kemere iliştiririz."

"Çok ağır bir yüküm ben," dedi Adamsberg başını sallayarak. "Yetmiş iki kiloyum, düşünsenize. Olmaz, delilik bu."

"Olur, çünkü daha önce iki kere oldu, Komiser.

Şu ya da bu sebepten aranan kardeşimi de polisler-den böyle sakladım. On dokuz yaşındayken hemen hemen sizin boyunuzdaydı ve altmış dokuz kiloydu. Babamın sabahlığını giyiyordum ve o sırtıma çıkıyordu. Hiç kımıldamadan dört dakika dayanıyorduk. Belki bunları duymak sizi rahatlatır."

"Violette öyle diyorsa öyledir," dedi Raphaël, biraz telaşlanmıştı.

"Öyle diyorsa," diye yineledi Adamsberg.

"Belirtmem gereken son bir şey daha var. Kesinlikle başarısız olmamalıyız ve bu yüzden de hile yapamayız. Tek silahımız gerçeğe yakın görünmek. Küvette de, bornozun altında da gerçekten çırılçıplak olacağım. Ve siz gerçekten sırtıma asılı olacaksınız. Bir şorttan fazla kıyafet kabul edemem. Birincisi, giysiler kayabilir, ikincisi de bornozun doğal görünmesine engel olabilir."

"Buruşukluklar olabilir," dedi Raphaël.

"Aynen öyle. Risk alamayız. Bunun rahatsız edici olduğunun farkındayım ama utanmanın sırası değil. Bu konuda şimdiden anlaşalım."

"Siz rahatsız olmazsanız ben de olmam," dedi Adamsberg.

"Dört erkek kardeşimi de ben büyüttüm ve bazı istisnai koşullarda utangaçlığın gereksiz bir lüks olduğuna inanırım. Ve biz istisnai koşullarda bulunuyoruz."

"Ama Retancourt, odanızdan eli boş çıksalar da, gözetimi elden bırakmayacaklardır. Brébeuf Oteli'ni tavan arasından bodrum katına kadar tarayacaklardır."

"Elbette."

"Yani, tek vücut olalım ya da olmayalım, binadan çıkamayacağım."

"O çıkacak," dedi Retancourt Raphaël'i göstererek. "Yani onun kılığına girmiş olan siz. Saat on birde, Raphaël'in takım elbisesi, mantosu, ayakkabıları ve kravatıyla otelden çıkacaksınız. Otele varır varmaz saçınızı onunki gibi keserim. Kimse bir şey anlamayacaktır. Uzaktan ikinizi ayırt etmek çok zor. Hem onlara göre siz dilenci gibi giyiniyorsunuz. Polisler on buçukta otele gelen mavi takım elbiseli işadamını gördüler, on birde aynı adamın otelden çıktığını görürler ve umursamazlar. İşadamı, yani siz, Komiser, sakince arabasına yönelir."

Yan yana oturan iki Adamsberg, Teğmen'i dikkatle, büyülenmiş gibi dinliyorlardı. Adamsberg Retancourt'un planını anlamaya başlıyordu; plan, genelde birbirine düşman iki şey üzerine kurulmuştu: incelik ve abartı. Bu iki şey bir araya gelince, iğne gibi narin, ama topuz gibi sert bir darbeye benzeyen, beklenmedik bir güç oluşturuyordu.

"Sonra?" diye sordu Adamsberg. Bu plan Komiser'i biraz olsun canlandırmıştı.

"Raphaël'in arabasına biniyorsunuz ve onu Ottawa'da, North Street ile Laurier Bulvarı'nın kesiştiği köşeye bırakıyorsunuz. Oradan Montréal'e giden on bir kırk otobüsüne biniyorsunuz. Raphaël otelden daha geç çıkacak, akşama ya da ertesi gün. Polisler gözetime son vermiş olurlar. Arabasını Ottawa'dan alıp Detroit'e dönecek."

"Peki neden daha basitini denemiyoruz?" diye

sordu Adamsberg. "Raphaël Başkan'ın telefonundan önce gelsin, takım elbisesini ve arabasını bana versin, böylece alarm verilmeden yola çıkayım. Raphaël de benim arkamdan otobüsle gelir. Hem bu şekilde banyoda tek vücut olmamıza da gerek kalmaz. Polisler geldiğinde ortada ne ben, ne de Raphaël kalmış olur."

"Ama polisler otel kayıtlarındaki adını görürler, ya da ziyaretçi olarak gelirse, şimşek gibi geçtiğini fark ederler. Planı keyfimizden karıştırmıyoruz, Komiser. Tüm bunları Raphaël'in başını belaya sokmamak için yapıyoruz. Siz kaçmadan gelirse kesinlikle fark edilecektir. Polisler resepsiyoncuyu sorgularlar ve Raphaël Adamsberg'in o sabah otele geldiğini, hemen sonra da gittiğini öğrenirler. Ya da en azından bir ziyaretçinin sizi sorduğunu fark ederler. Onun kılığında kaçtığınızı hemen anlarlar ve Raphaël'i Detroit'te suç ortaklığından tutuklarlar. Ama kardeşiniz siz kaçtıktan sonra ortaya çıkarsa, müşterilerin arasına karışır ve hiçbir şeyle suçlanamaz. En kötü ihtimalle, aynasızlar otel kayıtlarında ismini görürler ve abisini görmeye geldiğinden dolayı onu suçlayamazlar."

Adamsberg dikkatle Retancourt'a bakıyordu.

"Elbette," dedi, "Raphaël sonradan gelmeli, bunu düşünmeliydim. Ben de bir polisim sonuçta. Acaba düşünmeyi de mi unuttum?"

"Polis gibi düşünmeyi, evet," diye yanıtladı Retancourt alçak sesle. "Takip edilen bir suçlu gibi düşünüyorsunuz, polis gibi değil. Şimdilik taraf değiştirdiniz, elverişsiz taraftasınız. Paris'e dönünce

295

hepsi geçecektir."

Adamsberg onayladı. Kovalanan suçlu ve kaçak refleksleri; ne olaylara genel bir bakışla bakabiliyordu, ne de ayrıntılar arasında bağlantı kurabiliyordu.

"Ya siz ne zaman kaçabileceksiniz?"

"Her yeri arayıp da sizi bulamadıklarını anladıklarında. Burayı bırakıp sizi yollarda ve havaalanlarında aramaya başlayacaklardır. Montréal'de buluşacağız."

"Nerede?"

"İyi bir erin evinde. Belki patikalarda aşk serüvenleri yaşamam, ama her limanda bir arkadaş edinirim. Hoşuma gidiyor, hem de işe yarıyor. Basile bizi saklayacaktır."

"Çok iyi," diye mırıldandı Raphaël, "çok iyi."

Adamsberg sessizce başını salladı.

"Raphaël," dedi Retancourt ayağa kalkarak, "bana bir yatak gösterebilir misiniz? Uyumam lazım. Bütün gece yol gideceğiz."

"Sen de uyu," dedi Raphaël abisine. "Siz dinlenirken ben de gidip bornozu alırım."

Retancourt ölçülerini bir kağıda yazdı.

"Takipçilerimizin peşinizden gelecoklerini sanmam," dedi sonra. "Apartmanın önünde bekleyeceklerdir. Ama yine de alışveriş yapın, ekmek, sebze falan da alın. Daha gerçekçi olur."

Adamsberg kardeşinin yatağına uzanmıştı, uyuyamıyordu. 26 Ekim gecesi fiziksel bir acı gibi rahatsız ediyordu onu. O patikada sarhoştu, Noëlla'ya ve herkese kızgındı: Danglard'a, Camille'e, yeni babaya, Fulgence'a. Bir süredir, hem de uzun bir süredir, kontrol edemediği bir nefret yumağı. O şantiye. Yaba oradaydı, elbette. Ağaçları başka neyle söksünler? Şantiye bekçisiyle konuşurken, ya da patikadan geçerken yabayı görmüş olmalıydı. Orada olduğunu biliyordu. Gecenin içinde, aklında Hâkim Fulgence ve kardeşine kavuşma isteği, sarhoş sarhoş geziniyordu. Yakasından bir türlü düşmeyen Noëlla'yı gördü. Nefret yumağı patlayıverdi, kardeşine giden yol açıldı, Hâkim kanına girdi. Silahı eline aldı. Patikada yalnızdı zaten. Genç kızı kafasına vurarak bayılttı. Yabayı karnına saplamasına engel olan deri kemeri çıkardı, yaprakların arasına fırlattı. Ve kızı bir yaba darbesiyle öldürdü. Göletin yüzeyindeki buzu kırdı, cesedi içine tıktı, üzerine de bir sürü taş attı. Otuz yıl önce Torque'ta, Raphaël'in bizini sakladığında yaptığı gibi. Aynı hareketlerle. Yabayı Ottawa Nehri'ne attı, nehir onu Saint Laurent şelalelerine götürdü. Sonra gezindi, yürüdü, bilinçsizce, ama unutmayı isteyerek bayıldı. Uyandığında her şey hafızasının erişilmez derinliklerine gömülmüştü.

Adamsberg buz kestiğini hissederek yorgana sarıldı. Kaçmak. Tek vücut. O kadının tenine çırılçıplak yapışmak. İstisnai koşullar. Tüymek ve kaçak bir katil olarak yaşamak; belki de gerçekten katildi.

Bakış açını değiştir, tarafını değiştir. Birkaç saniyeliğine yeniden polis ol. Retancourt'a, yeşil dosyada yazılanları bir felaketler zinciri halinde öğrenirken sorduğu bir soru aklına geldi. Laliberté, o gece hafızasını kaybettiğini nereden öğrenmişti? Nereden değil, birisinden öğrenmişti elbette. Ve bunu tek bilen Danglard'dı. Soruşturmanın takıntılı bir yönü olduğunu kim söylemiş olabilirdi? Hâkim'in hayatındaki önemini tek bilen Danglard'dı. Bir yıldır çatıştığı, Camille'i koruyan Danglard. Tarafını seçmiş olan, ona hakaret eden Danglard. Adamsberg gözlerini kapadı, kollarıyla yüzünü siper etti. Saf ve temiz Adrien Danglard. Asil ve sadık yardımcısı.

Akşam altıda, Raphaël odaya girdi. Bir süre uyumakta olan abisini, aklına çocukluk anılarını üşüştüren bu yüzü izledi. Yatağın üzerine oturup Adamsberg'i omzundan hafifçe sarstı.

Komiser dirseğinin üzerinde doğruldu.

"Gitme vakti geldi, Jean-Baptiste."

"Kaçma vakti," dedi Adamsberg, sonra yatağa oturup karanlıkta ayakkabılarını aramaya başladı.

"Benim yüzümden," dedi Raphaël kısa bir sessizlikten sonra. "Hayatını rezil ettim."

"Böyle şeyler söyleme. Hiçbir şeyi rezil ettiğin yok."

"Seni yaktım."

"Hiç de değil."

"Yaktım. Sen de benim gibi Torque balçıklarına battın."

Adamsberg ayakkabılarından birini ağır ağır bağladı.

"Sence bu mümkün mü? Sence onu ben mi öldürdüm?" diye sordu kardeşine.

298

"Ya ben? Sence ben öldürdüm mü?"

Adamsberg kardeşine baktı.

"Düz çizgi halinde üç delik açamazdın."

"Lise ne kadar güzeldi, değil mi? Rüzgâr gibi hafif ve tutkuluydu."

"Ama ben Noëlla'yı sevmiyordum. Hem yakınımda bir yaba vardı. Benimki daha muhtemel."

"Sadece muhtemel."

"Muhtemel mi, oldukça muhtemel mi? Oldukça muhtemel mi, oldukça doğru mu, Raphaël?"

Raphaël çenesini eline yasladı.

"Benim cevabım senin cevabın," dedi.

Adamsberg öbür ayakkabısını da bağladı.

"Hani bir kere kulağına sivrisinek kaçmıştı da iki saat çıkmamıştı, hatırladın mı?"

"Evet," dedi Raphaël gülümseyerek. "Vızıltısı beni deli ediyordu."

"Sinek ölmeden delirmenden korkuyorduk. Evin bütün ışıklarını söndürdük ve kulağının yanına bir mum tuttum. Papaz Grégoire'ın fikriydi bu: *içindeki şeytanı çıkaracağız, evladım.* Papaz esprisi işte. Hatırladın mı? Sonra sinek kulağından çıkıp mumun alevine gelmişti. Kanatları hafif bir cızırtıyla yanmıştı, o cızırtıyı hatırladın mı?"

"Evet. Grégoire, *küçük şeytan cehennem ateşinde yanıyor*, demişti. Papaz esprisi işte."

Adamsberg kazağını ve ceketini aldı.

"Sence muhtemel mi, oldukça muhtemel mi?" dedi sonra. "Şeytanımızı ufacık bir ışıkla tünelinden dışarı çekebilir miyiz?"

"Kulağımızdaysa, evet," dedi Raphaël.

"Kulağımızda, Raphaël."

"Biliyorum. Geceleri sesini duyuyorum."

Adamsberg ceketini giyip kardeşinin yanına oturdu.

"Sence onu çıkarabilecek miyiz?"

"Eğer varsa, Jean-Baptiste. Eğer biz değilsek."

"Bana biraz saf bir çavuş ve hafif deli bir kadın inanıyor."

"Bir de Violette."

"Retancourt görev duygusuyla mı, yoksa inandığından mı yardım ediyor, bilmiyorum."

"Önemi yok, onu dinle. Muhteşem bir kadın."

"Ne manada yani? Onu güzel mi buluyorsun?" dedi Adamsberg şaşkınlıkla.

"Güzel de, tabii, evet."

"Ya planı? Sence işe yarar mı?"

Bu cümleyi fısıldarken, Adamsberg bir an çocukluğuna döndü, kardeşiyle dağda pazarlık ediyorlardı sanki. Torque'un en derin yerine dalalım, bakkalın karısının hışmından kaçalım, Hâkim'in kapısına boynuz çizelim, gece kimse duymadan evden kaçalım.

Raphaël kararsızdı.

"Violette ağırlığına dayanabilirse," dedi.

İki kardeş el ele tutuşup baş parmaklarını üst üste koydular, tıpkı küçükken Torque'a dalmadan önce yaptıkları gibi.

XXXVI

Adamsberg ve Retancourt dönüş yolunda arabayı nöbetleşe kullandılar, Ladouceur ve Lafrance da peşlerinden geldi. Gatineau görüldüğünde, Komiser Retancourt'u uyandırdı. Ağırlığına dayanamamasından öyle korkuyordu ki, yol boyunca mümkün olduğu kadar uzun süre uyutmuştu Teğmen'i.

"Şu Basile," dedi, "beni evine alacağından emin misiniz? Oraya sizden önce, yalnız gideceğim."

"Ona bir not yazarım. Patronum olduğunuzu ve sizi benim gönderdiğimi söylersiniz. Oradan da sahte pasaport için Danglard'ı ararız."

"Danglard olmasın. Sakın onu aramayın."

"Peki neden?"

"O gece hafızamı kaybettiğimi bir tek o biliyordu."

"Danglard son derece sadıktır," dedi Retancourt şaşkınlıkla. "Kendini size adamış, sizi Laliberté'ye ispiyonlaması için hiçbir sebep yok."

"Var, Retancourt. Danglard bana bir yıldır kızgın. Ne kadar kızgın, bilemiyorum."

"Şu anlaşmazlığınız yüzünden mi? Camille'den dolayı mı?"

"Bunu nereden öğrendiniz?"

"Dedikodu Salonu'ndaki mırıltılardan. O oda tam bir kuluçka, her şey orada doğup orada filizleniyor. Hatta bazen iyi fikirler bile. Ama Danglard mırıldanmaz. Dürüsttür o."

Teğmen kaşlarını çattı.

"Emin değilim," dedi Adamsberg. "Siz yine de aramayın."

Sekize çeyrek kala, Adamsberg'in odası boşaltılmıştı ve Komiser üzerinde şortu ve iki saatiyle, Retancourt'a saçlarını kestiriyordu. Teğmen, iz bırakmamak için, kestiği saçları özenle tuvalete atıyordu.

"Saç kesmeyi nerede öğrendiniz?"

"Bir kuaför salonunda, masaj yapmaya başlamadan önce."

Retancourt birden fazla hayat yaşamış olmalı, diye düşündü Adamsberg. Kadının, başını hafifçe sağa sola döndürmesine izin veriyordu, bu hareketler ve makasın düzenli sesi Komiser'i rahatlatıyordu. Sekizi on geçe aynanın önüne geçtiler.

"Aynı Raphaël'in saçı gibi oldu, değil mi?" dedi Retancourt, sınavı başarıyla geçmiş bir genç kızın heyecanıyla.

Aynı. Raphaël'in saçları daha kısaydı ve ensede düzgünce katlanmıştı. Adamsberg kendini değişmiş buldu, daha sert ve daha düzgün görünüyordu. Evet, kravatla ve takım elbiseyle polisler onu tanıyamazdı, üstelik sadece birkaç metre yürümesi gerekecekti. Hem, saat on birde Adamsberg'in uzun

302

süredir kaçtığına inanmış olacaklardı.

"Pek zor olmadı," dedi Retancourt gülümseyerek, planın devamı onu pek de kaygılandırmıyor gibiydi.

Dokuzu on geçe, Teğmen küvetin içinde, Adamsberg de kapının arkasındaydı, ikisi de son derece sessizdi.

Adamsberg saatlerine bakmak için hafifçe kolunu kaldırdı. Dokuzu yirmi dört buçuk geçiyor. Üç dakika sonra, aynasızlar odaya daldılar. Retancourt yavaş nefes almayı denemesini söylemişti ve Komiser deniyordu.

Polislerin açık banyo kapısının önünde geri çekilişleri ve Retancourt'un küfürleri beklendiği gibi gelişti. Teğmen kapıyı yüzlerine çarptı ve yirmi saniye sonra, dilbalığı misali vücut vücuda pozisyonuna geçilmişti. Retancourt polislere kızgın bir sesle banyoya girebileceklerini, çabuk olmalarını söyledi. Adamsberg kemere ve kadının beline sıkı sıkı sarılmıştı, ayakları yere değmiyor, yanağı kadının ıslak sırtında eziliyordu. Adamsberg Teğmen'in, ayaklarını yerden keser kesmez yığılacağını düşünmüştü ama böyle bir şey olmadı. Retancourt'un sözünü ettiği dirçk, yerli yerinde duruyordu. Adamsberg, bir akağaç gövdesine tutunurmuşçasına sağlam bir şekilde asılmış hissediyordu kendini. Teğmen dengesini yitirmedi, hafifçe duvara bile yaslanmadı. Kollarını göğsünde kavuşturmuş, dimdik, tek bir kası bile titremeden duruyordu. Bu mükemmel direnç Adamsberg'i şaşırttı ve birden sakinleştirdi. Sanki bir saat boyunca, en ufak bir pürüz bile çıkmadan böyle kalabilirdi. O bunları düşünürken, aynasız teftişini bitirmiş, kapıyı çekip çıkmıştı. Retancourt çabucak giyindi ve banyodan çıktı, yıkanırken bu şekilde rahatsız edildiği için bağırmaya devam ediyordu.

"Girmeden önce kapıyı çaldık," dedi Adamsberg'in tanımadığı bir ses.

"Ben hiçbir şey duymadım!" diye bağırdı Retancourt. "Hem eşyalarımı da karıştırmayın. Tekrar ediyorum, Komiser bana burada kalmamı söylemişti. Başkan'la yalnız konuşmak istiyordu."

"Bunu size saat kaçta söyledi?"

"Otelin önüne park ettiğimizde, yediye doğru. Şimdi Başkan'ın yanında olmalı."

"Criss! KKJ'de değil! Patronunuz kanatlanıp uçtu."

Adamsberg saklandığı yerden Retancourt'un şaşkınlıktan dilini yutmuş gibi yaptığını anladı.

"Saat dokuzdaki randevuya gitmesi gerekirdi," dedi, "bunu biliyorum herhalde."

"Gelmedi ki! Bizi ayı yerine koydu, gemiye bindi gitti."

"Hayır, beni burada bırakmış olamaz. Hep beraber çalışırız."

"Işıklarınızı yakın, Teğmen. Allah'ın cezası patronunuz şeytanın teki ve sizi kandırdı."

"Anlayamıyorum," dedi Retancourt inatla.

Başka bir polis -Adamsberg'e Philippe Auguste'ün sesiymiş gibi geldi- araya girdi.

"Burada kimse yok," dedi.

"Kimse yok," diye yineledi Portelance'ın kaba

sesi.

"Meraklanıverme," dedi ilk polis. "Onu elimize geçirdiğimizde gününü görecek. Hadi, çıkıp oteli arayalım."

Sonra, odaya habersiz girdikleri için tekrar özür dileyip çıktılar.

Saat on birde Adamsberg gri takım elbisesi, beyaz gömleği ve kravatıyla, rahat adımlarla kardeşinin arabasına doğru yürüyordu. Ortalık sağa sola gidip gelen aynasızlarla doluydu. Adamsberg hiçbirine bakmadı. Montréal otobüsü on bir kırkta kalkıyordu. Retancourt son duraktan bir durak önce inmesini söylemişti. Cebinde sadece Basile'in adresi ve Retancourt'un yazdığı not vardı.

Yolun kenarında akıp giden ağaçları gözleriyle takip ederken, bulduğu hiçbir sığınağın Retancourt'un beyaz vücudu kadar korunaklı olmadığını düşünüyordu. Büyük amcasının saklandığı dağ oyuklarına bedeldi bu vücut. Ağırlığına nasıl dayanmıştı? Bu bir sır olarak kalacaktı. Voisenet'nin kimya bilgilerinin bile çözemeyeceği bir sır.

XXXVII

Louisseize ve Sanscartier, istemeye istemeye Laliberté'nin bürosuna gelip son raporu veriyorlardı.

"Patron patlamak üzere," dedi Louisseize alçak sesle.

"Sabahtan beri şeytan gibi inliyor," dedi Sanscartier gülümseyerek.

"Sence komik mi?"

"Komik olan, Berthe, Adamsberg'in elimizden sıvışmış olması. Laliberté'ye tam bir domuz oyunu oynayıverdi."

"Gülmene bir diyeceğim yok, ama şimdi kabak bizim başımıza patlayacak."

"Bizim suçumuz değil, Berthe, elimizden geleni yaptık. Ben Başkan'la konuşurum, ondan korkmuyorum."

Laliberté bürosunda ayakta durmuş, telefonla emirler yağdırmaya devam ediyordu; şüphelinin fotoğrafını etrafa yayın, yolları tutun, havaalanlarında arama yapın.

"E?" diye bağırdı telefonu kapatırken, "durum nedir?"

"Bütün parkı aradık, Başkan," dedi Sanscartier. "Kimse yok. Belki de yürüyüşe çıktı ve başına bir kaza geldi. Belki bir ayıya rastlamıştır."

Başkan sertçe çavuşa döndü.

"Sen treni kaçırmışsın, Sanscartier. Adam kaçtı, bunu hâlâ anlayamadın mı?"

"Bundan emin olamayız. Geri gelmeye kararlıydı. Sözünün eridir, Hâkim'le ilgili dosyaları bize vermedi mi?"

Laliberté yumruğuyla masaya vurdu.

"Hâkim masalı beş para etmez! Bak şuna," dedi Sanscartier'ye bir kâğıt uzatarak. "Herif on altı yıl önce ölmüş. Üzerine otur da dön."

Sanscartier Hâkim'in ölüm tarihine şaşırmadan baktı, sonra başını salladı.

"Belki de Hâkim'i taklit eden biri vardır," dedi yavaşça. "Yaba hikâyesi mantıklıydı."

"Anlattığı şey ikinci dünya savaşında başlamış! Kandırıldık işte, hepsi bu!"

"Yalan söylediğini sanmıyorum."

"Yalan söylemediyse bu daha kötü. İçten içe kafayı yemiş demektir bu."

"Delirdiğini sanmıyorum."

"Balıkları güldürme, Sanscartier. Komiser'in hikâyesinin kıçı başı belli değil. Dualarla ilerliyor."

"Yine de bütün o cinayetleri kendisi uydurmadı ya?"

"Son günlerde biraz garipsin sen, Çavuş," dedi Laliberté, Sanscartier'ye oturmasını emrederek. "Ve benim sabrım taşmak üzere. Öyleyse iyi dinle ve mantıklı düşün. O gece Adamsberg şeytana kanacak bir haldeydi, tamam mı? O kadar içmişti ki, yumurta gibi sarhoştu. *L'Ecluse*'den çıktığında yalpalıyordu ve konuşulmayacak haldeydi. Barmen de bunu söyledi, doğru mu?"

"Doğru."

"Ve saldırgandı. 'Aynasızlar yaklaşırsa seni şişlerim.' *Şişlemek*, Sanscartier. Bu aklına hangi silahı getiriyor?"

Sanscartier boyun eğdi.

"Şu sarışına takılıyordu. Sarışın da patikada geziyordu, doğru mu?"

"Doğru."

"Belki de kız Adamsberg'i aldattı, belki de Komiser çok kıskançtı, sinirleniverdi. Mümkün mü?"

"Mümkün," dedi Sanscartier.

"Ya da bence kız, çocuğumuz olacak gibi bir şeyler söyledi. Belki de zorla evlenmek istiyordu. Sonra her şey boka sardı. Adamsberg dala çarpmadı, Sanscartier, kızla dövüştü."

"Kıza rastlayıp rastlamadığını bile bilmiyoruz."

"Sen neler saçmalıyorsun ki?"

"Şimdilik kanıtımızın olmadığını söylüyorum."

"İtirazlarından bıkıverdim, Sanscartier. Çuvallar dolusu kanıtımız var! Kemerin üzerinde parmak izleri var."

"Belki de izleri daha önce bıraktı. Tanışıyorlarmış ya?"

"İki kulağın da tıkalı mı, Çavuş? Kemeri kıza o gün hediye etmişlerdi. Patikada kızı gördü. Ve birden altına işedi, kızı öldürüverdi."

"Anlıyorum, Başkan, ama buna inanamam.

Adamsberg'le cinayet arasında ortak nokta göremiyorum."

"Fazla düşünme. Onu sadece on beş gündür tanıyordun, hakkında ne biliyorsun? Hiçbir şey. Cılız öküz gibi hain biri o. Ve o kızı öldürdü, pis köpek. Deliliğine bir örnek daha; o gece yaptıklarını hatırlamıyor. Silgiyi çekmiş. Doğru mu?"

"Evet," dedi Sanscartier.

"Öyleyse yakalayın o pis herifi. Yorgunluktan geberin, mesaiye kalın ama onu bana getirin."

XXXVIII

Bitkin düşmüş, bagajsız bir yolcunun evine gelmesi Basile'i pek rahatsız etmedi, çünkü bu yolcunun cebinde Violette'in yazdığı bir not vardı, neredeyse hükümet emri gibi bir şey.

"Burası olur mu?" dedi Basile küçük bir odanın kapısını açarak.

"Evet. Çok teşekkürler, Basile."

"Yatmadan önce bir şeyler ye. Violette nasıl kadın ama?"

"Tam bir tanrıça, diyebiliriz."

"Yani şimdi Gatineau'nun bütün polislerini kandırmayı başardı, öyle mi?" diye sordu Basile gülerek.

Anlaşılan Basile'in olanlardan haberi vardı. Ufak tefek, pembe suratlı bir adamdı; kırmızı çerçeveli gözlüğü gözlerini oldukça büyük gösteriyordu.

"Nasıl becerdiğini anlatır mısın?" diye sordu Adamsberg'e.

Adamsberg yaptıklarını birkaç kelimeyle özetledi.

"Yok," dedi Basile sandviçleri getirirken, "özetleme. Baştan sona iyice anlat."

Adamsberg, KKJ'deki görünmezlik taktiğinden direk operasyonuna kadar, bütün Retancourt destanını anlattı. Adamsberg'e bir felaket gibi gelen şeyler Basile'i oldukça güldürüyordu.

"Anlayamadığım şey şu, nasıl oldu da düşmedi? Ben yetmiş iki kiloyum," dedi Adamsberg.

"Anlaman gereken şey şu, Violette tecrübeli biri. Enerjisini istediği şeye dönüştürebiliyor."

"Biliyorum. Benim teğmenim ne de olsa."

Benim teğmenim*di*, diye düşündü Adamsberg odasına girerken. Çünkü okyanusu aşmayı başarsalar bile, karakola gidip bacaklarını uzatarak oturamayacaktı. Kaçak, saklanan bir suçluydu artık. Sonra giderim, diye düşündü. Örnekleri ayır, ince ince şeritler halinde kes. Tek tek petek gözlerine koy.

Retancourt akşam dokuz buçuğa doğru geldi. Basile hevesle odasını ve akşam yemeğini hazırlamış, talimatlarına uymuştu. Adamsberg için kıyafet, tıraş makinesi, tuvalet eşyası gibi şeyler almıştı.

"Her şey tıkırında yürüdü," dedi Retancourt Adamsberg'e, bir yandan da Basile'in hazırladığı akağaç şuruplu krepleri yiyordu.

O an Adamsberg'in aklına hâlâ Clémentine'e akağaç şurubu almadığı geldi. Anlaşılan imkânsız bir görevdi bu.

"Aynasızlar öğleden sonra üçe doğru tekrar geldiler. Yatağıma uzanmış kitap okuyordum, bir kaza geçirdiğinizden emin ve endişeli görünüyordum. Üstünün başına gelenlerden ödü kopan bir Teğmen yani. Zavallı Ginette, kadın neredeyse bana acıdı. Sanscartier de yanlarındaydı."

"Nasıldı?" diye sordu Adamsberg heyecanla.

"Üzgündü. Sanırım sizi pek seviyor, değil mi?"

"Ben de onu severim," dedi Adamsberg. Çavuş'un, yeni arkadaşının bir kızı yabayla öldürdüğünü duyduğunda çektiklerini düşündü.

"Üzgündü ve tüm bunlara pek inanmıyordu," diye ekledi Retancourt.

"KKJ'de bazıları onu salak sanıyor. Portelance, beyninde su var, diyor."

"Eh, korkunç yanılıyor."

"Sanscartier onlarla aynı fikirde görünmüyor muydu?"

"Evet. Elinden geldiği kadar az şeye karışıyordu. Ellerini kirletmek, tüm olanlara katılmak, orada olmak istemiyor gibiydi. Badem sütü kokuyordu."

Adamsberg ikinci krepi reddetti. Badem sütü kokan, İyi İnsan Sanscartier'nin kendisini kurtlara atmamış olması ona iyi geldi.

"Koridorda duyduğum kadarıyla Laliberté korkunç sinirliydi. İki saat sonra parkı da oteli de boşalttılar. Ben de rahatça yola çıktım. Raphaël'in arabası park yerinde duruyordu. Kardeşiniz de rahatça gitti. Çok yakışıklı, bu arada."

"Evet."

"Basile'in yanında konuşabiliriz," dedi Retancourt şarap bardaklarını doldurarak. "Sahte kimlikler için Danglard'ı aramak istemiyorsunuz. Paris'te tanıdığınız bir kalpazan var mı?"

"Birkaç tane tanıyorum, ama hiçbirine güvenemem. Hem de hiç."

"Ben bir tane tanıyorum, güvenilir biridir. Sırtımızı ona yaslayabiliriz. Ama eğer ona başvurursak başına bela olmayacağınıza söz vermelisiniz. Soru sormak yok, Brézillon sizi yakalayıp sorgulasa bile, adımı vermek yok."

"Elbette."

"Ayrıca bu işleri bıraktı. Sahte kimlik işini eskiden yapıyordu ve sadece ben istersem tekrar yapar."

"Sizin erkek kardeşiniz, değil mi, Retancourt?"

Retancourt şarap bardağını masaya koydu.

"Nereden anladınız?"

"Şu endişeli tavrınızdan. Bu kadar uzun açıklamalar yapmanızdan."

"Tekrar polis oldunuz, Komiser."

"Bir anlığına evet. Sahte pasaportları ne kadar zamanda yapabilir?"

"İki günde. Yarın kendimize yeni yüzler yaratıp vesikalık fotoğraf çektireceğiz. Sonra fotoğrafları ona göndereceğiz. Pasaportları en erken Perşembe günü alır. Ekspres kargoyla Salı günü elimizde olabilirler, aynı gün uçağa atlarız. Basile bize uçak biletlerini alır. İki ayrı uçaktan, Basile."

"Tamam," dedi Basile. "Bir kadın ve bir adam arıyorlar, ayrı ayrı yolculuk etmeniz daha temkinli olur."

"Uçak biletlerinin parasını Paris'e dönünce göndeririz. Haydutların anası gibi her şeyle sen ilgileneceksin."

"Şu anda dışarı adımınızı bile atmamalısınız,"

dedi Basile. "Banka kartlarınızla ödeme de yapamazsınız. Komiser'in fotoğrafı yarından itibaren *Devoir* gazetesinde olacaktır. Seninki de, Violette. Otelden sessiz sedasız ayrıldığından beri, senin durumun da kritik."

"Yedi gün burada kapalı kalacağız," dedi Adamsberg.

"Canım üzülecek bir şey yok," dedi Basile. "Burada zaman öldürmek için gereken her şey var. Hem gazeteleri okuruz, bizden bahsedeceklerdir, bunlarla oyalanırız."

Basile hiçbir şeyi olumsuz karşılamıyordu, hatta evinde potansiyel bir katili saklamayı bile. Violette'in sözleri onun için emirdi.

"Yürümeyi severim," dedi Adamsberg gülümseyerek.

"Koridor gayet uzun. Orada yürürsünüz. Violette, yeni yüzün için sana eski burjuva kadını tipi iyi gider. Nasıl? Yarın sabah erkenden gerekenleri alırım. Tayyörü de, kolyeyi de, kahverengi saç boyasını da."

"Olur, bence fena değil. Komiser de kel olsun, başının üçte dördünü tıraş edelim."

"Tabii, çok iyi. İşte bu onu değiştirir. Bej ve kahverengi pötikareli takım elbise, kel kafa, biraz da göbek."

"Saçlar beyazlamış olacak," diye ekledi Retancourt. "Fondöten de al, yüzünün rengini açmak istiyorum. Bir de limon. Bize gereken profesyonel kalite."

"Sinema sayfasını yapan arkadaş iyi biri. Stüd-

yolara mal satan şirketleri iyi bilir. Yarın ne gereki-
yorsa alırım. Vesikalıklarınızı da fotoğraf laboratu-
arında basarım."

"Basile fotoğrafçı," dedi Retancourt. "*Devoir*
gazetesinde çalışıyor."

"Gazeteci misin?"

"Evet," dedi Basile Komiser'in omzuna vura-
rak. "Atlatma haber mutfak masamda yemek yiyor.
Arı kovanının üzerindesin, desene? Korktun mu?"

"Biraz riskli," dedi Adamsberg küçük bir gü-
lümsemeyle.

Basile yüksek sesle güldü.

"Gagamı tutmayı bilirim, Komiser. Hem ben
sizden daha az tehlikeliyim."

XXXIX

Adamsberg bir haftada Basile'in koridorunda en az on kilometre kat etmişti; o kadar gün kapalı kaldıktan sonra, Montréal havaalanında serbestçe yürümekten neredeyse keyif aldı. Ama her yerin polis kaynıyor olması bütün zevkini kırdı.

Bir camda kendine bakarak, altmış yaşındaki ticari temsilci kılığının inandırıcı olup olmadığını kontrol etti. Retancourt onu acayip değiştirmiş, o da Teğmen'in yaptıklarını oyuncak bebek gibi, bir şey demeden kabul etmişti. Dönüşümü Basile'in çok hoşuna gitmişti. 'Biraz üzgün olsun,' demişti Violette'e ve üzgün de olmuştu. Beyazlaşmış ve inceltilmiş kaşlarının altında, bakışı oldukça değişmişti. Retancourt kirpiklerini de beyazlatmayı unutmamış, yola çıkmadan yarım saat önce gözlerine limon suyu sıkmıştı. Beyaz teni ve kızarmış gözleriyle, bıkkın ve hastalıklı bir yüz ortaya çıkmıştı. Ancak, kimliğini her yerde ele veren dudaklarını, burnunu ve kulaklarını değiştirmek imkânsızdı.

Cebindeki yeni pasaportunu sık sık kontrol ediyordu. Jean-Pierre Emile Roger Feuillet; Violette'in kardeşi, mükemmellikle taklit ettiği, geliş yolculuğu için, Roissy ve Montréal havaalanlarının mühürlerini bile unutmadığı pasaportta ona bu adı koymuştu. Tam bir şaheserdi bu taklit. Kardeşi de Violette kadar becerikliyse, ortaya tam bir uzmanlar ailesi çıkıyordu.

Bagaj kontrolü ihtimaline karşın, kendi pasaportunu Basile'in evinde bırakmıştı. Şahane biriydi şu Basile, eve her gün gazeteleri taşımıştı. Kaçak katil ve suç ortağıyla ilgili sert makaleler onu bir hayli neşelendirmişti. İnce düşünceli de bir adamdı. Adamsberg kendini yalnız hissetmesin diye, koridor yürüyüşlerinde ona sık sık eşlik etmişti. Doğa yürüyüşü meraklısı olan Basile, misafirinin sabırsızlanmasını anlıyordu. Koridorda volta atarken sohbet etmişlerdi; bir hafta sonra Adamsberg Basile'in kız arkadaşlarıyla ve Vancouver'den Gaspésie'ye Kanada coğrafyasıyla ilgili her şeyi biliyordu. Ancak Basile, Pink Gölü'ndeki dikenli balığı tanımıyordu ve gölü görmeye gideceğine söz verdi. Bir gün küçük Fransa'ya uğrarsan Strasbourg Katedrali'ne de git, dedi Adamsberg.

Pasaport kontrolünden geçerken, tıpkı Paris'e akağaç şurubu satmaya giden Jean-Pierre Emile Roger Feuillet'nin yapacağı gibi, kafasını boşaltmaya çalıştı. Ve genelde son derece doğal olarak, hatta yerli yersiz yaptığı bir şey olan 'kafa boşaltma', bugün onu oldukça zorluyordu. Olmadık zamanlarda hayallere dalan, bazen bir konuşmanın yarısını kaçıran, istemediği kadar bulut karan Adamsberg, pasaport kontrolü sırasında zor nefes alıyor, aklından bin türlü fikir geçiyordu.

Ama Jean-Pierre Emile Roger Feuillet güvenlik görevlilerinin ilgisini çekmedi; Adamsberg, uçağa binmeden önce bir şişe akağaç şurubu alacak kadar rahatlamıştı. Jean-Pierre Emile Roger Feuillet'nin tam da yapacağı bir şeydi bu, annesine bir şişe şurup götürmek. Reaktörlerin gürültüsü ve uçağın kalkışıyla, Danglard'ın asla anlayamayacağı bir rahatlık hissetti. Altında uzaklaşan Kanada topraklarına baktı ve orada bir sürü polisi kafası karışık bir halde bıraktığını düşündü.

Geriye bir tek Roissy'deki kontroller kalmıştı. Bir de iki buçuk saat sonra yola çıkacak olan Retancourt. Adamsberg onun için endişeleniyordu. Zengin ve işsiz güçsüz kadın kılığı oldukça başarılıydı - Basile bu kılığa da bir hayli gülmüştü- ama Adamsberg endamından dolayı fark edilmesinden korkuyordu. Kadının çıplak vücudu gözünün önüne geldi. İri yarı, ama orantılıydı bu vücut. Raphaël haklıydı. Retancourt güzel bir kadındı ve sırf kilolu ve sert diye, bunu daha önce fark edemediği için kendine kızdı. Raphaël hep ondan daha nazikti.

Yedi saat sonra, sabah olduğunda uçağın tekerlekleri Roissy Havaalanı'nın yerine değecekti. Pasaport kontrolünü geçecek ve kendisini bir anlığına kurtulmuş hissedecekti. Ve bu bir hataydı. Karabasan bu topraklarda da devam edecekti. Gelecek, karşısında boş ve bembeyaz olarak uzanıyordu, yolunu şaşırmış bir buzdağı gibi. Retancourt en azından karakola dönebilir, polislerin kendisini suç ortağı olarak tutuklamalarından korktuğunu söyleyebilirdi. Ama Adamsberg için hiçlik yeni başlıyordu.

Kendine tek eşlik eden şey de hafızasından silinmiş saatlerin verdiği şüpheydi. Bir an, 26 Ekim gecesinin karanlığını içinde taşımaktansa cinayet işlemiş olmayı tercih etti.

Jean-Pierre Emile Roger Feuillet, Roissy'deki kontrolleri sorunsuz geçti, ama Adamsberg Retancourt'un geldiğini görmeden havaalanından gitmek istemiyordu. İki buçuk saat boyunca bir salondan diğerine yürüdü durdu; fark edilmemeye çalışıyor, Retancourt'un KKJ'de uyguladığı taktikleri kullanmaya çalışıyordu. Ama duruma bakılırsa Jean-Pierre Emile burada da Montréal'de olduğu gibi kimsenin ilgisini çekmiyordu. Uçak saatlerini gösteren panoların önünden defalarca geçti, büyük uçak şirketlerinin rötarlarını takip etti. Büyük, diye yineledi içinden. Büyük Retancourt. O olmasaydı şu anda Kanada zindanlarında, prangalı, yanmış olurdu. Retancourt, taşıyıcısı ve kurtarıcısı.

Etkisiz eleman Jean-Pierre Emile, yolcu çıkış kapısının yirmi metre ötesine sorunsuzca yerleşti. Retancourt şu anda bütün enerjisini Henriette Emma Marie Parillon rolünü oynamaya dönüştürmüş olmalıydı. Adamsberg, çıkan yolcuların arasında Retancourt'u göremedikçe parmaklarını sıkıyordu. Montréal'de mi kaldı? Polisler tarafından KKJ'ye mi götürüldü? Bütün gece sorgulandı mı? Sonunda dayanamayıp önce Raphaël'in, sonra da kendi kardeşinin ismini mi verdi? Adamsberg gözünün önünde gezinip duran, yolculuğun bittiğine sevinen, çantalarında akağaç şurubu ve oyuncak Kanada geyikleri taşıyan bu yabancılara artık kızmaya başlamıştı. Retancourt olmadıkları için kızıyordu onlara. Bir el onu kolundan geri çekti. Henriette Emma Marie Parillon'un koluydu bu.

"Siz deli misiniz?" diye fısıldadı Retancourt, yüzündeki uyanık Henriette ifadesini bozmadan.

Châtelet metro istasyonundan Paris'e çıktılar ve Adamsberg Teğmen'e, Jean-Pierre Emile'in solgun yüzünün ona verdiği son özgürlük saatlerinden yararlanıp, normal bir insan gibi bir barda yemek yemeyi teklif etti. Retancourt önce kararsızdı ama sonra kabul etti, işlerinin iyi gitmiş olması ve meydanda yüzlerce insanın olması onu biraz rahatlatmıştı.

"Mış gibi yaparız," dedi Adamsberg bara yerleştiklerinde; Komiser, Jean-Pierre Emile'in oturacağı gibi dimdik oturmuştu masaya. "Ben öldürmemişim gibi. Ben yapmamışım gibi."

"O defter kapandı, Komiser," dedi Retancourt kınayan bir tavırla ve bu sözlerle Henriette Emma'nın yüzünde beklenmedik bir ifade belirdi. "Bu iş bitmiştir, siz yapmadınız. Şu anda Paris'te, kendi topraklarınızdasınız ve yeniden polis olacaksınız. İkimiz için de inanamam. Tek vücut olabiliriz ama tek düşünce olamayız. Kendinizinkini yalnız bulmalısınız."

"Siz neden inanıyorsunuz, Retancourt?"

"Bu konuyu konuşmuştuk."

"Ama neden?" dedi Adamsberg ısrarla, "Hem beni sevmiyorsunuz?"

Retancourt derin derin iç geçirdi.

"Ne önemi var?"

"Benim için önemi var. Gerçekten."

"Sizi hâlâ sevmiyor muyum bilemiyorum."

"Québec'te başıma gelenler yüzünden mi?"

"Evet, o da var. Bilemiyorum."

"Yine de bilmek istiyorum, Retancourt."

Retancourt elindeki boş kahve fincanını çevirerek bir an düşündü.

"Belki bir daha görüşemeyiz, Teğmen," diye devam etti Adamsberg, "İstisnai koşullar. Saygılı davranma zamanı değil. Sebebini öğrenmediğime hayatım boyunca pişman olurum.

"İstisnai koşullar, tamam. Karakolda herkesin övdüğü şeyler benim hoşuma gitmiyordu. Cinayetleri yalnız başınıza gezinerek, iddiasız bir tavırla çözen, hayaller kurup hedefi on ikiden vuran biri. Benzersiz elbette, ama ben tüm bunların öbür yüzünü de görüyordum, kendi doğrularına soğukkanlılıkla, içten içe inanan birini. Bağımsız düşünen biri, evet, ama aynı zamanda başkalarının düşüncelerini dikkate almayan sessiz bir egemenlik."

Retancourt bir an sustu, konuşmaya devam etmekte kararsız görünüyordu.

"Devam edin," dedi Adamsberg.

"Ben de herkes gibi sezgilerinize hayrandım, ama onlardan kaynaklanan ilgisizliğe, yardımcılarınızın fikirlerine önem vermeyişinize, onları yarım yamalak dinleyişinize değil. Gamsız bir tavırla kendinizi soyutlamanıza, neredeyse hiç bir şeyden etkilenmeyen duyarsızlığınıza değil. İyi ifade edemedim. Çöldeki tepeler esnek, kumlar yumuşaktır. Ama üzerinde yürüyen için sert, zorludur. İnsan oradan sadece geçtiğini, orada yaşayamayacağını bilir. Çöl pek cömert değildir."

Adamsberg dikkatle dinliyordu. Trabelmann'ın sert sözlerini hatırladı ve bu sözlerle şimdi duydukları arasındaki benzerlik, aklından bir gölge yumağı halinde, karanlık kanatlarını çırparak çabucak geçti. Sadece kendini dinlemek, başkalarını, uzaklarda gezinen ve hepsi birbirine benzeyen o gölgeleri önemsememek. Oysa Komutan'ın haksız olduğundan emindi.

"Bu hayli üzgün bir hikâyeye benziyor," dedi Adamsberg bakışlarını kaldırmadan.

"Hayli. Ama belki de siz hep uzaklarda, başka yerlerdeydiniz, Raphaël'le el ele tutuşup bir çember oluşturuyordunuz. Uçakta bunu düşündüm. Geçen gün kafeteryada çember oluşturdunuz, özel bir çember."

Retancourt parmağıyla masaya bir çember çizdi, Adamsberg inceltilmiş kaşlarını çattı.

"Kardeşinizlesiniz," dedi Retancourt. "Onu terk etmemek, her şeye rağmen ona destek olmak için. Çölde onunlasınız."

"Torque'un bataklığında," dedi Adamsberg, o da yavaşça bir çember çizdi.

"O da olabilir."

"Benimle ilgili başka neler görüyorsunuz?"

"Gördüğüm şu ki, bu saydığım nedenlerden dolayı, bunu sizin yapmadığınızı söylediğimde beni dinlemelisiniz. İnsan öldürmek için en azından başkalarına ilgi göstermek, acılarıyla üzülmek, hatta ifade ettikleri şeylerle takıntı derecesinde ilgilenmek gerekir. Öldürmek için aşırı tepki vermek, bağları koparmak, ötekiyle karışmak gerek. Öyle bir karışma ki, öteki kendisi olarak var olmayı keser, sadece kurban olarak kullanılabilen, katile ait bir nesne olur. Sizin gibi, insanlarla gerçekten temas kurmayan, ayak sürüyen biri kimseyi öldürmez. Çünkü yeteri kadar yakınlık duymaz, hele ki onları kendi tutkusuna kurban etmek. Hiç kimseyi sevmiyorsunuz, demiyorum, ama Noëlla'yı sevmediğiniz kesin. Onu asla öldüremezdiniz."

"Devam edin," dedi tekrar Adamsberg, elini yanağına dayamıştı.

"Baksanıza, fondöteninizi bozuyorsunuz. Elinizi deydirmeyin demiştim."

"Pardon," dedi Adamsberg elini çekerek. "Devam edin."

"Bitti. Uzaktan okşayan biri öldürecek kadar yakın değildir."

"Retancourt," dedi Adamsberg.

"Henriette," dedi Teğmen. "Dikkat edin."

"Henriette, umarım bir gün bana ettiğiniz yardıma layık olurum. Ama o güne kadar, unuttuğum geceye inanmaya devam edin. Benim öldürmediğime inanmaya devam edin, enerjinizi buna dönüştürün. Kütle gibi, direk gibi, inanç olun. O zaman ben de inanırım."

"Kendi düşünceniz," dedi Retancourt. "Bahsettiğim şu kendi doğrularınız, bu seferlik onlardan yararlanın."

"Anladım, Teğmen," dedi Adamsberg kadının kolunu tutarak. "Ama sizin enerjiniz bana destek olacaktır. Benim için birkaç hafta daha dayanın."

"Fikir değiştirmem için hiçbir neden yok."

Adamsberg kadının kolunu üzülerek bıraktı, sanki ağacından ayrılıyordu, sonra yola koyuldu.

XL

Komiser bir vitrinde kendine bakıp makyajının durumunu kontrol etti ve saat altıda, Adrien Danglard'ın işten eve dönerken geçtiği yolda onu bekledi. Uzun, gevşek bedenini uzaktan gördü, ama Yüzbaşı Jean-Pierre Emile Roger Feuillet'yi görünce bir tepki vermedi. Adamsberg telaşla kolunu tuttu.

"Tek kelime etmeyin, Danglard, yürüyelim."

"Tanrım, neler oluyor?" dedi Danglard kolunu kurtarmaya çalışarak. "Siz kimsiniz?"

"Benim, iş adamı kılığına girdim. Benim, Adamsberg."

"Vay be!" dedi Danglard. Sonra bu beyaz tene, kızarık gözlere, kel kafaya çabucak bakarak Adamsberg'in yüz hatlarını fark etmeye çalıştı.

"Anladınız mı, Danglard?"

"Sizinle konuşmam lazım," dedi Yüzbaşı etrafa bir göz atarak.

"Benim de. Buradan dönüp evinize gidelim. Salakça bir şey yapmayın."

"Benim evimde hayatta olmaz," dedi Danglard alçak ama sert bir sesle. "Bana bir şey sormuş gibi yapın ve yürümeye devam edin. Beş dakika sonra oğlumun okulunda buluşuruz, ikinci sokaktan sağa dönün, orada. Hademeye sizi benim gönderdiğimi söyleyin. Oyun odasında buluşalım."

Danglard'ın yumuşak kolu Adamsberg'in elinden kurtuldu, Yüzbaşı köşeden sağa dönerek uzaklaştı.

Adamsberg okula geldiğinde yardımcısını balonların, kitapların, küçük küplerin ve oyuncak tabak çatalların arasında, mavi bir çocuk sandalyesine otururken buldu. Yerden otuz santim yüksekte oturan Danglard ona gülünç göründü. Ama sonuçta Komiser de yandaki sandalyeye oturdu; Adamsberg'in sandalyesi kırmızıydı.

"KKJ'nin pençelerinden kurtulduğuma şaşırdınız mı?" diye sordu Adamsberg.

"İtiraf etmeliyim ki evet."

"Hayal kırıklığı, endişe duyuyor musunuz?"

Danglard cevap vermeden Adamsberg'e baktı. Adamsberg'in sesiyle konuşan bu soluk benizli, kel adam onu hayran bırakmıştı. Yüzbaşı'nın en küçük oğlu bir babasına, bir bej takım elbiseli adama bakıyordu.

"Size yeni bir hikâye anlatacağım, Danglard. Ama oğlunuzu uzaklaştırsanız iyi olur. Kanlı bir hikâye."

Danglard, gözlerini Adamsberg'den ayırmadan çocuğun kulağına bir şeyler fısıldadı ve onu gönderdi.

"Bu bir korku filmi, Yüzbaşı. Ya da bir tuzak, nasıl isterseniz. Ama belki de siz hikâyeyi zaten biliyorsunuzdur."

"Gazetelerde yazılanları okudum," dedi Danglard temkinli bir ses tonuyla. "İtham edildiğiniz suçları ve kaçtığınızı biliyorum."

"Başka bir şey bilmiyorsunuz yani? Normal vatandaş gibi?"

"Öyle de denebilir."

"Bilmediğiniz ayrıntıları anlatayım, Yüzbaşı," dedi Adamsberg küçük sandalyesini Danglard'ınkine yaklaştırarak.

Sonra, Başkan'la yaptığı ilk görüşmeden Basile'in evinde saklanmasına kadar her şeyi, en ince ayrıntıları bile atlamadan anlattı. Aynı zamanda Danglard'ın yüz ifadesini dikkatle izliyordu. Ama Danglard'ın yüzünde sadece endişe, kılı kırk yaran dikkat ve bazen de şaşkınlık gördü. Adamsberg'in konuşması bittiğinde Danglard;

"Sıra dışı bir kadın olduğunu size söylemiştim," dedi.

"Retancourt hakkında gevezelik etmeye gelmedim. Daha çok Laliberté'den söz edelim. Becerikli adam, değil mi? Az zamanda hakkımda o kadar bilgi edinmiş. Hatta patikada geçirdiğim iki buçuk saatı hatırlamadığımı bile biliyor. O hafıza kaybı benim sonum oldu. Aleyhime koca bir delil."

"Evet."

"Ama bunu kim biliyordu? KKJ'den kimsenin haberi yoktu. Karakol çalışanlarının da."

"Hafıza kaybını farz etmiş, tahmin etmiş olabilir mi?"

Adamsberg gülümsedi.

"Hayır, dosyada kesin bir veri olarak geçiyordu. Karakol çalışanlarından kimsenin haberi yok derken biraz abartıyorum aslında. Siz, Danglard, bunu biliyordunuz."

Danglard yavaşça başını salladı.

"Bu yüzden benden şüpheleniyorsunuz."

"Aynen öyle."

"Mantıklı," dedi Danglard.

"Bir kere de olsa mantıklı düşünmeme sevinmiş olmanız gerekir."

"Hayır. Bir kere de olsa mantıklı düşünmekten kaçınsanız iyi olurdu."

"Ben cehennemdeyim ve her şey mubah. Bana öğretmek için canınızı dişinize taktığınız kahrolası mantık da."

"Kurallara uygun. Ama sezgileriniz, kaçamak fikirleriniz, hayalleriniz ne diyor benim hakkımda?"

"Onlara başvurmamı isteyen siz misiniz?"

"Bir kerelik evet."

Yardımcısının hâkimiyeti ve bakışlarındaki cesaret Adamsberg'i sarsmıştı. Danglard'ın yıkanmış gibi duran, en ufak bir duyguyu bile saklayamayan gözlerini iyi tanırdı. Korku, kınama, keyif, meydan okuma, hepsi bu gözlerde rahatça, suda yüzen balık gibi görünürdü. Ve Adamsberg bugün bu gözlerde en ufak bir tereddüt bile görememişti. Şu anda Danglard'ın gözlerinde düşünce ve merak balıkları yüzüyordu. Arada bir de Komiser'i tekrar görmekten dolayı duyduğu memnuniyet.

"Rüyalarım sizin işin içinde olmadığınızı söylüyor. Ama onlar rüya. Kaçamak fikirlerim de bunu sizin yapmış olamayacağınızı, en azından bu şekilde yapmış olamayacağınızı söylüyor."

"Sezgileriniz ne diyor peki?"

"Sezgilerim bana Hâkim'in elini işaret ediyor."

"İnatçı sezgilermiş."

"Soruyu siz sordunuz. Cevaplarımı sevmediğinizi de biliyorsunuz. Sanscartier bana tepeye çıkmamı ve sıkıca tutunmamı önerdi. Ben de sıkıca tutunuyorum."

"Şimdi ben konuşabilir miyim?" diye sordu Danglard.

Bu arada Danglard'ın oğlu kitabından bıkmış, yanlarına gelip artık kim olduğunu anladığı Adamsberg'in dizine yatmıştı.

"Ter kokuyorsun," dedi Komiser'e araya girerek.

"Olabilir," dedi Adamsberg. "Yoldan geliyorum."

"Neden kılık değiştirdin?"

"Uçakta oynamak için."

"Ne oynadın?"

"Hırsız polis oyunu."

"Hırsız sendin, değil mi?" dedi çocuk.

"Evet, bendim."

Adamsberg konuşmaya son vermek için çocuğun saçlarını okşadı, yardımcısına döndü.

"Evinize bir giren olmuş," dedi Danglard. "Ama emin değilim."

Adamsberg bir işaretle, devam etmesini istedi.

"Bir haftadan fazla oldu, pazartesi sabahı, dosyaları KKJ'ye göndermemi isteyen faksınızı gördüm. D ve R harfleri daha büyük yazılmıştı. *DanglaRD* gibi, diye düşündüm önce. Yani, *dikkat edin*, *Danglard*. Sonra *DangeR* geldi aklıma, ikisi de aynı kapıya çıkıyordu."

"Bravo, Yüzbaşı."

"O gün henüz benden şüphelenmiyor muydunuz?"

"Hayır. Mantıklı düşünce beni ertesi akşam yakaladı."

"Ne fena," dedi Danglard.

"Devam edin, dosyalarda kaldınız."

"Yani alarma geçmiştim. Evinizin anahtarını her zamanki yerinden, masanızın ilk çekmecesindeki ataç kutusundan aldım."

Adamsberg kirpikleriyle onayladı.

"Anahtar oradaydı ama ataç kutusunda değil, yanındaydı. Kanada yolculuğunun telaşıyla, anahtarı kutuya değil de yanına koymuş olabilirdiniz. Yine de bunu garip buldum, D ve R harfleri yüzünden."

"Ve haklıydınız. Anahtarları hep kutuya koyarım, çekmecenin dibi delik, çünkü."

Danglard soluk benizli Komiser'e çabucak bir baktı. Adamsberg'in bakışları neredeyse eski yumuşaklığına kavuşmuştu. Ve nedense Yüzbaşı kendisini ihanetle suçlayan Komiser'e kızamıyordu. Belki de aynı durumda kendisi de aynı tepkiyi verirdi.

"Evinize vardığımda her şeye dikkat ettim. Dosyaları koliye ben koymuştum, hatırladınız mı?"

"Evet, benim kolum yaralıydı."

"Dosyaları sanki daha düzgün koymuştum. Koliyi kaldırırken de iyice itmiştim. O gün koli dolabın dibinde değildi. Sonradan ellediniz mi? Trabelmann için falan?"

"Hayır, koliye dokunmadım."

"Söylesenize Komiser, bunu nasıl beceriyorsunuz?"

"Neyi?"

Danglard, kafasını Adamsberg'in karnına dayamış, uyuyan oğlunu gösterdi.

"İnsanları uyuttuğumu biliyorsunuz Danglard. Bu çocuklar için de geçerli."

Danglard Adamsberg'e imrenerek baktı. Vincent'ı uyutmak büyük işti.

"Yedek anahtarınızın nerede olduğunu herkes biliyor."

"Bir muhbir mi, Danglard? Karakolda mı?"

Danglard kararsızdı, ayağıyla bir balona vurdu, balon odanın ortasında havalandı.

"Olabilir," dedi.

"Ne arıyordu ki? Hâkim'le ilgili dosyaları mı?"

"Ben de bunu anlamıyorum. Gerekçesi neydi? Anahtarın üzerindeki parmak izlerine baktırdım. Sadece benimkiler vardı. Ya önceki izleri ben sildim, ya da ziyaretçi anahtarı çekmeceye koymadan önce iyice sildi."

Adamsberg gözlerini yarı yarıya kapadı. Yaba'nın vukuatlarını öğrenmeyi kim isteyebilirdi ki? Bu vukuatları kimseden saklamamıştı. Yolculuğun stresi ve uykusuz geçirdiği gece, omuzlarını çökertiyordu. Ama Danglard'ın kendisine ihanet etmemiş olması onu rahatlatıyordu. Yine de yardımcısının masumiyetine dair bir kanıtı yoktu, bakışlarının berraklığı dışında.

"Peki bu DangeR'yi başka türlü yorumlamadınız mı?"

"1973 cinayetinin bazı noktalarının KKJ'ye gönderilmemesi gerektiğini düşündüm. Ama ziyaretçi benden önce davranmıştı."

"Kahretsin," dedi Adamsberg aniden doğrularak; bu hareketiyle uyuyan çocuğu bir parça rahatsız etmişti.

"Ve sonra da her şeyi yerli yerine koymuştu," dedi Yüzbaşı.

Danglard elini iç cebine götürüp katlanmış üç kâğıt çıkardı.

"O gün bu gündür yanımda gezdiriyorum," dedi kâğıtları Adamsberg'e uzatarak.

Komiser kâğıtlara çabucak bir göz attı. Bunlar tam da Danglard'ın ayırmasını umduğu belgelerdi. Ve Yüzbaşı onları on bir gündür yanında gezdiriyordu. Onu Laliberté'ye ihbar etmediğine dair bir kanıttı bu. Kâğıtların fotokopilerini yollamadıysa tabii.

"Bu kez, Danglard," dedi Adamsberg kâğıtları geri verirken, "beni on bin kilometre uzaktan anladınız, hem de ufacık bir işaretle. Nasıl oluyor da bazen bir metre uzaklıktayken anlaşamıyoruz?"

Danglard ayağıyla bir balonu daha uçurdu.

"Konulara göre değişiyor, herhalde," dedi küçücük gülümseyerek.

"Bu kâğıtları neden üzerinizde taşıyorsunuz?"

diye sordu Adamsberg kısa bir sessizlikten sonra.

"Çünkü ortadan kaybolduğunuzdan beri takip ediliyorum. Evimde bile beni gözetliyorlar, Paris'e gelirseniz bana geleceğinizi tahmin ediyorlar. Biraz önce yapmak istediğiniz de buydu zaten. Bu yüzden bu okuldayız."

"Brézillon mu?"

"Elbette. KKJ alarmı verdikten sonra eviniz resmi olarak arandı. Brézillon emir altında ve kafası çok karışık. Kendi komiserlerinden biri katil ve kaçak. Bakanlık Kanada mercileriyle anlaştı, Fransa'ya varır varmaz sizi ele geçirmek istiyorlar. Tabii ki evinize gitmemeniz gerek. Camille'in atölyesine de. Gidebileceğiniz her yer gözetim altında."

Adamsberg çocuğun başını kaşıdı, bu hareket onu daha da derin bir uykuya sürüklüyor gibiydi. Eğer Danglard ona ihanet etmiş olsaydı, onu bu okula getirip polislerin eline düşmekten kurtarmazdı.

"Şüphelendiğim için özür dilerim, Yüzbaşı."

"Mantıklı olmayı pek beceremiyorsunuz, hepsi bu. Gelecekte mantığınızdan sakının."

"Bunu size yıllardır söylüyorum."

"Hayır, genel olarak mantıktan değil. Kendi mantığınızdan sakının. Saklanabileceğiniz bir yer var mı? Makyajınız uzun süre dayanmayacaktır."

"İhtiyar Clémentine'e gitmeyi düşünmüştüm."

"Çok iyi," dedi Danglard. "Orası akıllarına gelmez, rahat edersiniz."

"Ve hayatımın geri kalanını kapalı yerlerde geçiririm."

"Biliyorum. Bir haftadır hep bunu düşünüyorum."

"Danglard, kilidin zorlanmamış olduğundan emin misiniz?"

"Adım gibi eminim. Ziyaretçi anahtarı almış. Karakoldan biri."

"Bir yıl önce, bu ekipte sizden başka kimseyi tanımıyordum."

"İçlerinden biri sizi tanıyordu belki de. Bir sürü adamı hapse attırdınız. Bu da nefrete, intikam duygusuna yol açmış olabilir. Suçlunun ailesinden biri size yaptıklarınızı ödetmek istemiş olabilir. Eski dosyaları kullanarak size tuzak kurmak isteyen biri."

"Yaba olayından kimin haberi olabilir ki?"

"Strasbourg'a gittiğinizi gören herkesin."

Adamsberg başını salladı.

"Schiltigheim'la Hâkim arasında bağlantı kurmak mümkün değildi," dedi. "Ben açıklamadıkça tabii. Bir tek adam bu bağlantıyı kurabilirdi. O."

"Hortlağınızın karakola geldiğini mi düşünüyorsunuz? Anahtarları aldığını, dosyaları karıştırdığını, Schiltigheim'da neler öğrendiğinizi anlamaya çalıştığını? Bir hortlağın anahtara ihtiyacı olmaz ki, duvarlardan geçer."

"Bu çok doğru."

"Siz de kabul ederseniz, Yaba'yla ilgili bir konuda anlaşalım. İsterseniz ona Hâkim ya da Fulgence demeye devam edin, ama benim Mürit dememe izin verin. Ölü Hâkim'in işini tamamlayan gerçek, canlı biri. Buna ikna olabilirim ve bu bir sürü anlaşmazlığa engel olur."

Danglard havaya bir balon daha savurdu.

"Sanscartier," dedi birden konuyu değiştirerek, "çekimser mi davranıyordu?"

"Retancourt'un dediğine göre, evet. Bu önemli mi?"

"O adamı sevmiştim. Biraz ağırdı, ama sevmiştim. Olayları nasıl ele aldığını merak ediyorum. Ya Retancourt? Onu nasıl buldunuz?"

"Sıra dışı."

"Onunla yakın dövüş yapmak isterdim," dedi Danglard iç çekerek, bu iç çekişte gerçek bir hayıflanma var gibiydi.

"Sizin boyunuzda biriyle bunu başaracağını sanmıyorum. Olağanüstü bir deneyimdi, Danglard, ama bunun için cinayet işlemeye değmez."

Adamsberg'in sesi boğuklaşmıştı. İki adam, ağır adımlarla odanın arka tarafına doğru ilerlediler; Danglard Komiser'i arka kapıdan çıkarmayı tercih etmişti. Uyuyan çocuk hâlâ Adamsberg'in kollarındaydı. Şimdi nasıl sonsuz bir tünele doğru ilerlediğinin farkındaydı, Danglard da.

"Metroya da, otobüse de binmeyin," dedi Danglard. "Her yere yürüyerek gidin."

"Danglard, 26 Ekim gecesi hafıza kaybına uğradığımı sizden başka kim bilebilir?"

Danglard bir süre, cebindeki bozuk paraları şıngırdatarak düşündü.

"Sadece biri: hafızanızı kaybetmenize neden olan kişi."

"Mantıklı."

"Evet. Benim mantığım."

"Kim, Danglard?"

"Kanada'ya gelen sekiz kişiden biri, sizi, beni ve Retancourt'u çıkarın, beş eder. Justin, Voisenet, Froissy, Estalere, Noël. Dosyalarınızı karıştıran da o."

"Ya Mürit, o ne olacak?"

"Bir şey olmayacak. Önce somut olguları düşünelim."

"Mesela?"

"Mesela 26 Ekim gecesi hissettiğiniz semptomlar. Bu kafamı karıştırıyor, evet. Hem de çok. Şu hissiz bacaklar canımı sıkıyor."

"Zil zurna sarhoştum, biliyorsunuz."

"Elbette. O aralar bir ilaç kullanıyor muydunuz? Sakinleştirici falan?"

"Hayır, Danglard. Benim gibileri için sakinleştirici pek tavsiye edilmiyor, sanırım."

"Doğru. Ama bacaklarınız tutmuyordu, değil mi?"

"Evet," dedi Adamsberg şaşkınlıkla. "Beni taşıyamıyorlardı."

"Ama bu, dala çarptıktan sonra oldu? Öyle demiştiniz. Bundan emin misiniz?"

"Evet, Danglard, eminim, ne olmuş yani?"

"Bu canımı sıkıyor. Ertesi gün bacaklarınız ağrıdı mı? Morluklar var mıydı?"

"Başım ve karnım ağrıyordu. Ne diye bacaklarıma taktınız?"

"Mantığımın bir halkası eksik. Boş verin gitsin."

"Yüzbaşı, maymuncuğunuzu verir misiniz?"

Danglard önce tereddüt etti, sonra maymuncuğu çantasından çıkarıp Adamsberg'in takım elbisesinin cebine attı.

"Risk altına girmeyin. Bunu da alın," dedi Komiser'in cebine bir tomar banknot koyarak. "Sakın bankamatikten para çekmeyin."

"Teşekkürler, Danglard."

"Gitmeden önce çocuğumu alabilir miyim?"

"Pardon," dedi Adamsberg çocuğu verirken.

İkisi de görüşürüz demedi. Bir daha görüşüp görüşmeyecekleri kesin olmadığından, bu söz ayıp kaçıyordu. Adamsberg gecenin içinde ilerlerken, tekdüze, her gün kullanılan bir sözcük, diye düşündü ve şimdilik bana yasak.

XLI

Adamsberg yorgunluktan bitmiş bir halde Clémentine'in evine vardığında, yaşlı kadın onu hiçbir şaşkınlık belirtisi göstermeden içeri almış, şöminenin önüne oturtmuş ve jambonlu makarna yemeye zorlamıştı.

"Bu kez sadece akşam yemeğine gelmedim, Clémentine," dedi Adamsberg. "Beni saklamanız için geldim, ülkenin bütün aynasızları peşimde."

"Olabilir," dedi Clémentine telaşlanmadan, aynı zamanda Adamsberg'e ortasına saplanmış kaşıkla bir kutu meyveli yoğurt uzattı. "Polisler meslekleri gereği her zaman bizimle aynı fikirde olmazlar. Bu yüzden mi ihtiyar kılığına girdiniz?"

"Evet, Kanada'dan kaçmak zorunda kaldım."

"Takım elbiseniz çok şık."

"Ama ben de bir polisim," dedi Adamsberg kendi düşüncesini takip ederek. "Bu durumda kendi kendimi kovalıyorum. Kötü bir şey yaptım, Clémentine."

"Ne gibi?"

"Çok kötü bir şey gibi. Québec'te körkütük sarhoş oldum, bir kıza rastladım ve onu bir yabayla öldürdüm."

"Bir fikrim var," dedi Clémentine. "Çekyatı açıp şömineye iyice yaklaştıralım. Üzerinize iki de örtü veririm, krallar gibi uyursunuz. Çalışma odasında Josette yatıyor, bu yüzden size başka yatak veremeyeceğim."

"Çekyat mükemmel olur, Clémentine. Arkadaşınız Josette sağda solda konuşmaz, değil mi?"

"Josette gün görmüş kadındır. Eskiden sosyetik yaşarmış, tam bir hanımefendi. Şimdi sorarsan, başka şeylerle ilgileniyor. Siz ondan bahsetmezseniz o sizden hiç bahsetmez. Şaka bir yana, şu yaba, sizin canavarın işi olamaz mı?"

"İşte bunu bilmiyorum, Clémentine. Ya o, ya ben."

"İşte ben buna dövüş derim," dedi Clémentine örtüleri çıkarırken. "İnsanı heyecanlandırıyor."

"Hiç böyle düşünmemiştim."

"Elbette böyle, yoksa insan sıkılır. Hep jambonlu makarna yapılmaz ki. Siz mi o mu olduğu konusunda ufak bir fikriniz yok mu?"

"Yani," dedi Adamsberg çekyatı çekerek, "o kadar içmiştim ki bir şey hatırlamıyorum."

"Kızıma hamileyken bana da olmuştu. Kaldırımda düştüm, sonra olanlardan hiçbir şey hatırlamıyorum."

"Bacaklarınız hissiz miydi?"

"Hem de nasıl. Bulvarda tavşan gibi koşmuşum, neyin peşinden, bilinmez."

"Bilinmez," diye yineledi Adamsberg.

"Canım, ne önemi var? İnsan hayatta neyin peşinden koştuğunu her zaman bilemez. Bir eksik, bir fazla, ne fark eder?"

"Kalabilir miyim, Clémentine? Rahatsız etmeyeyim?"

"Yok canım, aksine. Ben sizi semirtirim. Koşmak için güçlenmek lazım."

Adamsberg bavulunu açtı ve akağaç şurubunu Clémentine'e uzattı.

"Bunu size Québec'ten getirdim. Yoğurtla, ekmekle, kreplerle yeniyor. Galetlerinizle de iyi gider."

"Çok iyisiniz. Başınız da belada ya, bir hoş oldum şimdi. Kavanozu da güzelmiş. Bu ağaçlardan mı akıyor?"

"Evet. Yapması en zor olanı yine kavanoz. Gerisi kolay, ağaç gövdelerini yarıp şurubu alıyorlar."

"Pratikmiş. Domuz pirzolaları da böyle olsaydı keşke."

"Ya da gerçekler."

"Ah, gerçekler öyle hemen bulunmaz. Gerçekler mantarlar gibi gizlenir, nedenini kimse bilmez."

"Nasıl bulunur, Clémentine?"

"Aynen mantarlar gibi. Kuytu köşelerdeki yaprakları tek tek kaldırmak gerekir. Bazen çok zaman alır."

Adamsberg hayatında ilk kez on ikide uyandı. Clémentine, sessiz adımlarla şömineyi yakmış, yemeğini yapmıştı.

"Bugün bir yere gitmem lazım, Clémentine," dedi Adamsberg, "çok önemli bir ziyaret. Makyajımı tazeleyebilir misiniz? Saçımı tıraş edebilirim ama ellerimi nasıl beyazlatacağımı bilmiyorum."

Duştan sonra Adamsberg'in esmer elleri meydana çıkmıştı.

"Ben bu işten pek anlamam," dedi Clémentine. "Josette'e sorsak en iyisi, kutular dolusu boyası var. Her gün bir saat makyaj yapar."

Josette, titrek elleriyle Komiser'in ellerinin rengini fondötenle açtı, yüzündeki ve boynundaki bozulan noktaları düzeltti, şişman gösteren yastığı karnının üzerine yerleştirdi. Yaşlı kadın beyazlaşmış saçlarını özenle tararken, Adamsberg;

"Bütün gün bilgisayar başında ne yapıyorsunuz, Josette?" diye sordu.

"Aktarıyorum, eşitliyorum, bölüştürüyorum."

Adamsberg bu gizemli cevabın derinliklerine inmek istemedi. Josette'in yaptıkları başka bir zaman ilgisini çekebilirdi, ama bu *istisnai koşullarda*, hayır. Hem kabalık olmasın diye, hem de Retancourt'un kınamalarından etkilendiği için, kadınla konuşmaya devam etti. Josette titrek sesini nazikçe kullanıyordu ve Adamsberg bu seste büyük burjuvaziden kalan bir şive sezdi.

"Hep bilgisayar sektöründe mi çalıştınız?"

"Altmış beş yaşında başladım."

"Bilgisayara başlamak kolay olmamalı."

"İdare ediyorum," dedi yaşlı kadın narin sesiyle.

XLII

Binbaşı Brézillon, şatafatlı Breteuil Caddesi'nde oturuyordu ve evine akşam altı ya da yediden önce gelmezdi. Güvenilir bir kaynak, yani Dedikodu Odası, karısının sonbaharı İngiltere yağmurlarının altında geçirdiğini bildirmişti. Komiser'in Fransa'da aranmayacağı bir yer varsa o da burasıydı.

Adamsberg saat beş buçukta daireye maymuncuğu sayesinde zorlanmadan girdi. Geniş, duvarları kitaplarla kaplı salona yerleşti; hukuk, idare ve polislik kitaplarının yanında birkaç şiir kitabı da vardı. Kütüphane raflarında özenle ayrılmış dört ilgi alanı. Dört raf da şiir kitaplarına ayrılmıştı; köyün papazının rafları bu kadar dolu değildi. Komiser, değerli ciltleri fondöteniyle kirletmemeye özen göstererek Victor Hugo'nun kitaplarını karıştırmaya başladı; yıldız tarlasına atılan şu altın orağı arıyordu. Tarlanın yerinin Detroit olduğunu tespit etmiş, ama henüz orağı söküp alamamıştı. Bir yandan sayfaları çevirirken, bir yandan da Binbaşı karşısında söyleyeceklerini prova ediyordu; kendisinin bile zor inandığı, hatta hiç inanmadığı bir konuşmaydı bu, ama üstünü razı etmesini sağlayabilecek tek şeydi. Cümleleri alçak sesle tekrar ederken, güvensizliğinin yarattığı açıkları içten bir tonla kapamaya gayret ediyordu.

Bir saatten az bir süre sonra, anahtarın kilidin içinde dönmesiyle, Adamsberg kitabı dizlerinin üzerine koydu. Brézillon, salonunda Jean-Pierre Emile Roger Feuillet'yi görünce gerçekten irkildi, neredeyse çığlık atacaktı. Adamsberg parmağını dudaklarına götürdü, Binbaşı'nı kolundan tutup karşısındaki koltuğa götürdü. Brézillon, Jean-Pierre Emile'in pek de endişe verici olmayan dış görünüşünden olsa gerek, korkmuştan çok şaşırmışa benziyordu. Hatta şaşkınlıktan bir an konuşamadı.

"Şşşt, Binbaşı, gürültü yapmaktan kaçınalım. Bunun size sadece zararı dokunabilir."

"Adamsberg," dedi Brézillon sesini tanıyarak.

"Ufak bir görüşme için çok uzaklardan geldim."

"Bu kadar kolay kurtulamayacaksınız, Komiser," dedi Brézillon, artık kendine gelmişti. "Şu zili görüyor musunuz? Bastığım andan iki dakika sonra düzinelerce adamım gelebilir."

"Basmadan önceki o iki dakikayı bana ayırın. Eskiden hukukçuydunuz, iki tarafın da şahitliğini dinlemelisiniz."

"Bir katille iki dakika mı? Çok şey istiyorsunuz, Adamsberg."

"O kızı ben öldürmedim."

"'Hepsi böyle der,' değil mi?"

"Ama hepsinin ekibinde bir muhbir yoktur.

Resmi aramadan önce, biri karakoldaki yedek anahtarımı kullanarak evime girmiş, Hâkim'le ilgili dosyaları karıştırmış; biri bu olayla ilk Québec yolculuğumdan önce yakından ilgilenmiş."

Şüphe dolu sözlerine tutunan Adamsberg, Brézillon'un kendine çok az zaman ayıracağını ve onu çabuk etkilemesi gerektiğini biliyor, bu yüzden çabuk çabuk konuşuyordu. Bu kadar hızlı konuşmaya alışkın değildi ve hızlanıp da taşa çarpan koşucu gibi, zaman zaman bazı sözcüklerde duraklıyordu.

"Biri o patikada gezindiğimi biliyordu. Orada bir kız arkadaşım olduğunu da. Biri o kızı Hâkim'in yöntemleriyle öldürdü ve parmaklarımı kızın kemerine bastırdı. Bu yüzden kemeri suyun içine atmadı, yere bıraktı. Binbaşı, aleyhimde gereğinden fazla delil var. Dosya fazlasıyla tamam, tereddütlü bir nokta yok. Hiç böyle dosya gördünüz mü?"

"Ya da korkunç gerçek bu. Sizin kız arkadaşınız, sizin parmak iziniz ve sizin sarhoşluğunuzdu. Sizin patikanız ve sizin Hâkim takıntınızdı."

"Takıntı değil, bir iş."

"Sizce öyle. Ama sizin hasta olmadığınızı nereden bilelim, Adamsberg? Favre olayını hatırlatmalı mıyım? En kötüsü de bütün cinayet gecesini hafızanızdan silmiş olmanız, bu tam bir delilik göstergesidir."

"Hafızamı kaybettiğimi nasıl öğrendiler?" diye sordu Adamsberg Brézillon'a doğru eğilerek. "Bunu tek bilen Danglard'dı ve ağzını açmadı. Nereden öğrendiler?"

Brézillon alnını kırıştırdı, kravatını gevşetti.

"Bunu sadece biri bilebilirdi," dedi Adamsberg yardımcısının sözlerini yineleyerek, "hafızamı kaybetmeme neden olan kişi. Bu da bu olayda ve o patikada yalnız olmadığımı gösterir."

Brézillon yavaşça ayağa kalktı, bir sigara alıp tekrar oturdu. Bu, Binbaşı'nın bir anlığına konuyla ilgilendiğine, alarm zilini unuttuğuna işaretti.

"Kardeşim de hafıza kaybına uğramıştı, Hâkim'in cinayetlerinden sonra tutuklanan herkes gibi. Dosyaları okudunuz, değil mi?"

Binbaşı, Clémentine'inkilere benzeyen kalın filtresiz sigarasını yakarken başıyla onayladı.

"Kanıtınız var mı?"

"Yok."

"Savunmanız on altı yıl önce ölmüş bir hâkim üzerine kurulu yani."

"Hâkim, ya da müridi."

"Kuruntu."

"Kuruntular da bir göz atmaya değer, şiir etkisi gibi," dedi Adamsberg rasgele.

"Adamı diğer yönünden ele al. Bir şair, tereddüt etmeden alarm ziline basabilir mi?"

Şimdi koltuğuna iyice yaslanmış olan Brézillon sigarasından koca bir duman üfleyip yüzünü buruşturdu.

"KKJ," dedi düşünceli bir tavırla. "Benim hoşuma gitmeyen şey, Adamsberg, uyguladıkları yöntemler. Sizi dosyaya yardımcı olasınız diye çağırdılar ve ben de buna inandım. Bana yalan söylenmesinden, adamlarımdan birine tuzak kurulmasından hoşlanmam. Bunlar yasadışı yöntemler. Légalité yanlış gerekçelerle beni kandırdı. Sizi vakitsizce ellerine verdik, hukuksal bir oyun oynadılar."

Brézillon'un kibri ve mesleki doğruculuğu, Başkan'ın tuzağına düşmüştü. Adamsberg, lehine olan bu noktayı hiç düşünmemişti.

"Légalité," diye devam etti Brézillon, "bana aleyhinizdeki kanıtları sonradan elde ettiğini söyledi elbette."

"Yalan, dosyayı hazırlamıştı bile."

"Dürüst değil," dedi Brézillon küçümser bir ifadeyle. "Ama siz de adaletin elinden kaçtınız, komiserlerimden bu tarz davranışlar beklemem."

"Adaletin elinden kaçmadım, çünkü henüz adaletin ellerinde değildim. İthamname yoktu, haklarımı okumadılar. Serbesttim."

"Hukuksal olarak doğru."

"Tüm olanlardan bıkmakta, kuşku duymakta, oradan gitmekte serbesttim."

"Makyaj yapıp sahte pasaport kullandınız, Komiser."

"Bu yararlı bir tecrübeydi, diyelim," dedi Adamsberg doğaçlama olarak. "Bir oyundu."

"Retancourt'la sık sık oyun oynar mısınız?"

Adamsberg, vücut vücuda oldukları anı düşünerek bir an duraladı.

"O sadece koruma görevini yerine getirdi. Emirlerinize harfiyen uydu."

Brézillon izmariti baş parmağıyla ezdi. Babası çinko işçisi, annesi ütücü, diye düşündü Adamsberg, Danglard'ın ailesi gibi. Kadife koltuklarda oturmakla saklanamayacak kökenlerdi bunlar; seçtiğiniz sigara markası ya da kaba bir baş parmağı hareketiyle onurlandırdığınız, boynunuzda asılı duran bir kılıçtı.

"Benden ne bekliyorsunuz, Adamsberg?" diye sordu Binbaşı parmağını ovuşturarak. "Dediklerinize inanmamı mı? Aleyhinizde bir sürü delil var. Evinize girilmiş olması lehinizde bir nokta, ama önemsiz. Légalité'nin hafıza kaybına uğradığınızı birinden öğrenmiş olabileceği gibi. İki küçük nokta."

"Beni ihbar ederseniz karakolunuzun güvenilirliği de benimle beraber yok olur. Elim kolum bağlı olmasa, bu tür bir skandala engel olabiliriz."

"Bakanlıkla savaşa mı gireyim?"

"Hayır. Sadece polis gözetlemelerinin kaldırılmasını istiyorum."

"Hepsi bu mu? Birtakım anlaşmalar yaptım."

"Ve bunlardan sıyrılmanın bir yolunu bulabilirsiniz. Yurtdışında olduğumu temin ederek. Ben tabii ki saklanmaya devam ederim."

"Kaldığınız yer emin mi?"

"Evet."

"Başka ne istiyorsunuz?"

"Bir tabanca. Takma isimle bir polis kartı. Yaşamak için para. Ve Retancourt'un karakola geri alınması."

"Ne okuyordunuz?" dedi Brézillon deri kaplı kitabı işaret ederek.

"*Uyuyan Booz*'u arıyordum."

"Neden?"

"İki satır için."

"Hangileri?"

*"Hangi Tanrı, sonsuz yazın hangi hasatçısı, gider-
ken, şu altın orağı yıldızlar tarlasına özensizce fırlat-
tı?"*

"Altın orak kim?"

"Erkek kardeşim."

"Ya da şimdi, siz. Orak sadece ay dede değildir.
Kesicidir de. Kafa ya da karın yarabilir, yumuşak ya
da zalim olabilir. Bir soru, Adamsberg. Kendiniz-
den şüphe ediyor musunuz?"

Brézillon'un öne doğru eğilmesinden, Adams-
berg bu sıradan sorunun adamın vereceği karar
üzerinde oldukça etkili olacağını hissetti. Serbestçe
hareket etmesi ya da Kanada'ya gönderilmesi, vere-
ceği cevaba bağlıydı. Tereddüt etti. Mantıklı düşü-
nülürse, Brézillon kendinden son derece emin, ba-
şına bela olmayacak bir adamı tercih ederdi. Ama
Adamsberg başka tarz bir beklenti sezinledi.

"Kendimden her saniye kuşku duyuyorum," di-
ye yanıtladı.

"Bir adamın ve gerçek mücadelesinin en iyi ga-
rantisi budur," dedi Brézillon kuru bir sesle, koltu-
ğuna iyice yaslandı. "Bu akşamdan itibaren serbest,
silahlı ve görünmezsiniz. Ama sonsuza kadar değil,
Adamsberg. Altı haftalığına. Bu süre geçince bura-
ya, bu salona ve bu koltuğa geri döneceksiniz.
Hem, bir dahaki sefere girmeden önce zili çalın."

XLIII

Jean-Pierre Emile Roger Feuillet'nin son görevi bir cep telefonu edinmek oldu. Sonra Adamsberg bu kimlikten Clémentine'in banyosunda yıkanarak kurtuldu ve rahatladı. Biraz da üzüntü duydu. Bu içine kapanık adama bağlanmış falan değildi, ama kendisine bu kadar yardımı dokunmuş birinin beyaz suya karışıp gitmesine izin vermeyi biraz saygısızca buldu. Bu yüzden, siyah saçlarına, her zamanki siluetine ve tenine kavuşmadan önce, ona sessizce saygılarını sundu. Şimdi saçı uzayana kadar, yarısı tıraş edilmiş başını saklaması gerekecekti.

Brézillon'un izin verdiği altı haftalık süre büyük bir özgürlük demekti, ama aynı zamanda şeytanı ya da kendi şeytanını yakalamak için kısa bir süreydi.

Saklandığı yerlerden çıkarmak, demişti Mordent, tavan arasının tozunu almak, saklanabileceği yerlere engeller koymak, eski sandıkları ve hayaletin gıcırdayan dolaplarını kilitlemek. Yani, Hâkim'in ölümüyle Schiltigheim cinayeti arasında kalan dönemi aydınlatmak. Bu Fulgence'ın şu anda saklandığı yeri öğrenmesini sağlamayabilirdi, ama belli mi olur, belki de Hâkim arada bir eskiden gizlendiği tavan aralarına uğruyordu.

Şöminenin karşısında, Josette ve Clémentine'le yemek yerken bu konuyu açtı. Clémentine'in kendisine teknik tavsiyelerde bulunmasını beklemiyordu ama yaşlı kadının kendisini dinlediğini bilmek onu rahatlatıyor, hatta güçlendiriyordu.

"Bu önemli mi?" dedi Josette ince, titrek sesiyle. "Tüm bu yerler? Eskiden kaldığı evler?"

"Baksana önemli gibi," dedi Clémentine Adamsberg'in yerine. "Canavar nerede yaşadıysa orayı bilmesi lazım. Mantarlar hep aynı yerlerde biter, bu hiç değişmez."

"Ama Komiser için önemli mi?"

"Artık Komiser değil," dedi Clémentine sertçe. "Bu yüzden burada, Josette, anlatıyor ya."

"Ölüm kalım meselesi," dedi Adamsberg narin Josette'e gülümseyerek. "Ya o, ya ben."

"Bu derece mi?"

"Bu derece. Ve onu bütün Fransa'da, elimi kolumu sallaya sallaya arayamam."

Clémentine otoriter bir tavırla herkese üzümlü pasta koydu, Adamsberg'inki dubleydi.

"Adamlarınızı görevlendiremezsiniz artık, anladığım kadarıyla," dedi Josette utangaç bir tavırla.

"Sana artık hiçbir şey değil demedim mi? Adamları falan yok. Yapayalnız," dedi Clémentine.

"Bana gayri resmi olarak yardım eden iki adamım var. Ama onları görevlendiremem. Hareketlerim sınırlı."

Josette üzümlü pastasıyla bir ev yaparken, düşünüyordu.

"E, Josette," dedi Clémence, "aklına bir şey geldiyse küf tutmasın. Oğlanın sadece altı haftası var."

"Güvenilir biri mi?"

"Masamızda yemek yiyor. Saçma sapan sorular sorma."

"Yani," dedi Josette, hâlâ üzümlü pastasından yaptığı binayla uğraşıyordu, "başka türlü de hareket edilebilir. Madem ki Komiser dışarı çıkamıyor, madem ki ölüm kalım meselesi…"

Josette sustu.

"Al sana Josette," dedi Clémentine. "Öyle yetiştirilmiş, elden ne gelir? Zenginler böyledir, yürüdükleri gibi konuşurlar, dikkatli dikkatli. Korkudan ödleri patlar. Sen artık fakirsin Josette, o zaman konuş!"

"İnsan bacaklarını kullanmadan da gezebilir," dedi Josette. "Demek istediğim buydu. Hem daha uzağa, daha hızlı gidilebilir."

"Nasıl?" diye sordu Adamsberg.

"Klavye yardımıyla. Oturduğu evleri arıyorsanız ağdan yararlanabilirsiniz."

"Biliyorum, Josette," dedi Adamsberg kibarca. "İnterneti kullanabilirim. Ama aradığım evler herkese açık sitelerde değiller. Gizlenmiş, yer altı sitelerindeler."

"Tamam," dedi Josette, "Ben de zaten gizli ağlardan söz ediyordum."

Adamsberg sessiz kaldı, Josette'in dediklerini pek iyi anlamamıştı. Clémentine fırsatı değerlendirip Komiser'in bardağına şarap koydu.

"Hayır, Clémentine, o geceden beri içki içmiyorum."

"Şimdi de alerjim var demeyin. Yemekte bir bardak şarap şart."

Clémentine bardağı doldurdu. Josette kaşığıyla üzümlü pasta evinin duvarlarına vuruyor, üzümlerden pencere yapıyordu.

"Hangi gizli ağ, Josette?" dedi Adamsberg yavaşça. "Siz oralarda mı geziyorsunuz?"

"Josette yerin altında istediği her yere gider," dedi Clémentine. "Bir bakarsın Hamburg'da, bir bakarsın New York'ta."

"Bilgisayar korsanı mısınız?" diye sordu Adamsberg şaşkınlıkla. "Hacker mısınız?"

"Kadın hacker, evet," dedi Clémentine gururla. "Josette zenginlerden alıp fakirlere veriyor. Tünellerden geçiyor. Şarabınızı bitireceksiniz, Adamsberg."

"Demek aktarma, bölüştürme dediğiniz buydu?" dedi Adamsberg.

"Evet," dedi Josette kaçamak bir bakışla. "Eşitliyorum."

Josette şimdi de çatıya baca yerine bir üzüm saplıyordu.

"Aldığınız paralar nereye gidiyor?"

"Bir derneğe ve benim maaşıma."

"Paraları nereden alıyorsunuz?"

"Her yerden. Zenginlerin paralarını sakladıkları yerlerden. Kasalara girip alıyorum."

"İz bırakmadan mı?"

"On yılda bir kez sorun çıktı, üç ay önce, çünkü acelem vardı. Bu yüzden Clémentine'in evindeyim. Ayak izlerimi siliyorum. Neredeyse bitti."

"Acele etmenin lüzumu yok," dedi Clémentine. "Ama onun sadece altı haftası var. Bunu unutmasak iyi olur."

Adamsberg yanında oturan korsana, bu kambur hacker'a, adı Josette olan ufak tefek, zayıf, titrek kadına şaşkınlıkla bakıyordu.

"Bunu nerede öğrendiniz?"

"El alışkanlığı olunca kendiliğinden öğreniliyor. Clémentine başınızın belada olduğunu söyledi. Clémentine için bir iyilik yapabileceksem..."

"Josette," diye araya girdi Adamsberg, "mesela bir noterin bilgisayarına girip dosyalarına bakabilir misiniz?"

"Bu bir veri tabanı," dedi narin ses, "bilgisayarla çalışıyorlarsa tabii."

"Şifreleri çözebilir, barajları aşabilir misiniz? Duvardan geçer gibi yani?"

"Tabii," dedi Josette alçakgönüllülükle.

"Tıpkı bir hayalet gibi," dedi Adamsberg.

"Eh, lazım tabii," dedi Clémentine. "Çünkü peşinde olan da pis bir hayalet. Hem nasıl yapışmış bir görsen. Josette, yemekle oynama, ben rahatsız olduğumdan değil ama babam görseydi pek hoşuna gitmezdi."

Adamsberg takım elbisesi ve çıplak ayaklarıyla çiçek desenli kanepede oturmuş, Danglard'ı aramak için yeni telefonunu eline almıştı.

"Pardon," dedi Josette, "güvenilir birini mi arıyorsunuz? Kullandığı hat güvenilir mi?"

"Telefon yeni, Josette. Hem cep telefonunu arayacağım."

"Dinlenmesi zor ama yine de sekiz on dakikayı geçerseniz frekans değiştirmeniz iyi olur. Benimkini vereyim, gereken programlar üzerinde. Saate bakın ve bu tuşa basarak frekans değiştirin. Yarın sizinkini de düzeltirim."

Adamsberg, Josette'in programlı telefonunu şaşkınlıkla aldı.

"Altı haftam var, Danglard. Brézillon'un gizli yüzünden yararlanarak zorla kopardım."

Danglard şaşkınlıkla ıslık çaldı.

"Her iki yüzünün de buz gibi olduğunu sanıyordum."

"Hayır, yumuşak bir geçit vardı, orayı kullandım. Artık bir silahım ve yeni bir polis kartım var. Polisler de gayri resmi olarak ve bir süreliğine peşimi bıraktılar. Ancak telefonları dinleyip dinlemediklerinden emin değilim, ortalarda görünmem de yasak. Fark edilirsem Brézillon'un da başı belaya girer. Ve bu adam bana birkaç haftalığına da olsa güveniyor. Ayrıca sigarasını baş parmağıyla, yanmadan söndürebilen biri. Kısacası yüzünü kara çıkartmak istemiyorum. Araştırmaları kendim yapamam."

"Yani ben yapayım, öyle mi?"

"Evet, arşivlere de bir göz atın. Hâkim'in ölümüyle Schiltigheim arasındaki boşluğu doldurmalıyız. Yani son on altı yılda meydana gelen üç delikli cinayetleri tespit etmeliyiz. Bununla ilgilenir misiniz?"

"Müritle ilgilenirim, evet."

"Hepsini e-postayla yollayın, Yüzbaşı. Bir dakika."

Adamsberg, Josette'in gösterdiği tuşa bastı.

"Vızıltılar geliyor," dedi Danglard.

"Frekans değiştirdim."

"Pek sofistike," dedi Danglard. "Mafya aleti."

"Tarafımı ve arkadaşlarımı değiştirdim, Yüzbaşı. Uyum sağlamaya çalışıyorum."

Adamsberg gecenin yarısında örtülerin altına uzanmış, biraz üşüyerek şöminenin korlarını izliyor ve bir hacker'ın kendisiyle aynı evde yaşıyor olmasının sunduğu büyük olanakları düşünüyordu. Pireneler'deki konağın satışıyla ilgilenen noterin adını bulmaya çalıştı. Bu ismi biliyordu. Fulgence'ın noteri, Hâkim'i ilgilendiren konularda sessiz kalmak zorunda olmalıydı. Mesleğinin ilk yıllarında, birtakım yolsuzluklara bulaşmış, bunlardan yakasını Fulgence sayesinde sıyırmış ve böylece ömür boyu Hâkim'in kölesi olmaya mahkûm olmuştu. Adı neydi, Tanrım. Konağın satılış tarihini öğrenmek için notere başvurduğunda gördüğü, o burjuva evinin kapısında parlayan tabela gözünün önüne geliyordu. Hatırladığı kadarıyla genç bir adamdı, otuzdan fazla değil. Belki de hâlâ noterliğe devam ediyordu.

Gözünün önündeki parlak tabela, korların ışıltısına karışıyordu. Neşesiz, hayal kırıklığı yaratan bir isimdi. Alfabenin bütün harflerini tek tek düşündü. Desseveaux. Noter Jerôme Desseveaux. Kaderi Hâkim Fulgence'ın demir ellerinde olan hukuk adamı.

XLIV

Adamsberg, Josette'in beklenmedik uzmanlığı karşısında büyülenmiş gibiydi. Yaşlı kadının yanına oturmuş, zayıf, kırışık elleriyle bilgisayarı kullanmasını izliyordu. Ekranın üzerinde, çabucak geçen bir dolu rakam ve harf beliriyor ve Josette de bunlara bir o kadar anlaşılmaz satırlarla cevap veriyordu. Adamsberg bilgisayarı artık eskisi gibi değil, Alaaddin'in sihirli lambası gibi görüyordu; sanki içinden bir cin çıkıp üç dileğinin ne olduğunu soracaktı. Ancak, eskiden en ahmaklar bile lambayı bir bezle silmeyi becerirken, şimdi bu aleti kullanmayı bilmek gerekiyordu. Artık dilekler bile hayli karışık bir hal almıştı.

Uzmanlık alanına girince alışıldık utangaçlığını bir kenara bırakan Josette;

"Adamınız sıkı korunuyor," dedi titrek sesiyle. "Dikenli tellerle çevrilmiş, bir noter için bu biraz fazla."

"Sıradan bir noterlik değil. Kaderi bir hayaletin ellerinde."

"Pekala."

"Becerebiliyor musunuz, Josette?"

"Arka arkaya dört kilit var. Zaman alacaktır."

Yaşlı kadının başı da elleri gibi titriyordu ve Adamsberg bu haliyle ekranda yazılanları doğru dürüst görüp göremediğini düşündü. Komiser'i semirtme işine sadık kalan Clémentine, içeri girip bir tepsi galet ve akağaç şurubu bıraktı. Adamsberg Josette'in kıyafetine baktı, şık, bej döpiyesinin altına spor ayakkabı giymişti.

"Neden spor ayakkabı giyiyorsunuz? Yeraltında gürültü yapmamak için mi?"

Josette gülümsedi. Olabilir, soyguncu kıyafeti, rahat ve pratik.

"Rahatına düşkün, hepsi bu," dedi Clémentine.

"Önceleri," dedi Josette, "armatörümle evliyken döpiyesler giyer, inciler takardım."

"Şık olan ne varsa yani," dedi Clémentine.

"Zengin miydi?"

"Parasıyla ne yapacağını bilemeyecek kadar. Hepsini de kendine saklardı. Başı belada olan arkadaşlarım için ufak tefek meblağlar araklamaya başladım. Her şey böyle başladı. O zamanlar pek de becerikli değildim, yakalandım."

"Tepkisi kötü mü oldu?"

"Hem de nasıl. Bir sürü gürültü. Boşandıktan sonra banka hesaplarını karıştırmaya başladım. Sonra, kendi kendime, Josette, dedim, başarmak istiyorsan yukarılardan başla. Derken her şey böyle gelişti. Altmış beş yaşında, işe başlamaya hazırdım."

"Clémentine'le nerede tanıştınız?"

"Bit pazarında, otuz beş yıl önce kadar. Kocam bana bir antika mağazası açmıştı."

"Aylaklık yapmasın diye," dedi Clémentine,

yanlarında ayakta duruyor, Adamsberg'in galetleri yiyip yemediğini kontrol ediyordu. "Kaliteli şeylerdi sattıkları, kırık dökük değil yani. Ne güzel eğleniyorduk, değil mi Josette'im?"

"İşte noter," dedi Josette parmağını ekrana götürerek.

"Tam zamanında," dedi hayatında bir klavyeye elini sürmemiş olan Clémentine.

"Burası, değil mi? Noter Jérôme Desseveaux ve ortakları, Suchet Bulvarı, Paris."

"İçerde misiniz?" dedi Adamsberg büyülenmiş gibi, sandalyesini yaklaştırdı.

"Büroda yürür gibiyiz. Büyük bir noterlik, on yedi ortağı ve binlerce dosyası var. Spor ayakkabılarınızı giyin, araştırmaya gidiyoruz. İsim neydi?"

"Fulgence, Honoré Guillaume Fulgence."

Josette bir süre sonra, "Bir çok şey görünüyor," dedi. "Ama 1987'den sonra hiçbir şey yok."

"Çünkü o tarihte öldü. İsmini değiştirmiş olmalı."

"Öldükten sonra bu şart mı?"

"Yapacağınız işe bağlı, sanırım. Maxime Leclerc var mı? 1999'da bir yer satın almıştı."

"Evet," dedi Josette kısa süre sonra. "Bas-Rhin Bölgesi'ndeki *Schloss* isimli malikâneyi almış. Leclerc adına başka bir şey yok."

On beş dakika sonra Josette Adamsberg'e Yaba'nın 1949'dan sonra, Desseveaux öncülüğünde satın aldığı bütün evlerin listesini çıkarmıştı. Demek ki aynı köle, Hâkim'in işlerini öbür dünyada da takip etmiş, *Schloss*'un satışıyla da o ilgilenmişti.

Adamsberg mutfakta yumurtalı kremayı tahta kaşıkla Clémentine'in gösterdiği gibi, sabit bir hızla, durmadan, tencerede sekizler çizerek karıştırıyordu. Pıhtıları önlemek için böyle yapmak gerekiyordu. Hâkim'in art arda edindiği mülkler ve yerleri, Fulgence'ın geçmişi hakkında bildiklerini doğruluyordu. Hepsi üç delikli cinayetlerin meydana geldiği yerlere uyuyordu. On yıl boyunca Hâkim Loire-Atlantique mahkemesinde çalışmış, *Casteletles-Ormes* isimli malikânede oturmuştu. 1949'da, ilk kurbanı olan yirmi sekiz yaşındaki Jean Pierre Espir'i, evinden otuz kilometre ötede öldürmüştü. Dört yıl sonra, aynı yörede Annie Lefebure isimli bir genç kız, Elisabeth Wind cinayetine benzer koşullarda öldürülmüştü. Hâkim altı yıl sonra tekrar işbaşı yapmış, Dominique Ventou adında bir genç adamı öldürmüştü. Aynı tarihte, *Castelet* malikânesi sessiz sedasız satılmıştı. Fulgence bu kez İndreet-Loire bölgesine tayin olmuştu. Noterlik kâğıtları, küçük bir on yedinci yüzyıl şatosu olan *Les Tourelles*'i satın aldığını bildiriyordu. Bu yeni bölgede de iki adamın hakkından gelmişti; önce kırk yedi yaşındaki Julien Soubise, dört yıl sonra da Roger Lentretien adında bir ihtiyar. 1967'de bu bölgeden de taşınmış, Adamsberg'in ailesinin yaşadığı yere, konağa yerleşmiş, Lise Autan'ı öldürmek için altı yıl beklemişti. Bu sefer, Adamsberg'in işine karışmasından dolayı, olaydan hemen sonra bölgeyi terk etmiş, Dordogne yöresindeki *Pigeonnier* isimli çiftliği satın almıştı. Adamsberg bu eve de *Schloss*'a olduğu gibi, Hâkim'in taşınmasından sonra varabilmişti. Hâkim, otuz beş yaşındaki Daniel Mestre'i öldürdükten sonra *Pigeonnier*'yi hemen boşaltmıştı.

Sonra Adamsberg, elli yedi yaşındaki Jeanne Lessard'ın öldürülmesinin ardından, Hâkim'in Charente bölgesinde olduğunu tespit etmişti. Bu sefer Komiser hızlı davranıp Fulgence'ı *Tour-Maufourt* adındaki malikânesinde yakalayabilmişti. Bu onu on yıl aradan sonra ilk görüşüydü ve etkileyici otoritesi hiç eskimemişti. Hâkim, genç müfettişin suçlamaları karşısında gülmüş, onu taciz etmeye devam ettiği takdirde Adamsberg'i ezip geçmekle, ortadan kaldırmakla tehdit etmişti. Kulübelerinde öfkeli havlamaları duyulan iki yeni dobermanı vardı. Adamsberg, Hâkim'in buz gibi bakışları karşısında on yıl önce konakta olduğu gibi ezilip büzülmüştü. Jean-Pierre Espir'den Jeanne Lessard'a kadar, işlediği bütün cinayetleri tek tek saymıştı. Fulgence bastonunun ucunu Adamsberg'in göğsüne dayamış, onu itmiş, kibarca yol verirmişçesine, birkaç söz etmişti:

"Bana dokunma, bana yaklaşma. Dilediğim zaman üzerine şimşek yağdırırım."

Sonra bastonunu yere dayayıp köpek kulübesinin anahtarını çıkarmış, on yıl önce söylediği cümleyi kelimesi kelimesine yinelemişti:

"Önden git, genç adam. Dörde kadar sayıyorum."

Geçmişte olduğu gibi, Adamsberg dobermanların önünde koşmuştu. Trene bindiğinde nefesi ancak normale dönmüş, Hâkim'in cafcafına elinden geldiği kadar lanet yağdırmıştı. Derebeyi gibi davranan bu adam onu bastonunun ucuyla iterek tuz buz edemezdi. Adamsberg adamı takip etmeye devam etmiş, ama *Tour-Maufourt*'dan aniden taşınmasıyla gözden yitirmişti. Hâkim'in en son İndre-et-Loire bölgesinde, Richelieu'de ikamet ettiğini dört yıl sonra, ölüm ilanıyla öğrenmişti.

Adamsberg yumurtalı kremayı sekizler çizerek karıştırmaya devam ediyordu. Bu iş tereddüte düşmesine, kendini o patikada, Yaba'nın şeytani bedeninde, Noëlla'yı aynı Fulgence'ın yapacağı gibi öldürürken düşünmesine engel oluyordu.

Tahta kaşığı döndürüp sakinlik verici sesini dinlerken, Josette'le daha nereleri gezebileceklerini düşünüyordu. Önce kadının yeteneklerinden şüphe etmiş, hayal dünyasında yaşayan bir ihtiyarın abartması diye düşünmüştü. Ama Josette'in eskiden burjuva olan bedeninde gerçek bir bilgisayar korsanı yaşıyordu. Bu durumda Adamsberg kadına sadece hayran kalabilirdi. Krema gereken yoğunluğa ulaştığında ocağı söndürdü. En azından yumurtalı kremayı mahvetmemeyi başarmıştı.

Danglard'ı aramak üzere Josette'in mafya telefonunu eline aldı.

"Bir şey yok," dedi yardımcısı. "Uzun sürüyor."

"Ben bir kestirme buldum, Yüzbaşı."

"Yumuşak kar mı?"

"Sağlam. Aynı köle noter, Fulgence'ın gayri menkullerinin satış işlemleriyle ilgilenmiş. Hatta Mürit'inkilerle bile," diye ekledi dikkatle. "En azından Haguenau'daki *Schloss*'la."

"Neredesiniz, Komiser?"

"Suchet Bulvarı'nda bir noterlik bürosundayım. İstediğim gibi girip çıkıyorum. Gürültü yapmamak için spor ayakkabı giydim. Duvardan duvara halı, vernikli kitaplıklar, çok şık."

"Ah, iyi."

"Ancak, ölümünden sonra malları başka isimlerle satın almış, Maxime Leclerc gibi. Son on altı yılda satın aldığı evleri belki bulabilirim, ama Fulgence ismini hatırlatan başka adlar da bulmam lazım."

"Evet," dedi Danglard.

"Ama aklıma gelmiyor. Etimolojiden pek anlamam. Bana şimşek, ışık gibi ya da büyüklük, üstünlük gibi şeyleri hatırlatan isimlerin bir listesini çıkarabilir misiniz? Aklınıza gelen ne varsa yazın."

"Yazmama gerek yok, hemen söyleyebilirim. Kâğıt kaleminiz var mı?"

"Söyleyin, Yüzbaşı," dedi Adamsberg hayranlıkla.

"Çok fazla isim yok. Işığa dair isimlerden Luce, Lucien, Lucenet'ye ya da başka bir biçimde Flamme, Flambard'a bakın. Aydınlıkla ilgili olarak da Clair, Clar, Claret, Clairet olabilir. Üstünlük, büyüklük için Mesme, Mesmin, Maximilien, Maximin olabilir. Ayrıca Legrand, Majoral, Majorel'e ya da Mestreau, Mestraud'ya da bakın. Bir de Primat, Primard, Primaud olabilir. Majesteleri anlamına gelen Auguste ya da Augustin'i de unutmayın. Büyük adamların isimlerinden türemiş adlara da bakabilirsiniz, Alexandre, Alex, César ya da Napoléon gibi, bu sonuncusu biraz fazla gösterişli ama."

Adamsberg yazdığı listeyi hemen Josette'e götürdü.

"Tüm bu isimleri girip Hâkim'in ölümüyle Maxime Leclerc arasındaki boşluğu doldurmalıyız. Oturduğu evler konak, şato, malikâne olabilir, hepsi de ıssız köşelerde."

"Anladım," dedi Josette. "Şu anda hayaletin peşindeyiz."

Adamsberg ellerini dizlerine yapıştırmış, yaşlı kadının anlaşılmaz işlemlerini tamamlamasını bekliyordu.

"Dediklerinize uyan üç kişi buldum. Bir de Napoléon Grandin var ama Courneuve'de bir apartman dairesinde oturmuş. Adamınızın o olduğunu sanmıyorum. Hayaletiniz proleter bir hortlak değil, anladığım kadarıyla. 1988 yılında Vendée'de Saint-Fulgent köyünde bir malikâne satın almış biri var; Alexandre Clar. Lucien Legrand, 1993'ten 1997'ye kadar Puy-de-Dôme bölgesi, Pionsat köyünde oturmuş. Auguste Primat, 1997'den 1999'a kadar Kuzey Fransa'da, Solesmes köyünde bir konakta ikamet etmiş. Sonra da 1999'dan bugüne kadar şu Maxime Leclerc var. Tarihler birbirini tutuyor, Komiser. Şimdi hepsini yazdırayım. Yalnız önce halıdaki ayak izlerimizi silelim."

"Buldum, Danglard," dedi Adamsberg, yer altı takibi yüzünden nefes nefese kalmıştı. "Önce isimlerin nüfusa kayıtlı olmadıklarını kontrol edin: Alexandre Clar, 1935 doğumlu, Lucien Legrand, 1939 doğumlu ve Auguste Primat, 1931 doğumlu. Cinayetleri Vendée'deki Saint-Fulgent, Puy-de-Dôme'daki Pionsat ve kuzeydeki Solesmes köyleri etrafında, altmış kilometrelik bir alanda arayın. Tamam mı?"

"Şimdi daha çabuk ilerleyebilirim. Tarihler elinizde mi?"

"İlk cinayet için 1988-93, ikincisi 1993-97, üçüncüsü 1997-99. Son cinayetler evlerin satışa çıkarılmasından az zaman önce işlendi; yani 1993 ilkbaharı, 1997 kışı ve 1999 sonbaharı. Önce bu dönemleri araştırın."

"Hepsi tek sayılı yıllar," dedi Danglard.

"Tek sayılı yılları seviyor. Üç rakamı gibi, yaba gibi."

"Mürit fikri fena olmayabilir. Yavaş yavaş şekil alıyor."

Hayalet fikri, diye düzeltti içinden Adamsberg telefonu kapatırken. Josette'in gizli gezmeleri karanlık yüzünü ortaya çıkardıkça şekil alan bir hayalet. Elinde listesi, küçük evin bir ucundan bir ucuna yürüyerek, sabırsızlıkla Danglard'ın telefonunu bekledi. Clémentine yumurtalı krema için onu tebrik etmişti. En azından bu iyi bir şeydi.

"Haberler kötü," dedi Danglard. "Binbaşı hesap sormak için Laliberté'yi -yani Légalité'yi, adamın adının bu olduğunda ısrarlı- aramış. Brézillon lehinize olan noktalardan birinin artık geçersiz olduğunu söyledi. Laliberté hafıza kaybınızı apartman bekçisinden öğrenmiş. Ona polislerle çeteler arasında çıkan bir kavgadan söz etmişsiniz. Ama ertesi gün, apartmana vardığınız saati öğrenince çok şaşırmışsınız. Polis-çete çatışması diye yalan söylediğinizi anlamışlar. Bekçiye göre elleriniz de kanlıymış. Bu yüzden Laliberté hafızanızı yitirdiğinizi düşünmüş, saati daha erken sanıyordunuz ve bekçiye yalan söylediniz. Yani kimse sizi telefonla ihbar etmemiş. Bütün düşündüklerimiz yerle bir oldu."

"Brézillon verdiği altı haftayı geri mi alıyor?" diye sordu Adamsberg, şaşkınlıktan donup kalmıştı.

"Böyle bir şey söylemedi."

"Ya cinayetler? Bir şey buldunuz mu?"

"Alexandre Clar'ın da, Lucien Legrand'ın da, Auguste Primat'ın da hiçbir zaman var olmadıklarını öğrendim. Hepsi takma isim. Binbaşı arayınca cinayetleri araştırmak için zamanım kalmadı. Aynı zamanda Château Sokağı'nda işlenen bir cinayetle ilgileniyoruz. Kurban, uzaktan da olsa, politik bir şahsiyet. Mürit'le ne zaman ilgilenebilirim, bilemiyorum Komiser. Üzgünüm."

Adamsberg telefonu kapattı. Umutsuzlukla sarsılmıştı. Uykusuz bekçi, o söylemişti. Laliberté de kolayca akıl yürütmüştü.

Her şey yerle bir oluyordu. Umudunun ince ipi şak diye kesilmişti. İhbarcı yoktu, tuzak yoktu. Başkan'a hafıza kaybını bildiren biri olmamıştı. Arkadan dolaplar çeviren üçüncü bir kişi yoktu. Maalesef o patikada yalnızdı, elini uzatsa alıvereceği yaba ve karşısındaki tehditkâr Noëlla ile yalnız. Aklında da ölümcül deliliği. Kardeşi gibi, yani. Ya da kardeşinin ardından. Clémentine yanına oturup sessizce bir bardak porto şarabı uzattı.

"Anlat, evladım."

Adamsberg ifadesiz bir sesle, gözlerini yere dikerek anlattı.

"Bunlar polis düşüncesi," dedi Clémentine yavaşça. "Polislerin düşüncesiyle sizinkiler arasında dağlar kadar fark var."

"Yalnızdım, Clémentine, yalnızdım."

"Hatırlamadığınıza göre nereden bileceksiniz? O Allahın cezası hayaleti Josette'le yakalamadınız mı?"

"Ne fark eder, Clémentine? Yalnızdım."

"Bunlar karamsar düşünceler, başka da bir şey değil," dedi Clémentine bardağı Adamsberg'in eline tutuşturarak. "Hem kendi kendini yemenin ne yararı var? Josette'le yeraltında gezmeye devam edin, şu portoyu da içiverin."

Şöminenin yanında sessizce oturan Josette, bir şey söyleyecek gibi oldu, sonra vazgeçti.

"Çürütme, Josette, sana hep söylüyorum," dedi Clémentine ağzında sigarasıyla.

"Biraz hassas bir konu," dedi Josette.

"Hassaslık düşünecek halimiz kalmadı, bunu görmüyor musun?"

"Düşünüyordum da, eğer Bay Danglard -ismi bu, değil mi?- cinayetleri araştıramayacaksa, bunu belki biz yapabiliriz. İşin kötü tarafı, jandarma arşivlerine girmek zorunda kalacağız."

"E bunda rahatsız olacak ne var?"

"Bay Adamsberg. Komiser ya."

"Artık komiser değil, Josette. Yüz kere bin kere söylesem de olmuyor. Hem, polislerle jandarmalar aynı şey değil."

Adamsberg yaşlı kadına dalgın bir bakış attı.

"Bunu yapabilir misiniz, Josette?"

"Bir kere FBI'a girmiştim, öylesine eğlenmek için."

"Özür dileme, Josette, eğlenmenin nesi kötü?"

Adamsberg git gide artan bir hayretle bu ufak tefek, üçte biri korsan, üçte biri burjuva, üçte biri de titrek kadına bakakaldı.

Clémentine'in Adamsberg'e zorla yedirdiği akşam yemeğinden sonra, Josette polis dosyalarını karıştırmaya başladı. Yanındaki kâğıda 1993 ilkbaharı, 1997 kışı ve 1999 sonbaharı yazmıştı. Adamsberg arada bir gelip araştırmanın nasıl gittiğine bakıyordu. Josette akşamları spor ayakkabılarını çıkarıp narin fil yavrusu ayağı izlenimi veren, kocaman, gri terliklerini giyiyordu.

"İyi korunuyorlar, değil mi?"

"Her yer gözetleme kulesi dolu, bunu tahmin etmeliydik. Bu veri tabanında bir dosyam olsaydı herhangi bir yaşlı kadının gelip karıştırmasını istemezdim."

Clémentine yatmaya gitmişti, Adamsberg şöminenin önünde yalnız kaldı; gözlerini ateşe dikmiş, parmaklarını büküp duruyordu. Gri terlikleriyle ayak sesleri duyulmayan Josette'in geldiğini fark etmedi. Tam da korsan ter-likleriydi bunlar.

"Buyurun, Komiser," dedi Josette sadece elindeki kâğıdı uzatarak; onda işini iyi yapmış birinin alçakgönüllü tavrı vardı. Yeteneğinden o kadar habersizdi ki, sanki tencerede tahta kaşıkla sekizler çizip yumurtalı kremayı yapmıştı. Mart 1993'te, Saint-Fulgent'ın otuz iki kilometre uzağında, Ghislaine Matère adında, kırk yaşında bir kadın evinde, üç bıçak darbesiyle öldürülmüştü. Köy evinde yalnız yaşıyordu. Şubat 1997'de, Piosnat'dan yirmi dört kilometre uzaklıkta, Sylvaine Brasillier adında bir genç kız, karnına vurulan üç biz darbesiyle öldürülmüştü. Pazar akşamı, durakta tek başına otobüs bekliyordu. Eylül 1999'da altmış altı yaşındaki Joseph Fèvre, Solesmes köyünden otuz kilometre uzakta öldürülmüştü. Üç lam darbesiyle.

"Suçlular kim?" diye sordu Adamsberg kâğıdı eline alırken.

"Burada yazıyor," dedi Josette titrek parmağını uzatarak. "Ormanda bir kulübede yaşayan, biraz deli, alkolik bir kadın; oraların büyücüsü diye bilinirmiş. Genç kız Brasillier için de yine bir işsiz bulmuşlar, Pionsat yakınlarındaki Saint-Eloy-les-Mines köyünün barlarına sık gelip giden bir adam. Fèvre cinayeti için de, Cambrai dolaylarında bir bankta sızıp kalan sarhoş orman bekçisini bulmuşlar, bıçak cebindeymiş."

"Hafıza kaybı var mı?"

"Hepsinde."

"Silahlar yeni mi?"

"Üç cinayette de."

"Muhteşemsiniz, Josette. Şimdi 1949'daki ikamet yeri olan Castelet-les-Ormes'dan Schiltigheim'a, bütün cinayetler elimizde. On iki cinayet, Josette, on iki. Düşünsenize?"

"Québec'i de sayarsak on üç."

"O patikada yalnızdım, Josette."

"Demin yardımcınızla konuşurken bir müritten söz ediyordunuz. Hâkim'in ölümünden sonra dört cinayet işlendiyse, Québec cinayeti de onun işi olabilir?"

"Olamaz ve nedeni çok basit, Josette. Eğer Québec'e kadar gelmeyi göze alsaydı, bunu beni tuzağa düşürmek, diğerleri gibi suçu üzerime yıkmak için yapmış olurdu. Bir mürit Fulgence'ın bıraktığı yerden devam ediyorsa bunu Hâkim'e hayran olduğu için, kutsal işi sürdürmek için yapar. Ama bu adam, ya da bu kadın, Fulgence'tan başka bir şey düşünmese de, Fulgence değil. O, Hâkim benden nefret ediyordu, dibe vurduğumu görmek istiyordu. Ama öbürü, mürit benden nefret etmiyor, beni tanımıyor bile. Hâkim'in başladığını bitirmek başka bir şey, beni kapana kıstırmak için öldürmek başka. Buna inanmıyorum. Bu yüzden size yalnızdım diyorum."

"Clémentine bunların karamsar düşünceler olduğunu söylüyor."

"Karamsar ama doğru. Hem bir mürit varsa, yaşlı değil. Hayranlık gençlikte edinilen bir duygudur. Bugün otuz beş-kırk yaşları arasında olduğu düşünülebilir. O yaşta adamların pipo içtiği pek nadirdir. *Schloss*'ta oturan kimse, pipo içiyordu ve saçları beyazdı. Hayır, Josette, bir mürit olduğuna inanmıyorum. Tam bir çıkmazdayız."

Josette terliğini ritmik bir şekilde sallıyor, ayağıyla kiremit rengi taşa vuruyordu. Bir süre sonra;

"Hayaletlere inanıyorsak, o başka," dedi.

"Evet."

İkisi de uzun bir sessizliğe gömüldüler. Josette yanan odunları karıştırıyordu.

"Yorgun musunuz, Josette'im?" diye sordu Adamsberg, Clémentine gibi konuştuğuna şaşarak.

"Geceleri çok gezerim."

"Şu adam, Maxime Leclerc ya da Auguste Primat, ya da adı her neyse. Hâkim öldüğünden beri kimselere görünmüyor. Ya mürit Fulgence'ı ölümünden sonra da yaşatmak istiyor, ya da hortlağımız yüzünü göstermekten kaçınıyor."

"Çünkü ölü."

"Evet. Dört yılda Maxime Leclerc'i kimse görmemiş. Ne emlakçi, ne temizlikçi kadın, ne bahçıvan ne de postacı. Bütün alışverişleri temizlikçi kadın yapıyormuş. Ev sahibi isteklerini notlarla ya da telefonla bildiriyormuş. Bu tür bir görünmezlik mümkün olsa gerek, o başardığına göre. Ama yine de Josette, bu kadar zaman kimselere görünmemek bana imkânsız geliyor. İki yıl olsa tamam, ama beş yıl, on altı yıl. Olabilir ama hayatın beklenmedik olaylarını, acil durumları göz önünde bulundurmazsanız. On altı yılda beklenmedik şeyler tabii ki olur. Bu zaman dilimini araştırıp beklenmedik bir olay olup olmadığına bakmalıyız."

Josette işini saygılı bir korsan edasıyla dinliyor, başını ve terliğini sallayarak, daha kesin talimatlar bekliyordu.

"Bir doktor mesela, Josette. Ani bir baygınlık, bir yaralanma, düşme olabilir. Acil olarak doktor çağırmanızı gerektiren, beklenmedik bir şey. Böyle bir şey olduysa, adamımız kesinlikle köyün doktorunu çağırmamıştır. Gezgin doktorları aramıştır, şu bir kere görüp unuttuğunuz acil servis doktorlarını."

"Anlıyorum," dedi Josette. "Ama bu şirketler dosyalarını beş yıldan fazla saklamazlar."

"Yani, sadece Maxime Leclerc'e bakabiliriz. Yani Bas-Rhin bölgesi şirketleri kayıtlarında, hortlağın *Schloss*'una bir doktorun gelip gelmediğini araştırmalıyız."

Josette uzun maşayı yerine astı, küpelerini düzeltip şık hanımefendi kazağının kollarını sıvadı. Gecenin birinde bilgisayarı tekrar açtı. Adamsberg tek başına, iki odun daha attığı şöminenin karşısında, doğumu bekleyen bir baba kadar gergin bekliyordu. Yeni edindiği batıl inanca göre, Josette Alaaddin'in sihirli lambasıyla oynarken yanında durmaması gerekiyordu. Yanında dururursa, Josette'in yüzünde çaresizlik, hayal kırıklığı gibi ifadeler görmekten çok korkuyordu. Hareketsiz, patikada geçirdiği iki buçuk saatle lanetlenmiş bir halde bekliyordu. Tüm umudunu yaşlı bir kadının yasak araştırmalarıyla ilmik ilmik ördüğü bilgilere bağlamıştı. Hepsini tek tek zihninin petek deliklerine yerleştiriyordu. Küçük korsanının deha ateşiyle bütün kilitlerin demir gibi erimesi için dua ediyordu. Josette kilitlerden söz ederken zorluk derecesine göre bir sürü kelime kullanıyordu; Adamsberg bunları en kolayından en zoruna not etmişti: üstünkörü, etkili, meşin gibi, dikenli tel, beton, gözetleme kulesi. Ve o, bir gün FBI'ın gözetleme kulelerini geçmeyi başarmıştı. Adamsberg koridorda terlik seslerini duyunca doğruldu.

"Buyurun," dedi Josette. "Meşin gibiydi ama becerdim."

"Çabuk söyleyin," dedi Adamsberg ayağa kalkarak.

"Maxime Leclerc iki yıl önce, 17 Ağustos'ta, saat 14.40'ta acil doktor servisini aramış. Yabanarıları tarafından yedi kere sokulmuş, tam yedi kere; boynunda ve yüzünün alt tarafında ödemler oluşmuş. Doktor beş dakika sonra oradaymış. Saat sekizde geri gelip Leclerc'e bir iğne daha yapmış. Doktorun adı elimde, Vincent Courtin. Telefon numarasını da aldım."

Adamsberg ellerini Josette'in omuzlarına koydu. Avuç içlerinde omuz kemiklerini hissediyordu.

"Son zamanlarda hayatım muhteşem kadınların ellerinde. Hayatımı bir top gibi atıp tutuyorlar, tam düşecekken uçurumun kenarından kurtarıyorlar."

"Bu kötü mü?" diye sordu Josette ciddi bir sesle.

Adamsberg gecenin ikisinde yardımcısını uyandırdı.

"Kalkmayın, Danglard. Sadece bir mesajım var."

"Uyumaya devam ediyorum, sizi dinliyorum."

372

"Hâkim öldüğünde gazetelerde bir sürü resmi çıktı. İçlerinden dört tane seçin, ikisi profilden, biri karşıdan, biri de yarı profilden olsun. Laboratuara söyleyin, resimdeki adamın yüzünü on altı yıl sonraya çevirsinler."

"Her sözlükte güzel çizilmiş kafatası resimleri bulunur."

"Ciddiyim, Danglard, bu çok acil. Ve karşıdan çekilmiş beşinci resimde de boyun ve yüz üzerine şişlikler eklesinler, adamı arı sokmuş gibi."

"Eğer hoşunuza gidecekse, tamam," dedi Danglard bezgin bir sesle.

"En kısa zamanda elime geçsin. Aradaki cinayetleri araştırmayı da bırakabilirsiniz. Üçünü de buldum, kurbanların isimlerini size gönderirim. Tekrar uyuyabilirsiniz, Yüzbaşı."

"Uyanmadım ki."

XLV

Sahte polis kartında Brézillon'un ona verdiği ismi bir türlü hatırlayamıyordu. Doktora telefon etmeden önce, bu adı kısa sesle tekrar okudu. Dikkatle cep telefonunu çıkardı. Josette aleti "düzelttiğinden" beri, sağından solundan, böcek ayağı gibi yeşil ve kırmızı renkte kablolar çıkıyordu, bir de frekans değiştirmeye yarayan iki küçük rulet eklenmişti. Adamsberg telefonunu gizemli bir böcek gibi kullanıyordu. Doktor Courtin'i cumartesi sabah onda evinde buldu.

"Komiser Denis Lamproie," diye kendini taktim etti Adamsberg, "Paris suç masası."

Doktorlar, otopsi ve defnetme gibi şeylere alışkın olduklarından, suç masasından bir polisin telefonu karşısında fazla tepki göstermezler.

"Sorun nedir?" dedi Doktor Courtin ilgisiz bir ses tonuyla.

"İki yıl önce, 17 Ağustos'ta Schiltigheim'a yirmi kilometre uzaklıkta, *Schloss* isimli malikânede bir hastanız olmuş."

"Bir dakika, Komiser. Tedavi ettiğim hastaların hepsini hatırlayamam. Bazı günler yirmi kişiyi ziyaret ettiğim olur ve bir hastaya ikinci kez rastlamam nadir bir olaydır."

"Ama bu adamı arı sokmuştu, yedi yerinden. Alerjik tepki verdiğinden yüzünde ödemler oluşmuş, bu yüzden de biri öğleden sonra, diğeri akşam sekizde olmak üzere iki iğne yapmak gerekmişti."

"Evet, şimdi hatırladım, yabanarıları sık sık sürüler halinde saldırmazlar. İhtiyar için endişelenmiştim. Yalnız yaşıyordu da. Ama ikinci bir muayeneyi inatla reddediyordu. Yine de akşam sekizde evine geri döndüm. Kapıyı açmak zorunda kaldı, çünkü hâlâ güçlükle nefes alabiliyordu."

"Dış görünüşü nasıldı, Doktor?"

"Bilemiyorum. Günde yüz tane surat görüyorum. İhtiyar bir adamdı, uzun boylu, beyaz saçlı, sanırım hareketleri oldukça mesafeliydi. Başka bir şey söyleyemem, yüzü, yanakları ödemden deforme olmuştu."

"Size birkaç fotoğraf gösterebilirim."

"Gerçekten de zaman kaybetmiş olursunuz, Komiser. Yabanarılarının saldırısı dışında doğru düzgün bir şey hatırlamıyorum."

Adamsberg öğleden sonra Hâkim'in rötuşlu fotoğraflarıyla, Doğu Garı'na doğru yola çıktı. Bir kez daha Strasbourg'a gidiyordu. Yüzünü ve saçlarını gizlemek için Basile'in kendisine aldığı, kafasını fazlasıyla sıcak tutan, kulaklı Kanada beresini takmıştı. Doktor bereyi çıkarmamasını garip bulacaktı. Courtin bu zorunlu görüşmeden pek de memnun değildi ve Adamsberg adamın hafta sonunu rezil ettiğinin farkındaydı.

İki adam, üstü ıvır zıvırla dolu bir masanın iki

yanına yerleştiler. Courtin oldukça genç, somurtkan ve şimdiden şişmandı. Yabanarılarının saldırısına uğrayan ihtiyar pek ilgisini çekmiyordu, soruşturma hakkında soru sormadı. Adamsberg Hâkim'in fotoğraflarını çıkardı.

"Ödem ve yüzündeki kırışıklıklar sonradan eklendi," dedi fotoğrafların garipliğini açıklamak için. "Bu adamı hatırladınız mı?"

"Komiser," dedi Doktor, "önce berenizi çıkarmak istemez misiniz?"

"Tabii," dedi Adamsberg, kutup beresinin altında boncuk boncuk terlemeye başlamıştı. "İşin aslı, bir hücrede pire kaptım ve kafamın yarısını tıraş etmek zorunda kaldım."

"İlginç bir yöntem," dedi Doktor, Adamsberg'in saçlarını görünce. "Neden hepsini tıraş etmediniz?"

"Bunu bir arkadaşım yaptı, eskiden keşişti. O yüzden olsa gerek."

"Ah, iyi," dedi Doktor kafası karışık bir halde. Bir anlık bir tereddütten sonra, tekrar fotoğraflara döndü.

"Bu adam," dedi parmağıyla Hâkim'in profilden çekilmiş resmini göstererek, "benim tedavi ettiğim ihtiyar."

"Doğru düzgün bir şey hatırlamadığınızı söylemiştiniz."

"Öyle, ama kulağını iyi hatırlıyorum. Biz doktorlar yüzlerden çok anormal noktaları aklımızda tutarız. Adamın sol kulağını dün gibi hatırlıyorum."

"Nesi vardı?" diye sordu Adamsberg fotoğrafın

üzerine eğilerek.

"Şu ortadaki kıvrıklık. Adam çocukluğunda kepçe kulaklarını ameliyat ettirmiş olmalı. O zamanlar ameliyat her zaman başarılı olamayabiliyordu. Burada da yaranın etrafında et parçaları oluşmuş ve kulak kepçesinin dış kenarında deformasyon meydana gelmiş."

Fotoğraflar Hâkim'in hâlâ çalıştığı dönemde çekilmişti. O zamanlar saçları kısa olduğundan, kulakları ortadaydı. Adamsberg Hâkim'i emekliye ayrıldığında, uzun saçlarıyla tanımıştı.

"Ödemin boyutlarını incelemek için saçlarını elimle itmek zorunda kalmıştım," dedi Courtin. "Kulağını da o zaman gördüm. Yüzünün kalan tarafına gelince, hatırladığım kadarıyla aynı adamdı."

"Emin misiniz, Doktor?"

"Sol kulağın ameliyat edildiğinden ve ameliyat izinin düzgün olmadığından eminim. Sağ kulağın bu fotoğraflardaki gibi, hiçbir travma geçirmediğinden de eminim. Ama Fransa'da sol kulağında yara izi olan tek insan o değildir elbette. Anlıyor musunuz? Yine de bu pek sık rastlanmayan bir olgudur. Genelde ameliyattan sonra iki kulaktaki iz de aynı şekilde kapanır. Yaranın bir tarafta et bağlayıp diğerinde bağlamaması ilginç. Maxime Leclerc üzerinde gördüklerim bunlardı. Daha fazla bir şey söyleyemem."

"O zamanlar adam doksan yedi yaşındaydı. Çok yaşlıydı yani, bu da uyuyor mu?"

Doktor inanmaz bir tavırla başını salladı.

"Mümkün değil. Tedavi ettiğim hasta seksen beşten fazla değildi."

"Emin misiniz?" diye sordu Adamsberg hayretle.

"Bu noktadan kesinlikle eminim. Adam doksan yedi yaşında olsaydı, onu boynundaki ödemlerle evinde yalnız bırakmazdım. Hemen hastaneye kaldırtırdım."

"Maxime Leclerc 1904'te doğdu," diye ısrar etti Adamsberg. "En az otuz yıldır emekliye ayrılmıştı."

"Hayır," diye yineledi Doktor. "Kesin konuşuyorum. On beş yaş düşün."

Adamsberg katedralin yakınlarından geçmemeye dikkat etti; Loch Ness canavarının ejderhayla ve Pink Gölü balığıyla beraber sıkıştığı yerden kurtulup üst pencerelerden birinden, nefes nefese fırlamasından korkuyordu.

Bir an durup parmaklarıyla gözlerini ovuşturdu. Gerçek mantarlarını bulmak için karanlık bölgelerdeki yaprakları tek tek kaldırmak gerekir, demişti Clémentine. Şimdilik yapması gereken, bu garip kulağı adım adım takip etmekti. Kulak da biraz mantara benziyordu hani. Dikkatli olmalı, düşüncesinin kurşun dolu bulutlarının bu dar yolda karşısına çıkıp önünü karartmamasına özen göstermeliydi. Ancak, Doktor'un Maxime Leclerc hakkında söyledikleri kafasını karıştırıyordu. Aynı kulak, ama aynı yaş değil. Oysa Doktor Courtin hayaletlerin değil, insanların yaşlarını tayin ediyordu.

Disiplin, disiplin ve yine disiplin. Adamsberg Başkan'ın hatırasıyla yumruklarını sıktı ve trene bindi. Doğu Garı'na vardığında, bu kulağı takip etmek için kimden yardım isteyeceğini kesinlikle biliyordu.

XLVI

Adamsberg'in annesinin de sık sık yinelediği gibi, köyün rahibi tavuklarla uyanırdı. Adamsberg tahminince seksen yaşını geçmiş olan Rahip'i aramak için saatlerinin sekiz buçuğu göstermesini bekledi. Bu adam eskiden bir bekçi köpeği gibiydi ve Adamsberg hâlâ öyle olduğunu umuyordu. Rahip Grégoire, Tanrı'nın dünyaya sunduğu farklılıklara olan hayranlığından, bir dolu gereksiz ayrıntıyı aklında tutardı. Adamsberg Rahip'e soyadını söyledi.

"Hangi Adamsberg?" diye sordu Rahip.

"Eski kitaplarınla oynayan. Sonsuz yazın hangi hasatçısı, giderken, şu altın orağı yıldızlar tarlasına özensizce fırlattı?"

"Bıraktı, Jean-Baptiste, bıraktı," diye düzeltti Rahip, Adamsberg'in telefonuna şaşırmış görünmüyordu.

"Fırlattı."

"Bıraktı."

"Önemli değil, Grégoire. Sana bir şey soracaktım. Uyandırmadım ya?"

"Ne diyorsun, tavuklarla uyanıyorum. Hem yaş geçtikçe, bilirsin. Bir dakika, gidip kitaba bakayım.

Beni de şaşırttın."

Adamsberg elinde telefonla kalakaldı, endişe-
lenmişti. Grégoire acil durumları artık fark edemi-
yor muydu? Köy sakinlerinin en ufak derdini bile
hemen sezmesiyle tanınırdı. Ondan bir şey saklan-
mazdı.

"Fırlattı. Haklıymışsın, Jean-Baptiste," dedi
Rahip üzgün bir sesle. "Yaş geçtikçe, bilirsin."

"Grégoire, Hâkim'i hatırlıyor musun, hani şu
Derebeyini?"

"Yine mi o?" dedi Grégoire, sesinde bir parça
kınama vardı.

"Ölüler diyarından geri geldi. Ya o yaşlı şeyta-
nı boynuzlarından yakalarım, ya da ruhumu yitiri-
rim."

"Böyle konuşma, Jean-Baptiste," diye buyurdu
Rahip, bir çocukla konuşurcasına. "Ya Tanrı seni
duysaydı?"

"Grégoire, kulaklarını hatırlıyor musun?"

"Sol kulağını mı diyorsun?"

"Evet," dedi Adamsberg heyecanla. Eline bir
kalem aldı. "Söyle."

"Ölüler hakkında kötü söz söylemek ayıptır
ama sol kulağı pek güzel değildi. Yaradılıştan değil
ama doktorların hatası yüzünden."

"Yine de kulaklarını kepçe yapan Tanrı'ydı."

"Ama bunun dışında ona güzelliği vermişti.
Tanrı bu dünyada her şeyi bölüştürmelidir, Jean-
Baptiste."

Adamsberg, Tanrı'nın görevini pek bir savsak-
ladığını, işini bitirmek için Josette gibilerinin yar-

dımına ihtiyacı olduğunu düşündü.

"Şu kulağı anlat bana," dedi, Grégoire'ın Tanrı'nın hikmetinden sual olunmaz yollarında kaybolmasından korkarak.

"Büyük, deforme olmuş, kulak memesi uzun ve biraz tüylü, kulak deliği dar, kıvrım yerinin ortası et bağlamıştı. Raphaël'in kulağına giren sivrisineği hatırlıyor musun? Sonunda mumla çıkarabilmiştik, gece lambayla balık avlar gibi."

"Çok iyi hatırlıyorum, Grégoire. Mumun alevine gelip ufak bir cızırtıyla yanmıştı. Cızırtıyı hatırladın mı?"

"Evet, espri yapmıştım."

"Evet, ama bana Derebeyinden bahset. Et bağladığından emin misin?"

"Yüzde yüz. Çenesinin sağ tarafında da bir et beni vardı, tıraş olurken rahatsız ediyor olmalıydı," diye ekledi Grégoire, ayrıntılar arasında tam gaz gidiyordu. "Burnunun sağ kanadı soldakinden daha açıktı ve saç kökleri yanaklarına kadar iniyordu."

"Bunu nasıl beceriyorsun?"

"Seni de anlatabilirim, istersen."

"Yok, kalsın, Grégoire. Bu halimde yeteri kadar yamuğum zaten."

"Hâkim'in öldüğünü unutma, küçüğüm, unutma. Kendine acı çektirme."

"Öyle yapmaya çalışıyorum, Grégoire."

Adamsberg bir an, muhtemelen tahta masasına oturmuş duran Rahip Grégoire'ı düşündü, sonra bir büyüteçle fotoğrafları incelemeye koyuldu. Çenedeki et beni de, burun kanatlarındaki farklılık da açıkça seçiliyordu. Yaşlı rahibin hafızası eskisi kadar kuvvetliydi, tam bir fotoğraf makinesi. Doktor'un belirttiği yaş farkı bir tarafa, hayalet sonunda kefeninden çıkıyor gibiydi. Hem de kulağından çekilerek. Adamsberg Hâkim'in emekli olduğu gün çekilen fotoğraflara bakarken, hiçbir zaman yaşını göstermediğini düşünüyordu. Fulgence'ın yaşına göre son derece dinç biri olduğunu Courtin bilmiyordu. Maxime Leclerc ne sıradan bir hasta, ne de sıradan bir hayaletti.

Adamsberg kendine bir kahve daha yapıp Josette ve Clémentine'in alışverişten dönmesini sabırsızlıkla bekledi. Retancourt ağacını terk ettiğinden beri, bu iki kadının desteğine ihtiyaç duyuyor, gelişmeleri onlarla paylaşmak istiyordu.

"Adamı kulağından yakaladık, Clémentine," dedi kadının elindeki sepeti alırken.

"Tam zamanında. Bir ucundan yakaladıysanız devamı çorap söküğü gibi gelir."

"Yeni bir hatta mı ilerleyeceğiz, Komiser?" diye sordu Josette.

"Artık komiser değil, bin kere söyledim Josette'im benim."

"Richelieu'ye gidiyoruz, Josette. On altı yıl önce defin iznini imzalayan doktorun adını bulacağız."

"Bu çok kolay," dedi Josette hafifçe dudak bükerek.

Josette, Hâkim'in Richelieu'deki doktoru olan

dahiliyeci Colette Choisel'i yirmi dakikada tespit etti. Doktor cesedi muayene etmiş, kalp atışlarının durduğunu belirterek defin iznini imzalamıştı.

"Adresini buldunuz mu, Josette?"

"Hâkim'in ölümünden dört ay sonra muayene-hanesini kapatmış."

"Emekli mi olmuş?"

"Sanmam, sadece kırk sekiz yaşındaymış."

"Mükemmel. Şimdi bu doktorun peşinden gi-deceğiz."

"Bu biraz zor. Kadının oldukça sık rastlanılan bir ismi var. Ama altmış dört yaşında olduğuna gö-re hâlâ doktorluk yapıyor olabilir. Mesleki rehber-lere bakalım."

"Bir de sabıka kayıtlarında Colette Choisel ile ilgili bir şeyler var mı, ona bakalım."

"Sabıkalı olsaydı doktorluk yapamazdı."

"Beraat etmiş olabilir."

Adamsberg Josette'i Alaaddin'in sihirli lamba-sıyla baş başa bırakıp öğle yemeği için sebze ayıkla-yan Clémentine'e yardıma gitti.

"Kayaların altına giren yılanbalığı gibi, istediği yere giriyor," dedi Adamsberg masaya otururken.

"Eh tabii, mesleği bu," dedi Clémentine, Josette'in yasadışı manevralarının karışıklık boyutunu algılayamıyordu.

"Patatesler gibi yani," diye devam etti, "güzel-ce soyun, Adamsberg."

"Patates soymayı biliyorum, Clémentine."

"Hayır, siyah noktaları güzelce çıkartmıyorsu-nuz. Siyah noktaları çıkartmak lazım, zehirdir."

"Çiğken zehirdir, Clémentine."

"Olsun, siyah noktaları çıkartın."

"Pekala. Dikkat ederim."

Clémentine'in kontrolünden geçen patatesler pişti, Josette elinde sonuçlarla geldiğinde masa kurulmuştu.

"Memnun kaldın mı, Josette'im?" diye sordu Clémentine tabakları doldururken.

"Sanırım evet," dedi Josette, tabağının yanına bir kâğıt koydu.

"Yemek yerken çalışılmasından pek hoşlanmam. Beni şahsen rahatsız etmez, ama babam görseydi pek memnun olmazdı. Sadece altı haftanız var diye bir şey demiyorum."

"Colette Choisel on altı yıldır Rennes'de doktorluk yapıyor," dedi Josette notlarına bakarak. "Yirmi yedi yaşındayken başı belaya girmiş. Morfinle tedavi ettiği ihtiyar bir kadın ölmüş. Kariyerine mal olabilecek mühim bir hata, aşırı doz."

"Eh, herhalde," dedi Clémentine.

"Nerede, Josette?"

"Tours'da, Fulgence'ın ikinci kalesinde yani."

"Beraat mi?"

"Beraat. Avukatı doktorun gerektiği gibi davrandığını kanıtlamış. Eski mesleği veterinerlik olan hastanın morfini kendisinin bulduğunu ve iğneleri kendisinin yaptığını savunmuş."

"Avukat da Fulgence tayfasındanmış."

"Jüri bunun bir intihar olduğuna karar vermiş. Choisel olaydan tertemiz sıyrılmış."

"Ama Hâkim'in rehinesi olmuş. Josette," dedi

Adamsberg elini yaşlı kadının koluna koyarak, "yer altı gezilerinizle sonunda yüzeye çıkacağız."

"Tam zamanında," dedi Clémentine.

Adamsberg şöminenin yanında oturmuş, tatlı tabağı dizlerinin üzerinde, uzun uzun düşündü. Kolay şey değildi. Danglard şimdilik sakinleşmişse de, bunu duyunca küfrü basardı. Ama Retancourt onu daha tarafsızca dinlerdi. Cebinden kırmızı-yeşil ayaklı böceğini çıkarıp kaygan sırtın numarasını çevirdi. Akağaca benzeyen teğmeninin sesini duyunca, mutluluk ve dinginlik dolu ufak bir sarsıntı yaşadı.

"Merak etmeyin, Retancourt, her beş dakikada bir frekans değiştiriyorum."

"Danglard'dan haberinizi aldım."

"Altı hafta çok kısa, Teğmen, elimi çabuk tutmalıyım. Sanırım Hâkim ölümünden sonra da yaşamaya devam etti."

"Yani?"

"Elimde sadece bir kulak var. Ama bu kulak iki yıl önce Schiltigheim'ın yirmi kilometre uzağındaydı ve hayattaydı."

Yalnız ve tüylü, koca bir gece kelebeği gibi Schloss'un tavan arasında uçuşan ve kötülük saçan bir kulak.

"Kulağın ucunda bir şey var mı?" diye sordu Retancourt.

"Evet, güvenilmez bir defin izni. Altına imzayı atan doktor, Fulgence'ın köleler ordusuna dahildi. Bence, Retancourt, Hâkim Richelieu'ye bu doktor orada çalışıyor diye taşındı."

"Yani ölümü önceden planlanmıştı?"

"Sanırım. Bunu Danglard'a da söyleyin."

"Neden siz söylemiyorsunuz?"

"Bana kızıyor, Teğmen."

On dakika geçmemişti ki, Danglard telefon etti, sesi soğuktu.

"Anladığıma göre, Komiser, Hâkim'i canlandırmayı bile başarmışsınız."

"Sanrırım evet, Danglard. Artık bir ölünün peşinde değiliz."

"Evet, bir ölünün değil, doksan yedi yaşında bir ihtiyarın peşindeyiz. Neredeyse *yüz* yaşında, Komiser."

"Farkındayım."

"Ve bu da hayalet varsayımı kadar imkânsız. Doksan yedi yaşına kadar yaşayan insan pek bulunmaz."

"Benim köyümde bir tane vardı."

"Formunda mıydı peki?"

"Pek değil, hayır," dedi Adamsberg.

"Şunu iyice anlayın," dedi Danglard sabırla. "Bir kadına saldıracak, sonra onu yabayla öldürüp bisikleti ve cesedi tarlalarda sürüyecek biri doksan yedi yaşında olamaz."

"Masallar böyledir, elimden bir şey gelmez. Hâkim sıra dışı bir güce sahipti."

"Sahip*ti*, Komiser, eskiden. Doksan yedi yaşında biri sıra dışı bir güce sahip olamaz. Yüz yaşında katil olmaz, olsa da cinayet işleyemez."

"Şeytan'ın yaşı umurunda değildir. Mezarı aç-mayı talep edeceğim."

"Tanrım, bu derece mi?"

"Evet."

"Öyleyse bana güvenmeyin. Sizi takip edeme-yeceğim kadar fazla ileri gidiyorsunuz."

"Anlıyorum."

"Ben mürit taraftarıydım, hatırladınız mı? Ne hayalete ne de yüz yaşındaki katile inanmıyordum."

"Talebi ben kendim yapmaya çalışırım. Ancak mezarı açma emri karakola gelirse, siz, Mordent ve Retancourt Richelieu'de hazır bulunun."

"Hayır, ben gelemem, Komiser."

"O mezarda ne olursa olsun, bunu sizin de gör-menizi istiyorum, Danglard. Geleceksiniz."

"O tabutta ne olduğunu bilmek için oralara ka-dar gitmeme gerek yok."

"Danglard, Brézillon bana Lamproie ismini vermiş. Size bir şey ifade ediyor mu?"

"İlkel bir balıktır," dedi Danglard sesinde ufak bir gülümseyişle. "Tam balık da denemez, tam ola-rak bir çenesiz. Yılanbalığı gibi ince uzun."

"Ah," dedi Adamsberg, bu balığı Pink Gö-lü'nün eski çağ yaratığıyla karşılaştırmış, hayal kı-rıklığına uğramıştı. "Bu ilkel balığın bir özelliği var mı peki?"

"Lamproie'nın dişleri olmaz. Çenesi de yoktur. Anlayacağınız, bir vantuz gibidir."

Adamsberg telefonu kapatırken, Binbaşı'nın bu seçimini nasıl yorumlamak gerektiğini düşünüyor-du. Brézillon ondaki titizlik eksikliğine mi dikkat çekmek istemişti? Ya da zorlukla, vantuz gibi emerek elde ettiği altı haftayı mı ima ediyordu? Belki de ona bu dişsiz -aynı zamanda üç dişsiz- balığın adını vererek, Adamsberg'in masumiyetine inandığını gösteriyordu.

Brézillon'dan Hâkim Fulgence'ın mezarını açtırmak için izin koparmak imkânsız bir işti. Adamsberg şu vantuz balığına konsantre olup Binbaşı'yı kendi fikrine çekmeye çalıştı. Brézillon, Hâkim'in ölümünden sonra Bas-Rhin bölgesinde yalnız yaşayan kulak hikâyesini birkaç sözle geçiştirmişti. Doktor Choisel'in güvenilmez defin iznine gelince, bu bile Binbaşı için zayıf bir varsayımdı.

"Bugün günlerden ne?" diye sordu birden Binbaşı.

"Pazar."

"Salı günü saat on dörtte," dedi aniden fikir değiştirerek, Adamsberg'e altı haftalık özgürlüğünü verdiğinde de böyle davranmıştı. Binbaşı telefonu kapatmadan, Komiser sadece;

"Retancourt, Mordent ve Danglard da orada olsunlar," diyebildi.

Böceğin bacaklarını incitmemek için, telefonunu yavaşça katladı. Belki de Binbaşı Adamsberg'i altı haftalığına özgür bıraktığından beri, kendini sorumlu hissediyor, verdiği kararı sonuna kadar uygulamak istiyordu. Ama balığın vantuzuna kapılmış da olabilirdi. Vantuzun çekim yönü, Adamsberg yenilmiş bir halde o salona gidip o koltuğa oturduğu gün ters dönecekti. Brézillon'un başparmağı gözünün önüne geldi ve lamproie balığının ağzına yanan bir sigara konsa neler olacağını düşünmeden edemedi. Bunu yapmak imkânsızdı, çünkü bu hayvan suyun altında yaşıyordu. Sonunda bu hayvan da Strasbourg Katedrali'ni dolduran sürüye katıldı. Yanında da *Schloss*'un tavan arasını lanetleyen, yarı kulak, yarı mantar, ağır gece kelebeği vardı.

Hem Binbaşı'nın ne düşündüğünün ne önemi vardı? Mezarın açılmasına izin vermişti işte. Ve Adamsberg duygularının heyecanla gerçek korku arasında gidip geldiğini hissetti. Hayatında açtırdığı ilk mezar değildi bu. Ama Hâkim'in tabutunu açmak, bir anda lanetli ve tehlikeli bir iş gibi göründü gözüne. *Sizi takip edemeyeceğim kadar fazla ileri gidiyorsunuz*, demişti Danglard. Nereye doğru? Hakarete, kutsal sembolleri küçümsemeye, dehşete doğru. Gölgesiyle kendisini de alıp götürebilecek olan Hâkim'in eşliğinde, yerin altına iniyordu. Saatlerine baktı. Tam kırk altı saat sonra.

XLVII

Adamsberg Richelieu mezarlığında, ceketinin yakasını kaldırmış, başına Kanada beresini takmış, kutsal sembollere hakaret operasyonunu ağaç gövdelerinin rengini karartan soğuk yağmurun altında, uzaktan izliyordu. Polisler Hâkim'in mezarını kırmızı beyaz bir bantla, tehlikeli bölgeymişçesine çevrelemişlerdi.

Brézillon bunun için bizzat gelmişti, yıllardır idare bölümünde çalışan biri için bu şaşırtıcı bir davranıştı. Siyah kadife yakalı gri mantosunun içinde, mezarın yanında dimdik duruyordu. Onu buraya çeken vantuz etkisi bir tarafa, Adamsberg Binbaşı'nın Yaba'nın korkunç işlerine karşı gizli bir merak beslediğinden şüphe ediyordu. Elbette Danglard da gelmişti ama sorumluluk almak istemezmişçesine, mezarın biraz ötesinde duruyordu. Brézillon'un yanında duran Mordent, şekli bozulmuş şemsiyesinin altında, ağırlığını bir sağ ayağına, bir sol ayağına vererek kımıldanıp duruyordu. Mücadeleyi başlatmak için hayaleti kızdırmak gerektiğini o iddia etmişti ve şu anda belki de böyle cesur bir tavsiyede bulunduğuna pişmandı. Retancourt heyecansız ve şemsiyesiz, bekliyordu. Mezarlıkta saklanan Adamsberg'i sadece o fark etmiş, belli belirsiz bir el işaretiyle selamlamıştı. Herkes sessiz ve dikkatliydi. Şehir jandarmasından dört er mezar taşını yerinden kaldırmıştı. Adamsberg, yağmurun altında parlayan mezar taşının aşınmamış olduğunu fark edip, sanki mezar da Hâkim gibi geçen on altı yıla meydan okudu, diye düşündü.

Toprak yığını yavaş yavaş oluşuyor, jandarma erleri ıslak toprağı kazmakta zorlanıyordu. Polisler ellerine hohlayarak ya da ayaklarını oynatarak ısınmaya çalışıyordu. Adamsberg kendi bedeninin de gerildiğini hissetti ve gözlerini Retancourt'tan ayırmadı; sırtına yapışmış, onunla nefes alıyor, onunla beraber görüyordu sanki.

Bir gıcırtıyla, kürekler tahtaya deydi. Clémentine'in sesi mezarlığa kadar yankılandı. Karanlık yerlerdeki yaprakları teker teker kaldırmak. Tabutun kapağını kaldırmak. Hâkim'in bedeni bu tabuttaysa, Adamsberg de onunla beraber toprağın altına gömüleceğini biliyordu.

Jandarma erleri ipleri bağlamış, şu anda yıllara rağmen fazla eskimemiş olan meşe tabutu yerinden çıkarmaya çalışıyorlardı. Adamlar vidaları sökmeye yeltenirlerken, Brézillon, galiba kapağı kaldıraç yardımıyla açmalarını emreden bir işaret yaptı. Adamsberg tüm dikkatlerin tabutta odaklanmasını fırsat bilerek, bir ağaçtan diğerine ilerleyip mezara hayli yaklaşmıştı. Tahtanın altında gıcırdayan penselerin hareketini izliyordu. Kapak yerinden çıkıp yere düştü. Adamsberg sessiz yüzlere tek tek baktı.

İlk Brézillon eğildi ve eldivenli elini tabuta götürdü. Retancourt'dan aldığı bıçakla kefeni deler gibi bir şeyler yaptı, sonra ayağa kalktı. Eldivenli elinden parlak, beyaz kumlar dökülüyordu. Çimentodan da sert, cam gibi keskin, akıcı ve hareketli, tıpkı Fulgence gibi. Adamsberg sessizce uzaklaştı.

Retancourt bir saat sonra Adamsberg'in otel odasındaydı. Adamsberg kapıyı açtığında mutluydu, kadını selamlamak için çabucak elini omzuna koydu. Teğmen, Québec'teki Brébeuf Oteli'nde olduğu gibi, oturduğu yatağın üzerinde bir çukur oluşturdu. Yine Brébeuf'te olduğu gibi, bir termos dolusu kahve ve iki plastik bardak çıkarıp komodinin üzerine koydu.

"Kum," dedi Adamsberg gülümseyerek.

"Seksen üç kiloluk, koca bir çuval."

"Doktor Choisel'in kontrolünde tabuta koyuldu. Cenaze arabası geldiğinde tabut çoktan kapatılmıştı. Tepkiler nelerdi, Teğmen?"

"Danglard gerçekten hayret etti, Mordent ise birden rahatladı. Bilirsiniz, bu tür görüntülerden pek hoşlanmaz. Brézillon da içten içe rahatladı. Oldukça memnun da olabilir ama Binbaşı'nın ne düşündüğünü anlamak zor. Ya sizin tepkileriniz?"

"Ölüden kurtuldum, canlısı peşimde."

Retancourt at kuyruğunu bozup yeniden yaptı.

"Tehlikede misiniz?" diye sordu kahveyi uzatırken.

"Şu anda evet."

"Ben de öyle düşünüyorum."

"On altı yıl önce arayı bayağı kapamıştım ve Hâkim gerçekten de tehdit altındaydı. Sanırım bu yüzden ölümünü planladı."

"Bunun yerine sizi öldürebilirdi."

"Hayır. Bir sürü polisin olaylardan haberi vardı. Benim ölümüm başına bela olabilirdi. Bütün istediği açık bir geçitti ve bunu elde etti. Ölümünden sonra bütün araştırmalara son verdim ve böylece Fulgence cinayetlerine hiçbir engel olmaksızın devam edebildi. Bir tesadüf eseri Schiltigheim cinayetine rastlamasaydım daha da devam ederdi. O pazartesi günü o gazeteyi hiç açmasam iyi ederdim. O gazete yüzünden bugün buradayım, kaçak katil olarak o delikten bu deliğe koşuyorum."

"Gazeteyi okuduğunuz iyi olmuş," dedi Retancourt. "Raphaël'i bulduk."

"Ama onu kurtaramadım. Kendimi de. Tek becerebildiğim Hâkim'in gözünü açmak oldu. *Schloss*'tan kaçtığından beri, tekrar peşinde olduğumu biliyor. Vivaldi söylemişti."

Adamsberg kahvesinden birkaç yudum aldı, Retancourt gülümsemeden onaylıyordu.

"Muhteşem," dedi Komiser.

"Vivaldi mi?"

"Kahve. Vivaldi de iyi adamdır. Şu anda, Retancourt, Yaba belki de ölümünün ardındaki gerçeği açığa çıkardığımı biliyor. Bunu yarın öğreniriz. Onu yakalayamadan, sadece yolunu kapatıyorum. Raphaël'i de yörüngede dönüp durduğu şu yıldız tarlasından kurtaramıyorum, kendimi de. Gemiyi Fulgence yönetiyor, yine ve daima."

"Diyelim ki peşimizden Québec'e geldi."

"Yüz yaşında bir adam mı?"

"Diyelim ki, dedim. Yüz yaşında adamı ölü adama tercih ederim. Bu durumda, sizi mahkûm etmeyi başaramadı."

"Başaramadı mı? Bedenimin dörtte üçü tuzağına gömülü ve sadece beş haftam var."

"Beş hafta uzun bir süre olabilir. Henüz hapiste değilsiniz, hareket edebilirsiniz. Tamam, gemiyi o yönetiyor, ama fırtına var."

"Onun yerinde olsaydım, Retancourt, şu Allahın cezası polisten bir an önce kurtulurdum."

"Ben de. Çelik yeleğinizi giyseniz daha az endişelenirim."

"Yabayla öldürüyor."

"Sizi öyle öldürmeyebilir."

Adamsberg bir an düşündü.

"Sizce beni tabancayla, törensizce öldürebilir mi? Seri dışıymışım gibi yani?"

"Evet. Takip ettiği şey sonu olan bir seri mi sizce, birden işlenmiş cinayetler silsilesi değil mi?"

"Bu konuyu çok sık düşündüm ve hep kararsız kaldım. Birden işlenen cinayetler daha sık işlenirler, Hâkim iki cinayet arasında yıllarca bekliyor. Cinayet işlemeden duramayan biri giderek kendine daha az engel olmaya başlar, git gide daha çok öldürür. Yaba, bu duruma da uymuyor. Belirli aralıklarla, programlanmış bir şekilde öldürüyor. Acelesiz, tüm bir ömre yayılan bir eser gibi."

"Ya da, hayatı buna bağlı olduğundan, bilerek uzattığı bir eser. Belki de Schiltigheim son sahneydi. Ya da Hull'deki patika."

Adamsberg'in yüzü bir anda değişti, Ottawa Nehri kıyılarındaki cinayet ve tırnak diplerine kadar kana bulanmış elleri her aklına geldiğinde olduğu gibi, şimdi de yüzünden umutsuzluk akıyordu. Kahve bardağını bırakıp yatağın başına oturdu, bacak bacak üstüne attı.

"Lehime olmayan nokta şu ki," dedi ellerini inceleyerek, "yüz yaşında bir adam Québec'e kadar gelemez. Schiltigheim'dan sonra beni hangi tuzağa düşüreceğini planlamak için yeterince zamanı vardı. Bunu üç gün içinde halletmek zorunda değildi, değil mi? Ne diye aceleyle okyanusu aşsın ki?"

"Bence tam da bulunmaz fırsat," dedi Retancourt. "Hâkim'in öldürme tekniği şehirde kullanılmaz. Kurbanı öldürüyor, saklıyor, günah keçisini baygın halde cinayet yerine getiriyor, bunları Paris'te yapamaz. Hep kırlık alanlarda öldürdü. Kanada'da eşsiz bir fırsat yakaladı."

"Olabilir," dedi Adamsberg, bakışları hâlâ ellerinin üzerindeydi.

"Bir şey daha var, yerinizde değildiniz."

Adamsberg Teğmen'e baktı.

"Yani, kendi ülkenizde değildiniz. İşaret noktalarınız, rutininiz, reflekslerinizi, ayarlarınız yoktu. Paris'te insanları, bir komiserin her zamanki gibi işinden çıktıktan sonra sokak ortasında cinayet işlediğine inandırmak zordur."

"Yeni bir yerde, yeni biri ve farklı hareketler," dedi Adamsberg üzgünce.

"Paris'te kimse sizin katil olabileceğinizi düşünemezdi. Ama orada düşünürdü. Hâkim fırsatı değerlendirdi ve bu işe yaradı. KKJ'nin dosyasında siz de okudunuz: 'itkilerin önünün açılması'. Sizi ormanda yalnız yakalayabildiği takdirde, şahane bir plandı bu."

"Beni çocukluğumdan on sekiz yaşıma kadar tanıma fırsatı oldu. Geceleri yürüyüşe çıktığımı biliyordu muhtemelen. Bunların hepsi mümkün, ama elimizde kanıt yok. Hem, stajdan haberi olması gerekirdi ve karakolda bir muhbir olduğuna artık inanmıyorum, Teğmen."

Retancourt parmaklarını uzatıp, gizli bir defterde yazılanları okurmuş gibi, kısa tırnaklarına baktı.

"Bu konuda bir yere varamadığımı itiraf etmeliyim," dedi canı sıkkın bir halde. "Herkesle konuştum, görünmez olma tekniğimle bütün büroları gezdim. Ama kimse o kızı öldürdüğünüz fikrine kapılmıyor. Karakolda ortam endişeli, sabırsızlık belirtileriyle dolu, alçak sesle konuşuluyor, bütün işler beklemeye alınmış gibi. Danglard durumu iyi idare ediyor ve huzuru sağlıyor. Artık ondan şüphelenmiyor musunuz?"

"Aksine."

"Gidiyorum, Komiser," dedi Retancourt termosunu alarak. "Araba saat onda yola çıkıyor. Çelik yeleği size gönderirim."

"Gerek yok."

"Gönderirim."

XLVIII

Brézillon kendilerini Paris'e götüren arabanın içinde, mezarlık gezintisinden dolayı oldukça heyecanlı bir halde;

"Tanrım," diyordu, "Seksen kilo kum. Vay be, haklıymış."

"Haklı çıktığı çok olur," dedi Mordent.

"Şimdi her şey değişti," dedi Brézillon. "Adamsberg'in ithamnamesi elle tutulur hale geliyor. Ölmüş gibi yapan biri kuzu kadar masum olamaz. İhtiyar on iki cinayetten sonra hâlâ iş başında."

"Son üç cinayetini doksan üç, doksan beş ve doksan dokuz yaşlarında işlemiş," dedi Danglard. "Sizce bu mümkün mü, Binbaşı? Yüz yaşında biri genç bir kadını ve bisikletini tarlalarda sürüklüyor."

"Bu bir sorun elbette. Ama Adamsberg Fulgence'ın ölümünde yanılmadı, bunu inkâr edemeyiz, gerçekler karşımızda. Komiser'le dayanışmayı kesiyor musunuz, Yüzbaşı?"

"Gerçeklerle ve olasılıklarla ilgileniyorum, hepsi bu."

Danglard arabanın arkasına geri çekildi ve sessiz kaldı, kafası karışmış bir halde, arkadaşlarının dirilen Hâkim ile ilgili konuşmalarını dinledi. Evet, Adamsberg haklı çıkmıştı. Ve böylece durum daha da zorlaşıyordu.

Evine vardığında, Québec'e telefon etmek için çocuklarının uyumasını bekledi. Orada saat akşamın altısıydı.

"İlerleme var mı?" diye sordu Québec'li arkadaşına.

Telefonun öbür ucundaki kişinin dediklerini sabırsızlıkla dinledi.

"Biraz hızlanmak lazım," diye sözünü kesti Danglard. "Burada her şey değişiyor. Mezar açıldı. Hayır, ölü yok, bir torba kum… Evet, aynen öyle… Binbaşı da buna inanıyor gibi. Ama henüz hiçbir şey kanıtlanmış değil, anlıyor musun? Elinden geldiği kadar çabuk ve iyi yap. Tüm bunlardan hasar almadan kurtulabilir."

Adamsberg akşam yemeğini Richelieu'deki küçük restoranda, taşra otellerinde sezon dışı dönemlerde rastlanan melankolik, ama rahat sessizliğin içine gömülü olarak, yalnız yemişti. *Dublin'in Siyah Suları*'ndaki gürültüyle ilgisi yoktu. Saat dokuzda bütün sokaklar boşalmıştı. Adamsberg yemekten hemen sonra odasına çıktı; ellerini ensesinde kavuşturup açık pembe yatak örtüsünün üzerine uzandı; düşüncelerinin düzensiz seyrine engel olup hepsini birer birer iki milimetre boyundaki madalyonlara, madalyonları da petek deliklerine koymaya çalıştı: Hâkim'in yaşayanlar diyarından kum olarak akıp gitmesi. Üzerine çöken üç dişli tehdit. İntikam yeri olarak Québec'in seçilmesi.

Ama terazinin öbür gözünde de Danglard'ın itirazları vardı. Yüz yaşındaki Hâkim'in Elistabeth Wind'in cesedini tarlalarda sürüklediğine aklı ermiyordu. Soyadı rüzgârın hafifliğini çağrıştırsa da, genç kız pek ufak tefek değildi. Adamsberg gözlerini kırptı. Raphaël sevgilisi Lise için hep böyle derdi; rüzgâr gibi hafif ve tutkulu. Çünkü sıcak güney doğu rüzgârının adını taşıyordu: Autan. Wind ve Autan, rüzgârı çağrıştıran iki isim. Dirseğinin üzerinde doğrulup diğer kurbanların soyadlarını tarih sırasına göre gözden geçirdi. Espir, Lefebure, Ventou, Soubise, Lentretien, Mestre, Lessard, Matère, Brasillier, Fèvre.

Ventou ve Soubise de, rüzgârı çağrıştıran isimler olarak Wind ve Autan'ın yanına koyulabilirdi. Rüzgârı anımsatan dört isim. Adamsberg gece lambasını yaktı, odadaki küçük masaya oturup kâğıda döktüğü on iki isim arasında olabilecek benzerlikleri düşünmeye başladı. Ama, yeli anımsatan dört isim dışında, aralarında bir bağ bulamadı.

Rüzgâr. Hava. Ateş, su ve toprakla beraber, doğanın dört gücünden biri. Fulgence kendisini doğa güçlerine hâkim kılacak bir bileşim tasarlamış olabilirdi. Kendisini Tanrı, yabalı Neptün ya da şimşekli Jüpiter yapacak bir şey. Adamsberg kaşlarını çatarak listesini tekrar okudu. Sadece Brasillier ateşe yakındı. Diğer isimlerden alevi, suyu ya da toprağı anımsatan yoktu. Bıkkın bir halde kâğıdı itti. Anlaşılmaz bir seriyi takip eden ele geçmez bir ihtiyar. Köyünde oturan yüz yaşındaki Hubert'i düşündü, adam zorlukla hareket ediyordu. Köyün en tepesinde oturur, akşamları kurbağaların patladığını duyunca bağırırdı. On beş yıl önce olsaydı çocukları azarlamak için yanlarına inebilirdi. *On beş yaş düşün.*

Adamsberg bu kez tamamen doğrulup ellerini masanın üzerine koydu. Başkalarına kulak vermek, demişti Retancourt. Doktor Courtin kesin konuşmuştu. Fikrini hiçe sayma, doktorun dedikleri kendi düşündüğüne uymuyor diye, bir profesyonelin görüşünü hiçe sayma. Hâkim doksan dokuz yaşındaydı çünkü 1904'te doğmuştu. Ama şeytan için bir doğum tarihi nedir ki?

Adamsberg odanın içinde bir süre döndükten sonra ceketini kapıp dışarı çıktı. Kasabanın dar sokaklarında gezinirken bir parkın önüne geldi, gölgelerin arasından Kardinal Richelieu'nün heykeli görülüyordu. Dolandırıcılık, doğum tarihini değiştirmek bu devlet adamını korkutmazdı. Adamsberg heykelin yanına oturup çenesini dizine yasladı. *On beş yaş düşün.* 1904'te değil de 1919'da doğmuş olsun. Emekliye ayrıldığı gün altmış beş değil, elli yaşında olsun. Ve bugün doksan dokuz yerine seksen dört yaşında. Hubert o yaşta hâlâ ağaçlara tırmanabiliyordu. Evet, Hâkim beyaz saçlarıyla bile hep yaşından genç göstermişti. İkinci Dünya Savaşı başladığında otuz beş değil, yirmi yaşındaydı, diye düşündü Adamsberg parmaklarıyla sayarak. Yani 1944'te kırk değil, yirmi beş yaşındaydı. Neden

1944? Adamsberg yüzünü Kardinal'in bronz yüzüne doğru çevirdi, sanki ondan bir cevap bekliyordu. Kırmızı giysili adam, nedenini gayet iyi biliyorsun genç adam, der gibiydi. Elbette biliyordu nedenini genç adam.

1944. O yıl, düz çizgi üzerinde üç darbenin görüldüğü bir cinayet işlenmiş, ama Adamsberg katilin yaşının kırk değil, yirmi beş oluşundan dolayı bu olayı serisine almamıştı. Adamsberg dikkatini toplamak için alnını dizlerine dayadı. İnceden yağan yağmurun altında, buharların içinde gibiydi. Eski olayların sislerin arasından görünmesini, ya da adsız balığın Pink Gölü'nün tarih öncesi çamurlarından yüzeye çıkmasını sabırla bekledi. Kurban bir kadındı. Üç darbeyle öldürülmüştü. Bir de olaya karışan bir boğulma hikâyesi vardı. Ne zamandı bu? Cinayetten önce mi? Sonra mı? Nerede? Bir bataklıkta mı? Bir gölde mi? Landes bölgesinde miydi? Hayır, Sologne bölgesinde. Babaydı boğulan. Ve cenazesi kalktıktan hemen sonra kadın öldürülmüştü. Eski, solgun gazete resmi gözünün önünde canlandı. Başlığın altındaki, anneyle babanın resmiydi muhtemelen. Adamsberg yumruklarını sıkıp kafasını dizlerini arasına gömerek başlığın ne olduğunu hatırlamaya çalıştı.

Sologne'da ana katli. Haberin başlığı buydu. Her zamanki içgüdüsel alışkanlığına sadık kalan Adamsberg bir milimetre kıpırdamadı. Aklına tesadüfen bir fikir geliverdiğinde, balığı kaçırmaktan korkan balıkçı gibi, hiç kımıldamadan beklerdi. Sadece balık kuyruğundan başına kadar kıyıda göründüğünde harekete geçip üzerine atlardı. Cenaze töreninden dönüşte, çiftin yirmi beş yaşındaki tek oğlu annesini öldürmüş ve kaçmıştı. Bir şahit vardı, genç adamın kaçarken ittiği bir hizmetçi. Sonradan yakalanmış mıydı? Yoksa İkinci Dünya Savaşı'nın sona ermesinden sonra meydana gelen hengamede gözden yitmiş miydi? Adamsberg bunu bilmiyordu, bu olayla ayrıntılı olarak ilgilenmemişti, suçlu Fulgence olamayacak kadar gençti çünkü. *On beş yaş düşün.* Yani suçlu Fulgence olabilirdi. Annesini öldürmüştü. Yabayla. Mordent'ın sözleri birden beyninde yankılandı. *İlk suç, ilk cinayet. Ortaya hayaletler çıkaran şeyler, yani.*

Adamsberg yüzünü yağmura çevirdi, dudaklarını ısırdı. Hayaletin saklandığı yerleri temizlemiş, boşaltmıştı. Şimdi de ilk suçu keşfetmişti. Gecenin yarısında, heyecanla Josette'in numarasını çevirdi, yağan yağmurun böceğin bacaklarına hasar vermeyeceğini umuyordu.

Josette'in sesini duyunca, son derece doğal olarak, en iyi çalışan iş arkadaşlarından birini aramış gibi hissetti. Küpeleri ve terlikleriyle yasadışı labirentlere giriveren, kurnaz bakışlı, sıska yardımcısı. Acaba bu akşam hangi küpelerini takmıştı? İncileri mi, yoksa yonca şeklinde olan altın küpelerini mi?

"Josette, rahatsız etmiyorum ya?"

"Hayır, İsviçre banka kasalarında geziniyordum."

"Josette, tabuttan kum çıktı. Ve sanırım ilk cinayeti keşfettim."

"Bir dakika, Komiser, kâğıt kalem alayım."

Adamsberg koridorun ucundan Clémentine'in güçlü sesini duyuyordu:

"Komiser değil dedim ya sana."

Josette arkadaşına cevap verirken ona tabuttan ve kumdan söz etti.

"Tam zamanında," dedi Clémentine.

"Tamam, hazırım," dedi Josette Adamsberg'e.

"1944'te oğlu tarafından öldürülen bir anne. Savaşın sonuna doğruydu, mart ya da nisan ayında. Soyadlarını da cinayetin işlendiği şehri de hatırlamıyorum."

"Ve olay çok eski. Hepsi betonlara gömülmüştür. Gidiyorum, Komiser."

"Artık Komiser değil dedim ya, bir türlü anlamadın, Josette'im," dedi geriden gelen ses.

"Josette, beni ne zaman olursa arayabilirsiniz."

Adamsberg telefonunu cebine koyup ağır adımlarla otelin yolunu tuttu. Bu hikâyede herkes bir söz söylemiş, herkes de belli bir açıdan doğru söylemişti. Sanscartier, Mordent, Danglard, Retancourt, Raphaël, Clémentine. Ve tabii ki Vivaldi. Doktor Courtin, Rahip Grégoire. Josette. Hatta Kardinal Richelieu bile. Hatta belki Allahın cezası katedraliyle, Trabelmann bile.

Josette gecenin ikisinde geri aradı.

"Buyurun," dedi her zamanki gibi, "milli arşivlere ve polis kayıtlarına girmek zorunda kaldım. Betonarmeydi, dediğim gibi."

"Üzgünüm, Josette."

"Zararı yok, aksine. Clémie bana armanyak li-

403

körlü kahveyle poğaça yaptı. Torpilini hazırlayan denizaltı eri gibi, üzerime titredi. 12 Mart 1944'te, Loiret bölgesi, Collery köyünde Gérard Guillaumond'un cenaze töreni yapıldı. Altmış bir yaşında ölmüştü."

"Gölde mi boğulmuş?"

"Evet. Kaza ya da intihar, kesin emin olunamamış. Eski püskü bir kayığı varmış, suyun ortasında batmış. Cenaze töreninden ve merhumun evine gelen misafirler gittikten sonra, oğlu Roland Guillaumond annesi Marie Guillaumond'u öldürmüş."

"Bir tanık vardı diye hatırlıyorum, Josette."

"Evet, mutfakta çalışan kadın. Üst kattan bir çığlık duymuş. Merdivenleri tırmanırken genç adam onu itmiş. Annesinin odasından koşarak çıkıyormuş. Hizmetçi, kadını ölü bulmuş. Evde başka kimse yokmuş. Katilin kim olduğu konusunda hiç kuşku duyulmamış."

"Tutuklanmış mı?" diye sordu Adamsberg endişeyle.

"Hayır. Ormana saklandığı ve orada öldüğü düşünülüyor."

"Katilin fotoğrafını buldunuz mu?"

"Hayır. Savaş zamanıydı biliyorsunuz. Hizmetçi de vefat etmiş, kontrol ettim. Komiser, bu katil bizim Hâkim olabilir mi? 1944'te kırk yaşındaydı."

"On beş yaş düşün, Josette."

XLIX

Yabancının geçtiği yollardaki evlerin perdeleri yavaşça aralanıyordu. Adamsberg Collery'nin dar sokaklarında kararsızca ilerliyordu. Cinayet elli dokuz yıl önce işlenmişti ve olanları hatırlayan birini bulması gerekiyordu. Küçük köy ıslak ağaç yaprağı kokuyordu ve rüzgar Sologne gölcüğünün hafifçe küf kokan, nemli havasını taşıyordu. Richelieu'nün köyüyle karşılaştırılamazdı bile. Düzensiz evlerin dip dibe durduğu, eski bir köy.

Bir çocuk, muhtarın köyün meydanındaki evini gösterdi. Guillaumond ailesinin eski evini arayan Denis Lamproie adı altında tanıttı kendini. Muhtar olayları yaşamış olmak için çok gençti ama burada herkes Collery cinayetini bilirdi.

Sologne'da da her yerde olduğu gibi, kapı eşiğinden bilgi almak imkânsızdı. Paris'in saygısız çabukluğu burada geçmezdi. Adamsberg kendini akşamüzeri beşte, bir bardak likörün önünde buldu. Evin içinde Kanada beresini çıkarmaması burada kimseyi rahatsız etmiyordu. Muhtarın başında bir kasket, karısının başında da bir tülbent vardı.

"Genelde," dedi tombul yanaklı, meraklı bakışlı Muhtar, "saat yediden önce şişe açmayız. Ama

Paris'ten bir komiserin gelmesi her şeyi değiştirir. Haksız mıyım, Ghislaine?" diye ekledi karısına dönerek, suçunun aklanmasını bekliyordu.

Masanın bir ucunda patates soymakta olan Ghislaine, bıkkın bir tavırla başını sallarken, bir eliyle de sapı bantla tutturulmuş, kalın gözlüğünü tuttu. Collery zengin bir köy değildi. Adamsberg, kadına bir göz atıp Clémentine gibi siyah noktaları çıkarıp çıkarmadığına baktı. Evet, çıkarıyordu. Zehirdir, zehir.

"Guillaumond olayı," dedi Muhtar, şişeyi mantarına eliyle vurarak kapattı. "Bundan ne çok konuştuk. Beş yaşımdan beri dinlerim."

"Çocuklara böyle şeyler anlatılmamalı," dedi Ghislaine.

"Olaydan sonra ev boş kaldı. Kimse orada oturmak istemedi. İnsanlar evin lanetli olduğunu düşündüler. Saçmalık, canım."

"Elbette," diye mırıldandı Adamsberg.

"Sonunda evi yıktılar. Roland Guillaumond'un deli olduğu söylenirdi. Doğru mu, değil mi, bilemem. İnsanın anasını şişlemek için biraz deli olması gerekir, değil mi?"

"Şişlemek mi?"

"Birini yabayla öldürmeye ben şişlemek derim, başka kelime bulamıyorum. Haksız mıyım, Ghislaine? Tüfekle kurşun sıkmak ya da kürekle birinin kafasına vurmak gibi şeyleri onayladığımdan değil ama insanın gözü döner, olabilir. Ancak bir yabayla, bağışlayın Komiser ama bu vahşilik."

"Hem de öz annesini," dedi Ghislaine. "Neden

bu eski hikâyeyi araştırıyorsunuz?"

"Roland Guillaumond yüzünden."

"Pek de mantıklı düşünüyorsunuz," dedi Muhtar. "Zaten bu saatten sonra olay zaman aşımına uğramıştır."

"Tabii. Ama Guillaumond'un babası adamlarımdan birinin uzaktan akrabası olur. Bu olay canını sıkıyor. Biraz kişisel bir soruşturma yani."

"Ah, kişiselse o başka," dedi Muhtar hantal ellerini kaldırarak; biraz, çocukluk anıları karşısında yelkenleri suya indiren Trabelmann gibiydi. "Akrabalarının arasında böyle bir katilin olması hoş bir şey olmasa gerek, anlıyorum. Ama Roland'ı bulamazsınız. Herkesin dediğine göre ormanda ölmüş. O zamanlar her yerden silah sesleri geliyormuş."

"Babasının mesleği neydi?"

"Metal işçisiydi. Yürekli bir adam. Ferté-Saint-Aubain'den bir hanımefendiyle evlenmiş. Neye yarar, sonunda hepsi öldü, ne acı. Haksız mıyım, Ghislaine?"

"Collery'de aileyi tanımış olan biri var mı? Bana anlatabilecek biri?"

"André olabilir," dedi Muhtar bir süre düşündükten sonra. "Seksen dört yaşına geldi. Gençken Roland'ın babasıyla çalışmıştı."

Muhtar duvar saatine bir göz attı.

"Akşam yemeğine başlamadan gitseniz iyi olur."

Adamsberg André Barlut'nün kapısını çaldığında, likör hâlâ midesini yakıyordu. Kalın, kadife ceketli, gri kasketli ihtiyar, polis kartına düşmanca bir bakış attı. Sonra kartı yamuk parmaklarıyla tutup önünü arkasını inceledi. Üç günlük sakalı ve canlı, siyah bakışları vardı.

"Oldukça kişisel bir konu, Bay Barlut."

Adamsberg iki dakika sonra bir bardak likörle masaya oturmuş, sorularını tekrar ediyordu.

"Genelde kilisede akşam duası çanı çalmadan şişe açmam, ama misafir gelince."

"Buraların hafızası sizmişsiniz, Bayım."

André göz kırptı. Eliyle kasketine bastırarak,

"Buradaki her şeyi bir anlatsam," dedi, "bir kitap yazılır. İnsan üzerine bir kitap, Komiser. Likörü nasıl buldunuz? Fazla meyve tadı yok, değil mi? İnsanın zihnini açar, inanın bana."

"Mükemmel," diye karşılık verdi Adamsberg.

"Kendim yapıyorum," dedi André gururla. "İçimi hoş."

Yüzde altmış alkol, diye düşündü Adamsberg. İçki dişlerini deliyordu.

"Neredeyse gereğinden fazla yürekliydi Guillaumond baba. Beni çırak olarak almıştı, ikimiz iyi bir ekiptik. Bana André diyebilirsiniz."

"Siz de mi metal işçisiydiniz?"

"Ah, hayır. Ben size Gérard'ın bahçıvanlık yaptığı dönemden bahsediyorum. Metal işçiliğini uzun süre önce bırakmıştı. Kazadan sonra yani. İki parmağı tak diye bileme aletinde kesildi," dedi André eliyle iki parmağı keser gibi yaparak.

"Nasıl yani?"

"Böyle işte. İki parmak gitti, baş parmağıyla

serçe parmağı. Sağ elinde üç parmak kalmıştı," dedi André elinin üç parmağını Adamsberg'e doğru uzatarak. "Sonra tabii ki metal işçiliği yapamadı, bahçıvan oldu. Yine de sakat falan değildi. Beli en iyi kullanan oydu, inan bana."

Adamsberg André'nin kırışık eline büyülenmiş gibi bakakaldı. Babasının sakat eli, çatal şeklinde, yaba şeklinde. Üç parmak, üç pençe.

"Neden fazla yürekli dediniz, André?"

"Çünkü öyleydi. Peygamber gibi adamdı, herkesin yardımına koşar, hep şakalar yapardı. Karısı hakkında böyle düşünmüyorum, bu konuda kendi fikrim de vardır."

"Hangi konuda?"

"Boğulma olayı konusunda. Kadın adamı bitirdi. Mahvetti. Sonuçta, ya kışın delinen kayığının durumuna dikkat etmedi, ya da bile bile battı. Böyle düşünürsen, gölcükte boğulmasının asıl sebebi karısı."

"Onu sevmez miydiniz?"

"Kimse sevmezdi. Ferté-Saint-Aubin'deki eczacının kızıydı. Zenginler, canım. Gérard'la evlenmeye karar verdi, çünkü Gérard zamanında çok güzel adamdı. Sonra her şey değişti. Hanımefendilik taslıyor, kocasını aşağılıyordu. Collery'de bir metal işçisiyle yaşamak onun için yeteri kadar iyi değildi. Kendi sınıfının altında biriyle evlendiğini söylüyordu. Hele kazadan sonra, daha beter oldu. Gérard'dan utanıyordu ve bunu uluorta söylemekten çekinmiyordu. Kötü bir kadındı, hepsi bu."

André, Guillaumond ailesini yakından tanımıştı. Çocukluğunda, kendisi gibi tek çocuk olan ve karşı evde oturan yaşıtı Roland'la beraber oynarlardı. Evlerinde öğleden sonralarını, akşamlarını geçirmişti. Her akşam yemekten sonra Mah-Jong[13] oyunu oynarlardı. Eczacı ailede kural böyleydi ve anne geleneği sürdürüyordu. Gérard'ı aşağılamak için tek fırsatı bile kaçırmazdı. "Ama dikkat, Mah-Jong'da Almancılık yapmak yasaktı." "Yani?" diye sordu oyun hakkında hiçbir fikri olmayan Adamsberg. "Yani çabucak kazanmak için grupları karıştırmak, karolarla sinekleri karıştırmak gibi yani. Bu yasaktı, hoş bir hareket değildi. Almancılık yapmak köylü işiydi. Roland'la babası karşı gelmeye cesaret edemiyor, Almancılık yapmaktansa kaybetmeyi göze alıyordu. Ama Gérard yine de dalgasını geçiyordu. Üç parmaklı eliyle taş çekip şakalar yapıyordu. Marie Guillaumond ona hep, 'Zavallı Gérard, şeref eli yaptığın gün kıyamet kopacak demektir,' derdi. Her zamanki gibi aşağılıyordu adamı. Şeref eli, iyi bir parti oynamak demekti, pokerde dört as gibi. Bu lanet olası cümleyi kim bilir kaç kere duydu, Komiser, hem nasıl söylediğini görseydiniz. Ama Gérard gülmekle yetiniyor, şeref eli yapmıyordu. Kadın da yapmıyordu, bu arada. Marie Guillaumond, üzerindeki en ufak bir lekeyi dahi görebilmek için hep beyaz giyinirdi. Sanki Collery'dekilerin umurunda. Arkasından 'beyaz ejderha' derdik ona. O kadın gerçekten de Gérard'ı tüketmişti."

---

[13] Çin kökenli, okey taşlarına benzer taşlarla ve takozlarla oynanan oyun.

"Ya Roland?" diye sordu Adamsberg.

"Kadın tam anlamıyla beynini yıkıyordu. Şehirde meslek sahibi olsun, adam olsun istiyordu. Çocuğa, 'Sen, Roland'ım, baban gibi olmayacaksın.' 'Baban gibi işe yaramaz biri olmayacaksın.' Sonra tabii, çocuk kendini bizden üstün görmeye başladı. Kibarlık taslıyor, hava atıyordu. Ama işin özü, bizimle görüşmesini istemeyen Beyaz Ejderha'ydı. Roland'a onlar sana layık değil, diyordu. Sonuçta Roland babası gibi sevimli biri olmadı tabii. Sessiz, kibirli biri oldu çıktı, hele ki biri onunla uğraşsın; saldırganlaşıveriyordu."

"Dövüşür müydü?"

"Tehdit ederdi. Mesela, on beş yaşına gelmemiştik daha, gölcüğün yakınından kurbağa yakalayıp sigarayla patlatırdık. Yaptığımız iyi bir şeydi diye demiyorum ama Collery'de fazla eğlencemiz yoktu."

"Su kurbağası mı, kara kurbağası mı?"

"Su kurbağası. Yeşil kurbağa. Ağızlarına bir sigara sokarsan nefes çekmeye başlarlar, sonra da puf diye patlarlar. İnanmak için görmek lazım."

"Tahmin edebilirim."

"İşte, bu Roland, hep gelip bıçağıyla kurbağayı boğazlayıverirdi. Her yer kana bulanırdı. Tamam, aynı kapıya çıkıyordu. Yani sonuçta kurbağa yine ölüyordu. Ama yöntem aynı değil, onun yöntemini sevmezdik. Sonra, bıçağını otun üzerine silip giderdi. Bizden hep bir adım önde olduğunu göstermek istiyordu yani."

André bir bardak likör daha alırken, Adamsberg içkiyi elinden geldiği kadar yavaş içmeye çalışıyordu.

"Yalnız ters bir şey vardı," diye devam etti André. "Roland her ne kadar annesine boyun eğse de, babasına hayrandı, bundan eminim. Ejderhanın onu aşağılamasına dayanamıyordu. Ses çıkarmazdı ama akşamları Mah-Jong oynarken, annesi aynı cümleyi tekrar edince yumruklarını sıkardı."

"Güzel çocuk muydu?"

"Bebek gibiydi. Collery'nin bütün kızları etrafında pervane olurdu. Biz onun yanında çirkinden de çirkin kaçardık. Ama Roland kızlarla ilgilenmezdi, bu yönden pek normal değildi galiba. Sonra şehre, beyefendilerin gittiği okullara gitti. Çok hırslıydı."

"Hukuk mu okudu?"

"Evet. Sonra da olan oldu. Evde o kadar kötülük varken çocuk nasıl iyi olsun? Zavallı Gérard'ın cenaze töreninde annesi bir damla gözyaşı bile dökmedi. Bence dönüş yolunda kesin kötü bir söz etti."

"Ne gibi?"

"Kendi tarzında bir şey, 'Artık ona katlanmak zorunda değiliz,' falan. Hep söylediği iğrenç sözlerden biri yani. Zaten üzgün olan Roland'ın gözünü kan bürümüş olmalı. Onu savunmuyorum ama böyle düşünüyorum. Kendini kaybetti, babasının aletini eline alıp üst kata koştu. Beyaz ejderhayı hakladı."

"Yabayla mı?"

"Herkes öyle düşündü, yara yüzünden, bir de alet ortadan kaybolmuştu. Gérard hep salonda yabasıyla oynar dururdu, dişlerini düzletir, sivriltirdi. Aletlerine hep özen gösterirdi. Bir keresinde çalışırken yabanın bir dişi taşa çarpıp kırıldı. Yenisini mi aldı sanıyorsunuz? Hayır, aletini ateşe tutup kırılan ucu kaynak etti. Metallerden iyi anlıyordu tabii. Sonra, yabanın sapına çeşitli resimler kazırdı. Marie, böyle saçmalıklarla uğraşmasına deli oluyordu. Sanat eseriydi demiyorum ama sapın üzerindeki resimler yine de çok güzel görünürdü."

"Ne gibi resimler?"

"Okuldakiler gibi. Yıldızlar, güneşler, çiçekler. Zor şeyler çizmezdi ama Gérard'ın karakterine uyardı, adamcağız etrafını güzelleştirmeyi iş edinmişti. Küreğin, belin sapına da resimler kazırdı. Onun aletleri başkalarınınkiyle karıştırılmazdı. Öldüğünde belini hatıra olarak sakladım. Ondan iyi insan bulunmazdı."

André içeri gidip aşınmış bir bel getirdi. Adamsberg parlak sapı inceledi, tahtaya kazınmış, birbirlerine yapışık duran yüzlerce küçük şekil vardı. Eskiliğinden dolayı biraz totem direğine benziyordu."

"Gerçekten de güzelmiş," dedi Adamsberg parmaklarını sapın üzerinde hafifçe gezdirerek. "Bunu saklamış olmanızı anlıyorum, André."

"Onu düşününce içim acıyor. Herkesle konuşur, şakalar yapardı. Ya karısı, asla, öldüğüne kimse üzülmedi. Hep belki de o yaptı diye düşünmüşümdür, sonra Roland bunu öğrenmiştir."

"Neyi, André?"

"Kayığı o delmiştir," diye homurdandı ihtiyar bahçıvan beli sapını kavrayarak.

Muhtar, Adamsberg'i Orléans Garı'na kadar kamyonetle bırakmıştı. Buz gibi salonda oturan Adamsberg, treni beklerken bir yandan da, midesini hâlâ yakan likörü emsin diye, bir parça ekmek çiğniyordu. André'nin sözleri de zihnini yakıyordu. Aşağılanan baba, sakat kalmış eli, annesinin habis hırsı. Bunların arasında büyüyen Hâkim, babasının güçsüzlüğünü yenmek, sakatlığı iktidara dönüştürmek istiyordu. Fulgence'a annesinden üstünlük taslama huyu, babasından da zayıf birinin bağışlanamaz aşağılanması miras kalmıştı. Sapladığı her yaba darbesi, son şakasını da gölcüğün çamurlarında yitip giderek yapmış olan Gérard Guillaumond'a şeref ve değer kazandırıyordu.

Elbette ki yabanın süslü sapından ayrılması imkânsızdı. Bu aletle, babasının eliyle öldürmeliydi. Ama neden hep anneleri, anneliği temsil eden kişileri öldürmeye devam etmemişti? Neden kurbanları belli bir yaşın üzerindeki buyurgan, ezici kadınlar olmamıştı? Hâkim'in kurban listesinde kadınlar erkekler, yaşlılar, gençler vardı. Kadınların hepsi de Marie Guillaumond'un aksine, gepegenç kızlardı. Rasgele öldürerek bütün dünyaya hükmetmek mi istiyordu acaba? Adamsberg kara ekmeğinden bir parça koparıp başını salladı. Bu ölümcül yıkımın başka bir anlamı vardı. Bu, babasının ezikliğini ortadan kaldırmakla kalmıyor, seçtiği isimler gibi,

Hâkim'in gücüne güç katıyordu. Cinayetler, aşağılayıcı tavırlara karşı dikilmiş surlar gibiydi. Fulgence'ın bir ihtiyarı öldürerek böyle şeyler hissedebilmesi oldukça garipti.

Birden Trabelmann'ı aramak ve Hâkim'in önce kulağını, sonra bütün bedenini bulduğunu, şu anda da zihnine girmek üzere olduğunu söylemek istedi. Bu zihni barındıran başı, yabaya saplı halde Strasbourg'a getirerek Vétilleux'yü hapisten kurtaracağına söz vermişti. Komutan'ın kaba sözleri aklına gelince, Adamsberg onu da katedralin yüksek pencerelerinden birine tıkıvermek istedi. Ama sadece üçte birini, büst kısmını. Masallardaki canavarla, Loch Ness ile, Pink Gölü balığıyla, kurbağalarla ve vantuz balığıyla burun buruna; artık tüm bu hayvanlar gotik sanatın incisini tam bir ahıra çevirmişti.

Ama Komutan'ın üçte birini gotik bir pencereye tıksa da, bu söylediği sözleri silemezdi. Bu kadar basit olsaydı, birine kızan herkes aynı yöntemi kullanır, küçük köy kiliselerinden katedrallere kadar, ülkede bir tek boş pencere bile kalmazdı. Hayır, bu böyle silinemezdi. Belki de Trabelmann dediklerinde o kadar da haksız değildi. Aynı şeyleri Retancourt da Châtelet'deki kafede daha yüreklendirici bir tonda söylemişti. Ve sarışın teğmen birini yüreklendirirse, dedikleri beynini matkap gibi deler geçer. Ama Trabelmann egolar konusunda yanılmıştı. Öylelikle. Çünkü bazen insanın kendisi vardır, bir de öbür kendisi, diye düşündü Adamsberg peronda yürüyerek. O ve kardeşi. Ve neden olmasın belki de onu insanlardan -ve tabii ki kadınlardan- uzak, havada, yörüngede tutan, Raphaël'in sağladığı sonsuz korumaydı. Tüm bunları bırakmak demek, Raphaël'i yalnızlığına terk etmek demek olurdu. Bunu yapması mümkün değildi; belki de aşkı reddedişinin nedeni de buydu. Hatta aşkı bitirişinin. Ama nereye kadar?

Gara giren trene baktı. Bu karamsar soru onu doğruca patikanın korku dolu anısına yöneltmişti. Yabanın orada, yanında olduğunu kanıtlayan hiçbir şey yoktu.

Clémentine'in oturduğu sokağa girerken, parmaklarını şıklattı. Danglard'a Collery'deki yeşil kurbağalardan bahsetmeliydi. Aynı şeyin su kurbağalarıyla da mümkün olduğunu öğrenmek şüphesiz hoşuna gidecekti. Puf diye patlıyorlardı onlar da. Sadece çıkardıkları ses biraz değişikti.

L

Ama şimdi kurbağalarla ilgilenecek vakti yoktu.
Eve varır varmaz, Retancourt'un telefonuyla, kara-
kolun temizliğini yapan genç Michaël Sartonna'nın
öldürüldüğünü öğrendi. Her gün akşam beşten do-
kuz buçuğa kadar temizlik yapardı. İki gündür or-
talarda görülmediğinden, evine gidip bakıldı. Pa-
zartesiyi salıya bağlayan gecede, göğsüne yediği iki
susturucu kurşunuyla öldürülmüştü.

"Hesaplaşma cinayeti mi, Teğmen? Sanırım
Michaël kaçakçılık yapıyordu."

"Olabilir, ama zengin değildi. 13 Ekim'de -ya-
ni, Alsace Havadisleri gazetesinde haberinizin çık-
masından dört gün sonra- hesabına yatan büyük
meblağ dışında tabii. Evinde de yepyeni bir diz üs-
tü bilgisayarı bulundu. Bir de Michaël'in Québec
stajına tekabül eden günler için, aniden on beş gün
izin almaya karar verdiğini hatırlatırım."

"Muhbir mi, Retancourt? Hani artık muhbire
inanmıyorduk?"

"Yine başa döndük. Adam bilgi edinmek ama-
cıyla, Schiltigheim olayından hemen sonra Micha-
ël'le irtibat kurmuş ve onu peşimizden Québec'e

göndermiş olabilir."

"Patikadaki cinayeti de mi Michaël işledi yani?"

"Neden olmasın?"

"Sanmıyorum, Retancourt. Diyelim yanımda biri vardı, Hâkim bu tür bir intikamı bir rütbesizin ellerine teslim edemezdi. Hem ettiyse bile yabayla öldürmesine izin vermezdi."

"Danglard da inanmıyor."

"Hem, Michaël tabancayla öldürülmüş, bu Hâkim'in tarzı değil."

"Size bu konudaki fikrimi söyledim. Tabanca seri dışı olanlar için, paralel cinayetler için gayet uygun bir alet. Michaël'i öldürmek için yabaya gerek yoktu ki. Bence ya genç adam Hâkim'i hafife aldı ve fazla şey istemeye, şantaj yapmaya başladı, ya da Hâkim sadece onu ortadan kaldırmak istedi."

"Eğer Hâkim'in adamı Michaël ise tabii."

"Bilgisayarı incelendi. Bellek bomboş, daha doğrusu tertemiz yıkanmış. Laboratuarcılar yarın götürüp iyice kazıyacaklar."

"Köpeğine ne oldu?" diye sordu Adamsberg, Michaël'in koca köpeğini merak ettiğine kendisi de şaşırdı.

"O da vurulmuş."

"Retancourt, madem ki çelik yeleği göndermek istiyordunuz, yanına şu diz üstü bilgisayarını da koyun. Yanımda birinci sınıf bir korsan var."

"Aleti karakoldan dışarı nasıl çıkarayım? Artık komiser değilsiniz."

"Hatırladım," dedi Adamsberg, Clémentine'in

homurdanmaları aklına gelerek. "Danglard'a sorun, onu razı edin, bunu becerirsiniz. Mezar açıldığından beri Brézillon benim tarafıma daha yakın ve Danglard da bunu biliyor."

"Elimden geleni yaparım. Ama artık ona itaat etmek durumundayız."

LI

Josette, Michaël Sartonna'nın bilgisayarını heyecanla eline aldı. Adamsberg, her bilgisayar korsanının rüyası olan, şaibeli bir makineyi ona teslim etmekle Josette'i hayli sevindirmişti. Bilgisayar Clignancourt'a öğleden sonra ulaşmıştı ve Adamsberg, Danglard'ın da makineyi kendi adamlarına kontrol ettirdiğinden şüpheleniyordu. Mantıklı ve doğaldı bunu yapmış olması, şu anda karakolun şefi oydu sonuçta. Bilgisayarın yanında bir de Retancourt'dan gelen bir not vardı: bilgisayarın belleği yeni silinmiş bir lavabo kadar temizdi. Bu haber Josette'in heyecanını iyice arttırdı.

Josette uzun süre, bilgisayarın yıkanmış belleğini koruyan kilitleri açmak için uğraştı, bu arada Adamsberg'e aletin kendisinden önce de birileri tarafından elden geçirilmiş olduğunu doğruluyordu.

"Adamlarınız ayak izlerini silmeye çalışmamış. Normal tabii, yasadışı bir şey yapmıyorlardı ki."

En son kilit de Michaël'in köpeğinin isminin tersten yazılışıyla açıldı: *ograk*. Bazı akşamlar genç adam karakola onu da getirirdi, sümüklü böcek kadar salyalı ve zararsız, koca bir köpekti bu. En sevdiği şey, bulduğu her tür kâğıdı ağzıyla paramparça etmekti. Kargo, bir polis raporunu anında bir kâğıt topa döndürebilirdi. Bu becerilerinden dolayı, Komiser'in aklına şifre olarak köpeğin adı gelmişti.

Josette kilitleri aştıktan sonra, tam bir boşlukla karşılaştı.

"Temizlenmiş, demir uçlu fırçalarla silinmiş," dedi Adamsberg'e.

Elbette. Laboratuarın uzman çalışanları bir şey bulamadılarsa Josette'in bunu başarması beklenemezdi. Bilgisayar korsanının kırışık elleri inatla klavyenin üzerinde geziniyordu.

"Bir kez daha bakıyorum," dedi dik başlılıkla.

"Gereği yok, Josette. Laboratuarın uzmanları her yanına bakmışlar."

Şimdi porto içme zamanıydı ve Clémentine, bir çocuğu ödevlerinin başına oturturmuşçasına, Adamsberg'i akşam içkisini içmeye çağırdı. Artık Clémentine portonun içine bir yumurta sarısı da ekliyordu. Porto-flip daha da güçlendirici bir içkiydi. Adamsberg artık bu koyu içkiye alışmıştı. Bardağını alırken;

"İnatla arıyor," dedi Clémentine'e.

"İnsan bu halini görünce bir fiske vursan yıkılır sanıyor," dedi Clémentine bardağını Adamsberg'inkine vurarak.

"Ama yıkılmaz," dedi Adamsberg.

"Hayır," dedi Clémentine, bir el hareketiyle bardağı dudaklarına götüren Adamsberg'i durdurdu. "Şerefe yaparken gözlerimin içine bakmanız lazım. Daha önce de söyledim. Sonra da bardağı bı-

421

rakmadan, hemen içmek lazım. Yoksa işe yaramaz."

"Ne işe yaramaz?"

Clémentine, Adamsberg'in sorusunun çok saçma olduğunu düşünürcesine başını salladı.

"Baştan başlıyoruz," dedi. "Gözlerime bakın. Ne diyordum?"

"Josette'ten, söz ediyordunuz, fiskeden."

"Evet. Ama aldanmamak lazım. Çünkü benim Josette'imin içinde yolunu hiç şaşırmayan bir pusula var. Milyonlar arakladı, hep zengin kasalardan. Hemen duracak gibi de değil."

Adamsberg güçlendirici karışımı Josette'in odasına götürdü.

"Şerefe yapmadan önce gözlerimin içine bakmanız lazım," dedi Josette'e. "Yoksa işe yaramaz."

Josette gülümseyerek bardağını Adamsberg'inkiyle tokuşturdu.

"Bir cümleden kalan parçaları bulabildim," dedi titrek sesiyle. "Bir mesajın artıkları. Adamlarınız fark etmemiş," dedi sonra birazcık gururlu bir tavırla. "Öyle kıyı, kenar yerler vardır ki, en iyi uzmanlar bile unutabilir."

"Duvarla lavabonun arasındaki aralık gibi mesela."

"Evet. Dipten köşeden temizlik yapmayı hep çok sevmişimdir, armatör kocam bu huyuma kızardı. Gelin bir bakın."

Adamsberg ekrana yaklaştı, gözünün önünde anlaşılmaz hecelerden oluşan bir satır duruyordu:
dam ta il dı lo ik

Josette buluşundan memnun görünüyordu.

"Tek kalan bu mu?" dedi Adamsberg üzgün bir tavırla.

"Evet, başka bir şey yok, ama hiç yoktan iyidir," dedi Josette neşeli bir sesle. "*Ta* harfleri Fransızca'da çok az bulunur mesela. Bir de şu *dam* var."

"Uyuşturucu kaçakçılarının Amsterdam'a verdikleri takma addır bu. Michaël uyuşturucu işindeydi, bundan eminim."

"Bakın bu uyabilir, esrara kil deniyor olabilir mi peki?"

"Kod adı olarak mı? Olabilir, neden olmasın? Kil; tabaka halinde esrar."

"Yani bu uyuşturucuyla ilgili bir mesaj. Ya da mesajdan kalanlar."

Josette bulduğu harfleri bir kâğıda yazdı, bir süre sessizce çalıştılar.

"Şu *lo* ve *ik* ne demek, anlayamıyorum," dedi Josette.

"Kilo ve iki olabilir," dedi Adamsberg.

"Yani, Amsterdam-iki-kilo-kil-alındı-tamam."

"Yabayla alakası yok yani," dedi Adamsberg alçak sesle. "Michaël boyundan büyük bir işe kalkışmış olmalı. Narkotiği ilgilendiren bir dosya bu Josette, bizi değil."

Josette porto-flip içkisini kibarca içti, kafası karışınca yüzündeki çizgiler de artıyordu.

Retancourt muhbir konusunda yanıldı, diye düşündü Adamsberg ateşi canlandırırken. Québec'liler ateşi canlandırmaya ne diyorlardı? Ah evet, gözünü açmak, ateşin gözünü açmak. İki kadın da yatmıştı, Adamsberg uyuyamıyor, ateşin gözünü açıyordu. Belki de hiçbir zaman bir muhbir olmamıştı, kim olduğunu bir türlü bulamayacaktı. Laliberté'ye hafıza kaybından söz eden apartman bekçisiydi, o kadar. Evine birinin girdiği konusuna gelince, bu da küçük şeylere dayanıyordu. Birkaç santim yana bırakılmış bir anahtar ve Danglard'ın dolabın dibine ittiğini sandığı koli. Yani hemen hemen hiçbir şey. Patikadayken kendisine eşlik edenin kim olduğunu asla bulamayacaktı. Fulgence'ın bütün cinayetlerini su yüzüne çıkarsa da, o patikada hayatının sonuna kadar yalnız kalacaktı. Adamsberg iplerin tek tek koptuğunu hissediyordu. Buz parçasının üzerinde, karadan giderek uzaklaşan bir kutup ayısı gibi, o yavaş yavaş da herkesten uzaklaşıyordu. Buraya, Clémentine'in porto-flipleriyle Josette'in gri terliklerinin arasına saklanmış, bekliyordu.

Ceketini giydi, Kanada beresini taktı ve sessizce evden çıktı. Clignancourt'un aşınmış yolları boş ve karanlıktı, sokak ışıkları yanmıyordu. Adamsberg, Josette'in mavinin iki ayrı tonuna boyanmış eski mobiletine atladı, yirmi beş dakika sonra Camille'in apartmanının önündeydi. İçgüdüsel olarak koruma aradığı bir başka yerdi burası. Camille'in evine bakmak bile, ondan kendisine yansıyan, ya da ikisinin buluşmasıyla meydana gelen rahatlığı hissetmesine yetiyordu. Clémentine olsaydı, cereyan yapmak için iki pencere gerekir, derdi. Gözlerini yedinci kat penceresine çevirdiğinde ufak çapta bir şok geçirdi. Işıklar yanıktı. Demek Montréal'den dönmüştü. Ya da belki de evini kiraya vermişti. Ya da, yeni baba yedinci kata ev sahibi gibi yerleşmişti. Labradorlardan biri lavabonun, öbürü orgun altına uzanmış salyalarını akıtıyordu belki de. Adamsberg, adamın gölgesine rastlarım diye, pencere camının kışkırtıcı ışığına dikkatle baktı. Evi böyle sahiplenmiş olması yüreğini deşiyordu, odalarda çırılçıplak, düz karnını ve kaslı kalçalarını gezdirdiğini düşündü ve bu düşünce canını acıttı.

Apartmanın altındaki bardan ekşi kokular ve karman çorman alkolik gürültüler yükseliyordu. Aynı *L'Ecluse*'deki gibi. Pekala, dedi Adamsberg kızgınlıkla ve mobiletini bir direğe bağladı. Labradorlarının salyalarıyla evi kirletmesine izin veren şu çıplak herifi parçalarına ayırabilmek için bir kadeh konyak içecekti. Köpekli adamın karşısında, rahmetli Kargo'nun kullandığı eşsiz tekniği tercih edecekti: herifi yapışkan bir kurutma kâğıdı topuna çevirmek.

Adamsberg barın buğulu, cam kapısını iterken, bu yetişkin yaşamımın ikinci planlanmış sarhoşluğu, diye geçirdi içinden. Bu akşam karışımlara ilişmese iyi olurdu. Ya da olmazdı. Beş hafta sonra, hafızasını, işini, kardeşini, kuzeyli sevgilisini ve özgürlüğünü yitirmiş bir halde, Brézillon'un koltuğuna çivilenmiş olacaktı. Karışım mı değil mi diye düşünmenin hiç sırası değildi. Allahın cezası labradorlar, diye düşündü ilk konyağını içerken, onları da Strasbourg Katedrali'nin yüksek penceresine, arka ayakları dışarıda kalacak şekilde tıkacaktı. Gotik sanatın incisinin bütün delikleri bu garip hayvanlarla dolduğunda, yapıtın hali ne olacaktı acaba? Havasızlıktan boğulur muydu? Morararak can verir miydi? Belki de pof pof pof diye patlardı. Sonra, diye düşündü ikinci kadehi içmeye başlarken, katedral yerle bir olur muydu? Peki yıkıntılarla ve kalan hayvan ölüleriyle ne yapılırdı? Bu Strasbourg için ciddi bir sorundu.

Peki, artan hayvanlarla KKJ'nin pencerelerini tıkasa ne olurdu? Oksijenin girmesini engelleyip havayı hayvanlardan yayılan pis kokularla doldursa? Laliberté çalışma odasında düşüp ölürdü. İyi İnsan Sanscartier'yi ve hemşire Ginette'i havasızlıktan kurtarmak gerekirdi. Ama yeteri kadar hayvan bulabilir miydi ki? Bu önemli bir soruydu, işlem, sümüklü böcek ya da kelebek değil, iri yarı hayvanlar gerektiriyordu. Malzemenin iyi olması lazımdı ve mümkünse ejderha gibi duman çıkaranlarından. Ve ejderhalar ortalarda gezinmez, kaypakça ulaşılması zor mağaralara saklanırlardı.

Ama Mah-Jong oyununda bir dolu hayvan var tabii ki, diye düşündü yumruğuyla bara vurarak. Bu Çin kökenli oyun hakkında tek bildiği, içinde bir sürü renkte ejderha olduğuydu. Tek yapması gereken, Gérard Guillaumond gibi, üç parmağıyla taş çekmek ve ejderhaları gereken bütün deliklere, kapılara, pencerelere, hatta aralıklara tıkıştırmaktı. Kırmızıları Strasbourg'a, yeşilleri KKJ'ye.

Adamsberg dördüncü kadehini bitiremeden

kendini sendeler bir halde mobiletinin önünde buldu. Mobiletin kilidini açmayı beceremeyince, birden apartmana yönelip içeri girdi, merdiven korkuluğuna tutunarak yedi katı çıktı. Yeni babaya iki çift laf etmek, ağzının payını vermek ve adamı evden kovmak istiyordu; bir de iki köpeğini almak. Onları da, Hâkim'in dobermanlarıyla beraber katedralin boşluklarına tıkacaktı. Ama Kargo'yu değil, hayır, o salyalı ama sevimli bir köpekti, hem Adamsberg'in tarafını tutuyordu, aynı şey böcek telefonu için de geçerliydi. Mükemmel bir plan, diye düşündü Camille'in kapısına yaslanırken. Tam eli zile gidiyordu ki, bir düşünce hareketini durdurdu. Hafızasından gelen bir alarmdı bu. Dikkat. Noëlla'yı öldürdüğünde de zil zurna sarhoştun. İçeri girme. Kim olduğunu, ne cins biri olduğunu artık bilmiyorsun. Ama şu labradorlar ona gerçekten de çok lazımdı.

Camille kapıyı açtığında karşısında Adamsberg'i görünce çok şaşırdı.

"Yalnız mısın?" diye sordu Adamsberg ağır bir sesle.

Camille başını salladı.

"Köpekler yok mu?"

Kelimeler ağzından zorlukla çıkıyordu. Ottawa Nehri'nin gürültüsü kulağına içeri girme, diye fısıldıyordu. İçeri girme.

"Ne köpeği?" dedi Camille. "Sen sarhoşsun, Jean-Baptiste. Gece yarısı kapıyı çalıp köpeklerden mi bahsediyorsun?"

"Mah-Jong'dan bahsediyorum. Bırak gireyim."

Camille çabuk tepki veremeden Adamsberg'in girmesine izin verdi. Adamsberg, üzerinde akşam yemeğinden kalanların bulunduğu mutfak barına dengesiz bir biçimde oturdu. Bardakla, sürahiyle, çatalla oynadı, çatalın dişlerini parmaklarına batırdı. Camille kafası karışık bir halde, salonun ortasındaki piyano taburesine oturdu.

"Büyükannenin Mah-Jong oyunu vardı," dedi Adamsberg dili sürçerek. "Almanlık yapanlara kızardı mutlaka. *Almanlık yaparsan şişlerim.*"

Büyükanneler de ne komik kadınlardı.

LII

Josette rahat uyuyamıyordu, gecenin birinde bir kâbusla uyandı: yazıcısından kırmızı kâğıtlar çıkıyor, odanın içinde uçup bütün yeri kaplıyordu. Üzerlerinde ne yazıldığı okunmuyordu, bilgiler her yeri saran kırmızı renk tarafından gizlenmişti.

Sessizce kalkıp mutfağa gitti, kendine bir tabak akağaç şuruplu galet hazırladı. Clémentine, geniş sabahlığına sarılı bir halde, gece bekçisi gibi yanında bitti.

"Seni uyandırmak istemezdim," diye özrü diledi Josette.

"Senin kafanı kurcalayan bir şey var," dedi Clémentine.

"Uyuyamıyorum, bir şey yok, Clémie."

"Aletin yüzünden mi?"

"Galiba. Rüyamda aletten okunmaz sayfalar çıkıyordu."

"Başaracaksın, Josette. Ben sana güveniyorum."

Neyi başaracağım ki? diye geçirdi içinden Josette.

"Sanki rüyamda kan gördüm, Clémie. Bütün kâğıtlar kırmızıydı."

"Makineden mürekkep mi akıyordu?"

"Hayır. Sayfalar kırmızıydı."

"O zaman kan değildi."

"Dışarı mı çıktı?" diye sordu çekyatın boş olduğunu fark eden Josette.

"Herhalde. Aklına bir şey takılmış olmalı, zamanını kestiremezsin ki. Onun da canı çok sıkkın. Galetleri güzelce ye, sonra da süt iç, uykunu getirir," dedi Clémentine sütü ocağa koyarken.

Josette galet kutusunu kaldırdıktan sonra, neyi başaracağını düşündü. Pijamasının üzerine bir hırka geçirip düşünceli bir halde kapalı bilgisayarın önüne oturdu. Michaël'in gereksiz ve kışkırtıcı bilgisayarı da yanda duruyordu. Başarması gereken, gördüğü kâbusta elinden kaçırdığı asıl sonuca ulaşmaktı. Okunması mümkün olmayan kırmızı kâğıtlar, Micaël'in bilgisayarından çıkan harfleri yanlış yorumladığına işaretti. O kadar büyük bir hataydı ki bu, üzeri kırmızıya bulanmıştı.

Elbette, diye düşündü harfleri eline alırken. Uyuşturucu alışverişi için bu kadar açık bir dil kullanılması imkânsızdı. Uyuşturucunun cinsini, ağırlığını, geldiği şehri belirtmek. Oldu olacak adını ve adresini de bildirseydi. Uyuşturucu işine karışmış biri asla böyle bir mesaj yazmazdı. Baştan sona yanılmıştı ve bu yüzden de sınav kâğıdı kırmızıyla kaplıydı.

Josette harfleri sabırla yeniden inceledi, *dam ta il dı lo ik.* Başka kelimeler, başka kombinasyonlar denedi, ama boşuna. Bu şifre yüzünden sinirlenmeye başlamıştı. Clémentine, elinde süt bardağıyla omzunun üzerinden eğildi.

"Derdin bu mu?" diye sordu.

"Hata yaptım ve anlamaya çalışıyorum."

"Eh, Josette'im, bir şey söyleyeyim mi?"

"Lütfen."

"Bunlar Çince. Çinceyi de bir tek Çinliler anlar, doğal olarak. Sana da süt getireyim mi?"

"Teşekkür ederim, Clémie, dikkatimi toplamak istiyorum."

Clémentine odanın kapısını yavaşça kapattı. Josette beynini didiklerken rahatsız edilmemeliydi.

Josette bulmasına yardımcı olacak harfleri tekrar ele aldı; *dam*, *ta*. Clémentine bunların Çince olduğu konusunda haklıydı.

Josette kalemi heyecanla kâğıda dayadı. Tamam, belki Çinceydi. Yani kelimelerden biri yabancı dildeydi, Fransızca değildi. Ve bu dili bilen için sular seller gibi basitti. Nehir suyu gibi, Kızılderili nehri. *Ta*, Josette kâğıda *Ottawa* yazdı. Bu kez içinde doğru anahtarı doğru deliğe sokan korsanın ufak sevincini duydu. Ve "dam" Amsterdam değil, Adamsberg demekti. Josette, benzerlikler açık seçik görüncnin önünü nasıl da kapatıyor, diye düşündü. Ama rüyasında görmüştü, kırmızı kâğıtlarla. Clémentine, kan değil, demişti. Kan değil, Kanada'nın sonbaharda dökülen kırmızı yaprakları. Josette dudaklarını ısırarak bu bakış açısıyla kolayca, art arda aklına gelen kelimeleri yazdı: "ik" patika, "dı" kadın, "il" sevgili, "lo" loş.

On dakika sonra, yorgun argın bir halde, eserine son noktayı koydu, artık uyuyabileceğinden emindi: *Adamsberg – Ottawa – loş - patika – sevgili – kadın.* Kâğıdı dizlerinin üzerine koydu.

Demek ki Adamsberg'in peşinden gelen biri gerçekten vardı: Michaël Sartonna. Bu, cinayete dair bir kanıt olmasa da, genç adamın Komiser'in gezdiği yerlerden, patikada karşılaştığı kişilerden haberi olduğunu gösteriyordu. Ve bu bilgileri birilerine bildirdiğini. Josette kâğıdı katlayıp klavyesinin altına koydu ve yatağına girdi. En azından korsanlıkta değil, yorumlamada hata yapmıştı.

LIII

"Mah-Jong oyunun," diye yineliyordu Adamsberg.

Camille önce tereddüt etti, sonra mutfağa, Adamsberg'in yanına gitti. Sarhoşluk, sesinin güzelliğini yok ediyor, daha tiz ve ahenksiz kılıyordu. Camille bir bardak suda iki hap eritti ve bardağı Adamsberg'e uzattı.

"Bunu iç," dedi.

"Bana ejderha lazım, anlıyor musun? Kocaman ejderhalar," dedi Adamsberg ilacı içmeden önce.

"Yüksek sesle konuşma. Ne yapacaksın ejderhaları?"

"Tıkamam gereken pencereler var."

"Peki," dedi Camille. "Tıkarsın."

"Herifin labradorlarıyla da tıkarım."

"Tabii, yüksek sesle konuşma."

"Neden?"

Camille cevap vermedi ama Adamsberg bakışlarını takip ederek salonun arka tarafında duran ufak yatağı belli belirsiz seçebildi.

"Ah, elbette," dedi parmağını kaldırarak. "Çocuk. Çocuğu uyandırmamalı. Köpekli babasını da."

"Biliyor muydun?" dedi Camille ifadesiz bir sesle.

"Ben polisim, her şeyi bilirim. Montréal, çocuk, köpekli yeni baba."

"Çok güzel. Nasıl geldin? Yürüyerek mi?"

"Mobiletle."

Kahretsin, dedi Camille içinden. Bu halde mobilet kullanamazdı. Büyükannesinin Mah-Jong oyununu çıkardı.

"Al, oyna," dedi kutuyu bara bırakırken. "Domino taşlarıyla oyalanırsın. Ben kitap okuyacağım."

"Beni bırakma. Kendimi kaybettim ve bir kadını öldürdüm. Şu Mah-Jong oyununu anlatsana, ejderhaları bulmak istiyorum."

Camille Adamsberg'e hızlı bir bakış attı. Jean-Baptiste'in dikkatini domino taşlarına vermesini sağlamak, yapabileceği en iyi şeydi. İlaç etkisini gösterip mobilete binecek hale gelene kadar. Bir de başı bara düşmesin diye, koyu bir kahve yapmalıydı ona.

"Ejderhalar nerde?"

"Oyunda üç aile var," diye açıkladı Camille barışçıl bir sesle ve sokakta kendinden geçmiş bir adam tarafından rahatsız edilen bir kadının temkinli haliyle. Alçak sesle konuş, kaçabildiğin zaman da toz ol. Büyükannenin dominolarıyla oyalan. Adamsberg'e bir fincan siyah kahve uzattı.

"Burada Sapek ailesi var, burada da karakterler, burası Bambu ailesi bir numaradan dokuz numaraya kadar. Anladın mı?"

"Ne işe yararlar?"

"Oynamaya. Burada da şerefler var: doğu, batı, kuzey, güney, bunlar da senin ejderhalar."

"Ah," dedi Adamsberg memnuniyetle.

"Dört yeşil ejderha," dedi Camille taşları bir araya getirerek, "dört kızıl ejderha ve dört renksiz ejderha. Toplam on iki ejderha var, yeter mi?"

"Ya bu?" dedi Adamsberg parmağını süslerle kaplı bir taşa doğru uzatarak.

"Bu bir çiçek, sekiz çiçek var. Bunlar da şeref ama puan getirmez, laf olsun diye yapılır."

"Tüm bu safsata ne işe yarar?"

"Oyun oynamaya," diye yineledi Camille sabırla. "Taş çekerek aynı cinsten üç domino, ya da ayrı cinslerden üç taş elde etmeye çalışırsın. Aynı cinsten üç domino daha çok puan getirir ama. Daha anlatayım mı?"

Adamsberg kahvesini içerek halsizce başını salladı.

"Bir eli tamamlayana kadar taş çekersin. Mümkünse Almancılık yapmadan."

"Almancılık yaparsan, şişlerim. Büyükannem böyle derdi. 'Almana dedim ki; yaklaşırsan şişlerim.'"

"Peki. Şimdi artık oynamayı biliyorsun. O kadar meraklıysan kurallar kitapçığını al."

Camille bir kitap alıp salonun arka tarafına oturdu. Geçmesini bekleyecekti. Adamsberg bir şeyler mırıldanarak domino taşlarını üst üste koyup kuleler yapıyor, yıkılınca yeniden yapıyordu. Arada bir de, bu yıkımlar ona acı veriyormuşçasına, gözlerini siliyordu. Alkolün etkisiyle duygusal sözler geveliyor, Camille de bunlara belli belirsiz bir hareketle karşılık veriyordu. Bir saatten fazla bir süre sonra, kitabını kapadı.

"Kendini daha iyi hissediyorsan, git," dedi.

"Önce köpekli herifi görmek istiyorum," dedi Adamsberg çabucak ayağa kalkarak.

"Peki. Bunu nasıl başarmayı düşünüyorsun?"

"Adamı saklandığı yerden çıkararak. Bir yerlere saklanan, karşıma çıkmaya cesaret edemeyen bir herif."

"Olabilir."

Adamsberg evin içinde sendeleyerek gezindi, sonra asma kattaki yatak odasına yöneldi.

"Yukarda değil," dedi Camille domino taşlarını toplayarak. "Sözüme inanabilirsin."

"Nerede saklanıyor?"

Camille çaresiz bir tavırla kollarını iki yana açtı.

"Orada değil."

"Orada değil mi?"

"Evet, değil."

"Dışarı mı çıktı?"

"Gitti."

"Seni terk mi etti?" diye bağırdı Adamsberg.

"Evet. Bağırma. Onu aramayı bırak."

Adamsberg koltuğun kulağına oturdu, şaşkınlığın ve ilaçların etkisiyle sarhoşluğu hayli geçmişti.

"Tanrım, seni terk etti ha? Hem de çocukla?"

"Böyle şeyler olur."

Camille şimdi taşları Mah-Jong kutusuna yerleştirmeyi bitirmişti.

"Kahretsin," dedi Adamsberg boğuk bir sesle. "Gerçekten de şanssızmışsın."

Camille omuz silkti.

"Seni bırakmamalıydım," dedi Adamsberg başını sallayarak. "Seni korurdum, baraj yapardım," dedi kollarını iki yana açarak, birden aklına denizkazlarının patronu geldi.

"Bacaklarının üzerinde durabilecek gibi misin şimdi?" diye sordu Camille alçak sesle, gözlerini Adamsberg'e doğru kaldırarak.

"Tabii ki."

"O zaman git artık, Jean-Baptiste."

LIV

Adamsberg Clignancourt'a gece geç vakit vardı, mobileti düşmeden kullanabildiğine hayret etmişti. Camille'in ilaçları kanını temizlemiş, aklını başına getirmişti, uykusu yoktu, başı da ağrımıyordu. Karanlık eve girdi, şömineye bir odun atıp alev almasını izledi. Camille'i tekrar görmek duygularını alt üst etmişti. Evine ani bir kararla gitmiş ve onu bu halde, kravatı ve cilalı ayakkabılarıyla köpeklerini de alıp sessizce evden kaçan salak herifle yaşarken bulmuştu. Camille karşısına çıkıp saçma sapan vaatlerde bulunan ilk ahmağın kollarına atılmıştı. Sonuç da ortadaydı. Kahretsin, bebeğin cinsiyetini, adını sormak aklına bile gelmemişti. Domino taşlarıyla kuleler yapıp ejderhalardan, Mah-Jong oyunundan söz etmişti. Peki neden illa ki bu ejderhaları bulmak istiyordu? Ah, tabii, pencereler yüzünden.

Adamsberg başını salladı. Sarhoş olmak ona yaramıyordu. Camille'i bir yıldır görmemişti ve kaba saba bir ayyaş olarak kapısına dayanmış, Mah-Jong oyununu çıkarmasını, yeni babayı göstermesini emretmişti. Aynen denizkazlarının patronu gibi. Katedrali doldurmak için onu da kullanacaktı, çanların tepesinde aptalca ötsün dursun diye.

Cebine tıkıştırdığı kural kitapçığını çıkardı, parmaklarını üzgünce üzerinde gezdirdi. Büyükanneler zamanından kalan, sararmış bir kitapçıktı bu. Sapekler, bambular, rüzgârlar, ejderhalar, şimdi hepsini hatırlıyordu. Sayfaları yavaşça çevirip Marie Guillaumond'un kocasına asla yapamazsın dediği şeref elini aradı. *Özel figürler* başlığında durdu, bunlar yapması zor şeylerdi. Mesela *yeşil yılan* elde etmek için tam bir bambu serisi ve üç yeşil ejderha lazımdı. Oynamak, eğlenmek için. Figürler listesini parmağıyla takip edip *Şeref Eli*'nde durdu: üçlü ejderhalar ve rüzgârlar gerekiyordu. Örnek: üç batı rüzgârı, üç güney rüzgârı, üç kızıl ejderha, üç beyaz ejderha ve bir çift kuzey rüzgârı. En güzel figür buydu, elde etmesi neredeyse imkânsızdı. Gérard Guillaumond bunu umursamamakta haklıydı. Adamsberg de elindeki kitapçığı hiç umursamıyordu. Bu kâğıdı değil, Camille'i tutmak isterdi, hayatının önemli şeylerinden biriydi o. Ve bunu da mahvetmişti. O patikada kendini mahvettiği gibi, Collery'de beyaz ejderha anneyi bulmasıyla son bulan Hâkim'in takibini mahvettiği gibi.

Adamsberg birden taş kesildi. Beyaz ejderha. Camille bundan söz etmemişti. Yerde duran kitapçığı eline alıp çabucak açtı. Şerefler: yeşil, kırmızı ve beyaz ejderhalar, Camille beyazlara renksiz demişti. Dört rüzgâr: doğu, batı, güney, kuzey. Adamsberg, narin kâğıdı üzerindeki elini sıktı. Dört rüzgâr: Soubise, Ventou, Autan ve Wind. Ve

Brasillier: yani ateş, yani mükemmel bir kızıl ejderha. Kitapçığın arka sayfasına Yaba'nın on iki kurbanının adlarını çabucak yazdı, bir de annesini ekledi. Annesi, ilk beyaz ejderhaydı. Adamsberg kalemi sıkıca kavrayarak Mah-Jong taşlarından Hakim'in *şeref eli* listesinde olabilecekleri bulmaya çalışıyordu. Babasının asla başaramadığı, Fulgence'ın ona saygınlığını geri vermek için yavaş yavaş bir araya getirdiği el. Babasının taşları çeken eli gibi, yabayı kullanarak elde ettiği el. Fulgence kurbanlarını üç demir parmakla seçiyordu. Şeref eli için kaç taş gerekliydi? Kaç taş, Tanrım.

Adamsberg avuç içleri terleyerek kitabın başına döndü. On dört. Öyleyse, seriyi tamamlamak için Hâkim'e bir taş daha lazımdı.

Adamsberg kurbanların ad ve soyadlarını tekrar okuyor, kalan taşı bulmaya çalışıyordu. Simone Matère. Matère, yani anne. Beyaz ejderha. Jeanne Lessard, lézard[14], yani yeşil ejderha. Diğer isimleri anlayamıyordu. Lentretien, Lefebure, Mestre isimlerinde ejderhayı ya da rüzgârı çağrıştıran bir anlam bulamıyordu. Yine de elinde dört rüzgâr, üç ejderha vardı. On üç taştan yedisi elindeydi ve bu rastlantı olamayacak kadar büyük bir orandı.

Ve, birden farkına vardı ki, eğer yanlış yapmıyorsa, eğer Hâkim şeref elinin on dört taşını bir araya getirmeye çalışıyorsa, bu Raphaël'in Lise'i öldürmediği anlamına gelirdi. *Autan* ismi rüzgârı çağrıştırıyordu ve bu da Yaba'yı işaret ediyor, kar-

---

14 Lézard: kertenkele (ç.n.)

deşini kurtarıyordu. Ama onu değil. Noëlla Cordel şeref eline giren taşlardan hiçbirini çağrıştırmıyordu. Adamsberg birden çiçekleri hatırladı. Camille çiçeklerle ilgili bir şeyler söylemişti. Kitapçığa eğildi. Çiçekler, çektiğinizde elinizde tutabileceğiniz, ama eli oluşturmaya yaramayan taşlar. Bir çeşit süs yani, bir ekstra. Mah-Jong kurallarının izin verdiği fazladan kurbanlar, bu nedenle de yabayla öldürülmeleri şart değil.

Sabah sekizde, Adamsberg bir kafeye oturmuş, belediye kütüphanesinin açılmasını bekliyordu. Saatlerine bakıp duruyor, Mah-Jong kitapçığını elinden bırakmıyor, kurbanların adlarını tekrar tekrar okuyordu. Danglard'ı arayabilirdi elbette, ama yardımcısı bu yeni fikrini duyunca şaha kalkabilirdi de. Önce bir hortlak, sonra yüz yaşında bir adam, son olarak da Çin kökenli bir oyun. Ama Fulgence'ın çocukluğunda oldukça yaygın olan bir oyun, köylere, hatta Camille'in büyükannesinin evine kadar yayılmış bir oyun.

Şimdi neden sarhoş kafayla Camille'den bu oyunu istediğini anlıyordu. Richelieu'deki otel odasında dört rüzgâr fikri aklına gelmişti. Sonra ejderhalarla karşılaşmış, Hâkim'in çocukluğunda iz bırakan bu oyunu, babasının sakat elinin karşısında duran bu şeref elini öğrenmişti.

Kapılar açılır açılmaz kütüphaneye koştu ve on dakika sonra, masasına Fransızca etimolojik isimler sözlüğü getirildi. Zar atıp düşeş gelsin diye dua eden bir kumarbazın heyecanıyla, isimleri eline aldı. Uykusuz geçirdiği geceye katlanabilmek için üç kahve içmişti ve elleri sözlüğün üzerinde Josette'inkiler gibi titriyordu.

Önce Brasillier'ye baktı: *braise*[15] kelimesinden türemişti. Çok güzel. Ateş, yani kızıl ejderha. Sonra Jeanne Lessard'ın gizli anlamını bulmaya çalıştı: bir yerleşim yeri olan Essart ya da *lézard*. Yeşil ejderha. Sonra, biraz daha endişeli bir halde, Espir soyadına yöneldi, *espir*, eski Franszıca'da esinti demekti. Beşinci rüzgâr, yani on üçte sekiz. Adamsberg eliyle yüzünü sildi, setleri aşan jokey gibi, atın karnının engellere takılmasından korkuyor gibiydi.

En karışık isimlere henüz gelmişti. Fèvre ismi, belki de bulutları kardığı yükseklikten düşmesine neden olacaktı. Fèvre, demirci demekti. Birden içinde müthiş bir hayal kırıklığı hissetti. Basit bir demirci yani. Adamsberg arkasına yaslanıp gözlerini yumdu. Eline çekicini al, demirciyi iyice düşün. Gözlerini açtı. Haftalar önce, evinde bulduğu ders kitabında, Neptün'ün yanında bir de Ateş Tanrısı Vulcain vardı; alev alev yanan bir fırının önünde çalışan işçi olarak temsil ediliyordu. Demirci, ateşin hâkimi. Derin bir nefes aldı ve Fèvre'in yanına ikinci kızıl ejderha, yazdı. Sonra Lefebure'e baktı, *bkz Lefèvre, Fèvre*. Aynı şey, üçüncü kızıl ejderha. On üçte on taş.

Adamsberg kollarını iki yana sarkıttı, Lentretien ve Mestre isimlerine bakmadan önce biraz gözlerini kapadı.

---

[15] Braise: kor, köz (ç.n.)

Lentretien: *Lattetin sözcüğünün değişime uğramış hali, anlamı: lézard.* Yani yeşil ejderha, diye yazdı kitapçığına. Elinin kasılmasıyla yazısı gittikçe bozuluyordu. Mestre'e bakmadan önce, parmaklarını açıp kapadı.

Mestre: *eski oksitan dilinde moestre; şimdiki karşılığı maitre. Dönüşüme uğramış halleri: Mestral ya da Mestrel, bu ki kelime, en baş rüzgâr anlamına gelen Mistral'den türemiştir.*

En baş rüzgâr, yazdı Adamsberg.

Kalemini bırakıp derin bir nefes aldı. Aynı zamanda bu serin, soğuk rüzgârdan biraz da olsa içine çekti. Listesi tamamlanmış, yanaklarındaki sıcaklık rüzgârın da etkisiyle azalmıştı. Adamsberg hemen elde ettiği seriyi düzene koydu: Lefebure, Fèvre ve Brasillier ile üç kızıl ejderha; Soubise, Ventou, Autan, Espir, Mestre ve Wind ile iki rüzgâr üçlüsü; Lessart ve Lentretien ile iki yeşil ejderha; Matère ve anne Guillaumond ile iki beyaz ejderha. Eşittir on üç. Yedisi kadın, altısı erkek.

Şeref Eli'ni bitirmek için on dördüncü taş eksikti. Ve bu beyaz ejderha ya da yeşil ejderha olabilirdi. Şüphesiz erkek olurdu, kadınlarla erkekler arasında, anneyle baba arasında denge kurmak için. Adamsberg değerli sözlüğü kütüphaneciye geri götürdü. Sonunda karanlık şifre, o anahtar, Mavi Sakal'ın ölüler odasının kapısını açan küçük altın anahtar elindeydi.

Clémentine'in evine vardığında yorgunluktan ölmek üzereydi, bulduğu altın anahtarı okyanusun

443

üzerinden kardeşine atmanın heyecanını duyuyordu. Ama Josette bunu yapmasına fırsat vermeden, yeni buluşunu gösterdi. *Adamsberg – Ottawa – loş - patika – sevgili – kadın.*

"Hiç uyumadım, Josette, anlayacak halim kalmadı."

"Michaël'in bilgisayarından çıkan harfler. Tamamen yanılmışım, *ta* harflerinden başladım. Ottawa. Ve sonuçta bu çıkıyor."

Adamsberg Josette'in titrek kelimeleri üzerine konsantre olmaya çalıştı.

"Patika," diye mırıldandı.

"Michaël birine bilgi aktarıyordu. Patikada yalnız değildiniz. Birinin haberi vardı."

"Bu sadece bir yorum, Josette."

"Bu harflerden oluşan binlerce kelime yok. Bu kez çözümlemeden eminim."

"Çok iyi çalışmışsınız, Josette. Ama onların gözünde bir yorum asla bir kanıtın yerini tutmayacaktır. Kardeşimi uçurumdan kurtardım, ama kendimi kurtaramadım. Hâlâ dipteyim, koca kayaların altında."

"Kilitlerin," dedi Josette. "Koca kilitlerin altında."

LV

Raphaël Adamsberg Cuma sabahı kardeşinin "kara göründü" başlığı altında gönderdiği mesajı aldı. Yorgun argın bir halde, sabırsızlıkla yazılmış, ejderhalarla ve rüzgârlarla dolu bu mesajı anlamak için birkaç kez okumak zorunda kaldı; mesaj aynı zamanda Hâkim'in kulağından, tabutundan çıkan kumdan, annesini öldürmüş olmasından, Guillaumond'un sakat elinden, Collery'den, yabadan, Mah-Jong oyunundan ve Şeref Eli'nden söz ediyordu. Jean-Baptiste mesajı öyle hızlı yazmıştı ki, yer yer harfleri, hatta kelimeleri atlamıştı. Bir kıyıdan öbürüne, dalgalar halinde yayılarak kardeşten kardeşe yansıyan, gölgelerin içinde yaşadığı Detroit'teki kaçak hayatını birden yırtan bir titreşimdi bu. Lise'i öldürmemişti. Üzerinde oturduğu koltuktan kımıldamadı, bedenini bu kıyıda yüzmeye bıraktı; Jean-Baptiste'in Hâkim'in cinayetler serisini ne gibi sıçrayışlarla su yüzüne çıkardığını anlayamıyordu. Çocukken bir keresinde dağlarda gezinirken öyle uzaklara gitmişlerdi ki, ikisi de köyün yolunu, hatta en ufak patikayı bile bulamıyordu. Jean-Baptiste omuzlarından tutup, 'Ağlama,' demişti. 'Bizden öncekilerin nereden geçtiklerini anlamaya çalışalım.' Ve her beş metrede bir, Jean-Baptiste sırtına çıkıp yolu bulmaya çalışmış, indiğinde de, bu taraftan, demişti.

Şimdi de böyle yapmıştı Jean-Baptiste. Yüksek bir yere çıkıp Yaba'nın geçtiği yolu, kanlı güzergahını bulmaya çalışmıştı. Bir köpek gibi, bir Tanrı gibi, diye düşündü Raphaël. İkinci kez, Jean-Baptiste ona köyün yolunu göstermişti.

446

LVI

Bu akşam ateşle Josette ilgileniyordu. Adamsberg Danglard'ı ve Retancourt'u aramış, sonra da bütün gün uyumuştu. Akşam olduğunda, hâlâ sersemlemiş bir halde şöminenin karşısına geçmiş, ateşin gözünü açan ihtiyar korsanına bakıyordu. Josette eline ucu yanan bir dal almış, loş salonda, havada daireler, sekizler çiziyordu. Turuncu uç titreyerek dönüyordu; Adamsberg, acaba yumurtalı kremada olduğu gibi, bu sekizler de etrafımda biriken, beni saran pıhtıları yok etmeye yarar mı, diye düşündü. Josette'in ayağında daha önce görmediği, mavi spor ayakkabıları vardı, üzerinde de altın renginde bir şerit. Yıldızlar tarlasındaki altın orak gibi, diye geçirdi içinden Adamsberg.

"Dalı bana verebilir misiniz?" diye sordu yaşlı kadına.

Adamsberg dalın ucunu ateşe daldırdı, sonra havada oynatmaya başladı.

"Çok güzel," dedi Josette.

"Evet."

"Havada kareler çizilmiyor. Sadece daireler çizebiliyorsunuz."

"Önemli değil. Kareleri pek sevmem."

"Raphaël'in suçlandığı olay oldukça kare bir kilitti," dedi Josette.

"Evet."

"Ve bugün açıldı."

"Evet, Josette."

Pof pof pof, patladı, diye geçirdi Adamsberg içinden.

"Ama bir kilit daha var. Ve daha ileri gitmemiz mümkün değil."

"Yeraltının sınırı yoktur, Komiser. Bir yerden diğerine gitmek için yapılmıştır. Hepsi, bütün patikalar, kapılar birbirine bağlıdır."

"Her zaman değil, Josette. Önümüzde dünyanın en açılmaz kilidi duruyor."

"Neymiş?"

"Kımıldamayan hafızanın kilidi, gölün dibi. Taşların altında kalan, hatırlayamadığım o saatler, kendi tuzağım, patikada düşüşüm. Bu kilidi hiçbir korsan açamaz."

"Birer birer her kilit açılır, iyi korsanların sırrı budur," dedi Josette korları ateşin ortasında toplayarak. "Sekiz numaralı kapıyı açmadan dokuz numaralı kapıyı açamazsınız. Bunu anlıyorsunuz, değil mi Komiser?"

"Elbette, Josette," dedi Adamsberg kibarca.

Josette korları yanan odunun etrafında toplamaya devam ediyordu.

"Hafızanızın kilidini açmadan önce," dedi elindeki maşayla bir közü göstererek, "Hull'deki ve dün geceki sarhoşluğunuza yol açan kilit var."

"Ve o kilit de aşılmaz bir bariyerle çevrili."

Josette başını salladı, ısrar ediyordu.

"Biliyorum, Josette," diye iç geçirdi Adamsberg. "FBI'a kadar girdiniz. Ama hayatın kilitlerini makinelerinkiler gibi açamayız."

"Ne farkı var ki?" dedi Josette.

Ayaklarını şömineye doğru uzattı, alevler ayakkabılarının içini ısıtıyordu. Elindeki dalı yavaşça döndürdü. Kardeşinin masumiyeti geri dönüp üzerine geliyor, alışıldık düşüncelerinden kurtulmasını, bakış açısını değiştirmesini sağlıyordu. Bu yeni yollarda, dünya birden doku değiştirmiş gibiydi. Yeni dokunun ne olduğunu henüz bilmiyordu. Bildiği tek şey, başka bir zamanda, hatta dün bile, Camille'le olan hikâyesini, kuzeyli sevgilisini mavi ve altın renkli ayakkabıları olan yaşlı, narin bir korsana anlatmayacağıydı. Oysa şimdi hikâyeyi başından sonuna, önceki geceki sarhoşluğuna kadar anlattı.

"Görüyorsunuz ya," dedi Adamsberg sonunda. "Geçiş yok."

"Dalı geri alabilir miyim?" diye sordu Josette çekingen bir tavırla.

Adamsberg dalı uzattı. Josette ucunu ateşe daldırıp titrek dairelerini çizmeye başladı.

"Madem ki geçidi siz kapadınız, neden çıkış yolu arıyorsunuz?"

"Bilmiyorum. Çünkü içime çektiğim hava oradan geliyor, galiba. Havasız kalırsam ya boğulurum, ya da patlarım. Bütün pencereleri tıkalı Strasbourg Katedrali gibi."

"Bak sen," dedi Josette şaşkınlıkla. "Katedrali tıkadılar mı? Peki neden?"

449

"Nedeni bilinmiyor," dedi Adamsberg kaçamak bir el hareketiyle. "Ama tıkadılar. Ejderhalarla, vantuz balıklarıyla, köpeklerle, kurbağalarla, bir de bir jandarmanın üçte biriyle."

"Öyle mi?" dedi Josette.

Dalı ızgaranın üzerine bırakıp mutfağa gitti. Geri geldiğinde elinde iki bardak ve porto şişesi vardı. Bardakları şöminenin kenarına koydu.

"Adını biliyor musunuz?" dedi, bardakları doldururken kenarlara şarap döküyordu.

"Trabelmann. Trabelmann'ın üçte biri."

"Hayır, Camille'in bebeğinden söz ediyorum."

"Ah. Sormadım bile. Çok sarhoştum."

"Buyurun," dedi bardağı Komiser'e uzatarak. "O sizin."

"Teşekkürler," dedi Adamsberg bardağı alırken.

"Bardaktan söz etmiyordum," dedi Josette.

Kızıl dairelerden birkaç tane daha çizdi, portosunu bitirip dalı Adamsberg'e uzattı.

"Peki, ben gideyim," dedi. "Ufak bir kilit ama, en azından hava giriyor, belki de gereğinden fazla."

LVII

Danglard Québec'li arkadaşını dinlerken, aynı zamanda bir şeyler yazıyordu.

"Çabuk hallet bunu," diye karşılık verdi. "Adamsberg Hâkim'in güzergahını keşfetti. Evet, artık her şey birbirini tutuyor. Sağlam bir dosya. Sadece patikadaki cinayet var. Yani işin peşini bırakma... Hayır... O zaman bir yolunu bul... Sartonna'nın bilgisayarından çıkanlar işe yaramayacaktır, sadece bir yorum. İddianamede o birkaç harfi yerle bir ederler. Evet... Hâlâ kurtulabilir, elinden geleni yap."

Danglard birkaç söz daha söyleyip telefonu kapadı. İçinden bir his, her şeyin pamuk ipliğine bağlı olduğunu söylüyordu. Bir hamlede her şey kazanılabilir ya da kaybedilebilirdi. Ve artık zamanı da, ipliği de azalmıştı.

LVIII

Adamsberg ve Brézillon yedinci ilçenin küçük kafelerinden birinde, öğleden sonra buluşmaya karar vermişti. Komiser, Kanada bereli başını eğmiş, oraya gidiyordu. Dün gece Josette yattıktan sonra uzun süre uyanık kalmış, karanlığın içinde yanan daireler çizmişti. Karakolda eline o gazeteyi aldığından beri, dur durak bilmeyen bir karmaşanın içindeydi, beş hafta ve beş günden beri fırtınanın ortasındaki bir salın üzerinde, Neptün rüzgârları altındaydı. İyi bir korsan olan Josette, hedefi on ikiden vurmuştu. Bunu daha önce anlamamış olduğuna hayret ediyordu. Camille Lizbon'da hamile kalmıştı, bebek kendisinindi. Bu şaşırtıcı gerçek fırtınayı dindirmiş, ama aynı zamanda uzaklarda, ufukta esen bir endişe rüzgârına yol açmıştı.

Gerçek bir ahmaksınız, Komiser. Farkına varmadığı için. Danglard, bu sırrın üzerine ağır ve kederli bir yük gibi oturmuştu. O ve Camille, ikisi de sessizlikle gerilmişti. O denli uzağa kaçmıştı ki. Raphaël'in sığındığı yer kadar uzağa.

Ama Raphaël artık durulabilirdi, oysa onun hâlâ koşması gerekiyordu. Birer birer her kilidi açın, demişti Josette, gök rengi ayakkabılarıyla. Patika-

nın kilidi hâlâ ulaşılmazdı. Ama Fulgence'ınkini aç-
mak mümkündü. Adamsberg, Bosquet Caddesi'nin
köşesinde bulunan lüks kafenin dönen kapısını itti.
Birkaç kadın çay içiyordu, biri de bir pastis[16]. Bin-
başı, gri bir yapıt gibi, kırmızı kadife kaplı koltuk-
lardan birine oturmuş, parlak tahta masanın üze-
rinde bir birayla bekliyordu.

"Bereyi çıkarın," dedi Brézillon hemen. "Böyle
köylülere benzemişsiniz."

"Kamuflaj sistemim bu," dedi Adamsberg bere-
sini sandalyenin üzerine bırakarak. "Gözleri, ku-
lakları, yanakları ve çeneyi saklayan Kanada tekni-
ği."

"Çabuk olun, Adamsberg. Buluşmayı kabul et-
mekle zaten büyük lütufta bulundum."

"Danglard'dan mezarın açılmasından sonra
olanları size bildirmesini istemiştim. Hâkim'in ya-
şını, Guillaumond ailesini, anne cinayetini, Şeref
Eli'ni."

"Bildirdi."

"Ne düşünüyorsunuz, Binbaşı?"

Brézillon kalın sigaralarından birini yaktı.

"İki nokta dışında tatmin edici. Hakim neden
kendisini on beş yıl yaşlı gösterdi? Annesini öldür-
dükten sonra isim değiştirmesini anlıyorum. Or-
mana saklanmıştı, ortaya başka bir isimle çıkması
kolay olmuştur. Ama yaşını niye değiştirdi?"

"Fulgence gençliği değil, iktidarı, gücü seviyor-
du. Yirmi beş yaşında hukuk fakültesini bitirmiş ol-

---

[16] Anasonlu Fransız içkisi (ç.n.)

saydı, savaş sonrası dönemde eline ne geçerdi? Sadece ağır ağır yükselen bir hukukçu olabilirdi. Birkaç sahte referansla ve zekâsının yardımıyla, üst kademelere çabucak çıkabilirdi. Ama yaşının tutması gerekiyordu. İstediğini yapabilmek için olgunluk şarttı. Kaçışından beş yıl sonra, Nantes adliyesinde hâkimdi bile."

"Anlaşıldı. İkinci nokta: Noëlla Cordel'in on dördüncü kurban olması için hiçbir neden yok. Soyadının oyundaki taşlarla ilgisi yok. Yani ben şu anda hâlâ kaçak bir katille konuşuyorum. Bunların hiçbiri masumiyetinizi kanıtlamıyor, Adamsberg."

"Ama Hâkim daha önce de oyun dışı kişileri öldürdü, Michaël Sartonna mesela."

"Bu konuda hiçbir şey kanıtlanmış değil."

"Ama böyle bir varsayım var. Noëlla Cordel için ve benim için de böyle bir varsayım olabilir."

"Yani?"

"Hâkim beni Québec'te tuzağa düşürmeyi kararlaştırdıysa, planı işe yaramadı. KKJ'nin ellerinden kaçtım ve mezar açıldığından beri ölü kisvesinin altına da saklanamaz. Eğer sesimi duyurabilirsem, ününü de şerefini de kaybeder. Böyle bir risk alamaz. En kısa zamanda harekete geçecektir."

"Sizi ortadan kaldırarak mı?"

"Evet. Bu durumda bana düşen, onun işini kolaylaştırmak. Rahatça, görünür bir biçimde evime dönmeliyim. O da gelecektir. Sizden istediğim bu. Birkaç günlüğüne evime gitmek."

"Siz çıldırmışsınız, Adamsberg. Kolay bir av gibi, on üç kişiyi öldürmüş bir delinin önüne mi atılmak istiyorsunuz?"

Kulağın dibine giren bir sinek gibi, diye düşündü Adamsberg, ya da gölün dibinde uyuyan balık gibi. Işık kullanarak dışarı çıkarılan bu iki hayvan gibi. Gece lambayla balık avlar gibi. Yalnız bu kez yabayı tutan insan değil, balıktı.

"Adamı ortaya çıkarmanın başka yolu yok."

"Fedakâr bir davranış, Adamsberg. Ayrıca Hull cinayetinde masum olduğunuzu da kanıtlamaz. Eğer Hâkim sizi öldürmezse tabii."

"Tehlikeli yanı da bu."

"Ölü ya da diri, evinizde ele geçirilirseniz, KKJ beni suç ortaklığıyla, ya da işini bilmezlikle suçlayacaktır."

"Beni yakalatmak için yaptığınızı söylersiniz."

"Ve sizi hemen Kanada'ya gönderirim," dedi Brézillon sigarasını kalın baş parmağıyla ezerek.

"Nasıl olsa dört buçuk hafta sonra göndereceksiniz."

"Adamlarımı ölüme göndermeyi sevmem."

"Ben artık sizin adamınız değilim, adsız bir kaçağım sadece."

"Pekala," dedi Brézillon iç geçirerek.

Vantuz balığı tarafından emildi işte, diye düşündü Adamsberg. Ayağa kalktı, Kanada kamuflajını başına geçirdi. Brézillon haftalardan beri ilk kez Adamsberg'e elini uzattı. Bu bir bakıma onu tekrar hayatta göremeyeceğini düşündüğünün itirafıydı.

LIX

Adamsberg Clignancourt'a vardığında, çelik yeleğini ve silahını çantasına koydu, iki kadını öptü.

"Ufak bir geziye çıkıyorum," dedi, "geri gelirim."

Gelmeye de bilirim, diye düşündü eski sokağa çıktığında. Bu eşitliksiz düello niye? Patikanın karanlığında, Noëlla'yla yitip gitmektense, son hamleyi yapmak, ecelini erkene almak, Fulgence'ın yabasının önüne atılmak niye? Genç kadının vücudunu buğulu bir camın ardındaymışçasına, buzdan hapishanesinin içinde görür gibi oldu. *Erim bana ne yaptı, biliyor musun? Zavallı Noëlla, hayalleri suya düştü. Noëlla sana Parisli polisten söz etmiş miydi?*

Adamsberg başını öne eğip adımlarını sıklaştırdı. Karanlığa gömülmüş sineği dışarı çıkarmak için kimseden yardım isteyemezdi. Hull cinayetinden beri belini büken suçluluk duygusu, yardım istemesine engel oluyordu. Fulgence köleleriyle el ele verip tam bir katliam yapabilir, Danglard'ı, Retancourt'u, Justin'i öldürebilir, bütün karakolu kana bulayabilirdi. Kanlar gözlerinden akıp Richelieu Kardinali'nin eteklerinden süzüldü. Yalnız git, genç adam.

Cinsiyeti ve adı. Bunları bilmeden ölmek ona kabaca, ya da yanlış göründü. Kırmızı ayaklarından birini çekerek telefonunu çıkardı, sokaktan Danglard'ı aradı.

"Yeni bir şeyler var mı?" diye sordu Yüzbaşı.

"Olabilir," dedi Adamsberg temkinli bir ses tonuyla. "Bunun dışında, yeni babanın kim olduğunu buldum, biliyor musunuz? Cilalı ayakkabılı, güvenilir bir adam değilmiş."

"Öyle mi? Nasıl biri peki?"

"Öylesine bir herif işte."

"Sonunda bulduğunuza sevindim."

"Ben de önce bunu bilmek istedim."

"Neyden önce?"

"Cinsiyetini ve ismini."

Adamsberg yardımcısının söylediklerini hafızasına iyice kazımak için durdu. Kımıldayınca hiçbir şeyi aklında tutamıyordu.

"Teşekkürler, Danglard. Son bir şey daha: su kurbağaları da, yani en azından yeşil olanları da sigara içince patlıyormuş."

Rahatsız edici bir bulut, Marais'ye kadar yürürken ona eşlik etti. Apartmanına uzaktan iyice baktı. Brézillon sözünü tutmuş, gözetlemeyi kaldırmıştı; gölgeden aydınlığa geçiş serbestti.

Evin içinde biraz gezindikten sonra, beş mektup yazdı: Raphaël'e, ailesine, Danglard'a ve Retancourt'a. Sonra ani bir istekle, Sanscartier'ye de bir not bıraktı. Sonra mektupları odasında, Danglard'ın bildiği bir yere sakladı. Ölümünden sonra okunacak. Ayakta yediği soğuk bir yemekten sonra, odaları topladı, giysilerini ayıkladı ve özel mektuplarını yok etti. Çöp torbasını kapının önüne bırakırken, yenik gidiyorsun, dedi kendi kendine. Ölü gidiyorsun.

Her şey yerli yerinde görünüyordu. Hâkim kapıyı zorlayarak girmeyecekti. Anahtarının bir kopyasını Michaël Sartonna'dan almıştı muhtemelen. Fulgence öngörülü bir adamdı. Ve Komiser'i elinde silahıyla bulmak onu şaşırtmayacaktı. Böyle olacağını biliyordu, tıpkı yalnız olacağını da bildiği gibi.

Evine geri döndüğünden haberi olana kadar, yani yarın ya da ertesi günden önce ortaya çıkmazdı Hâkim. Adamsberg onu ince bir ayrıntıya dayanarak bekliyordu: saat. Hâkim sembollere düşkün biriydi. Adamsberg'i de otuz yıl önce kardeşini tuzağa düşürdüğü saatte ele geçirmek isteyecekti. Gece on birle on iki arası. Bu zaman aralığında, karşılaşacağı bir sürprize hazır olması gerekecekti. Fulgence'ın kibrine saldır, daha önce hiç yara almamış yerine. Adamsberg gelirken bir Mah-Jong oyunu satın almıştı. Taşları sehpanın üzerine yaydı ve takozlardan birine Şeref Eli'ni dizdi. Noëlla ve Michaël için iki de çiçek ekledi. Sırrının açığa çıktığını belirten bu görüntü, belki de Fulgence'ın saldırıdan önce birkaç söz söylemesine yol açardı. Ve belki de Adamsberg bir an için de olsa soluklanırdı.

LX

Pazar akşamı on buçukta, Adamsberg ağır çelik yeleğini giydi, silahını taktı. Evde olduğunu belli etmek için bütün ışıkları yaktı; ininde gizlenen koca böcek parlayan ışığa kadar tırmansın diye.

On biri çeyrek geçe, kapı kilidinden gelen ses, Yaba'nın gelişini bildirdi. Hâkim, kapıyı saygısızca çarptı. Tam da ona yakışan tavırlar, diye düşündü Adamsberg. Her yer Fulgence'ın kendi evi gibiydi, istediği her yer ve istediği her zaman. *Dilediğim zaman üzerine şimşek yağdırırım.*

İhtiyarın bakış alanına girmesiyle, Adamsberg silahını doğrulttu.

"Ne barbarca bir karşılama, genç adam," dedi Fulgence, yaşlanmış, gıcırtılı sesiyle.

Kendisini hedef alan silaha aldırmadan, uzun mantosunu çıkarıp bir sandalyenin üzerine attı. Adamsberg bu karşılaşmaya kendini hazırlamış olsa da, uzun ihtiyarı görünce gerildi. En son gördüğünden beri yüzü hayli kırışmıştı, ama vücudunun dikliği, kendini beğenmiş duruşu, çocukluğundan kalan derebeyi hareketleri değişmemişti. Yüzündeki derin çizgilerle, köyün kadınlarının utançla beğendikleri şeytan güzelliği iyice ortaya çıkıyordu.

459

Hâkim oturdu, bacak bacak üstüne atıp sehpanın üzerindeki oyuna baktı.

"Oturun," diye buyurdu. "Konuşmamız gerek."

Adamsberg yerinden kımıldamadı, atış açısını kontrol ediyor, aynı zamanda Hâkim'in bakışlarına ve el hareketlerine dikkat ediyordu. Fulgence sırtını sandalyeye iyice yaslayıp gülümsedi. Hâkim'in yakışıklı yüzünün en önemli öğelerinden biri olan bu gülüş, aynı zamanda bütün dişlerini göstermek gibi bir özelliğe de sahipti. Şimdi, geçen zamanla, gülümseyen ağzı iyice gerilir olmuştu, bu haliyle çene kemiği bir ölününkini hatırlatıyordu.

"Gücünüz yetmez, genç adam. Hiçbir zaman da yetmedi. Neden biliyor musunuz? Çünkü ben öldürürüm. Sizse sadece küçük bir adamsınız, patikada meydana gelen ufak bir cinayetle bir harabeye dönen küçük bir polis. Evet, küçük bir adam."

Adamsberg yavaşça Fulgence'ın etrafını dolaştı, arkasında durup namluyu ensesinden birkaç santim uzakta tuttu.

"Ve sinirlisiniz," diye devam etti Hâkim. "Küçük bir adamdan da bu beklenir."

Eliyle sehpanın üzerindeki ejderhaları, rüzgârları işaret etti.

"Bunların hepsi doğru," dedi. "Çok zamanınızı aldı."

Adamsberg bu korkunç elin hareketlerini takip ediyordu, uzun parmaklı, artık eklemleri düğüm düğüm olmuş, beyaz el; tırnakları eskisi gibi bakımlıydı, bileği, eski resimlerde görülen o garip cazibeyle, kıvrılarak hareket ediyordu.

"On dördüncü taş eksik ve bir erkek olacak," dedi Adamsberg.

"O siz değilsiniz ama Adamsberg. Sizi kullanırsam elimi bozmuş olurum."

"Yeşil ejderha mı, beyaz mı?"

"Ne önemi var ki? Hapishanede de, mezarda da elimden kaçamaz o son taş."

Hâkim işaret parmağıyla Adamsberg'in *Şeref Eli*'nin yanına koyduğu çiçekleri işaret etti.

"Bu Michaël Sartonna'yı, bu da Noëlla Cordel'i temsil ediyor," diye doğruladı.

"Evet."

"Bırakın bu eli düzelteyim."

Fulgence bir eldiven takıp Noëlla'yı temsil eden taşı aldı, torbaya geri koydu.

"Hatalardan hoşlanmam," dedi soğuk bir sesle. "Sizi Québec'e kadar takip etme zahmetine katlanmadığımdan emin olabilirsiniz. Ben hiç kimse değilim, Adamsberg. Önden giderim. Hayatımda hiç Québec'e gitmedim."

"Sartonna sizi patikada olanlardan haberdar ediyordu."

"Evet. Schiltigheim'dan beri harcketlerinizi takip ediyorum, bunu biliyorsunuz. Patikada işlediğiniz cinayet beni ziyadesiyle eğlendirdi. Önceden tasarlanmamış, sarhoşlukla işlenen, cazibesiz bir cinayet. Ne bayağılık, Adamsberg."

Hâkim başını çevirdi, şimdi silahın tam karşısındaydı.

"Çok üzgünüm, küçük adam. Bu sizin cinayetiniz ve onu size bırakıyorum."

Hâkim'in bir an gülümsemesiyle Adamsberg'in bütün vücudu terle kaplandı.

"Ama korkmayın," diye devam etti Fulgence. "Bunu taşıması sandığınızdan daha kolay."

"Sartonna'yı neden öldürdünüz?"

"Çok şey biliyordu," dedi Hâkim oyundan tarafa dönerek. "Bu tür risklere girmem." Torbadan bir çiçek alıp takozun üzerine koydu. "Az zaman sonra, Doktor Colette Choisel'in de aramızdan ayrıldığını öğreneceksiniz. Kötü bir trafik kazası. Ve eski komiser Adamsberg de peşinden gidecek," dedi üçüncü bir çiçek daha çıkararak. "Kendi suçunun altında ezildi, hapishaneye katlanmak için fazla zayıftı, kendini öldürdü, ne yapalım? Küçük adamlar bazen böyle şeyler yaparlar."

"Yapmayı düşündüğünüz bu mu?"

"Bu kadar basit. Oturun, genç adam. Gerginliğiniz beni tedirgin ediyor."

Adamsberg, silahını indirmeden, Hâkim'in karşısına oturdu.

"Bana müteşekkir olabilirsiniz ayrıca," dedi Fulgence gülümseyerek. "Bu küçük formalite, sizi katlanılmaz var oluşunuzdan çabucak kurtaracak; çünkü, nasıl olsa işlediğiniz suçun hatırası huzurlu olmanıza izin vermeyecek."

"Beni öldürerek kurtulamazsınız. Dosya tamamlandı bile."

"Tüm bu cinayetler için birer suçlu bulundu, mahkûm edildi. Ben itiraf etmedikçe, elinizde hiçbir kanıt yok."

"Mezardan çıkan kum sizi suçlu gösteriyor."

"Evet ve beni suçlu gösteren tek nokta bu. Doktor Choisel de bu yüzden vefat etti. Ben de bu yüzden buradayım ve intiharınızdan önce sizinle görüşüyorum. Gidip mezarları açmak gerçekten de kabaca bir şey, genç adam. Çok önemli bir hata."

Fulgence'ın yüzü, umursamaz ve gülümseyen ifadesini yitirmişti. Hâkim, olabildiğince sert bakışlarla Adamsberg'i süzüyordu.

"Ve bu hatayı tamir edeceksiniz," diye devam etti. "Elinizle ufak bir itiraf notu yazacak ve imzalayacaksınız, intihar etmeden önce bunu yapmanız doğal elbette. Mezarı sizin açtığınızı, tabuta kumları doldurduğunuzu, cesedimden kalanları Richelieu yakınlarındaki ormana gömdüğünüzü belirteceksiniz. Tüm bunları sabit fikrinizden dolayı yaptınız ve patikadaki cinayeti üzerime yıkmak için ne gerekirse yapardınız. Anlıyor musunuz?"

"Size yardımcı olmak için hiçbir şeyi imzalamam, Fulgence."

"Tabii ki imzalarsınız, küçük adam. Çünkü reddederseniz, bu oyuna iki çiçek daha eklemek zorunda kalırız. Arkadaşınız Camille ve bebeği. Vefatınızdan hemen sonra ikisini de infaz edeceğim, emin olun. Yedinci kat, soldaki kapı."

Fulgence, elindeki kalemi iyice silip bir kağıtla beraber Adamsberg'e uzattı. Adamsberg silahını sol eline alıp Hâkim'in dediklerini yazmaya başladı. D ve R harflerini büyütüyordu.

"Hayır," dedi Hâkim kâğıdı çekerek. "Normal yazınızla yazın, anlıyor musunuz? Tekrar başlayın," dedi yeni bir kâğıt uzatarak.

Adamsberg dediğini yaptı, kâğıdı sehpanın üzerine bıraktı.

"Mükemmel," dedi Fulgence. "Şimdi şu oyunu kaldırın."

"Beni nasıl intihar ettirmeyi düşünüyorsunuz?" diye sordu Adamsberg domino taşlarını tek eliyle toplayarak. "Elimde bir silah var."

"Ama insanca aptalsınız. Yani, işbirliğinize güveniyorum. Olayların istediğim gibi gelişmesine izin vereceksiniz sadece. Silahı alnınıza dayayıp tetiği çekeceksiniz. Beni öldürürseniz, adamlarımdan ikisi arkadaşınızın ve çocuğunun hakkından gelecektir. Dediklerim yeterince anlaşılır mı?"

Adamsberg, Hâkim'in gülümseyişi karşısında silahını indirdi. Planından o kadar emindi ki, yanında bir tabanca bile getirmemişti. Arkasında, intihar etmiş bir adam ve ona özgürlüğünü geri veren itiraflar kalacaktı. Adamsberg silahına baktı, ne gülünç, küçük bir güçtü verdiği. Sonra birden doğruldu. Hâkim'in bir metre gerisinde Danglard'ı gördü, Yüzbaşı Yumak'ın sessizliğiyle ilerliyordu. Başında kesik ponponlu beresi, sağ elinde gaz spreyi, sol elinde tabancası vardı. Adamsberg silahını alnına götürdü.

"Bana biraz zaman verin," dedi namluyu şakağına dayarken. "Birkaç küçük düşünce için biraz zaman."

Fulgence aşağılar bir tavırla dudak büktü.

"Küçük adam," dedi. "Dörde kadar sayıyorum. Hâkim iki dediğinde, Danglard gazı sıkmış, tabancasını sağ eline almıştı. Fulgence bir çığlık atarak ayağa kalktı ve Danglard'la karşı karşıya kaldı. Yaba'nın yüzünü ilk kez gören Yüzbaşı yarım saniyelik bir şaşkınlık yaşadı ve o anda Fulgence çenesine bir yumruk savurdu. Danglard sertçe duvara çarptı, tetiği çekti, ama kapıya varmış olan Hâkim'i ıskaladı. Adamsberg merdivenlere yönelip ihtiyarın peşinden gitti. Yarım saniye için, Hâkim namlusunun ucundaydı, sırtını hedef aldı. Silahını indirdiğinde, yardımcısı yanına gelmişti.

"Duyuyor musunuz?" dedi Adamsberg, "arabasını çalıştırıyor."

Danglard son basamakları da koşarak inerek gergin kolunun ucundaki silahıyla sokağa çıktı. Çok uzak. Buradan tekerlekleri bile vuramazdı. Arabası Hâkim'i kapıları açık bekliyor olmalıydı.

"Neden ateş etmediniz ki!" diye bağırdı Danglard merdivenleri çıkarken.

Adamsberg, silahı yerde, elleri dizlerinin üzerinde, başı eğik, tahta basamağa oturmuş duruyordu.

"Sırtından vurmam gerekecekti, kaçıyordu. Nefsi müdafaa yoktu. Bu halde yeterince cinayet işledim zaten, Yüzbaşı."

Danglard Komiser'i evine kadar götürdü. Polis önsezisiyle, ardıç içkisini bulup iki bardak doldurdu. Adamsberg kolunu kaldırdı.

"Bakın, Danglard, titriyorum. Yaprak gibi, kırmızı bir yaprak gibi."

Erim bana ne yaptı, biliyor musun? Parisli polis?

Daha önce söylemiş miydim?

Danglard ilk bardağını bir dikişte bitirdi. İkinci bardağı doldururken, telefonunu eline aldı.

"Mordent? Danglard. Dördüncü ilçe, Templiers Sokağı, 23 numaraya sıkı koruma gönderin. Camille Forestier'nin evi. Yedinci kat, soldaki kapı. Gece gündüz iki adam bulunsun. İki ay boyunca. Bayan Forestier'ye emri benim verdiğimi bildirin."

Adamsberg ardıç içkisinden bir yudum aldı, dişleri bardağın kenarına çarpıyordu.

"Danglard, nasıl becerdiniz?"

"İşini yapan bir polis gibi."

"Nasıl?"

"Önce biraz uyuyun," dedi Danglard. Adamsberg'in yüz hatları iyice derinleşmişti.

"Rüyamda ne görürüm ki, Yüzbaşı? Noëlla'yı ben öldürdüm."

Hayalleri suya düştü. Zavallı Noëlla. Bunu sana söylemiş miydim? Erimi anlatmış mıydım?

"Biliyorum," dedi Danglard. "Her şeyi kaydettim."

Yüzbaşı pantolon cebinden farklı renklerde ve şekillerde, on beş kadar hap çıkardı. Rezervine uzmanlık dolu bir bakış atıp, içlerinden grimsi olanını Adamsberg'e uzattı.

"Bunu yutun ve uyuyun. Yarın sabah yedide sizi götüreceğim."

"Nereye?"

"Bir polisi görmeye."

LXI

Danglard Paris'ten çıkmış, arabasını ağır sisle kaplı otoyolda dikkatle sürüyordu. Kendi kendine konuşup homurdanıyor, Hâkim'i yakalayamadığı için söylenip duruyordu. Hâkim'in arabasını iyi görememişti, bu durumda yollarda baraj kurmanın gereği yoktu. Yanındaki Adamsberg, patikaya çakılmış kalmıştı ve bu başarısızlık karşısında kayıtsız görünüyordu. Bir gece içinde, suçundan emin olmuş ve bu gerçek onu bir mumya gibi hareketsiz bırakmıştı.

"Pişmanlık duymayın, Danglard," dedi ifadesiz bir sesle. "Kimse Hâkim'i yakalayamaz. Size söylemiştim."

"Elimin altındaydı, kahretsin!"

"Biliyorum. Aynı şey benim başıma da geldi."

"Ben polisim, elimde silahım vardı."

"Ben de. Ama fark etmez. Hâkim kum gibi akar gider."

"On dördüncü cinayetini de işleyecek."

"Neden oradaydınız, Danglard?"

"Siz insanların gözlerini, seslerini, hareketlerini okuyorsunuz. Ben de kelimelerin mantığını okuyorum."

"Size hiçbir şey söylemedim."

"Aksine. Son derece iyi bir şey yapıp bana haber verdiniz."

"Size haber vermedim."

"Beni arayıp çocuğu sordunuz. 'Önce bilmek isterim,' dediniz. Neyden önce? Camille'e gitmeden önce mi? Hayır, onu görmeye gitmiştiniz zaten, zil zurna sarhoş bir halde. O zaman Clémentine'e telefon ettim. Telefonu titrek sesli bir kadın açtı; korsanınız o mu?"

"Evet, Josette."

"Silahınızı ve çelik yeleğinizi yanınıza almıştınız. Onları öperken, 'Geri gelirim,' demiştiniz. Silah, öpücükler ve onları rahatlatmak için söylediğiniz bu söz, geri döneceğinizden emin olmadığınıza işaretti. Nereye gidiyordunuz? Canınızı tehlikeye attığınız bir karşılaşmaya. Yani Hâkim'le görüşmeye. Ve bunu sadece kendi evinize dönerek, bir av gibi önüne atılarak yapabilirdiniz."

"Ya da sinek gibi," dedi Adamsberg.

"Av gibi."

"Nasıl isterseniz, Danglard."

"Genelde av yakalanır. Pof, diye patlar. Bunu biliyordunuz."

"Evet."

"Ama yakalanmak istemiyordunuz, bu yüzden bana haber vermiştiniz. Cumartesi akşamından itibaren, karşı apartmanın merdiveninde pusuya yattım. Oradan sizin apartmanın giriş kapısını rahatça görebiliyordum. Hâkim gece gelir, diye düşündüm, muhtemelen on birden sonra. Sembollere meraklı biri."

"Neden yalnız geldiniz?"

"Sizin de düşündüğünüz nedenden dolayı. Katliam çıkmasın diye. Hata yaptım, ya da kendimi bir şey sandım. Onu yakalayabilirdik."

"Hayır. Altı polis Fulgence'ı yakalayamaz."

"Retancourt yakalardı."

"Söylemek istediğim de bu ya. Retancourt üzerine atılırdı ve Hâkim onu öldürürdü."

"Silahı yoktu."

"Bastonu. Bastonunun ucunda bir kılıç var. Yabanın üçte biri. Onu şişlerdi."

"Olabilir," dedi Danglard elini çenesine götürerek.

Bu sabah, Adamsberg Ginette'in verdiği merhemi Danglard'a bırakmıştı, Yüzbaşı'nın çenesi sarı sarı parlıyordu.

"Olabilir değil, kesin. Pişmanlık duymayın," diye yineledi Adamsberg.

"Saklandığım yerden sabah beşte ayrıldım, akşam geri döndüm. Hâkim on biri on üç geçe geldi. Çok rahattı, o kadar uzun ve yaşlıydı ki gözümden kaçırmam imkânsızdı. Elimde mikrofonla kapınızın arkasına yapıştım. İtirafları elimizde."

"Ve patika cinayetini inkâr edişi de."

"Evet. 'Ben hiç kimse değilim, Adamsberg, önden giderim,' derken sesini yükseltti, ben de o arada kapıyı açtım."

"Ve avı kurtardınız. Teşekkürler, Danglard."

"Bana telefon etmiştiniz. İşim bu."

"Beni Kanada polislerine teslim etmek de işinizin bir parçası. Roissy'ye doğru gidiyoruz, değil mi?"

"Evet."

"Beni orada Allahın cezası bir aynasız bekliyor. Değil mi, Danglard?"

"Evet, öyle."

Adamsberg sırtını koltuğa yaslayıp gözlerini yumdu.

"Arabayı yavaş kullanın, Yüzbaşı. Sis çok ağır."

LXII

Danglard Adamsberg'i havaalanının kafelerinden birine götürüp herkesten uzak bir masaya oturttu. Adamsberg sanki orada değilmişçesine oturdu, gözlerini Danglard'ın gülünç ve yersiz bir resim gibi duran kesik ponponuna dikmişti. Retancourt olsaydı, onu kolundan tutar, sınırların ötesine bir top gibi atar, kaçmasına yardımcı olurdu. Danglard kelepçeleri geçirmemek kibarlığını gösterdiğine göre, kaçmak hâlâ mümkündü. Şimdi sıçrayıp koşabilirdi, Danglard onu asla yakalayamazdı. Ama, Noëlla'yı öldüren yabalı eli gözünün önüne gelince, hayata dair bütün istekleri yok oldu. Yürüyemeyecekse, birini öldürme, kendini bir cesedin yanında yalpalar bir halde bulma korkusuyla taş kesilmişse ne diye kaçsın? En iyisi burada, üzgün bir tavırla kahve konyak içen Danglard'ın yanında durmaktı. Gözünün önünden gelen, giden yüzlerce yolcu geçiyordu; hepsinin de vicdanı yeni yıkanıp katlanmış çamaşırlar kadar temizdi. Oysa kendi vicdanı, yırtık pırtık, kanlı, sert bir kumaş parçası kadar mide bulandırıcıydı.

Danglard, birini selamlamak için aniden kolunu kaldırdı, Adamsberg dönüp bakmadı bile. Başkan Laliberté'nin muzaffer yüzü, görmek istediği son şeydi. İki koca el omuzlarına sarıldı.

"Sana demedim mi o pisi yakalayıveririz diye," dedi arkasındaki ses.

Adamsberg başını çevirdiğinde, Çavuş Fernand Sanscartier'nin yüzüyle karşılaştı. Ayağa kalktı, içgüdüsel olarak Sanscartier'nin kolunu tuttu. Kahretsin, Laliberté kendisini tutuklama görevini o kadar polisin içinden Sanscartier'ye vermişti.

"Görev sana mı verildi?" dedi Adamsberg üzgünce.

"Emirlere itaat ettim," dedi Sanscartier iyi insan gülümsemesini yüzünden silmeden. "Çene çalacak çok şeyimiz var," dedi sonra Adamsberg'in karşısına oturarak.

Danglard'ın elini hararetle sıktı.

"İyi iş, Yüzbaşı. Hoş geldin. Criss, sizin burası ne sıcak," dedi astarlı kalın ceketini çıkararak. Sonra çantasındaki dosyayı eline alıp, "İşte dosyanın bir kopyası," dedi, "bu da numune."

Danglard'ın gözleri önünde küçük bir kutuyu salladı, Danglard başıyla onayladı.

"Analizler yapıldı bile. Karşılaştırmadan sonra suçlamalar sona erer."

"Neyin numunesi?" diye sordu Adamsberg.

Sanscartier Komiser'in kafasından bir saç teli kopardı.

"Bunun," dedi. "Saçlar çok haindir, kırmızı yapraklar gibi dökülür. Ama bulmak için altı metreküp bok püsür karmak zorunda kaldık. Arpaların içinde iğne aramak gibi bir şey."

"Buna gerek yoktu. Kemerin üzerinde parmak izlerim vardı ya."

"Ama onunkiler yoktu."

"Kiminkiler?"

Sanscartier, iyilik dolu gözlerinin üzerindeki

kaşlarını çatarak Danglard'a döndü.

"Haberi yok mu?" diye sordu. "Çimin altında bıraktın kaynasın ha?"

"Emin olmadan bir şey söyleyemezdim. Boşuna umutlandırmayı sevmem."

"Ama dün akşam, criss! Söyleyebilirdin!"

"Dün akşam patırtı çıktı."

"Ya bu sabah?"

"Tamam, sekiz saat boyunca bıraktım kaynasın."

"Ne pis ersin sen," diye homurdandı Sanscartier. "Neden söylemedin?"

"Raphaël'in neler yaşadığını iyice anlasın diye. Kendinden korkmayı, kaçışı, yasak dünyayı hissetsin diye. Bu gerekliydi. Sekiz saat, Sanscartier, kardeşini anlamak için uzun bir süre değil."

Sanscartier Adamsberg'e dönüp elindeki kutuyla masaya vurdu.

"İblisinin saçları, altı metreküp küflü yaprağın içindeydi."

Adamsberg o an Sanscartier'nin kendisini suyun yüzeyine, açık havaya, Pink Gölü'nün hareketsiz çamurlarından dışarıya çıkarmakta olduğunu anladı. Laliberté'nin değil, Danglard'ın emirlerine itaat etmişti.

"Eh tabii kendiliğinden olmadı," dedi Sanscartier, "çünkü her şeyi iş saatlerimin dışında yapmam gerekti. Akşam, gece ya da sabahın köründe. Ve patrona yakalanmadan. Yüzbaşın kendini yedi bitirdi, hani bacakların hissizleşmiş ya, dala çarptıktan sonra, buna bir türlü inandıramıyordu. Ben de kendim gidip yeri öptüğün yere baktım. Senin gibi, *L'Ecluse*'den çıkıp yürüdüm. Yüz metrelik bir alanı araştırdım. Yerleri değiştirilmiş taşlar, yeni kırılmış dallar vardı, şantiyenin tam karşısında. İşçiler gitmişti ama akağaçlar duruyordu."

"Şantiyenin yakınlarında olduğunu söylemiştim," dedi Adamsberg nefes nefese.

Kollarını kavuşturmuş, bütün dikkatini Çavuş'un sözlerine vermişti.

"Oralarda alçak dal falan yoktu, adamım. Seni bayıltan bu değildi yani. Sonra Yüzbaşın şantiye bekçisini bulmamı söyledi. Tek tanık o olabilirdi, anlayıverdin mi?"

"Anlayıverdim, ama onu nasıl buldun?" diye sordu Adamsberg, dudakları gerilmiş, zorlukla konuşuyordu.

Danglard garsonu çağırıp kahve, bira ve ayçöreği söyledi.

"Criss, en zoru buydu. KKJ'ye hastayım dedim, gidip belediye hizmetlerine sordum. Düşünüversene. Meğer şantiyeyle federal hükümet ilgilenirmiş. Şirketin adını bulmak için Montréal'e kadar gittim. Laliberté hep hasta olmamdan hayli bıktı. Bir yandan da Yüzbaşın telefonda sinirlenir. Bekçinin adını buldum. Ottawa Nehri'nin başladığı yerde bir şantiyedeymiş. Oraya gitmek için bir izin daha istedim, bu kez hakikaten Başkan en kalın sinirini çatlatacak sandım."

"Bekçiyi buldun mu?" diye sordu Adamsberg bir bardak suyu bir dikişte bitirerek.

"Meraklanıverme, pikapında yakaladım. Ama konuşturmak başka türlü bir iş oldu. Önce uzak durdu, avuç dolusu roman anlattı bana. O zaman direk konuştum, saçmalamaya devam ederse kendini hücrede bulacağını söyledim. İşbirliği yapmayı reddediyorsun ve kanıtları saklıyorsun, dedim. Devamını anlatmaya utanıyorum, Adrien. Sen söyleyiversen?"

"Bekçi, Jean-Gilles Boisvenu," diye devam etti Danglard, "Pazar akşamı patikada bekleyen bir adam gördü. Gece dürbününü eline alıp röntgenledi."

"Röntgenledi mi?"

"Boisvenu adamın eşcinsel olduğunu, eriyle buluşmaya gideceğini sanıyormuş," dedi Sanscartier. "Patikanın buluşma yeri olduğunu biliyorsun."

"Evet. Bekçi bana da sormuştu erkeklerle buluşup buluşmadığımı."

"Bu çok ilgisini çeken bir konuydu," dedi Danglard. "Pikapın camına yapışmış, bekliyordu. Mükemmel bir tanık, en dikkatlisinden. Başka bir adamın geldiğini duyunca çok sevindi. Dürbünüyle her şeyi çok net görüyordu. Ama olaylar beklediği gibi gelişmedi."

"O akşamın 26'sı akşamı olduğunu nereden biliyor?"

"Çünkü o gün pazardı ve son anda gelmeyen hafta sonu bekçisine sinir olmuştu. Uzun boylu, beyaz saçlı adamın öbürünün başına bir dalla vurduğunu gördü. Öbür adam, yani siz, Komiser, yere yığıldı. Boisvenu hiç sesini çıkarmadı. Uzun boylu adam kötü birine benziyordu ve bekçi aile içi kavgaya karışmak istemedi. Ama izlemeye devam etti."

"Kıçını koltuğundan ayırmadan."

"Aynen öyle. Uzunun bayılan adama tecavüz edeceğini umuyordu."

"Anlayıverdin mi?" dedi Sanscartier, utançtan yanakları al al olmuştu.

"Ve gerçekten de uzun adam yerdekinin atkısını çıkarmaya, ceketini açmaya başladı. Boisvenu cama ve dürbününe iyice yapıştı. Uzun boylu iki eliniz tutup bir şeye bastırdı. Boisvenu'ye göre bir kayışa."

"Kemer," dedi Sanscartier.

"Kemer. Ama kıyafet çıkarma ve sarkıntılık işlemleri burada bitti. Adam boynunuza bir şırınga dayadı, Boisvenu bundan emin. Şırıngayı cebinden çıkarıp basıncı ayarlayışını görmüş."

"Hissiz bacaklar," dedi Adamsberg.

"Bunun kafama takıldığını söylemiştim," dedi Danglard Komiser'e doğru eğilerek. "Dala kadar, yalpalayarak, normal yürüyorsunuz. Ama uyandığınızda bacaklarınız tutmuyor. Ertesi gün de. Her tür alkol karışımını ve etkilerini adım gibi bilirim. Hafıza kaybı her zaman olan bir şey değildir; bacakların hissizleşmesi alkol etkisiyle uyuşmuyordu. Demek ki başka bir şey vardı."

"Onun kitabında tabii," dedi Sanscartier.

"Bir uyuşturucu, bir ilaç," dedi Danglard. "Sizin için de, kesin bir hafıza kaybı yarattığı diğer suçlular için de kullandığı bir ilaç."

"Sonra," diye devam etti Sanscartier, "yaşlı herif seni yerde bırakıp ayağa kalkmış. Boisvenu o an müdahale etmek istemiş, şırıngadan sonra yani. Ödlek değil, boş yere gece bekçisi olmamış. Ama edememiş. Neden olduğunu sen söyleyiversene, Adrien."

"Çünkü yerinden kımıldayamaz haldeymiş, bacaklarından dolayı. Pikapın koltuğuna oturmuş, seyretmeye hazır haldeymiş. Şantiye kıyafeti ayak bileklerine kadar inikmiş."

"Boisvenu bunu anlatırken utanıverdi," dedi

Sanscartier. "Kıyafetini giyene kadar, ihtiyar patikayı terk etmişmiş bile. Bekçi seni yaprakların arasında bulmuş, yüzün kan içindeymiş. Sonra seni pikapına kadar çekmiş, yere yatırıp üzerini örtmüş. Sonra da beklemiş."

"Neden? Aynasızlara neden haber vermemiş?"

"Niye yerinden kımıldamadığını sorarlar diye. Gerçeği söyleyemezmiş çünkü utanmış. Donuma işedim ya da uyuyup kalmışım diye yalan söyleseydi işinden olurdu. Bekçilere korksunlar ya da ayı gibi uyusunlar diye para vermiyorlar. Gagasını kapayıp seni pikapa getirmeyi tercih etmiş."

"Beni oracıkta bırakıp rahat edebilirdi."

"Yasalar karşısında evet. Ama onun kitabına göre, Tanrı bir adamı ölüme terk etmesinden razı gelmezmiş, hem suçunu telafi etmek istiyormuş. Hava çok soğuktu, seni orada bıraksaydı top gibi donuverirdin. Adam alnındaki morluk ve iğneyle ne halde olduğunu merak etmiş. Şırıngadaki uyku ilacı mı, zehir mi. Hemen belli olur zaten. Eğer işler kötü giderse aynasızlara haber verecekmiş. İki saat başını beklemiş, kalp atışların normalmiş, uyuyormuşsun, adamın içi rahatlayıvermiş. Uyanmaya başladığında pikapı çalıştırıp bisiklet yolundan patikanın girişine doğru ilerlemiş, seni orada bırakmış. Adam oradan geldiğini biliyormuş, seni tanıyormuş."

"Neden beni taşımış?"

"O halde patikanın sonuna kadar yürüyemeyeceğini, Ottawa'nın buz gibi sularına düşüvereceğini düşünmüş."

"İyi bir er," dedi Adamsberg.

"Pikapın arkasında bir damla kurumuş kan vardı. Bir örnek aldım. Çalışma yöntemlerimizi biliyorsun. Adam yalan atmıyormuş, gerçekten de senin DNA'ndı. Kan örneğini şeyle karşılaştırdım…"

"Meniyle," diye araya girdi Danglard. "Yani on birden gece bire kadar patikada değildiniz. Jean-Gilles Boisvenu'nün pikapında uyuyordunuz."

"Peki ya önce neredeydim?" diye sordu Adamsberg kaskatı kesilmiş dudaklarını ovuşturarak. "On buçukla on bir arası?"

"Onu çeyrek geçe bardan çıktın," dedi Sanscartier. "On buçukta patikaya giriyordun. Yaba'ya ya da şantiyeye varman on biri buldu, Boisvenu de seni o saatte gördü zaten. Yabayı falan almadın. Bütün aletler yerli yerindeydi. Hâkim silahıyla gelmişti."

"Kanada'dan mı satın almıştı?"

"Aynen öyle. İzini sürdük. Aleti Sartonna satın almıştı."

"Yaraların içinde toprak vardı."

"Anlama kabiliyetin pek kıt bu sabah," dedi Sanscatier gülümseyerek. "Çünkü henüz inanamıyorsun. İblisin genç kızı Champlain taşının yakınlarında bayılttı. Senin adına randevu vermişti ve kızı orada bekliyordu. Arkadan vurdu ve baygın bedeni on metre kadar sürükleyerek göletin yanına götürdü. Kızı şişlemeden önce yabasıyla göletin yüzeyindeki buzları kırmış olmalı. Dişleri kirleten bu oldu."

"Ve Noëlla'yı öldürdü," dedi Adamsberg.

"On birden önce, hatta belki on buçuktan önce. Patikaya kaç gibi geldiğini biliyordu. Kemeri çıkarıp cesedi buzların arasına tıktı. Sonra da gelip seni buldu."

"Neden beni cesedin yakınlarında bayıltmadı?"

"Oralardan biri geçebilirdi, fazla riskliydi. Oysa şantiyenin yakınlarında büyük ağaçlar var, orada kolayca saklanabilirdi. Başına vurdu, iğneyi yaptı, sonra da kemeri cesedin yanına bıraktı. Saç fikri Yüzbaşı'dan çıktı. Çünkü katilin Hâkim olduğunu kanıtlayan hiçbir şey yoktu, anlıyor musun? Danglard, kızı Champlain taşından gölete kadar sürürken birkaç saç deli düşürmüş olabileceğini umuyordu. Bir ara durup nefes almış, elini saçlarına götürmüş olabilirdi. Bu alanın toprağını bir buçuk parmak derinliğe kadar kaldırdık. Sen geçtikten sonra yer tekrar buz tutmuştu. Saç telleri buzların arasında olabilirdi. İşte altı metreküp bok püsür de oradan çıktı. Bir de bu," dedi Sanscartier kutuyu göstererek. "Sende Hâkim'in saç telleri varmış?"

"*Schloss*'tan aldıklarım, evet. Kahretsin, Danglard, Michaël! Saçları eve saklamıştım. Torbayı mutfakta şişelerin durduğu dolaba koymuştum."

"Raphaël'le ilgili belgeleri alırken torbayı da aldım. Hem Michaël saçların varlığından habersizdi ve onları aramadı."

"Mutfak dolabında ne işiniz vardı?"

"Düşünmeme yardımcı olacak bir şeyler arıyordum."

Komiser başını eğerek onayladı, Yüzbaşı'nın ardıç içkisini bulmuş olduğuna sevinmişti.

"Hâkim kaçarken mantosunu sizde unuttu. Siz uyurken, üzerinde bulduğum birkaç saç telini aldım."

"O siyah mantoyu atmadınız, değil mi?"

"Neden? Sizin için değerli mi?"

"Bilmiyorum. Olabilir."

"Kılıfından çok iblisin kendisini yakalamayı tercih ederdim."

"Danglard, neden beni cinayetle suçladı?"

"Acı çekmeniz, özellikle de kafanıza bir kurşun sıkmayı kabul etmeniz için."

Adamsberg başını salladı. Şeytanın sapkınlıkları. Sonra Çavuş'a döndü.

"Sanscartier, altı metreküpü tek başına ayıklamadın, değil mi?"

"O saatten sonra Laliberté'ye haber verdim. Elimde bekçinin tanıklığı ve pikaptaki kan damlası örneği vardı. Criss, hastayım diye yalan söylediğimi öğrenince sinirden mosmor kesiliverdi. Bütün küfür repertuarını duyduğuma emin olabilirsin. Beni seninle suç ortağı olmakla, kaçmana yardımcı olmakla bile suçladı. Ama ben de parmağımı kıyma makinesine sokmuştum, canım. Sonra akıllıca konuştum, ateşini söndürmeyi başardım. Bilirsin, bizim patron için en önemlisi disiplin. O zaman kanı soğudu, yüzde yüz tutmayan bir şeyler olduğunu anladı. Sonra birden yeri göğü salladı, araştırmaları başlattı. Ve ithamnameyi kaldırdı."

Adamsberg bir Danglard'a, bir Sanscartier'ye bakıyordu. Bu iki adam yanından bir an olsun ayrılmamıştı.

"Ne diyeceğini düşünme," dedi Sanscartier, "çok uzaktan geliyorsun."

Araba Paris'in girişindeki trafiğin içinde ağır ağır ilerliyordu. Adamsberg arka koltuğa yerleşmiş, hatta uzanmıştı. Başı cama dayalı, gözleri yarı kapalı, önünden geçen tanıdık görüntülere, başını beladan kurtaran iki adamın enselerine bakıyordu. Raphaël'in kaçışı da son bulmuştu. Kendi kaçışı da. Bu yenilik ve dinginlik, içinde karşı konulmaz bir yorgunluk doğurmuştu.

"Şu Mah-Jong hikâyesini çözdüğüne inanamıyorum," dedi Sanscartier. "Laliberté hayret etti, çok zor iş olduğunu söyledi. Yarından sonra konuşursunuz."

"Geliyor mu?"

"Onu pek sevmiyor olman normal, ama yarın Yüzbaşı'nın terfi günü. Unuttun mu? Senin patron Brézillon, Laliberté'yi davet etti, iki ucu bir araya getirmek için."

Adamsberg isterse bugün karakola gidebileceğine inanamıyordu. Artık Kanada beresi olmadan yürüyebilir, kapıyı itip merhaba diyebilir, iş arkadaşlarının ellerini sıkabilirdi. Ekmek alabilir, Seine Nehri'nin kıyısına oturabilirdi.

"Sana teşekkür etmenin bir yolunu arıyorum, Sanscartier, ama bulamıyorum."

"Canını sıkıverme, beni Toronto'ya tayin ettiler, sokaklarda çalışmak için. Senin sarhoşluğun sayesinde Laliberté beni müfettiş yaptı."

"Ama Hâkim toz oldu," dedi Danglard karamsar bir ifadeyle.

"Gıyaben mahkûm olacaktır," dedi Adamsberg. "Vétilleux ve diğerleri de cezaevinden çıkacaklar. En önemlisi de bu zaten."

"Hayır," dedi Danglard başını sallayarak. "On dördüncü kurban var."

Adamsberg doğruldu, dirseklerini ön koltuklara dayadı. Sanscartier, badem sütü kokuyordu.

"On dördüncü kurbanı çükünden yakaladım," dedi Komiser gülümseyerek.

Danglard dikiz aynasından Komiser'e baktı. Altı haftadan beri ilk kez gerçekten gülümsedi, diye düşündü.

"Son taş," dedi Adamsberg, "En mühim unsur. Son taş olmazsa hiçbir şey kazanılmış değil, hiçbir şeyin anlamı yok. Zaferi simgeleyen şey o."

"Mantıklı," dedi Danglard.

"Ve bu en mühim, en değerli taş beyaz ejderha olacak. Ama son noktayı koymak için, üstün, en şerefli beyaz ejderha olmalı. Şimşek, yıldırım, beyaz ışık. Son kurban kendisi, Danglard. Eser tamamlandıktan sonra, anne ve babasıyla buluşarak mükemmel bir üçlü el oluşturan Yaba."

"Yabayla kendi kendini mi şişleyecek?" diye sordu Danglard kaşlarını çatarak.

"Hayır. Eli bitiren doğal ölümü olacak. Kasede kaydettiniz ya, Danglard, kendisi söyledi. *Hapishanede de, mezarda da elimden kaçamaz o son taş.*"

"Ama kurbanlarını o pis yabayla öldürmesi gerekmiyor mu?" diye itiraz etti Danglard.

"Bu kurbanını değil, Danglard. Yaba, Hâkim'in kendisi."

Adamsberg arka koltuğa iyice yerleşip birden derin bir uykuya daldı. Sanscartier ona şaşkınlık dolu bir bakış attı.

"Böyle birden uyuyuverir mi hep?"

"Sıkılırsa, ya da sarsıldıysa evet."

Adamsberg Camille'in kapısının önünde bekleyen, tanımadığı iki polis memurunu selamladı ve onlara hâlâ Denis Lamproie adını taşıyan kartını gösterdi.

Zile bastı. Önceki gününü yalnızlığının ve keyifli kafa karışıklığının tadını çıkarmakla geçirmiş, kendiyle temas kurmakta zorlanmıştı. Güçlü rüzgârların döngülü etkisi altında geçen yedi haftadan sonra, artık kıyıya vurmuş, kumun üzerinde, temizlenmiş ve ıslak bir halde duruyordu. Yaba'nın yaraları kapanmıştı. Adamsberg şaşkın ve sersemlemiş bir ruh hali içerisindeydi. Ama en azından Camille'e cinayet işlemediğini söylemesi gerektiğini biliyordu. En azından bunu söylemeliydi, evet. Ve, bir yolunu bulursa, köpekli adamın kim olduğunu bulduğunu da söylemeliydi. Koltuğunun altındaki kepi, kaytan pantolonu ve madalyalı, gümüş apoletli ceketiyle, kendini pek rahat hissetmiyordu. Kep, en azından yarısı tıraşlı başını gizliyordu.

Camille, iki polisin bakışları altında kapıyı açtı. Misafirin tanıdık biri olduğunu belirten bir işaret yaptı.

"Kapımda sürekli iki polis duruyor," dedi kapıyı kapatırken. "Adrien'e de ulaşamıyorum."

"Danglard valilikte. Koskoca bir dosyayı kapatıyor. Polisler en az iki ay seni koruyacaklar."

Adamsberg evin içinde aşağı yukarı yürüyerek ve Noëlla'dan fazla söz etmemeye dikkat ederek, neredeyse bütün hikâyeyi anlattı. Yine petek deliklerini birbirine karıştırıyordu. Hikâyesine bir an ara verdi.

"Köpekli herifin kim olduğunu öğrendim," dedi.

"Peki," dedi Camille yavaşça. "Onu nasıl buldun?"

"Önceki herif gibi."

"Hoşlandığına sevindim."

"Evet. Böylesi daha kolay. Artık onunla el sıkışabiliriz."

"Mesela."

"Erkek erkeğe sohbet edebiliriz."

"Tabii."

Adamsberg başını salladı ve hikâyenin kalanını, Raphaël'i, kaçışını, ejderhaları anlattı. Gitmeden önce, Mah-Jong kitapçığını geri verdi, çıkarken kapıyı yavaşça çekti. Kapının hafifçe çarpması irkilmesine neden oldu. Bu tahta parçasının iki yanında, kendi eliyle aralarına kilit vurduğu ayrı madalyonların üzerinde yaşıyorlardı. En azından iki saati ayrılmıyor, sol bileğinin üzerinde sessizce çiftleşerek birbirine çarpıyordu.

LXIV

Karakolda herkes üniformalıydı. Danglard, Meclis Salonu'nda toplanmış yüz kadar insana memnun bir ifadeyle bakıyordu. Biraz ötede, Binbaşı'nın Danglard'ın yeni rütbesini ilan konuşmasını yapması için bir kürsü kurulmuştu. Sonra da Danglard konuşacak, teşekkürlerini sunup duygusal ve komik laflar edecekti. Sonra iş arkadaşlarının arasına karışacak, yemek yenecek, içki içilecek, gürültü yapılacak, eğlenilecekti. Gözlerini kapıya dikmiş, Adamsberg'in gelmesini bekliyordu. Komiser'in karakola dönüşünü böyle resmi bir akşamda gerçekleştirmek istememesi mümkündü.

Clémentine, en güzel çiçekli elbisesiyle oradaydı, yanında da tayyör ve spor ayakkabılı Josette vardı. Clémentine ağzında sigarasıyla, gayet rahat görünüyordu; kendisine bir zamanlar memur Gardon'un ödünç verdiği iskambil kâğıtlarını unutmamıştı. Narin korsan, polislerin arasına karışmış olan bu yasadışı insan, kadehini iki eliyle kavramış, Clémentine'in yanından ayrılmıyordu. Danglard, şampanyanın kaliteli olmasına dikkat etmiş, geceyi bollukla imlemek, içine bir sürü baloncuk katarak geceyi sıra dışı kılmak istercesine, bu içkiden fazlasıyla getirtmişti. Danglard'a göre, bu akşam yeni rütbesinden çok Adamsberg'in problemlerinin son bulmasını kutlayacaklardı.

Komiser kapıdan şöyle bir göründü ve bir saniyeliğine, Danglard üniformasını giymemiş olduğuna kızdı. Adamın çekingen bir tavırla kalabalığın arasına karıştığını görünce, yanıldığını anladı. Bu güzel, esmer, kemikli yüz Jean-Baptiste'e değil, Raphaël Adamsberg'e aitti. Yüzbaşı o an Retancourt'un planının Gatineau polislerinin gözlerinin önünde nasıl yürümüş olduğunu anladı. Parmağıyla Raphaël'i Sanscartier'ye gösterdi.

"Bak, kardeşi," dedi. "Violette Retancourt'la konuşan."

"Meslektaşlarımın yanılmış olmasını anlıyorum," dedi Sanscartier gülümseyerek.

Kardeşinin hemen ardından, başında kepiyle Komiser göründü. Clémentine dimdik ona bakıyordu.

"Üç kilo aldı, Josette'im," dedi işini iyi yapmış birinin gururlu tavrıyla. "Mavi kıyafeti de pek yakışmış, güzel olmuş."

"Artık ortada kilit kalmadığına göre, yeraltında beraber gezemeyeceğiz," dedi Josette üzüntüyle.

"Canını sıkma. Polisler meslekleri gereği bütün belaları üzerlerine çekerler. Daha çok yolu var, inan bana."

Adamsberg kardeşinin kolunu tuttu, etrafa bir bakış attı. Sonuç olarak, karakola bu koşullarda, bütün çalışanların huzurunda birden geri dönmesi iyi olmuştu. İki saat sonra her şey bitmiş olacaktı; buluşmalar, sorular, cevaplar, duygusallıklar ve teşekkürler. Bu, her çalışanla tek tek buluşmaktan, kapalı kapılar ardında sorulara cevap vermekten daha kolaydı. Raphaël'in kolunu bıraktı, Danglard'a bir işaretle selam verdi ve Brézillon ile Laliberté'nin oluşturduğu resmi ikilinin yanına geldi.

"Hey, adamım," dedi Laliberté omzuna vurarak. "Yanlış yola sapmışım, her şeyi yanlış anlamışım. Seni pis bir katil gibi kovaladığım için özür dilesem kabul ediverir misin?"

"Her şey benim suçlu olduğumu gösteriyordu," dedi Adamsberg gülümseyerek.

"Patronunla DNA'dan söz ediyordum. Dosyayı bugün bitirmek için sizin laboratuar çok çalıştı. Aynı saçlar, adamım. İblisinin saçları. Sana inanmıyordum ama doğru yolundaymışsın. Çok zor iş."

Brézillon ikisini üzerinde üniformasıyla, eski kafalı bir tavırla dinledi; Laliberté'nin yakın tavırlarından rahatsız olmuştu, Adamsberg'in elini sertçe sıktı.

"Sizi hayatta gördüğüme sevindim, Komiser."

"Ama beni de tongaya bastırdın, nasıl anında toz oluverdin," diye araya girdi Laliberté Adamsberg'i şiddetle sarsarak. "Yüzüne konuşmak gerekirse, mosmor oldum sinirden."

"Tahmin edebiliyorum, Aurèle. İçin dışın bir."

"Ama endişeleniverme, sana artık kızmıyorum. Tamam? Olayların kontrolünü elinde tutman için yapman gereken buydu. Bulutları karan biri için pek zekisin."

"Komiser," diye araya girdi Brézillon. "Favre Saint-Etienne'e tayin edildi, mesleki kontrol altında. Sizin için de olay kapanmıştır. Sadece korkutmak istediğinizi düşündüler. Ben de böyle düşünüyorum. O sıra Hâkim tekrar ortaya çıkmıştı bile, değil mi?"

"Öyle."

"Gelecekte de dikkatli olmanızı tavsiye ederim."

Laliberté, Brézillon'un omzunu tuttu.

"Telaşlanıverme," dedi. "Bu iblis gibi bir şeytan bir daha karşısına çıkmaz."

Oldukça rahatsız olan Brézillon, Başkan'ın koca elinden kurtulup özür dileyerek yanlarından uzaklaştı. Kürsü onu bekliyordu.

"Ölüm kadar sıkıcı, patronun," dedi Laliberté dudak bükerek. "Ansiklopedi gibi konuşuyor, sütun sıçmış kadar da dik duruyor. Hep böyle midir?"

"Hayır, bazen sigarasını baş parmağıyla söndürdüğü de olur."

Trabelmann kararlı adımlarla Komiser'e yaklaşıyordu.

"Çocukluk anınızın sonu," dedi Komutan Komiser'in elini sıkarak. "Bazen prensler de ateş püskürtür."

"Kara prensler."

"Kara prensler, öylelikle."

"Geldiğiniz için teşekkürler, Trabelmann."

"Strasbourg Katedrali ile ilgili söylediklerim için özür dilerim. Şüphesiz haksızdım."

"Sakın pişmanlık duymayın. Katedral bana yol

boyunca eşlik etti."

Adamsberg katedrali düşünürken hayvanların hepsinin çanları, yüksek pencereleri, alçak pencereleri ve giriş kapısını terk ettiklerini fark etti; Loch Ness canavarı nehrine, ejderhalar masallara, labradorlar fantezilere, balık pembe göle, denizkazlarını patronu Ottawa Nehri'ne, Komutan'ın üçte biri çalışma odasına dönmüştü. Katedral yeniden gotik sanatın göklere, kendisinde çok daha yükseklere erişen incisi oluvermişti.

"Yüz kırk iki metre," dedi Trabelmann bir kadeh şampanya alırken. "Kimse buna erişemez. Ne siz, ne ben."

Ve Trabelmann kahkahalarla güldü.

"Masalları saymazsak tabii," dedi Adamsberg.

"Elbette, Komiser, elbette."

Konuşmalar bitip Danglard madalyasını aldıktan sonra, Meclis Salonu şampanyanın da etkisiyle yüksek perdeden çıkan seslerle, bağırışlarla, gülüşlerle doldu. Adamsberg karakolun yirmi altı çalışanını selamladı; olayların başından beri, yani yirmi gündür hepsi nefesini tutup beklemiş, hiçbiri suçlamaları ciddiye almamıştı. Adamsberg, yüksek sesle konuşan Clémentine'in sesini duydu; çevresinde Gardon, Josette, Retancourt -Estalère Teğmen'in dibinden ayrılmıyordu- ve biten şampanya kadehlerini hemen dolduran Danglard vardı.

"Ben söylemiştim bu hortlağın iyice yapışmış olduğunu, haksız mıydım yani? Demek onu polislerin burnunun dibinde eteğinizin altına saklayan sizsiniz, kızcağızım," dedi Retancourt'a dönerek. "Kaç kişiydiler?"

"Altı metrekarelik alanda üç kişiydiler."

"Pek iyi yapmışsınız. Bunun gibi bir adamı tüy gibi kaldırırsın. Hep söylerim, en basit fikirler en iyileridir."

Adamsberg gülümserken Sanscartier yanına geldi.

"Criss, bunu görmek ne güzel. Herkes tertemiz giyinmiş, değil mi? Sen de böyle pek güzel olmuşsun. Apoletinin üzerinde parlayan yapraklar ne?"

"Akağaç yaprağı değil. Zeytin ve meşe yaprakları."

"Anlamları ne?"

"Sağduyu ve barış."

"Kötü alıverme ama sana pek uymuş diyemem. İlham senin için daha iyi olurdu, bunu iltifat olsun diye söylediğimi de sanma. Ama, ilhamı temsil eden ağaç yaprağı yok."

Sanscartier, iyilik dolu gözlerini kısarak, çalışkan bir öğrenci gibi, ilhamı temsil edecek bir ağaç bulmaya çalışıyordu.

"Çimen," dedi Adamsberg. "Çimen nasıl olur sence?"

"Ya da ayçiçeği? Ama polis apoletinde salakça durabilir."

"İlhamım bazen çok boktan bir şey olabiliyor. Kötü ot yani."

"Mümkün oluverebilir mi bu?"

"Oluverebilir, hem de nasıl. Bazen hakikaten

yolunu şaşırıyor ilhamım. Beş aylık bir oğlum var, Sanscartier ve bunu üç gün önce anladım."

"Criss, treni kaçırmışsın yani?"

"Hem de nasıl."

"O mu seni göndermişti?"

"Hayır, ben."

"Artık sevmiyor muydun?"

"Seviyordum. Bilmem."

"Başka kadınları da kovalıyordun, ha?"

"Evet."

"Yani onu kandırıyordun, bu da sarışınını üzüyordu."

"Evet."

"Sonra, an geldi, haber bile vermeden toz oluverdin."

"Nasıl da güzel söyledin."

"Bu yüzden mi *L'Ecluse*'de o kadar içtin o gece?"

"Nedenlerden biri de buydu."

Sanscartier şampanyasını bir dikişte bitirdi.

"Kişisel alıverme ama hâlâ hüzün yapıyorsa, bence o zaman kafan karışık demektir. Anlıyor musun?"

"Evet. Gayet ıyı anlıyorum."

"Falcı değilim ama bence aklını iki elinin arasına koy, lambayı yak."

Adamsberg başını salladı.

"Bana çok uzaklardan, bir tehlike gibi bakıyor."

"E, o zaman güvenini tekrar kazanmayı istiyorsan, deneyebilirsin."

"Nasıl?"

"Şantiyedeki gibi. Ölü ağaçları söküp yeni akağaçlar dikiyorlar."

"Nasıl?"

"Dediğim gibi işte. Ölü ağaçları söküp yeni akağaçlar dikiyorlar."

Sanscartier parmağıyla şakağında daireler çizdi, bunu yapabilmek için düşünmek gerekir, demeye getiriyordu.

"Üstüne otur ve dön, öyle mi?"

"Aynen öyle, adamım."

Raphaël ve kardeşi gecenin ikisinde, aynı adımlarla, aynı tempoda yürüyerek eve döndüler.

"Ben köye gidiyorum, Jean-Baptiste."

"Ben de. Brézillon sekiz gün zorunlu tatil verdi. Söylediklerine göre sarsılmışım."

"Sence çocuklar su deposunun orda hâlâ kurbağa patlatıyor mudur?"

"Kuşkusuz, Raphaël."

LXV

Québec stajına katılan sekiz kişi, 16.50 uçağıyla Montréal'e dönen Laliberté ve Sanscartier'yi havaalanında geçirmeye gitmişlerdi. Son yedi haftada, Adamsberg'in buraya altıncı gelişiydi, altısı da farklı ruh halinde. Geliş-gidiş tablosunun altında toplandıklarında, orada Jean-Pierre Emile Roger Feuillet'yi göremediğine neredeyse şaşırdı. İyi adamdı Jean-Pierre, bir elini sıkmak isterdi doğrusu.

Komiser, kendisine on iki cepli kötü hava koşulları ceketini vermek isteyen Sanscartier'yle birlikte gruptan biraz uzaklaştı.

"Ama dikkat," dedi Sanscartier, "süper bir ceket, tersi de giyiliyor. Siyah yüzü giyersen, kar, yağmur üzerine işlemez, bir şey hissetmezsin. Mavi yüzü giyersen, karın üzerinde rahatça görünürsün ama suç geçirmez değil. Islanırsın. Yani havana göre değişir, an gelir bir yüzünü giyersin, an gelir öbür yüzünü. Kişisel al, hayat gibi yani."

Adamsberg elini kısa saçlarına götürdü.

"Anladım," dedi.

"Al," dedi Sanscartier ceketi eline tutuşturarak. "Böylece beni unutmazsın."

"Bu mümkün değil zaten," diye mırıldandı Adamsberg.

Sanscartier omzuna vurdu.

"Lambanı yak, kayaklarını giy, izi takip et, adamım. Hoş geldin."

"Sincaba benden selam söyle."

"Criss, onu, Gérald'ı fark etmiş miydin?"

"Adı bu mu?"

"Evet. Geceleri dona karşı jöle kaplı boruya saklanır. Pek akıllı, değil mi? Gündüzleri de yardım etmek ister. Son zamanlarda pek üzüldü, biliyor musun?"

"Bilmiyorum. Ben de pek iyi değildim."

"Bir sarışını vardı, görmüş müydün?"

"Tabii ki."

"İşte sarışını, an geldi onu terk etti. Gérald bunalıma girdi, gece gündüz deliğinden çıkmaz oldu. Ben akşamları evde ona fındık eziyordum, sabah borunun yanına bırakıyordum. Patron, Gérald'e fındık getiren salak kim, diye bağırdı, gagamı tuttum tabii. Zaten senin iş yüzünden bana takıktı."

"Ya şimdi?"

"Bunalımı uzun sürmedi, işinin başına döndü, sarışını da geri geldi."

"Aynı sarışın mı?"

"Ah, o kadarını bilemem. Sincapları ayırmak kolay değil. Ama Gérald'i bin sincabın içinde tanırım, ya sen?"

"Sanırım ben de tanırım."

Sanscartier tekrar omzunu tuttu, Adamsberg uçağa biniş salonuna girişini üzgün gözlerle izledi.

"Bizim oralara gelir misin?" dedi Laliberté sertçe elini sıkarak. "Sana bir şeyler borçluyum, canım söylemek istedi. Kendini rahat bil, patikayı, kırmızı yaprakları görmeye gel. Artık pis bir patika değil, istediğin zaman dalabilirsin içine."

Laliberté Adamsberg'in elini demir yumruğunun içinde tutuyordu. Adamsberg Başkan'ın gözlerinde üç şey görmüştü: sıcaklık, disiplin ve kızgınlık; ama bugün bu gözlerden yüzünü değiştiren, düşünce dolu bir bulut geçti. Suyun altında hep başka bir şey vardır, diye düşündü Adamsberg Pink Gölü'nü anımsayarak.

"Bir şey söyleyivereyim mi?" diye devam etti Laliberté. "Belki polislere de birkaç bulut karan lazımdır."

Sonra Komiser'in elini bırakıp salona girdi. Adamsberg kalabalığın arasına karışan geniş sırtını izledi. Uzaktan, İyi İnsan Sanscartier'nin yüzünü hâlâ seçebiliyordu. Ondan biraz iyilik numunesi almak, kartonun üzerine, sonra madalyonun üzerine, sonra da petek deliğine koymak, en sonunda da bunu kendi DNA'sına şırıngayla aktarmak isterdi.

Karakolun yedi çalışanı havaalanından çıkıyordu. Voisenet'nin kendisini çağırdığını duydu. Dönüp ağır adımlarla gruba doğru ilerledi; yeni ceketini omzuna asmıştı.

Kayaklarını giy ve izi takip et, bulut karan.

Ve üzerine otur, adamım.

Sonra da dön.

"Disiplin, disiplin ve yine disiplin, başarıya ulaşmanın başka yolu yoktur." sözü, UQAM (Québec Universitesi, Montréal) için yapılan bir reklamdan alınmadır. 2001-2002 yıllarında, Québec'te bir televizyon kanalında görülmüştür.

Genetik izlerle ilgili bilimsel işlemler ve terimler, Kanada Kraliyet Jandarması'nın 2000 yılında çıkardığı gazeteden (cilt 62, numara 5-6) alınmıştır.

Kanada genetik veri milli bankası, KKJ'nin genel müdürlüğünde bulunmaktadır. Gatineau federal parkındaki "şube" yazarın kurgusudur.